mtb

Der Preis dieses Bandes versteht sich einschließlich
der gesetzlichen Mehrwertsteuer.

Umwelthinweis:
Dieses Buch wurde auf chlor- und säurefreiem Papier gedruckt.

Tess Gerritsen

Tödliche Spritzen

Thriller

Aus dem Amerikanischen von
Katrin Hahn

mtb

MIRA® TASCHENBUCH
Band 25849
1. Auflage: August 2015

MIRA® TASCHENBÜCHER
erscheinen in der HarperCollins Germany GmbH,
Valentinskamp 24, 20354 Hamburg
Geschäftsführer: Thomas Beckmann

Titel der nordamerikanischen Originalausgabe:
Under the Knife

erschienen bei: Harlequin Books, Toronto

Published by arrangement with
HARLEQUIN ENTERPRISES II B.V./S.àr.l.

Konzeption/Reihengestaltung: fredebold&partner GmbH, Köln
Umschlaggestaltung: pecher und soiron, Köln
Redaktion: Thorben Buttke
Titelabbildung: Thinkstock
Satz: GGP Media GmbH, Pößneck
Druck und Bindearbeiten: CPI books GmbH, Leck – Germany
Printed in Germany
Dieses Buch wurde auf FSC®-zertifiziertem Papier gedruckt.
ISBN 978-3-95649-197-9

www.mira-taschenbuch.de

PROLOG

Lieber Gott, wie uns die Vergangenheit am Ende wieder heimsucht.

Von seinem Bürofenster aus starrte Dr. Henry Tanaka hinaus in den Regen, der auf den Parkplatz prasselte, und fragte sich, warum nach all diesen Jahren der Tod einer armen Seele zurückgekehrt war, um ihn zugrunde zu richten.

Draußen eilte eine Krankenschwester zu ihrem Auto, ihre Uniform fleckig vom Regen. Noch eine, die ohne Regenschirm erwischt wurde, dachte er. Der heutige Tag war wie die meisten Tage in Honolulu, strahlend und sonnig angebrochen. Aber um drei Uhr waren Wolken über die Gipfel der Ko'olau Range gekrochen, und jetzt, als sich die letzten Klinikmitarbeiter auf den Heimweg machten, weitete sich der Regen zu einer Sintflut aus und überschwemmte die Straßen mit einem Strom schmutzigen Wassers.

Tanaka drehte sich um und starrte hinunter auf den Brief auf seinem Schreibtisch. Das Schreiben war ihm vor einer Woche zugestellt worden; aber wie so vieles seiner Korrespondenz war es in den Stapeln von Geburtshilfe-Zeitschriften und Bestellkatalogen untergegangen, mit denen sein Büro ständig übersät war. Als seine Assistentin ihn heute Morgen endlich darauf aufmerksam machte, hatte ihn der Name auf dem Absender aufhorchen lassen: Joseph Kahanu, Rechtsanwalt.

Er hatte den Brief schnellstens geöffnet.

Jetzt sank er in seinen Stuhl und las ihn noch einmal.

Sehr geehrter Dr. Tanaka,
als Anwalt von Mr Charles Decker bitte ich Sie hiermit um die Herausgabe sämtlicher Krankenakten, die geburtshilfliche Behandlung von Ms Jennifer Brook betreffend, die zum Zeitpunkt ihres Todes Ihre Patientin war …

Jennifer Brook. Ein Name, den er am liebsten vergessen hätte.

Eine tiefe Müdigkeit überkam ihn – die Erschöpfung eines Mannes, der entdeckt hat, dass er seinem eigenen Schatten nicht davonlaufen kann. Er versuchte, die Kraft aufzubringen, nach Hause zu gehen, sich nach draußen zu schleppen und in sein Auto zu steigen, aber er konnte nur dasitzen und die vier Wände seines Büros anstarren. Sein Zufluchtsort. Sein Blick wanderte vorbei an den gerahmten Diplomen, den Zertifikaten, den Fotografien. Überall hingen Schnappschüsse von runzligen Neugeborenen, von strahlenden Müttern und Vätern. Wie viele Babys hatte er auf die Welt gebracht? Er hatte vor Jahren den Überblick verloren …

Ein Geräusch im Vorzimmer lockte ihn schließlich aus seinem Stuhl: das Klicken einer Tür, die sich schloss. Er erhob sich und spähte in den Empfangsbereich hinaus. „Peggy? Sind Sie noch hier?“

Das Wartezimmer war menschenleer. Langsam schweifte sein Blick über das geblümte Sofa und den dazu passenden Sessel, über die Magazine, die auf dem Couchtisch fein säuberlich gestapelt lagen, und blieb schließlich an der Tür nach draußen hängen. Sie war nicht verschlossen.

Durch die Stille hindurch hörte er ein dumpfes, metallisches Klirren. Es kam aus einem der Behandlungszimmer.

„Peggy?“ Tanaka ging den Flur hinunter und schaute in das erste Zimmer. Als er das Licht anknipste, sah er das hart glänzende Edelstahl-Waschbecken, den Untersuchungsstuhl, den Materialschrank. Er schaltete das Licht aus und ging zum nächsten Zimmer. Wieder war alles, wie es sein sollte: die Instrumente ordentlich aufgereiht auf der Arbeitsfläche, das Waschbecken trocken gewischt, die Beinhalter des Untersuchungsstuhls zusammengeklappt für die Nacht.

Er durchquerte den Flur und bewegte sich auf den dritten und letzten Behandlungsraum zu. Aber gerade als er nach dem Lichtschalter griff, hielt ihn sein Instinkt zurück. Plötzlich wurde ihm etwas gewahr, eine Präsenz – etwas Böses, das in der Dunkelheit auf ihn wartete.

Voller Angst trat er rückwärts wieder aus dem Zimmer. Erst als er sich umdrehte, um zu fliehen, merkte er, dass der Eindringling hinter ihm stand.

Eine Klinge fuhr durch seinen Hals.

Dr. Tanaka wankte rückwärts in das Behandlungszimmer und warf einen Instrumentenständer um. Als er taumelnd zu Boden ging, stellte er fest, dass das Linoleum bereits rutschig von seinem Blut war. Selbst während er spürte, wie das Leben ihn verließ, zwang ihn ein rationaler Bereich seines Gehirns dazu, die Wunde zu beurteilen, die eigenen Chancen zu analysieren. *Durchtrennte Arterie. Verbluten binnen Minuten. Ich muss die Blutung stoppen …* Schon kroch die Taubheit seine Beine hinauf.

So wenig Zeit. Auf Händen und Knien schob er sich dem Schrank entgegen, wo die Gaze aufbewahrt wurde. Für seinen halb bewusstlosen Verstand war das dürftige Licht, das die Glastüren zurückwarfen, ein Leuchtfeuer, das ihn lenkte – seine einzige Hoffnung auf Überleben.

Ein Schatten schob sich vor das Licht aus dem Flur. Er wusste, dass der Eindringling in der Tür stand und ihn beobachtete. Trotzdem bewegte er sich weiter.

In seinen letzten bewussten Sekunden gelang es Tanaka, sich hochzuziehen und die Schranktür aufzureißen. Sterile Päckchen regneten auf ihn herab. Blind riss er eines auseinander, nahm den Gazebausch heraus und presste ihn sich an den Hals.

Er sah nicht, wie die Klinge des Angreifers ihren letzten Bogen beschrieb.

Als sie tief in seinen Rücken stach, versuchte Tanaka zu schreien, aber der einzige Laut, der aus seiner Kehle drang, war ein Seufzen. Es war sein letzter Atemzug. Dann glitt er still zu Boden.

Charlie Decker lag nackt in seinem kleinen, harten Bett, und er hatte Angst.

Durch das Fenster sah er eine Neonreklame blutrot glühen: *The Victory Ho.el.* Jedoch fehlte das *t* in *Hotel*. Und was übrig war, ließ ihn an *hole* denken, Loch. Und das war dieses Haus auch wirklich: *The Victory Hole*, wo jeder Triumph, jede Freude in einem tiefen, dunklen Loch ohne Wiederkehr versank.

Er schloss die Augen, aber das Neonlicht schien sich einen Weg durch seine Augenlider zu graben. Er drehte sich vom Fenster weg und zog das Kopfkissen über den Kopf. Der Geruch der schmutzigen Bettwäsche nahm ihm den Atem. Er warf das Kissen zur Seite, stand auf und ging hinüber zum Fenster. Dort starrte er auf die Straße hinab. Auf dem Bürgersteig unter ihm feilschte eine blonde Frau mit einem Mann in einem Chevy. Sie hatte strähnige Haare und trug einen Minirock. Irgendwo in der Nacht lachten Menschen, und eine Jukebox spielte „It Don't Matter Anymore". Gestank stieg von der Gasse auf, eine eigenartige Mischung aus verrottendem Müll und Frangipani: Ausdünstungen aus dem Hinterhof des Paradieses. Ihm wurde übel davon. Aber es war zu heiß, um das Fenster zu schließen, zu heiß, um zu schlafen, sogar zu heiß, um zu atmen. Er ging hinüber zum Kartentisch und schaltete die Lampe an. Dieselbe Zeitungsschlagzeile starrte ihm wieder entgegen.

Arzt aus Honolulu ermordet aufgefunden.

Er spürte, wie der Schweiß an seiner Brust herunterrann. Er warf die Zeitung auf den Fußboden. Dann setzte er sich nieder und ließ den Kopf in die Hände sinken.

Die Musik aus der fernen Jukebox verklang; das nächste Lied setzte ein, Gitarren und Schlagzeug erzeugten einen drängenden Rhythmus. Ein Sänger heulte: „I want it bad, oh yeah, baby, so bad, so bad ..."

Langsam hob Charlie den Kopf, und sein Blick blieb an dem Foto von Jenny hängen. Sie lächelte; wie immer, lächelte sie. Er berührte das Bild und versuchte, sich zu erinnern, wie sich ihr Gesicht angefühlt hatte; aber die Jahre hatten seine Erinnerung getrübt.

Schließlich öffnete er sein Notizbuch. Er blätterte zu einer leeren Seite. Er fing an zu schreiben.

Sie haben mir gesagt:
„Es braucht Zeit …
Zeit, zu heilen, Zeit, zu vergessen."
Ich habe ihnen gesagt:
dass Heilung nicht im Vergessen liegt.
Sondern in der Erinnerung.
An dich.
An den Geruch des Meeres auf deiner Haut.
An die kleinen und vollkommenen Fußspuren, die du im Sand hinterlässt.
Die Erinnerung kennt kein Ende.
Und so liegst du dort, am Meer, jetzt und immerdar.
Du öffnest die Augen. Du berührst mich.
Die Sonne ist in deinen Fingerspitzen.
Und ich bin geheilt.
Ich bin geheilt.

1. KAPITEL

Mit ruhiger Hand injizierte Dr. Kate Chesne zweihundert Milligramm Natriumpentothal in den Infusionszugang ihrer Patientin. Als die blassgelbe Flüssigkeit gemächlich durch den Kunststoffschlauch wanderte, murmelte Kate: „Du solltest bald müde werden, Ellen. Schließ die Augen. Lass los …“

„Ich spüre noch nichts.“

„Es dauert ungefähr eine Minute.“ Kate drückte Ellens Schulter, eine stille, bestärkende Geste. Die kleinen Dinge waren es, die einem Patienten das Gefühl von Sicherheit gaben. Eine Berührung. Eine leise Stimme. „Lass dich treiben“, flüsterte Kate. „Denk an den Himmel … Wolken …“

Ellen warf ihr ein friedliches und schläfriges Lächeln zu. Unter den grellen OP-Lampen trat jede Sommersprosse, jeder Makel auf ihrem Gesicht gnadenlos hervor. Niemand, nicht einmal Ellen O'Brien, war schön auf dem OP-Tisch. „Komisch“, murmelte sie. „Ich habe keine Angst. Überhaupt nicht …“

„Das musst du nicht. Ich werde mich um alles kümmern.“

„Ich weiß. Ich weiß, das wirst du.“ Ellen griff nach Kates Hand. Es war nur eine Berührung, nur flüchtig streiften sich ihre Finger. Die Wärme von Ellens Haut auf ihrer Hand erinnerte Kate noch einmal mehr daran, dass nicht nur ein Körper, sondern eine Frau, eine Freundin, auf diesem Tisch lag.

Die Tür schwang auf, und der Chirurg kam herein. Dr. Guy Santini hatte die Statur eines Bären und sah mit seiner geblümten Chirurgenkappe ein klein wenig albern aus. „Wie geht's uns denn hier, Kate?“

„Die Pentothal-Infusion läuft.“

Guy bewegte sich zum OP-Tisch und drückte die Hand der Patientin. „Sind Sie noch bei uns, Ellen?“

Sie lächelte. „Wohl oder übel. Aber im Großen und Ganzen wäre ich lieber in Philadelphia.“

Guy lachte. „Da kommen Sie schon hin. Aber ohne Ihre Gallenblase.“

„Ich weiß nicht … Ich war gerade dabei, das Ding irgendwie lieb zu gewinnen …“ Ellens Augenlider sanken. „Denken Sie daran, Guy“, flüsterte sie. „Sie haben es versprochen: keine Narbe …“

„Habe ich das?“

„Ja … haben Sie …“

Guy zwinkerte Kate zu. „Habe ich es dir nicht gesagt? Krankenschwestern sind die schlimmsten Patienten. Immer diese Extrawünsche!“

„Vorsicht, Doc!“, fuhr ihn eine der OP-Schwestern an. „Eines Tages werden *Sie* auf diesem Tisch vor uns liegen.“

„Nun, das ist tatsächlich ein furchterregender Gedanke“, bemerkte Guy.

Kate beobachtete, wie der Kiefer ihrer Patientin endlich schlaff herabsank. Leise fragte sie: „Ellen?“ Sie strich mit dem Finger leicht über Ellens Augenlider. Keine Reaktion. Kate nickte Guy zu. „Sie ist weg.“

„Ach, Katie, mein Liebling“, sagte er, „du machst so gute Arbeit für ein …“

„Für ein *Mädchen*. Ja, ja. Ich weiß.“

„Gut, legen wir los“, sagte er und machte sich auf den Weg nach nebenan, um sich die Hände zu schrubben. „Sind ihre Laborwerte in Ordnung?“

„Das Blutbild ist einwandfrei.“

„EKG?“

„Habe ich gestern Abend durchgeführt. Normal.“

Guy salutierte voller Bewunderung von der Tür aus. „Wenn du in der Nähe bist, Kate, muss ein Mann nicht einmal nachdenken. Oh, und Ladies?“, rief er zu den zwei OP-Schwestern, die soeben die Instrumente auslegten. „Kleiner Hinweis: Der Assi ist Linkshänder.“

Die OP-Schwester, die die Instrumente anreichen sollte, schaute mit plötzlichem Interesse auf. „Ist er niedlich?“

Guy zwinkerte ihr zu. „Ein echter Traummann, Cindy. Ich werde ihm sagen, dass Sie gefragt haben.“ Lachend verschwand er zur Tür hinaus.

Cindy seufzte. „Wie hält seine Frau ihn bloß aus?"

Während der nächsten zehn Minuten lief alles wie am Schnürchen. Kate machte sich mit ihrer üblichen Effizienz an die Arbeit. Sie führte den Tubus in Ellens Luftröhre und schloss das Beatmungsgerät an. Sie startete die Sauerstoffzufuhr und fügte Isofluran und Lachgas im richtigen Verhältnis hinzu. Sie war Ellens Rettungsleine. Auch wenn jeder der Schritte automatisiert ablief, überprüfte sie diese doppelt, ja sogar dreifach. Wenn der Patient jemand war, den sie kannte und mochte, war es für Kate besonders wichtig, sich ihre Handgriffe bewusst zu machen. Die Arbeit eines Anästhesisten, so heißt es, besteht zu neunundneunzig Prozent aus Langeweile und zu einem Prozent aus purem Grauen; es war dieses eine Prozent, mit dem Kate ständig rechnete, vor dem sie sich ständig schützte. Wenn es zu Komplikationen kam, konnten sie von einem Augenblick zum anderen eintreten.

Aber heute sollte alles reibungslos verlaufen. Ellen O'Brien war erst einundvierzig. Abgesehen von dem Gallenstein war sie bei bester Gesundheit.

Guy kam in den Operationsraum zurück, seine frisch geschrubbten Arme waren tropfnass. Ihm folgte der „Traummann", der linkshändige Assistenzarzt, der in seinen Plateau-Schuhen beeindruckende ein Meter siebzig erreichte. Die beiden Männer fuhren mit ihrem Ritual fort und legten die sterilen Kittel und Handschuhe an. Die Zeremonie erfuhr ihren Abschluss mit dem durchdringenden Geräusch von Latex, das auf Haut knallte.

Als das Team seinen Platz um den OP-Tisch herum einnahm, wanderte Kates Blick über die Runde maskierter Gesichter. Mit Ausnahme des Assistenzarztes waren sie ihr alle auf angenehme Weise vertraut. Da war die leitende OP-Schwester Ann Richter, die ihr aschblondes Haar ordentlich unter eine blaue Chirurgenkappe gesteckt hatte. Ann war ein Profi, immer besonnen, und sie mischte niemals Berufliches mit Privatem. Riss man im OP einen Witz, würde sie einem wahrscheinlich einen missbilligenden Blick zuwerfen. Als Nächstes war da Guy, gemütlich und freundlich.

Eine Brille mit dicken Gläsern verzerrte seine braunen Augen. Es war kaum zu glauben, dass jemand, der so unbeholfen wirkte, Chirurg sein konnte. Aber wenn man ihm ein Skalpell in die Hand drückte, vollbrachte er Wunder.

Gegenüber von Guy stand der Assistenzarzt, der das bedauerliche Pech hatte, als Linkshänder auf die Welt gekommen zu sein.

Und zuletzt war da Cindy, die OP-Schwester, die die Instrumente anreichen sollte. Cindy war eine dunkeläugige Nymphe mit unbeschwertem Lachen. Heute trug sie einen neuen leuchtenden Lidschatten namens Oriental Malachite. Ihr Aussehen erinnerte an einen Tropenfisch.

„Hübscher Lidschatten, Cindy“, bemerkte Guy, als er die Hand nach einem Skalpell ausstreckte.

„Vielen Dank, Dr. Santini“, erwiderte sie und legte ihm das Instrument in die Hand.

„Ich mag ihn viel lieber als den anderen, Spanish Slime.“

„Spanish *Moss*.“

„Dieser hier ist wirklich sehr bemerkenswert, finden Sie nicht?“, fragte er den Assistenzarzt, der wohlweislich nichts sagte. „Ja“, fuhr Guy fort. „Erinnert mich an meine Lieblingsfarbe: Gallegrün.“

Der Assi kicherte. Cindy schoss ihm einen bösen Blick zu. So viel zu den Chancen des Traummannes.

Guy setzte den ersten Schnitt. Als eine scharlachrote Linie auf die Bauchdecke quoll, tupfte sein Gegenüber das Blut kurz entschlossen mit einem Schwamm fort. Die Hände der beiden Männer arbeiteten automatisch zusammen, wie zwei Pianisten, die ein Duett spielen.

Von ihrer Position am Kopf der Patientin aus verfolgte Kate, wie sie vorankamen. Währenddessen horchte sie unablässig auf Ellens Herzrhythmus. Alles verlief gut, keine Komplikationen in Sicht. In diesen Momenten genoss sie die Arbeit am meisten – wenn sie wusste, dass sie alles unter Kontrolle hatte. Inmitten all des Edelstahls fühlte sie sich zu Hause. Für sie waren das Rauschen des

Beatmungsgerätes und das Piepen vom Herzmonitor eine beruhigende Hintergrundmusik für die Darbietung, die sich jetzt auf dem Tisch entfaltete.

Guy setzte einen tieferen Schnitt und legte die glänzende Fettschicht frei. „Die Muskeln wirken etwas angespannt, Kate", stellte er fest. „Wir werden Schwierigkeiten beim Zurückziehen der Wundränder haben."

„Ich werde sehen, was ich tun kann." Sie drehte sich zu ihrem Medikamentenwagen um und griff nach der kleinen Schublade, die mit Succinylcholin beschriftet war. Verabreichte man es intravenös, entspannte das Mittel die Muskulatur und ermöglichte Guy einen leichteren Zugang zur Bauchhöhle. Als sie in die Schublade blickte, runzelte sie die Stirn. „Ann? Ich habe nur noch eine Ampulle Succinylcholin. Such mir unbedingt noch ein paar, ja?"

„Das ist komisch", sagte Cindy. „Ich bin sicher, dass ich den Wagen gestern Nachmittag aufgefüllt habe."

„Nun, da ist nur eine Ampulle übrig." Kate zog fünf Milliliter der kristallklaren Lösung auf und injizierte sie in Ellens intravenösen Zugang. Es würde eine Minute dauern, bis das Mittel wirkte. Sie lehnte sich zurück und wartete.

Guy entfernte mit dem Skalpell die Fettschicht und fing an, die Bauchmuskelhülle freizulegen. „Immer noch ziemlich fest, Kate", bemerkte er.

Sie blickte hoch zu der Uhr an der Wand. „Es ist drei Minuten her. Du solltest inzwischen irgendeine Wirkung feststellen."

„Gar nichts."

„Okay. Ich werde ihr ein wenig mehr geben." Kate zog weitere drei Milliliter Succinylcholin auf und injizierte sie an Ellens intravenösen Zugang. „Ich werde bald eine weitere Ampulle brauchen, Ann", warnte sie. „Diese ist fast …"

Der Summer des Herzmonitors ging los. Kate blickte unvermittelt auf. Was sie auf dem Bildschirm sah, ließ sie vor Entsetzen aufspringen.

Ellen O'Briens Herz hatte aufgehört zu schlagen.

Im nächsten Augenblick war der Raum in heller Aufregung. Jemand rief Befehle, Instrumenten-Tabletts wurden beiseitegeschoben. Der Assistenzarzt kletterte auf einen Schemel und stieß mit ausgestreckten Armen und seinem ganzen Körpergewicht wieder und wieder auf Ellens Brust nieder.

Das war das sprichwörtliche eine Prozent, der Moment des Schreckens, den jeder Narkosearzt fürchtete.

Und es war der schlimmste Moment in Kate Chesnes Leben.

Während die anderen in panischer Angst um sie herumwirbelten, kämpfte sie darum, die Kontrolle zu behalten. Sie injizierte eine Ampulle Adrenalin nach der anderen, zuerst in die intravenösen Zugänge und dann direkt in Ellens Herz. Ich verliere sie, dachte sie. *Großer Gott, ich verliere sie!* Dann sah sie ein kurzes Flattern auf dem Oszilloskop, der die Herzströme maß. Es war der einzige Hinweis darauf, dass noch eine Spur von Leben vorhanden war.

„Wir kardiovertieren!“, rief sie aus. Sie blickte zu Ann, die neben dem Defibrillator stand. „Zweihundert Wattsekunden!“

Ann bewegte sich nicht. Sie stand starr da, ihr Gesicht war so weiß wie Alabaster.

„Ann?“, schrie Kate. „Zweihundert Wattsekunden!“

Schließlich war es Cindy, die zu der Maschine lief und den Ladeknopf drückte. Die Nadel schoss hoch auf zweihundert. Guy packte die Defibrillator-Paddel, schlug sie auf Ellens Brust und setzte die elektrische Ladung frei.

Ellens Körper zuckte wie eine Marionette, bei der jemand an allen Fäden gleichzeitig zog.

Das Flattern flaute ab und wurde zu einer leichten Welle auf dem Monitor. Es war das Muster eines sterbenden Herzens.

Kate probierte ein anderes Medikament, dann noch ein anderes in dem verzweifelten Versuch, etwas Leben in das Herz zurückzupeitschen. Nichts funktionierte. Durch einen Tränenschleier hindurch beobachtete sie, wie die Spur auf dem Oszilloskop langsam in eine Linie überging, die ziellos über den kleinen Bildschirm mäanderte.

„Das war's", sagte Guy leise. Er gab ein Zeichen, mit der Herzmassage aufzuhören. Der Assistenzarzt wich vom Tisch zurück. Sein Gesicht war schweißüberströmt.

„Nein", sagte Kate bestimmt und legte ihre Hände auf Ellens Brust. „Es ist nicht vorbei." Sie begann zu pumpen – erbittert und verzweifelt. „Es ist nicht vorbei." Sie warf sich auf Ellen und bot ihr ganzes Körpergewicht gegen den unnachgiebigen Schild aus Rippen und Muskeln auf. Das Herz musste massiert, das Gehirn genährt werden. Sie musste Ellen am Leben erhalten. Immer wieder pumpte sie, bis ihre Arme schwach wurden und zitterten. Lebe, Ellen, befahl sie lautlos. *Du musst leben …*

„Kate." Guy berührte sie am Arm.

„Wir geben jetzt nicht auf. Noch nicht …"

„Kate." Behutsam zog Guy sie vom Operationstisch fort. „Es ist vorbei", flüsterte er.

Jemand schaltete den Ton des Herzmonitors aus. Das Heulen des Alarms wich einer gespenstischen Stille. Langsam drehte sich Kate um und sah, dass alle sie beobachteten. Sie schaute zu dem Oszilloskop hinauf.

Die Linie war flach.

Kate zuckte zusammen, als ein Krankenpfleger den Reißverschluss des Leichensacks über Ellen O'Briens Körper zuzog. Es lag eine grausame Endgültigkeit in diesem Geräusch; diese zweckmäßige Verpackung von dem, was einmal eine lebendige, atmende Frau gewesen war, erschien ihr obszön. Als der Leichnam in die Leichenhalle fortgerollt wurde, wandte sich Kate ab. Lange nachdem das Quietschen der Bahre den Flur hinab verklungen war, stand sie immer noch da, allein im OP-Saal.

Sie kämpfte gegen die Tränen an und schaute sich um. Schaute auf die blutbefleckte Gaze und die leeren Ampullen, die den Fußboden übersäten. Dieselben traurigen Überbleibsel wie nach jedem

Krankenhaustod. Bald würde jemand sie zusammenkehren und verbrennen, und es wären keine Spuren mehr von der Tragödie übrig, die sich gerade abgespielt hatte. Nichts außer dem Leichnam in der Leichenhalle.

Und Fragen. Oh ja, Fragen würde es geben. Von Ellens Eltern. Vom Krankenhaus. Fragen, auf die Kate keine Antwort wusste.

Erschöpft zog sie ihre Chirurgenkappe herunter und spürte ein unbestimmtes Gefühl der Erleichterung, als ihr braunes Haar lose auf die Schultern herabfiel. Sie brauchte Zeit für sich – um nachzudenken, um zu verstehen. Sie wandte sich zum Gehen.

Guy stand in der Tür. In dem Augenblick, als sie sein Gesicht sah, ahnte Kate bereits, dass etwas nicht stimmte.

Schweigend reichte er ihr Ellen O'Briens Krankenakte.

„Das Elektrokardiogramm", sagte er. „Du hast mir erzählt, es wäre normal."

„Das war es."

„Wirf besser einen zweiten Blick darauf."

Verwundert öffnete sie die Akte und blätterte zum EKG, das die elektrischen Ströme von Ellens Herzen aufgezeichnet hatte. Das erste Detail, das sie bemerkte, waren ihre eigenen Initialen oben auf dem Blatt. Sie besagten, dass sie die Seite gesehen hatte. Als Nächstes überflog sie die Herzstromaufzeichnung. Eine ganze Minute lang starrte sie auf die Reihe von zwölf schwarzen Schnörkeln, unfähig, zu glauben, was sie gerade sah. Das Muster war unverkennbar. Selbst ein Medizinstudent im dritten Jahr hätte die Diagnose stellen können.

„Darum ist sie gestorben, Kate", sagte Guy.

„Aber … Das ist unmöglich!", entfuhr es ihr. „Ich kann solch einen Fehler nicht gemacht haben!"

Guy antwortete nicht. Er schaute einfach fort – eine Geste, die aufschlussreicher war als alles, was er hätte sagen können.

„Guy, du kennst mich", beschwor sie ihn. „Du weißt, ich würde so etwas nicht übersehen …"

„Es steht da, schwarz auf weiß. Um Himmels willen, deine *Initialen* stehen auf dem verdammten Ding!“

Sie starrten einander an, bestürzt darüber, wie schroff seine Stimme klang.

„Es tut mir leid“, entschuldigte er sich schließlich. Plötzlich aufgeregt, drehte er sich um und fuhr sich mit den Fingern durchs Haar. „Lieber Gott. Sie hatte einen Herzinfarkt. Einen Herzinfarkt. Und wir haben sie operiert.“ Er warf Kate einen jammervollen Blick zu. „Ich schätze, das heißt, wir haben sie getötet.“

„Es handelt sich hier offensichtlich um einen ärztlichen Kunstfehler.“

Rechtsanwalt David Ransom schloss die Akte mit der Aufschrift *O'Brien, Ellen* und blickte seine Klienten über den breiten Teakholztisch hinweg an. Wenn er sich für ein Wort entscheiden müsste, das Patrick und Mary O'Brien beschrieb, es wäre „grau“. Graues Haar, graue Gesichter, graue Kleidung. Patrick trug ein tristes Tweedjackett. Es war wohl schon vor langer Zeit aus der Fasson geraten und hing schlaff an ihm herab. Mary hatte ein schwarz-weiß bedrucktes Kleid gewählt, dessen Farben zu einem eintönigen Grau zu verschmelzen schienen.

Patrick schüttelte weiter den Kopf. „Sie war unser kleines Mädchen, Mr Ransom. Unser einziges Kind. Sie war immer so lieb, wissen Sie? Hat sich nie beklagt. Selbst als sie ein Baby war. Sie lag einfach da in ihrem Kinderbettchen und hat gelächelt. Wie ein kleiner Engel. Wie ein süßer, kleiner …“ Plötzlich hielt er inne, und sein Gesicht verzog sich.

„Mr O'Brien“, sagte David sanft. „Ich weiß, es ist jetzt kein besonderer Trost für Sie, aber ich verspreche Ihnen, ich werde alles tun, was ich kann.“

Patrick schüttelte den Kopf. „Wir haben es nicht auf Geld abgesehen. Sicher, ich kann nicht arbeiten. Mein Rücken, wissen Sie. Aber Ellie, sie hatte eine Lebensversicherung und …“

„Wie hoch war die Versicherungssumme?“

„Fünfzigtausend", antwortete Mary. „So eine war sie. Hat immer an uns gedacht." Ihr Profil schien im Licht des Fensters wie aus Stahl geschnitten. Im Gegensatz zu ihrem Mann hatte Mary O'Brien keine Tränen mehr. Sie saß sehr aufrecht, ihr ganzer Körper war starr und unbeweglich und zeugte von tiefer Trauer. David wusste genau, was sie fühlte. Schmerz. Wut. Besonders Wut. Sie war da und brannte kalt in ihren Augen.

Patrick schniefte.

David nahm eine Schachtel Taschentücher aus der Schublade und stellte sie stillschweigend vor seinen Klienten hin. „Vielleicht sollten wir den Fall ein anderes Mal besprechen", schlug er vor. „Wenn Sie sich beide bereit fühlen …"

Mary hob abrupt das Kinn. „Wir sind bereit, Mr Ransom. Stellen Sie Ihre Fragen."

David blickte Patrick an, der ein schwaches Nicken zustande brachte. „Ich fürchte, die Dinge, die ich Sie fragen muss, könnten Ihnen vielleicht … herzlos vorkommen. Es tut mir leid."

„Fahren Sie fort", forderte Mary ihn auf.

„Ich werde mich sofort daranmachen, Klage einzureichen. Aber ich benötige mehr Informationen, bevor wir den Schadensersatz abschätzen können. Dazu gehören entgangene Gehälter – was Ihre Tochter verdient hätte, wenn sie weitergelebt hätte. Sie sagen, sie war Krankenschwester?"

„In der Geburtshilfe. Entbindungsstation."

„Kennen Sie ihr Gehalt?"

„Ich werde ihre Lohnabrechnung prüfen müssen."

„Was ist mit Familie? Hatte sie Angehörige?"

„Keine."

„Sie war nie verheiratet?"

Mary schüttelte den Kopf und seufzte. „Sie war die perfekte Tochter, Mr Ransom, in nahezu jeder Hinsicht. Schön. Und hochintelligent. Aber wenn es um Männer ging, hat sie … Fehler gemacht."

Er runzelte die Stirn. „Fehler?"

Mary zuckte mit den Schultern. „Oh, ich nehme an, so sind die Dinge heutzutage nun einmal. Und sobald eine Frau ein bestimmtes Alter erreicht, fühlt sie sich, nun, wie ein *Glückspilz*, wenn sie überhaupt einen Mann hat …" Sie blickte auf ihre fest verschränkten Hände hinab und verstummte.

David spürte, dass sie sich in gefährliche Gewässer verirrt hatten. Ellen O'Briens Liebesleben interessierte ihn ohnehin nicht. Es hatte für den Fall keine Bedeutung.

„Wenden wir uns der Krankengeschichte Ihrer Tochter zu", sagte er ruhig und öffnete die Krankenakte. „Aus den Aufzeichnungen geht hervor, dass sie einundvierzig Jahre alt und bei bester Gesundheit war. Hatte sie Ihres Wissens jemals Probleme mit dem Herzen?"

„Nie."

„Hat sie nie über Brustschmerzen geklagt? Kurzatmigkeit?"

„Ellie war Langstrecken-Schwimmerin, Mr Ransom. Sie konnte den ganzen Tag in Bewegung sein, ohne jemals außer Atem zu geraten. Darum glaube ich diese Geschichte von dem … dem Herzinfarkt nicht."

„Aber das EKG war diesbezüglich sehr aussagekräftig, Mrs O'Brien. Wenn es eine Obduktion gegeben hätte, hätten wir es beweisen können. Aber ich schätze, dafür ist es ein wenig spät."

Mary blickte ihren Ehemann an. „Das liegt an Patrick. Er konnte die Vorstellung einfach nicht ertragen …"

„Haben sie sie nicht schon genug zerschnitten?", entfuhr es Patrick.

Ein langes Schweigen folgte. Dann sagte Mary leise: „Wir werden ihre Asche mit aufs Meer hinausnehmen. Sie hat das Meer geliebt. Seit sie ein Baby war …"

Es war ein ernster, ja feierlicher Abschied. Ein paar letzte Beileidsbekundungen und dann das Händeschütteln, das Besiegeln eines Pakts. Die O'Briens wandten sich zum Gehen. Aber in der Tür blieb Mary stehen.

„Ich möchte, dass Sie eines wissen: Es geht nicht um das Geld“, erklärte sie. „In Wahrheit kümmert es mich nicht, ob wir einen Cent sehen. Aber sie haben unser Leben zerstört, Mr Ransom. Sie haben uns unser einziges Kind weggenommen. Und ich hoffe bei Gott, dass sie es niemals vergessen.“

David nickte. „Dafür werde ich sorgen.“

Nachdem seine Mandanten gegangen waren, drehte sich David zum Fenster um. Er holte tief Luft und atmete langsam aus. Mit reiner Willenskraft zwang er die Gefühle aus seinem Körper. Aber in seinem Magen schien weiter ein harter Knoten zu bleiben. All diese Traurigkeit, all diese Wut; sie trübte sein Denken.

Vor sechs Tagen hatte eine Ärztin einen schrecklichen Fehler begangen. Jetzt war Ellen O'Brien tot, im Alter von einundvierzig Jahren.

Sie war nur drei Jahre älter als ich.

Er setzte sich an seinen Schreibtisch und öffnete die Akte O'Brien. Er übersprang die Aufzeichnungen des Krankenhauses und wandte sich den Lebensläufen der beiden Ärzte zu.

Dr. Guy Santinis Lebenslauf war beeindruckend. Achtundvierzig Jahre alt, Chirurg mit einem Abschluss von der Harvard Medical School, und er stand jetzt auf dem Höhepunkt seiner Karriere. Die Liste seiner wissenschaftlichen Veröffentlichungen erstreckte sich über fünf Seiten. Ein Großteil seiner Forschung befasste sich mit Leber-Physiologie. Vor acht Jahren war er einmal verklagt worden; er hatte den Prozess gewonnen. Na prima. Santini war ohnehin nicht das Ziel. David hatte die Narkoseärztin im Visier.

Er blätterte zu der dreiseitigen Zusammenfassung von Dr. Katherine Chesnes Laufbahn.

Ihr beruflicher Werdegang war bemerkenswert. Einen Bachelor of Science in Chemie von der University of California, Berkeley, einen Doktor der Medizin von der Johns Hopkins University, Facharztausbildung in Anästhesie und ein Forschungsstipendium für Intensivmedizin an der University of California, San Francisco.

Jetzt, mit erst dreißig Jahren, hatte sie bereits eine ansehnliche Publikationsliste zusammengetragen. Sie war vor weniger als einem Jahr als Anästhesistin am Mid Pac Hospital angestellt worden. Es gab kein Foto, aber er hatte keine Schwierigkeiten, vor seinem geistigen Auge das Bild der typischen Ärztin heraufzubeschwören: altmodische Frisur, keine Figur und ein Gesicht wie ein Pferd – wenn auch ein extrem intelligentes Pferd.

David lehnte sich zurück und runzelte die Stirn. Dieser Werdegang war zu gut; er passte nicht ins Profil einer inkompetenten Ärztin. Wie konnte sie einen solch eklatanten Fehler machen?

Er schloss die Akte. Wie auch immer ihre Ausreden lauten mochten, die Tatsachen waren nicht zu bestreiten: Dr. Katherine Chesne hatte ihre Patientin dazu verdammt, unter dem Messer des Chirurgen zu sterben. Jetzt würde sie sich den Konsequenzen stellen müssen.

Er würde dafür sorgen.

George Bettencourt verachtete Ärzte. Diese Einstellung machte seine Arbeit als CEO des Mid Pac Hospital umso schwieriger, denn er musste eng mit dem medizinischen Personal zusammenarbeiten. Er besaß sowohl einen MBA als auch einen Masterabschluss in Gesundheitswesen. In seinen zehn Jahren als Geschäftsführer hatte er erreicht, wozu die alte, von Ärzten geleitete Führung nicht in der Lage gewesen war: Er hatte das Mid Pac von einer komatösen Institution in ein profitables Unternehmen verwandelt. Trotzdem hörte er von diesen dummen, kleinen Ersatzgöttern in ihren weißen Kitteln nichts als Kritik. Schon bei dem Gedanken, ihre heilige Arbeit könnte von Gewinn- und Verlustgrafiken diktiert werden, rümpften sie arrogant die Nase. Die kalte Wirklichkeit war, dass Leben zu retten ein Geschäft war wie Linoleum zu verkaufen. Bettencourt wusste das. Die Ärzte nicht. Sie waren Dummköpfe, und Dummköpfe bereiteten ihm Kopfschmerzen.

Und die zwei, die ihm jetzt gegenübersaßen, bereiteten ihm gerade eine Migräne, wie er sie seit Jahren nicht mehr gehabt hatte.

Dr. Clarence Avery, der weißhaarige Chefanästhesist, war nicht das Problem. Der alte Mann hatte Angst vor seinem eigenen Schatten, er würde sich in einer strittigen Angelegenheit nicht gegen ihn stellen. Seit dem Schlaganfall seiner Frau schleppte sich Avery wie ein Schlafwandler durch die Flure und erledigte seine Aufgaben mechanisch. Ja, man würde ihn zur Zusammenarbeit überreden können. Besonders wenn die Reputation des Krankenhauses auf dem Spiel stand.

Nein, es war die andere, die Bettencourt Sorgen bereitete: die Frau. Sie war neu im Haus, und er kannte sie nicht sonderlich gut. Aber in dem Moment, in dem sie in sein Büro gekommen war, hatte er den Ärger gerochen. Sie hatte diesen Blick, diesen missionarischen Zug ums Kinn. Sie war eine recht hübsche Frau, auch wenn ihr braunes Haar wild und unordentlich war, und vermutlich hatte sie seit Monaten keinen Lippenstift in der Hand gehabt. Aber ein Blick aus ihren durchdringenden grünen Augen reichte, damit ein Mann all die Makel dieses Gesichts übersah. Sie war in der Tat ziemlich attraktiv.

Zu schade, dass sie es vermasselt hatte. Jetzt war sie eine Belastung. Er hoffte, sie würde die Sache nicht noch schlimmer machen, indem sie sich querstellte.

Kate zuckte zusammen, als Bettencourt die Papiere vor ihr auf den Schreibtisch fallen ließ. „Der Brief ist heute Morgen im Büro unseres Anwalts eingetroffen, Dr. Chesne“, sagte er. „Zugestellt per Boten. Ich denke, Sie sollten ihn besser lesen.“

Sie warf einen Blick auf den Briefkopf und spürte, wie ihr der Magen sank: *Uehara und Ransom, Rechtsanwälte.*

„Eine der besten Kanzleien in der Stadt“, erklärte Bettencourt. Als er ihre benommene Miene sah, fuhr er ungeduldig fort: „Sie und das Krankenhaus werden verklagt, Dr. Chesne. Wegen eines ärztlichen Kunstfehlers. Und David Ransom übernimmt den Fall persönlich.“

Ihre Kehle war trocken geworden. Langsam schaute sie auf. „Aber wie … wie können sie …“

„Man braucht nur einen Anwalt. Und eine tote Patientin.“

„Ich habe erklärt, was passiert ist!“ Sie wandte sich zu Avery. „Erinnern Sie sich an letzte Woche … ich habe Ihnen gesagt …“

„Clarence ist das mit mir durchgegangen“, fiel Bettencourt ihr ins Wort. „Das ist nicht das Problem, über das wir hier gerade sprechen.“

„Was *ist* das Problem?“

Ihre Direktheit schien ihn zu überraschen. Er atmete scharf aus. „Das Problem ist Folgendes: Wir haben anscheinend einen Millionen-Dollar-Prozess am Hals. Als Ihr Arbeitgeber sind wir für den Schadensersatz verantwortlich. Aber es ist nicht das Geld, das uns Sorge bereitet.“ Er hielt inne. „Es geht um unsere Reputation.“

Sein Tonfall kam ihr ominös vor. Sie ahnte, was kam, und war auf einmal vollkommen sprachlos. Ihr Magen war in Aufruhr. Sie konnte nur dasitzen, die Hände im Schoß geballt, und darauf warten, dass der Schlag auf sie niederging.

„Dieser Rechtsstreit fällt unangenehmerweise auf das gesamte Krankenhaus zurück“, sagte er. „Wenn der Fall vor Gericht geht, wird die Öffentlichkeit davon erfahren. Die Leute … Patienten … werden die Zeitungen lesen, und was dort steht, wird ihnen Angst machen.“ Er schaute hinunter auf seinen Schreibtisch. „Mir ist bewusst, dass Ihre Performance bislang akzeptabel gewesen ist …“

Sie hob abrupt das Kinn. „Akzeptabel?“, wiederholte sie ungläubig. Sie blickte zu Avery. Der Chefanästhesist kannte jeden ihrer behandelten Fälle. Und alle waren makellos.

Avery wand sich auf seinem Stuhl, seine wässrigen blauen Augen mieden ihren Blick. „Nun, um ehrlich zu sein“, murmelte er, „Dr. Chesnes Tätigkeit hier ist – bis jetzt, jedenfalls – äh, mehr als akzeptabel gewesen. Es hat …“

Um Himmels willen, Mann! wollte sie schreien. *Setz dich für mich ein!*

„Es hat nie irgendwelche Beschwerden gegeben“, beendete Avery seinen Satz lahm.

„Nichtsdestotrotz", fuhr Bettencourt fort, „haben Sie uns in eine heikle Situation gebracht, Dr. Chesne. Darum denken wir, es wäre das Beste, wenn Ihr Name nicht länger mit dem Krankenhaus in Verbindung gebracht werden würde."

Es folgte ein langes Schweigen, das nur von Dr. Averys nervösem Husten unterbrochen wurde.

„Wir bitten Sie um Ihre Kündigung", erklärte Bettencourt.

Da war er also. Der Schlag. Er ging über sie hinweg wie eine riesige Welle, und sie blieb matt und erschöpft zurück. Leise fragte sie: „Und wenn ich mich weigere, zu kündigen?"

„Glauben Sie mir, Doktor, eine Kündigung wird in Ihrer Personalakte sehr viel besser aussehen als eine …"

„Entlassung?"

Er legte den Kopf zur Seite. „Wir verstehen uns."

„Nein." Sie hob den Kopf. Etwas in seinen Augen, diese kühle Selbstsicherheit, ließ sie erstarren. Sie hatte Bettencourt nie gemocht. Jetzt mochte sie ihn sogar noch weniger. „Sie verstehen mich ganz und gar nicht."

„Sie sind eine intelligente Frau. Sie sehen doch, welche Möglichkeiten Sie haben. Auf jeden Fall können wir Sie nicht in den Operationssaal zurücklassen."

„Das ist nicht in Ordnung", wandte Avery ein.

„Wie bitte?" Bettencourt sah den alten Mann stirnrunzelnd an.

„Sie können sie nicht einfach feuern. Sie ist Ärztin. Es gibt Dienstwege, die Sie durchlaufen müssen. Ausschüsse …"

„Mir sind die korrekten Dienstwege bestens bekannt, Clarence! Ich habe gehofft, Dr. Chesne würde die Situation begreifen und sich angemessen verhalten." Er sah sie an. „Es wäre wirklich einfacher, wissen Sie. Es läge kein Makel auf Ihrer Akte. Nur eine Anmerkung, dass Sie gekündigt haben. Ich kann binnen einer Stunde ein Schreiben aufsetzen lassen. Alles, was es braucht, ist Ihre …" Seine Stimme verlor sich, als er den Ausdruck in ihren Augen sah.

Kate wurde selten zornig. Für gewöhnlich schaffte sie es, ihre Emotionen unter strenger Kontrolle zu behalten. Die Wut, die sie jetzt an die Oberfläche drängen spürte, war also etwas Neues und Unbekanntes und beinah Beängstigendes. Mit tödlicher Ruhe sagte sie: „Sparen Sie sich das Papier, Mr Bettencourt."

Sein Mund klappte zu. „Wenn das Ihre Entscheidung ist …" Er blickte zu Avery. „Wann ist die nächste Sitzung des Qualitätssicherungs-Ausschusses?"

„Sie ist … äh, nächsten Dienstag, aber …"

„Setzen Sie den O'Brien-Fall auf die Tagesordnung. Wir werden Dr. Chesne erlauben, den Fall dem Ausschuss vorzulegen." Der CEO sah Kate an. „Eine Beurteilung durch Ihre Kollegen. Ich würde sagen, das ist fair. Finden Sie nicht?"

Sie schluckte ihre scharfe Antwort mühsam herunter. Wenn sie noch etwas sagte, wenn sie das, was sie wirklich über George Bettencourt dachte, aussprach, würde sie ihre Chancen, jemals wieder am Mid Pac zu arbeiten, zunichtemachen. Oder ihre Chancen, jemals irgendwo anders als Ärztin zu arbeiten, nebenbei bemerkt. Er musste ihr nur das Etikett Querulantin aufdrücken; das würde ihre Personalakte für den Rest ihres Lebens belasten.

Sie gingen höflich auseinander. Für eine Frau, der man soeben die Karriere in Stücke gerissen hatte, brachte sie einen großartigen Auftritt zustande. Sie schaute Bettencourt mit festem Blick an und schüttelte ihm kühl die Hand. Sie bewahrte Haltung, den ganzen Weg zur Tür hinaus und den langen Gang den mit Teppich ausgelegten Flur hinunter. Aber als sie mit dem Aufzug nach unten fuhr, schien etwas in ihr zu zerbrechen. Sobald die Türen wieder aufglitten, zitterte sie heftig. Während sie blindlings durch den Lärm und das rege Treiben der Eingangshalle ging, traf sie die Erkenntnis mit voller Wucht.

Lieber Gott, ich werde verklagt. Ich praktiziere noch kein Jahr und werde verklagt …

Sie hatte immer gedacht, dass Gerichtsverfahren, wie alle Katastrophen des Lebens, anderen Menschen zustießen. Nicht einmal im Traum hätte sie gedacht, dass man ausgerechnet sie wegen Inkompetenz verklagen würde. *Inkompetenz!*

Plötzlich war ihr schlecht, und sie schwankte gegen die Telefone in der Eingangshalle. Während sie mit Mühe ihren Magen beruhigte, fiel ihr Blick auf das Telefonbuch, das an einer Kette von dem Bord neben dem Apparat herabhing. Wenn sie nur die Fakten kennen würden, dachte sie. *Wenn ich es ihnen nur erklären könnte …*

Es dauerte nur Sekunden, den Eintrag zu finden: *Uehara und Ransom, Rechtsanwälte.* Ihre Kanzlei war in der Bishop Street.

Sie riss die Seite heraus. Dann eilte sie aus der Tür, getrieben von neuer, verzweifelter Hoffnung.

2. KAPITEL

„Mr Ransom ist nicht zu sprechen."

Die dunklen Augen der grauhaarigen Empfangsdame waren stumpf und hart wie Gusseisen; ihr Gesicht schien geradewegs *American Gothic* entsprungen, dem bekannten Gemälde von Grant Wood. Alles, was sie noch brauchte, war die Heugabel. Sie verschränkte die Arme und warnte den Eindringling schweigend vor dem Versuch – nur dem Versuch –, sie umstimmen zu wollen.

„Aber ich muss ihn sprechen!", sagte Kate nachdrücklich. „Es ist wegen des Falls …"

„Natürlich", erwiderte die Frau trocken.

„Ich möchte ihm nur erklären …"

„Ich habe es Ihnen gerade gesagt, Doktor. Er ist in einer Besprechung mit den Mitarbeitern. Er kann Sie jetzt nicht empfangen."

Kates Ungeduld war kurz davor, überzukochen. Sie beugte sich nach vorne über den Schreibtisch der Frau und brachte es trotz ihres Zorns fertig, höflich zu sagen: „Besprechungen dauern nicht ewig."

Die Empfangsdame lächelte. „Diese schon."

Kate lächelte zurück. „Dann werde ich so lange warten."

„Doktor, Sie verschwenden Ihre Zeit! Mr Ransom trifft sich *niemals* mit der Gegenseite. Also, wenn Sie eine Begleitung brauchen, um den Weg nach draußen zu finden, bin ich gerne bereit …" Sie blickte sich verärgert um, als das Telefon klingelte. Dann griff sie nach dem Hörer und sagte giftig: „Uehara und Ransom! Ja? Oh, ja, Mr Matheson!" Sie drehte Kate demonstrativ den Rücken zu. „Lassen Sie mich sehen, ich habe die Akten hier …"

Niedergeschlagen blickte Kate sich im Wartezimmer um. Sie bemerkte die Ledercouch, das Ikebana-Gesteck aus Weide und Zuckerbusch, den Murashige-Druck, der an der Wand hing. Alles ausnehmend geschmackvoll und zweifellos teuer. Offensichtlich florierte das Geschäft von Uehara und Ransom. Das hier ist weit entfernt von dem Blut und Schweiß, was uns Ärzte umgibt, dachte sie angewidert.

Plötzlich ertönten Stimmen und zogen Kates Aufmerksamkeit auf sich. Sie drehte sich um und sah am Ende des Flurs eine kleine Armee junger Männer und Frauen aus einem Konferenzraum kommen. Welcher war Ransom? Sie überflog die Gesichter, aber keiner der Männer sah alt genug aus, um Seniorpartner der Kanzlei zu sein. Sie schaute wieder zum Schreibtisch und sah, dass die Empfangsdame ihr immer noch den Rücken zukehrte. Das hieß: jetzt oder nie.

Es kostete Kate nur den Bruchteil einer Sekunde, um eine Entscheidung zu fällen. Rasch und mit voller Absicht bewegte sie sich auf den Konferenzraum zu. Aber in der Tür blieb sie stehen, ihre Augen wurden plötzlich von Licht geblendet.

Ein langer Teakholztisch erstreckte sich vor ihr. Auf beiden Seiten stand jeweils eine Reihe lederbezogene Stühle wie Soldaten in Habachtstellung. Grelles Sonnenlicht drang durch die Fenster auf der Südseite hinein und ergoss sich über Kopf und Schultern des einsamen Mannes, der am hinteren Tischende saß. Das Licht überzog sein helles Haar mit goldenen Streifen. Er bemerkte sie nicht; seine ganze Aufmerksamkeit war auf einen Stapel Papiere gerichtet, der vor ihm lag. Abgesehen von dem Rascheln, wenn er eine Seite umblätterte, war der Raum vollkommen still.

Kate schluckte schwer und richtete sich gerade auf. „Mr Ransom?"

Der Mann schaute auf und betrachtete sie mit gleichgültiger Miene. „Ja? Wer sind Sie?"

„Ich bin …"

„Entschuldigen Sie bitte vielmals, Mr Ransom!", unterbrach sie die empörte Stimme der Empfangsdame. Während sie Kate am Arm fortzog, murmelte sie durch die Zähne: „Ich habe Ihnen gesagt, er ist nicht zu sprechen. Wenn Sie jetzt also mit mir kommen …"

„Ich möchte nur mit ihm reden!"

„Wollen Sie, dass ich den Sicherheitsdienst rufe und Sie hinauswerfen lasse?"

Kate riss ihren Arm los. „Nur zu."

„Führen Sie mich nicht in Versuchung, Sie …"

„Was, zur Hölle, geht hier vor?" Ransoms dröhnende Stimme hallte in dem großen Raum wider und ließ die beiden Frauen vor Schreck verstummen. Er warf Kate einen langen und vernichtenden Blick zu. „Wer sind Sie?"

„Kate …" Sie hielt inne. Dann senkte sie die Stimme und schlug einen anderen Ton an. „Dr. Kate Chesne." Sie hoffte, es klang würdevoller.

Eine Pause entstand. „Ich verstehe." Er schaute sofort wieder auf seine Papiere und sagte ausdruckslos: „Führen Sie sie hinaus, Mrs Pierce."

„Ich möchte Ihnen nur die Wahrheit erzählen!", sagte Kate nachdrücklich. Sie versuchte, nicht von der Stelle zu weichen, aber die Empfangsdame trieb sie mit der ganzen Geschicklichkeit eines Hütehundes zur Tür. „Oder würden Sie die Wahrheit lieber nicht hören, ist es das? Arbeitet ihr Rechtsanwälte etwa so?" Er ignorierte sie geflissentlich. „Die Wahrheit ist Ihnen völlig egal, oder? Sie wollen nicht erfahren, was wirklich mit Ellen O'Brien geschehen ist!"

Daraufhin hob er unvermittelt den Kopf. Sein Blick heftete sich lange und unnachgiebig auf ihr Gesicht. „Warten Sie, Mrs Pierce. Ich habe gerade meine Meinung geändert. Lassen Sie Dr. Chesne bleiben."

Mrs Pierce war fassungslos. „Aber … sie könnte gewalttätig werden!"

Davids Blick verweilte einen Moment länger auf Kates gerötetem Gesicht. „Ich denke, ich werde mit ihr fertig. Sie können gehen, Mrs Pierce."

Mrs Pierce murmelte etwas vor sich hin, als sie hinausging. Die Tür schloss sich hinter ihr. Ein sehr langes Schweigen folgte.

„Nun, Dr. Chesne", sagte David schließlich. „Wo Sie jetzt, wie durch ein Wunder, das Kunststück zuwege gebracht haben, an Mrs Pierce vorbeizukommen, wollen Sie da einfach stehen bleiben?“ Er deutete auf einen Stuhl. „Nehmen Sie Platz. Es sei denn, Sie möchten mich lieber von dort durch den ganzen Raum anschreien.“

Seine kühle Ironie ließ ihn erst recht unnahbar wirken und minderte ihre Anspannung nicht. Sie zwang sich, auf ihn zuzugehen, und fühlte seinen Blick bei jedem Schritt. Für einen so hoch angesehenen Mann war er jünger, als sie erwartet hatte; Ransom war noch keine vierzig. Das Wort *Establishment* schien überall auf seinen Kleidern geschrieben zu stehen, angefangen bei dem grauen Nadelstreifenanzug bis zur Krawattennadel von Yale. Aber eine so tiefe Bräune und die sonnengebleichten Haare passten nicht zu einem Ivy-League-Typen. Er ist nichts weiter als ein erwachsen gewordener Surfer-Boy, dachte sie spöttisch. Er hatte allemal die Statur eines Surfers. Lange, sehnige Gliedmaßen und Schultern, die gerade breit genug waren, um sie stattlich zu nennen. Die große Nase und das stumpfe Kinn bewahrten ihn davor, als hübsch zu gelten. Aber seine Augen. Kate ertappte sich dabei, dass sie den Blick nicht von ihnen wenden konnte. Sie waren von einem kühlen, durchdringenden Blau; Augen, denen absolut nichts zu entgehen schien. Im Moment bohrte sich ihr Blick geradewegs durch sie hindurch, und Kate spürte das fast unwiderstehliche Bedürfnis, die Arme schützend über der Brust zu verschränken.

„Ich bin hier, um Ihnen die Wahrheit zu erzählen, Mr Ransom“, sagte sie.

„Die Wahrheit, wie Sie sie verstehen?“

„Die Wahrheit, wie sie *ist*.“

„Bemühen Sie sich nicht.“ Er griff in seine Aktentasche, zog Ellen O'Briens Akte heraus und knallte sie auf den Tisch. „Ich habe die ganze Wahrheit hier. Alles, was ich brauche.“

Alles, was ich brauche, um Sie zu hängen, meinte er wohl.

„Nicht alles.“

„Und jetzt wollen Sie mich mit den fehlenden Details versorgen. Richtig?“ Er lächelte, und sie erkannte sofort die unverkennbare Drohung in seiner Miene. Er hatte so perfekte spitze Zähne. Sie hatte das deutliche Gefühl, sie starrte gerade in den Rachen eines Hais.

Sie beugte sich vor und legte ihre Hände flach auf den Tisch. „Womit ich Sie versorgen will, ist die Wahrheit."

„Oh, natürlich." Er lehnte sich lässig in seinem Stuhl zurück und betrachtete sie mit einem Ausdruck tödlicher Langeweile. „Sagen Sie mir eines", fragte er spontan. „Weiß Ihr Anwalt, dass Sie hier sind?"

„Anwalt? I…Ich habe mit keinem Anwalt gesprochen …"

„Dann sollten Sie besser einen ans Telefon bekommen. Schnell. Denn, Doktor, Sie werden ganz sicher einen Anwalt brauchen."

„Nicht unbedingt. Dies ist nichts weiter als ein großes Missverständnis, Mr Ransom. Wenn Sie sich einfach nur die Fakten anhören. Ich bin überzeugt …"

„Warten Sie." Er griff in seine Aktentasche und zog einen Kassettenrekorder heraus.

„Was machen Sie da eigentlich?", wollte sie wissen.

Er schaltete den Rekorder an und schob ihn vor sie hin. „Ich möchte nicht irgendein entscheidendes Detail verpassen. Fahren Sie fort mit Ihrer Geschichte. Ich bin ganz Ohr."

Wütend streckte sie die Hand aus und drückte auf den AUS-Schalter. „Ich mache hier keine Aussage! Stecken Sie das verdammte Ding weg!"

Für einige angespannte Sekunden versuchten sie, sich gegenseitig abzuschätzen. Kate spürte ein deutliches Triumphgefühl, als er den Rekorder zurück in seine Aktentasche steckte.

„Also, wo waren wir?", fragte er mit übertriebener Höflichkeit. „Oh, ja. Sie waren dabei, mir zu erzählen, was wirklich geschehen ist." Er lehnte sich zurück. Offensichtlich rechnete er damit, gut unterhalten zu werden.

Sie zögerte. Jetzt, da sie endlich seine volle Aufmerksamkeit hatte, wusste sie nicht recht, wie sie anfangen sollte.

„Ich bin ein sehr … gewissenhafter Mensch, Mr Ransom", sagte sie schließlich. „Ich lasse mir Zeit mit den Dingen. Vielleicht bin ich nicht genial, aber ich bin gründlich. Und ich mache keine dummen Fehler."

Seine hochgezogenen Augenbrauen sagten ihr genau, was er von dieser Erklärung hielt. Sie beachtete seinen Blick nicht weiter und fuhr fort.

„An dem Abend, an dem Ellen O'Brien ins Krankenhaus kam, hat Guy Santini sie aufgenommen. Aber ich habe die Anweisungen für die Anästhesie geschrieben. Ich habe die Laborergebnisse geprüft. Und ich habe ihr EKG gelesen. Es war ein Sonntagabend, und der Techniker war irgendwo beschäftigt, also habe ich den EKG-Streifen sogar selbst schreiben lassen. Ich war nicht in Eile. Ich habe mir alle Zeit genommen, die ich brauchte. Eigentlich mehr, als ich brauchte, denn Ellen war eine Mitarbeiterin. Sie war eine von *uns*. Sie war auch eine Freundin. Ich erinnere mich, dass ich in ihrem Zimmer gesessen habe und ihre Laborergebnisse mit ihr durchgegangen bin. Sie wollte wissen, ob alles in Ordnung ist."

„Und Sie haben ihr gesagt, alles wäre in Ordnung."

„Ja. Einschließlich des EKG."

„Dann haben Sie offensichtlich einen Fehler gemacht."

„Ich habe es Ihnen gerade gesagt, Mr Ransom. Ich mache keine dummen Fehler. Und ich habe auch an jenem Abend keinen gemacht."

„Aber die Unterlagen zeigen ..."

„Die Unterlagen sind falsch."

„Ich habe hier die Herzstromaufzeichnung, schwarz auf weiß. Und sie zeigt deutlich einen Herzinfarkt."

„Das ist *nicht* das EKG, das ich gesehen habe!"

Er wirkte, als ob er sie nicht richtig verstanden hätte.

„Das EKG, das ich an jenem Abend gesehen habe, war ohne Befund", sagte sie nachdrücklich.

„Und wie ist dieses dann in ihrer Krankenakte aufgetaucht?"

„Jemand hat es hineingesteckt."

„Wer?"

„Ich weiß es nicht."

„Ich verstehe." Er wandte sich ab und sagte leise: „Ich kann es kaum erwarten, anzusehen, wie das vor Gericht ankommt."

„Mr Ransom, wenn ich einen Fehler gemacht hätte, wäre ich die Erste, die es zugäbe!"

„Dann wären Sie erstaunlich ehrlich."

„Glauben Sie wirklich, ich würde mir eine Geschichte ausdenken, die … so *dumm* wäre wie diese?"

Zur Antwort brach er in ein promptes Gelächter aus, und ihre Wangen wurden glühend heiß. „Nein", antwortete er. „Ich bin sicher, Sie würden sich etwas viel Glaubwürdigeres einfallen lassen." Er nickte ihr einladend zu. „Bitte, ich brenne darauf, zu hören, wie es zu dieser merkwürdigen Verwechslung kam. Wie landete das falsche EKG in der Krankenakte?" Seine Stimme troff vor Sarkasmus.

„Woher soll ich das wissen?"

„Sie haben doch bestimmt eine Theorie."

„Habe ich nicht."

„Kommen Sie schon, Doktor, enttäuschen Sie mich nicht."

„Ich sagte, ich habe keine."

„Dann spekulieren Sie!"

„Vielleicht hat es jemand von der *Enterprise* dorthin gebeamt!", schrie sie in ihrer Wut.

„Nette Theorie", sagte David Ransom. „Aber lassen Sie uns doch in die Realität zurückkehren. Die, in diesem Fall, zufällig aus einem Bogen aus einem Holz-Nebenprodukt besteht, gemeinhin bekannt als Papier." Er schlug die Krankenakte auf der Seite mit dem belastenden EKG auf. „Liefern Sie eine Erklärung *dafür*."

„Ich habe Ihnen gesagt, dass ich das nicht kann! Ich bin verrückt geworden, als ich versucht habe, es herauszufinden! Wir machen im Mid Pac jeden Tag Dutzende von EKGs. Es könnte ein Verwaltungsfehler gewesen sein. Eine falsch beschriftete Aufzeichnung. Irgendwie ist die Seite in der falschen Krankenakte abgelegt worden."

„Aber Sie haben Ihre Initialen auf diese Seite geschrieben."

„Nein, das habe ich nicht."
„Gibt es bei Ihnen noch eine andere ‚K. C.'?"
„Das sind meine Initialen. Aber ich habe sie nicht auf diese Seite geschrieben."
„Was wollen Sie damit sagen? Dass dies eine Fälschung ist?"
„Es ... es muss eine sein. Ich meine, ja, ich vermute, es ist eine ..." Plötzlich verunsichert, schob sie sich eine rebellische Haarsträhne aus dem Gesicht. Sein zutiefst gelassener Gesichtsausdruck verwirrte sie. Warum zeigte der Mann keine Reaktion? Warum saß er einfach da und betrachtete sie mit dieser nichtssagenden Miene, die sie zur Weißglut brachte?
„Nun", sagte er schließlich.
„‚Nun' was?"
„Wie lange haben Sie schon dieses kleine Problem, dass Leute Ihre Initialen fälschen?"
„Lassen Sie das. Sie stellen mich ja hin, als sei ich paranoid!"
„Das muss ich nicht. Sie machen das sehr gut alleine."
Jetzt lachte er im Stillen über sie; sie konnte es in seinen Augen sehen. Das Schlimmste daran war, dass sie es ihm nicht verübeln konnte. Ihre Geschichte klang wirklich wie das Hirngespinst einer Wahnsinnigen.
„Gut", lenkte er ein. „Lassen Sie uns für den Moment davon ausgehen, dass Sie die Wahrheit sagen."
„Ja", entgegnete sie giftig. „Tun Sie das bitte!"
„Mir fallen nur zwei Erklärungen dafür ein, warum das EKG absichtlich ausgetauscht wurde. Entweder will jemand Ihre Karriere ruinieren ..."
„Das ist absurd. Ich habe keine Feinde."
„Oder jemand versucht, einen Mord zu vertuschen."
Auf ihren fassungslosen Gesichtsausdruck hin lächelte er sie unerträglich überlegen an. „Da die zweite Erklärung uns beiden offensichtlich gleichermaßen absurd erscheint, bleibt mir nichts anderes übrig, als den Schluss zu ziehen, dass Sie lügen." David beugte sich vor, und seine Stimme war plötzlich sanft, fast ver-

traulich. Der Hai wurde auf einmal freundlich, das konnte nur gefährlich sein. „Kommen Sie schon, Doktor", drängte er. „Seien Sie ehrlich zu mir. Erzählen Sie mir, was wirklich im Operationssaal passiert ist. Gab es ein Messer, das ausrutschte? Einen Fehler bei der Narkose?"

„Es gab nichts dergleichen!"

„Zu viel Lachgas und nicht genug Sauerstoff?"

„Ich habe Ihnen gesagt, es gab *keine* Fehler!"

„*Warum ist Ellen O'Brien dann tot?*"

Sie starrte ihn bestürzt an. Wie brutal seine Stimme klang. Und wie blau seine Augen waren. Ein Funke schien zwischen ihnen zu fliegen, entfacht von etwas gänzlich Unerwartetem. Erschrocken stellte sie fest, dass er ein attraktiver Mann war. Zu attraktiv. Und dass ihre Reaktion auf ihn gefährlich war. Sie konnte bereits spüren, wie ihr die Röte ins Gesicht kroch. Ein Hitzeschwall stieg in ihr auf. Sie fühlte es.

„Keine Antwort?" Es klang herausfordernd. Er lehnte sich zurück und genoss es anscheinend, ihr gegenüber im Vorteil zu sein. „Dann lassen Sie mich Ihnen doch erzählen, was passiert ist: Am 2. April, einem Sonntagabend, kam Ellen O'Brien ins Mid Pac Hospital, zu einer Routine-Gallenblasenoperation. Als ihre Narkoseärztin ordneten Sie präoperative Standardtests an, darunter ein EKG, das Sie prüften, bevor Sie das Krankenhaus an jenem Abend verließen. Vielleicht wurden Sie zur Eile gedrängt. Vielleicht wartete ein heißes Rendezvous auf Sie. Was auch immer der Grund gewesen sein mag, Sie waren nachlässig und begingen einen verhängnisvollen Fehler. Sie übersahen diese entscheidenden Hinweise im EKG: die erhöhten ST-Strecken, die umgekehrten T-Wellen. Sie erklärten es für normal und unterschrieben mit Ihren Initialen. Dann sind Sie nach Hause gegangen – und haben überhaupt nicht gemerkt, dass Ihre Patientin gerade einen Herzinfarkt gehabt hatte."

„Sie hatte nie irgendwelche Symptome! Keine Brustschmerzen ..."

„Aber es steht genau hier in den Aufzeichnungen der Krankenschwestern – lassen Sie es mich zitieren …" Er blätterte durch die Krankenakte. „‚Patientin klagt über Schmerzen im Oberbauch.'"

„Das war ihr Gallenstein …"

„Oder war es ihr Herz? Die nächsten Ereignisse sind jedenfalls unbestritten. Sie und Dr. Santini hatten Ms O'Briens Operation angesetzt. Einige tiefe Züge vom Narkosemittel und die Anstrengung war zu viel für ihr geschwächtes Herz. Also hörte es auf zu schlagen. Und Sie konnten es nicht wieder in Gang setzen." Er hielt inne. Seine Augen waren so kalt wie Diamanten. „Das war es, Dr. Chesne. Sie haben gerade Ihre Patientin verloren."

„So ist es nicht gewesen! Ich erinnere mich an das EKG. Es war *normal*!"

„Vielleicht nehmen Sie sich noch einmal Ihr Lehrbuch über EKGs vor."

„Ich brauche kein Lehrbuch. Ich *weiß*, was normal ist!" Kate erkannte ihre eigene Stimme kaum wieder; schrill schallte sie durch den großen Konferenzraum.

Er sah unbeeindruckt aus. Gelangweilt gar. „Ernsthaft …", er seufzte, „wäre es nicht leichter, Sie würden einfach zugeben, dass Sie einen Fehler gemacht haben?"

„Leichter für wen?"

„Für alle Beteiligten. Denken Sie über einen außergerichtlichen Vergleich nach. Das wäre schnell, einfach und vergleichsweise schmerzlos."

„Einen Vergleich? Aber das hieße, einen Fehler einzugestehen, den ich nicht begangen habe!"

Das war anscheinend zu viel. Ihm riss der Geduldsfaden. „Sie wollen vor Gericht gehen?", schoss er zurück. „Gut. Aber lassen Sie mich Ihnen etwas über meine Art zu arbeiten sagen. Wenn ich einen Fall verhandle, mache ich keine halben Sachen. Wenn ich Sie vor Gericht auseinandernehmen muss, werde ich es tun. Und wenn ich fertig bin, werden Sie sich wünschen, dass Sie diese Sache niemals in einen albernen Kampf um Ihre Ehre verwandelt hätten. Denn seien wir ehrlich, Doktor. Sie haben nicht die geringste Chance. Sie werden so schnell verlieren, wie ein Schneeball in der Hölle schmilzt."

Sie wollte ihn bei diesem Nadelstreifen-Revers packen. Sie wollte laut hinausschreien, dass in all diesem Gerede über Vergleiche und Gerichtssäle ihr eigener Kummer über Ellen O'Briens Tod außer Acht gelassen wurde. Aber plötzlich schien ihre ganze Wut, ihre ganze Kraft dahinzuschwinden. Auf einmal war sie erschöpft. Müde sank sie in ihren Stuhl zurück. „Ich wünschte, ich *könnte* zugeben, dass ich einen Fehler gemacht habe", sagte sie leise. „Ich wünschte, ich könnte einfach sagen: ‚Ich weiß, ich bin schuldig, und ich werde dafür bezahlen.' Ich wünschte bei Gott, ich könnte das sagen. Ich habe die letzte Woche damit verbracht, mein Erinnerungsvermögen infrage zu stellen. Darüber nachzugrübeln, wie das alles passieren konnte. Ellen hat mir vertraut, und ich habe sie sterben lassen. Seitdem wünsche ich mir, dass ich niemals Ärztin geworden wäre, sondern Sekretärin oder Kellnerin – irgendetwas anderes. Ich liebe meine Arbeit. Sie können sich nicht vorstellen, wie hart es gewesen ist – wie viel ich aufgegeben habe –, nur um dorthin zu gelangen, wo ich bin. Und jetzt sieht es so aus, als ob ich meinen Job verlieren werde ..." Sie schluckte und ließ niedergeschlagen den Kopf hängen. „Und ich frage mich, ob ich jemals wieder fähig sein werde, zu arbeiten ..."

David betrachtete schweigend ihren gesenkten Kopf und kämpfte darum, die Gefühle zu ignorieren, die sich in ihm regten. Er hatte sich immer für einen guten Menschenkenner gehalten. Für gewöhnlich konnte er einem Mann in die Augen blicken und sagen, ob er log. Während Kate Chesnes kleiner Rede hatte er die ganze Zeit ihre Augen beobachtet und nach irgendeiner winzigen Ungereimtheit gesucht, nach einem verräterischen Zucken, das ihm sagen würde, dass sie nach Strich und Faden log.

Aber ihr Blick war vollkommen klar und offen gewesen, und ihre Augen waren so schön wie zwei Smaragde.

Der letzte Gedanke überraschte ihn, wie er plötzlich auftauchte, fast gegen seinen Willen. Sosehr er auch versuchen mochte, diesen Gedanken zu unterdrücken, David wurde sich mit einem Mal bewusst, dass sie eine schöne Frau *war*. Sie trug ein schlichtes grünes Kleid, das lose in der Taille gerafft war, und es brauchte nur einen Blick, um zu sehen, dass unter dem seidigen Stoff feminine Kurven steckten. Das Gesicht, das mit diesen sehr hübschen Kurven einherging, hatte seine Makel. Sie hatte den kantigen Kiefer eines Berufsboxers. Ihr schulterlanges mahagonifarbenes Haar war eine wilde Mähne, offensichtlich nicht zu bändigen. Der lockige Pony milderte die allzu ausladende Stirn. Nein, es war kein klassisch schönes Gesicht. Aber klassisch schöne Frauen hatte er noch nie anziehend gefunden.

Plötzlich ärgerte er sich – nicht nur über sich selbst, sondern über sie, über die Wirkung, die sie auf ihn hatte. Er war kein dummer Junge, der frisch aus dem Jurastudium kam. Er war zu erfahren und zu intelligent, um sich mit den typisch männlichen Gedanken zu befassen, die jetzt in seinem Kopf tanzten.

In einer absichtlich groben Geste blickte er hinunter auf seine Armbanduhr. Dann stand er auf und klappte seine Aktentasche zu. „Ich muss eine Aussage aufnehmen, und ich bin bereits zu spät. Wenn Sie mich also entschuldigen würden …“

Er war auf halbem Wege durch den Raum, als sie ihm leise hinterherrief: „Mr Ransom?“

Gereizt blickte er sich nach ihr um. „Was?“

„Ich weiß, meine Geschichte klingt verrückt. Und ich schätze, es gibt keinen Grund auf der Welt, weshalb Sie mir glauben sollten. Aber ich schwöre Ihnen: Es ist die Wahrheit.“

Er spürte ihr verzweifeltes Bedürfnis nach Bestätigung. Sie suchte nach einem Zeichen, dass sie zu ihm durchgedrungen war und dass sie seine harte Schale aus Zweifel und Misstrauen durchstoßen hatte. Tatsache war, er *wusste* nicht, ob er ihr glaubte, und es quälte ihn höllisch, dass sein üblicher Instinkt für die Wahrheit durcheinandergeraten war, und all das wegen dieser smaragdgrünen Augen.

„Ob ich Ihnen glaube oder nicht, ist unerheblich", sagte er. „Verschwenden Sie also nicht Ihre Zeit mit mir, Doktor. Sparen Sie sie sich für die Geschworenen auf."

Die Worte kamen ihm kälter über die Lippen, als er beabsichtigt hatte, und als sie rasch den Kopf abwendete, wusste er, dass sie gekränkt war.

„Dann gibt es also nichts, was ich tun kann, nichts, was ich sagen kann …"

„Gar nichts."

„Ich dachte, Sie würden mir zuhören. Ich dachte, ich könnte irgendwie Ihre Meinung ändern …"

„Dann müssen Sie eine Menge über Anwälte lernen. Schönen Tag, Dr. Chesne." Er wandte sich um und steuerte eilig auf die Tür zu. „Wir sehen uns vor Gericht."

3. KAPITEL

„Sie haben nicht die geringste Chance. Sie werden so schnell verlieren, wie ein Schneeball in der Hölle schmilzt."

Wieder und wieder echote dieser Satz in ihrem Kopf, als Kate allein an einem Tisch in der Krankenhauskantine saß. Wie lange brauchte ein Schneeball überhaupt, um dort zu schmelzen? Oder würde er sich einfach in der Hitze der Flammen auflösen?

Wie viel konnte sie aushalten, bevor sie im Zeugenstand zusammenbrach?

Wenn es um Leben und Tod ging, wenn ein medizinischer Notfall eintrat, wusste sie immer, was zu tun war. Sie rang nicht die Hände darüber, was getan werden musste; sie tat es einfach, automatisch. Innerhalb der sicheren und sterilen Wände des Operationssaals hatte sie die Kontrolle.

Aber ein Gerichtssaal war eine vollkommen andere Welt. Das war David Ransoms Revier. Er wäre derjenige, der dort die Kontrolle hatte; sie wäre ihm ausgeliefert wie ein Patient auf dem Operationstisch. Wie konnte sie einen Angriff von genau dem Mann abwehren, der seinen Ruf darauf aufgebaut hatte, dass er Ärztekarrieren in Schutt und Asche legte?

Sie hatte sich zuvor nie von Männern bedroht gefühlt. Immerhin war sie mit ihnen ausgebildet worden, hatte mit ihnen gearbeitet. David Ransom war der erste Mann, der sie jemals eingeschüchtert hatte, und es war ihm mühelos gelungen. Wenn er nur klein wäre oder dick oder kahl. Wenn sie ihn sich nur als menschlich und verletzlich vorstellen könnte. Aber nur der Gedanke, diesen kalten blauen Augen vor Gericht gegenüberzustehen, verursachte ihr Übelkeit.

„Sieht so aus, als ob du etwas Gesellschaft gebrauchen könntest", sagte eine vertraute Stimme.

Als sie aufblickte, bemerkte sie Guy Santini, zerknittert wie immer, der durch diese absurd dicken Brillengläser auf sie herabschaute.

Sie nickte ihm teilnahmslos zu. „Hi."

Guy schnalzte mit der Zunge, zog einen Stuhl heran und setzte sich hin. „Wie geht es dir, Kate?"

„Du meinst, abgesehen davon, dass ich arbeitslos bin?" Sie brachte ein bitteres Lachen zustande. „Einfach großartig."

„Ich habe gehört, der Alte hat dich aus dem OP-Saal abgezogen. Das tut mir leid."

„Ich kann es dem alten Avery nicht wirklich verübeln. Er hat nur Anweisungen befolgt."

„Bettencourts Anweisungen?"

„Wessen sonst? Er hat mich als eine finanzielle *Belastung* bezeichnet."

Guy schnaubte. „Das passiert, wenn die verdammten BWLer übernehmen. Alles, worüber sie sprechen können, sind Gewinne und Verluste! Ich schwöre, wenn George Bettencourt mit dem Verkauf von Zahngold der Patienten Geld machen könnte, würde er mit einer Kneifzange durch die Stationen ziehen."

„Und dann würde er ihnen eine Rechnung über eine kieferchirurgische Behandlung schicken", fügte Kate missmutig hinzu.

Keiner von ihnen lachte. Der Scherz war zu nah an der Wahrheit, um lustig zu sein.

„Wenn du dich dadurch etwas besser fühlst, Kate, du wirst im Gerichtssaal ein wenig Gesellschaft haben. Ich bin auch dabei."

Sie schaute unvermittelt auf. „Oh, Guy! Es tut mir leid ..."

Er zuckte mit den Schultern. „Ist nicht so schlimm. Ich bin schon einmal verklagt worden. Glaub mir, nur beim ersten Mal tut es wirklich weh."

„Was ist geschehen?"

„Es war in der Notaufnahme. Ein Mann mit einem Milzriss wurde eingeliefert, und ich konnte ihn nicht retten." Guy schüttelte den Kopf. „Als ich diesen Brief vom Anwalt sah, war ich so niedergeschlagen, dass ich aus dem nächsten Fenster springen wollte. Susan war kurz davor, mich in die Psychiatrie zu schleppen. Aber weißt du was? Ich habe es überlebt. Das wirst du auch, solange du daran denkst, dass sie nicht dich persönlich angreifen. Sie greifen deine Arbeit an."

„Ich sehe den Unterschied nicht."

„Und das ist dein Problem, Kate. Du hast nie gelernt, dich von deiner Arbeit zu distanzieren. Wir beide wissen um all die Stunden, die du hier verbringst. Verdammt, manchmal denke ich, du lebst praktisch hier. Ich sage nicht, Engagement wäre ein Charakterfehler. Aber man kann es übertreiben."

Das war wahr. Sie wusste es, und genau das schmerzte. Sie machte tatsächlich Überstunden. Vielleicht musste sie das; es hielt ihre Gedanken von der Ödnis ihres Privatlebens fern.

„Ich habe mich nicht völlig in meiner Arbeit vergraben", sagte sie. „Ich habe wieder angefangen, mich zu verabreden."

„Das wird aber auch Zeit. Wer ist der Mann?"

„Letzte Woche bin ich mit Elliot ausgegangen."

„Der Programmierer aus der EDV-Abteilung?" Guy seufzte. Elliot war fast eins neunzig groß bei gerade mal sechzig Kilo und hatte eindeutige Ähnlichkeit mit dem Komiker Pee-Wee Herman. „Ich wette, das war eine wirklich grandiose Sause."

„Nun, es war irgendwie ... lustig. Er hat mich in sein Apartment hinaufgebeten."

„Hat er das?"

„Also bin ich gegangen."

„Du bist *wirklich* nach oben mitgegangen?"

„Er wollte mir seine neuesten Elektronik-Spielzeuge zeigen."

Guy beugte sich erwartungsvoll vor. „Was ist passiert?"

„Wir haben seine neuen CDs angehört. Ein paar Computerspiele gespielt."

„Und?"

Sie seufzte. „Nach acht Runden Zork bin ich nach Hause gegangen."

Stöhnend sank Guy in seinem Stuhl zurück. „Elliot Lafferty, der letzte aller glühenden Liebhaber. Kate, was du brauchst, ist eine dieser Dating-Agenturen. Hey, ich schreibe sogar die Anzeige für dich. 'Intelligente, attraktive Frau sucht …'"

„Daddy!" Der glückliche Aufschrei tönte geradewegs durch den Lärm in der Kantine.

Guy drehte sich um, als schnelle Füße auf ihn zutrappelten. „Da ist mein Will!" Lachend sprang er auf und hob seinen Sohn in die Höhe. Es brauchte nur eine schwungvolle Bewegung seines Arms, um den spindeldürren fünfjährigen Jungen in die Luft fliegen zu lassen. Der kleine Will war so leicht, dass er für einen Augenblick zu schweben schien wie ein zarter Vogel. Er fiel und landete sehr weich, sehr sicher in den Armen seines Vaters. „Ich habe auf dich gewartet, kleiner Mann", sagte Guy. „Warum hat es so lange gedauert?"

„Mommy ist spät nach Hause gekommen."

„Schon wieder?"

Will beugte sich vor und flüsterte vertraulich: „Adele war *wirklich* wütend. Ihr Freund sollte eigentlich mit ihr ins Kino gehen."

„Uh-oh. *Natürlich* wollen wir nicht, dass Adele auf uns wütend ist, oder?" Guy warf seiner Frau Susan, die sich zu ihnen durchschlängelte, einen fragenden Blick zu. „Hey, vergraulen wir die Nanny jetzt schon?"

„Ich schwöre dir, das ist der Vollmond!" Susan lachte und schob eine krause rote Haarsträhne zurück. „Meine Patienten sind alle völlig verrückt geworden. Ich konnte sie nicht aus meiner Praxis bekommen."

Guy murmelte Kate mürrisch zu: „Und sie hat geschworen, es wäre eine Teilzeit-Praxis. Ha! Rate mal, wer praktisch jede Nacht in die Notfallambulanz gerufen wird?"

„Oh, du vermisst doch nur, dass jemand deine Hemden bügelt!" Susan streckte die Hand aus und gab ihrem Mann einen liebevollen Klaps auf die Wange. Es war eine mütterliche Geste, wie man sie von Susan Santini erwartete. „Meine Glucke", hatte Guy seine Frau einmal genannt. Er hatte es als Kosewort gemeint, und es hatte gepasst. Susans Schönheit lag nicht in ihrem Gesicht, das reizlos und sommersprossig war. Auch nicht in ihrer Figur, denn sie war stämmig wie eine Farmersfrau. Susans Schönheit lag in diesem heiteren, geduldigen Lächeln, mit dem sie jetzt ihren Sohn anstrahlte.

„Daddy!“ William hüpfte um Guys Beine herum wie ein Kobold. „Lass mich noch mal fliegen!“

„Was bin ich, eine Startrampe?“

„Hoch! Noch mal!“

„Später, Will“, sagte Susan. „Wir müssen Daddys Auto abholen, bevor die Werkstatt schließt.“

„Bitte!“

„Hast du das gehört?“ Guy schnappte nach Luft. „Er hat das Zauberwort gesagt.“ Mit einem Löwengebrüll sprang Guy auf den kreischenden Jungen zu und warf ihn in die Luft.

Susan warf Kate einen leidgeprüften Blick zu. „Ich habe zwei Kinder. Und eines von ihnen wiegt zweihundertvierzig Pfund.“

„Das habe ich gehört.“ Guy schlang besitzergreifend den Arm um seine Frau. „Dafür wirst du mich nach Hause fahren müssen, Lady.“

„Gemeiner Kerl. Lust auf McDonald's?“

„Hm. Ich kenne jemanden, der heute Abend nicht kochen möchte.“

Guy winkte Kate zu, als er seine Familie zur Tür schob. „Also, was darf es sein, Kleiner?“, hörte Kate ihn zu William sagen. „Cheeseburger?“

„Eiscreme.“

„Eiscreme. Nun, an diese Alternative hatte ich gar nicht gedacht …“

Wehmütig sah Kate zu, wie sich die Santinis ihren Weg durch die Cafeteria bahnten. Sie konnte sich vorstellen, wie der Rest ihres Abends verlaufen würde. Sie würden bei McDonald's sitzen, die beiden Eltern würden sich necken und dabei Will einen weiteren Bissen seines Essens aufdrängen. Dann käme die Fahrt nach Hause, die Pyjamas, die Gutenachtgeschichte. Und am Ende würden sich zwei dünne Arme für einen Kuss um Daddys Nacken schlingen.

Wofür soll ich nach Hause gehen? dachte sie.

Guy drehte sich um und winkte ihr ein letztes Mal zu. Dann verschwanden er und seine Familie zur Tür hinaus. Kate seufzte neidisch. *Glücklicher Mann.*

Nachdem er sein Büro an diesem Nachmittag verlassen hatte, fuhr David die Nuuanu Avenue hinauf und bog auf die unbefestigte Straße ein, die sich durch den alten Friedhof schlängelte. Er parkte sein Auto im Schatten eines Banyan-Baumes und ging über den frisch gemähten Rasen, vorbei an den Marmor-Grabsteinen mit den grotesken Engeln, vorbei an den letzten Ruhestätten der Doles und der Binghams und der Cookes. Schließlich kam er in einen Teil des Friedhofs, wo es nur Bronze-Gedenktafeln gab. Sie lagen flach in der Erde, ein trauriges Zugeständnis an die moderne Grabpflege. Unter einem Regenbaum blieb er stehen und blickte hinunter auf das Schild zu seinen Füßen.

Noah Ransom
Sieben Jahre alt

Es war ein schöner Ort, an einem Hang gelegen, mit Blick auf die Stadt. Hier wehte immer ein leichter Wind, manchmal vom Meer, manchmal vom Tal herauf. Wenn er die Augen schloss, erkannte er nur an dem Geruch, woher der Wind gerade kam.

David hatte diesen Flecken Erde nicht ausgesucht. Er konnte sich nicht erinnern, wer entschieden hatte, dass das Grab hier sein sollte. Vielleicht war es damals einfach darum gegangen, welche Grabstelle noch zu haben war. Wenn dein einziges Kind stirbt, wer schert sich dann um Ausblick oder Wind oder Regenbäume?

Er bückte sich und strich mit der Hand über die Blätter, die auf die Gedenktafel gefallen waren. Dann erhob er sich langsam und stand schweigend neben seinem Sohn. Er bemerkte kaum das Rascheln des langen Rocks, auch nicht den Stock, der über den Rasen stampfte.

„Hier bist du also, David", rief eine Stimme.

Als er sich umdrehte, sah er eine hochgewachsene, silberhaarige Frau auf sich zuhumpeln. „Du solltest nicht hier draußen sein, Mutter. Nicht mit dem verstauchten Fuß."

Die Frau deutete mit dem Stock auf das weiße Schindelhaus, das am Rande des Friedhofs stand. „Ich habe dich durch das Küchenfenster gesehen. Dachte, ich komme besser heraus und begrüße dich. Ich kann nicht ewig darauf warten, dass du mich besuchen kommst."

Er küsste sie auf die Wange. „Entschuldige. Ich war beschäftigt. Aber ich war *wirklich* auf dem Weg zu dir."

„Oh, natürlich." Ihre blauen Augen richteten sich auf das Grab. Es war eines von vielen Dingen, die Jinx Ransom mit ihrem Sohn teilte, dieses eigentümliche Blau ihrer Augen. Selbst mit achtundsechzig war der Blick der Frau durchdringend. „Einige Jahrestage bleiben besser vergessen", sagte sie leise.

Er antwortete nicht.

„Weißt du, David, Noah wollte immer einen Bruder. Vielleicht ist es Zeit, dass du ihm einen schenkst."

David lächelte schwach. „Was schlägst du vor, Mutter?"

„Nur, was in unser aller Natur liegt."

„Vielleicht sollte ich erst heiraten?"

„Oh, natürlich, natürlich." Sie hielt inne, dann fragte sie hoffnungsvoll: „Hast du jemanden im Auge?"

„Keine Menschenseele."

Seufzend schob sie ihren Arm durch seinen. „Das habe ich mir gedacht. Na, komm mit. Da keine wunderschöne Frau auf dich wartet, kannst du genauso gut eine Tasse Kaffee mit deiner alten Mutter trinken."

Zusammen überquerten sie den Rasen und gingen auf das Haus zu. Die Wiese war uneben, und Jinx bewegte sich langsam. Sich auf die Schulter ihres Sohnes zu stützen lehnte sie hartnäckig ab. Sie sollte überhaupt nicht auf den Beinen sein, aber sie hatte den Anweisungen eines Arztes nie gerne Folge geleistet. Eine Frau, die sich den Fuß bei einem hitzigen Tennismatch verstauchte, saß nicht herum und drehte Däumchen.

Sie gingen durch eine Lücke in der Jasmin-Hecke und erklommen die Stufen zur Küchenveranda. Gracie, Jinx' Freundin im mittleren Alter, empfing sie an der Fliegengittertür.

„Da bist du ja!", seufzte Gracie. Sie sah David aus mausbraunen Augen an. „Ich habe absolut *keine* Kontrolle über diese Frau. Überhaupt keine."

Er zuckte mit den Schultern. „Wer hat die schon?"

Jinx und David ließen sich am Frühstückstisch nieder. Die Küche war ein dichter Dschungel aus Hängepflanzen: Ziersparge1, Bubiköpfe und Ampelkraut, wohin das Auge blickte. Eine leichte Brise aus Richtung Tal fegte von der Veranda herein, und durch das große Fenster sahen sie hinaus auf den Friedhof.

„Wie schade, dass sie den Regenbaum zurückgeschnitten haben", bemerkte Jinx und starrte hinaus.

„Das mussten sie", sagte Gracie, während sie Kaffee einschenkte. „Der Rasen kann im Schatten nicht richtig wachsen."

„Aber die Aussicht ist einfach nicht dieselbe."

David schob energisch einen vereinzelten Farn beiseite. „Ich habe mir ohnehin nie etwas aus der Aussicht gemacht. Ich verstehe nicht, wie du den ganzen Tag auf einen Friedhof blicken kannst."

„Ich mag meine Aussicht", erklärte Jinx. „Wenn ich hinausschaue, sehe ich meine alten Freunde. Mrs Goto wurde dort bei der Hecke begraben. Mr Carvalho bei der Gewürzrinde. Und am Hang, da liegt unser Noah. Ich stelle sie mir alle schlafend vor."

„Guter Gott, Mutter."

„Dein Problem ist, David, dass du deine Angst vor dem Tod nie überwunden hast. Solange du das nicht tust, wirst du niemals mit dem Leben zurechtkommen."

„Was schlägst du vor?"

„Versuch es noch einmal mit der Unsterblichkeit. Bekomm noch ein Kind."

„Ich werde nicht wieder heiraten, Mutter. Also, lassen wir das Thema besser sein."

Jinx reagierte, wie sie es immer tat, wenn ihr Sohn eine lächerliche Bitte vorbrachte. Sie beachtete sie nicht. „Da gab es diese junge Frau, die du letztes Jahr auf Maui kennengelernt hast. Was ist mit ihr geschehen?"

„Sie hat geheiratet. Jemand anderen."

„Schande."

„Ja – der arme Kerl."

„Oh, David!", rief Jinx verärgert. „Wann willst du erwachsen werden?"

David lächelte und nahm einen Schluck von Gracies teerschwarzem Kaffee. Sofort musste er würgen. Ein weiterer Grund, weshalb er diese Besuche bei seiner Mutter vermied. Jinx wühlte nicht nur viele schlechte Erinnerungen auf, sie zwang ihn auch, Gracies erbärmlichen Kaffee zu trinken.

„Also, wie war *dein* Tag, Mutter?", fragte er höflich.

„Er wird mit jeder Minute schlechter."

„Mehr Kaffee, David?", drängte Gracie und neigte die Kanne bedrohlich in Richtung seiner Tasse.

„Nein!", keuchte David und hielt schützend eine Hand über die Tasse. Die Frauen starrten ihn überrascht an. „Ich meine, äh, nein, danke, Gracie."

„So empfindlich", stellte Jinx fest. „Stimmt etwas nicht? Ich meine, abgesehen von deinem Sexualleben."

„Ich bin nur etwas beschäftigter als gewöhnlich. Hiro liegt immer noch mit Rückenschmerzen darnieder."

„Hm. Nun, du scheinst deine Arbeit nicht mehr sehr zu mögen. Ich denke, du warst bei der Staatsanwaltschaft viel glücklicher. Jetzt nimmst du die Arbeit so unglaublich ernst."

„Es ist ein ernsthaftes Geschäft."

„Ärzte verklagen? Ha! Das ist nur ein weiterer Weg, schnelles Geld zu machen."

„Mein Arzt wurde einmal verklagt", bemerkte Gracie. „Ich

fand es schrecklich, all diese Dinge, die sie über ihn sagten. So ein Heiliger …“

„Niemand ist ein Heiliger, Gracie“, sagte David finster. „Am allerwenigsten Ärzte.“ Sein Blick wanderte zum Fenster hinaus, und plötzlich dachte er an den O’Brien-Fall. Die Sache hatte ihn den ganzen Nachmitttag beschäftigt. Oder vielmehr, hatte *sie* ihn den ganzen Nachmittag beschäftigt, diese grünäugige, verlogene Kate Chesne. Er hatte sich letztendlich dafür entschieden, dass sie log. Dieser Fall würde sogar leichter werden, als er gedacht hatte. Im Zeugenstand wäre sie ein gefundenes Fressen, und er wusste genau, wie er mit ihr vor Gericht umgehen würde. Zuerst die einfachen Fragen: Name, Studium, Ausbildung nach der Universität. Er hatte die Angewohnheit, im Gerichtssaal auf und ab zu laufen und dann im Kreis um den Beklagten herumzupirschen. Je schwieriger die Fragen, desto enger der Kreis. Wenn er zum entscheidenden Schlag ausholte, standen sie sich von Angesicht zu Angesicht gegenüber. Unerwartet spürte er die Angst wie einen dumpfen Schlag in der Brust, jetzt, wo er wusste, was er tun musste, um den Fall zu Ende zu bringen. Stelle sie bloß. Zerstöre sie. Das war sein Beruf, und er hatte sich immer etwas darauf eingebildet, gute Arbeit zu leisten.

Er würgte einen letzten Schluck Kaffee herunter und sprang auf. „Ich muss los“, verkündete er und duckte sich an einem gefährlich platzierten Hängefarn vorbei. „Ich rufe dich später an, Mutter.“

Jinx schnaubte. „Wann? Nächstes Jahr?“

David gab Gracie einen mitfühlenden Klaps auf die Schulter und murmelte ihr ins Ohr: „Viel Glück. Lass dich von ihr nicht verrückt machen.“

„*Ich? Sie* verrückt machen?“, schnaubte Jinx. „Ha!“

Gracie folgte ihm zur Verandatür, wo sie stehen blieb und winkte. „Auf Wiedersehen, David!“, rief sie freundlich.

Für einen Augenblick verweilte Gracie in der Tür und sah zu, wie David durch den Friedhof zu seinem Auto ging. Dann drehte sie sich traurig zu Jinx um.

„Er ist *so* unglücklich!“, sagte sie. „Wenn er nur vergessen könnte.“

„Er wird nicht vergessen“, seufzte Jinx. „David ist in dieser Hinsicht genau wie sein Vater. Er wird es mit sich herumtragen bis zu dem Tag, an dem er stirbt.“

4. KAPITEL

Der Wind blies mit einer Windstärke von zehn Knoten von Nordost herein, als die Barkasse, die Ellen O'Briens sterbliche Überreste mit sich trug, aufs Meer hinausfuhr. Es war eine so reine, so natürliche Auflösung des Lebens, die Asche in das Meer bei Sonnenuntergang auszustreuen. Die Vereinigung von Fleisch und Blut mit ihren Elementen. Der Priester warf einen Kranz aus gelben Blumen vom alten Pier herab. Die Blüten trieben in der Strömung fort, ein langsamer und symbolischer Abschied, der Patrick O'Brien in Tränen ausbrechen ließ.

Seine Wehklage schwebte mit dem Wind über die Menschen hinweg, die dicht gedrängt am Hafen standen, schwebte hin zu dem fernen Punkt, wo Kate stand. Allein und unbeachtet wartete sie bei den Fischerbooten, die in einer Reihe vertäut lagen, und fragte sich, warum sie hier war. Eine unbarmherzige selbst auferlegte Form von Buße? Ein schwacher Versuch, der Welt zu sagen, es täte ihr leid? Sie wusste nur, dass eine innere Stimme, die um Vergebung bettelte, sie hierhergetrieben hatte.

Es waren noch andere vom Krankenhaus hier: eine Gruppe Krankenschwestern, die sich in stiller, trauernder Verbundenheit zusammendrängte; zwei Gynäkologen, steif und unsicher in ihrer Straßenkleidung; Clarence Avery, dessen weißes Haar im Wind wehte wie Löwenzahnflaum. Selbst George Bettencourt war erschienen. Er stand abseits, sein Gesicht war eine undurchschaubare Maske. Für diese Menschen war ein Krankenhaus mehr als nur ein Arbeitsplatz; es war ein zweites Zuhause, eine zweite Familie. Ärzte und Schwestern entbanden einander ihre Babys, mussten einander sterben sehen. Ellen O'Brien hatte vielen ihrer Kinder geholfen, auf die Welt zu kommen; jetzt waren sie hier, um sie aus der Welt hinauszugeleiten.

Weit entfernt schimmerte Sonnenlicht auf hellem Haar, was Kate dazu brachte, ihre Aufmerksamkeit auf das Ende des Piers zu richten, wo David Ransom stand und die anderen überragte.

Achtlos schob er eine vom Wind zerzauste Haarlocke an ihren Platz. Er war dem Anlass entsprechend gekleidet – dunkelgrauer Anzug, dunkle Krawatte –, aber inmitten all der Trauer zeigte er so viel Gefühl wie eine Steinmauer. Sie fragte sich, ob es irgendetwas Menschliches an ihm gab. *Lachst du oder weinst du jemals? Hast du jemals Kummer? Schläfst du mit jemandem?*

Dieser letzte Gedanke war ohne Warnung in ihren Kopf geschlittert. Ja, sie konnte sich vorstellen, wie es wäre, mit David Ransom zu schlafen: Es wäre kein Miteinander, es wäre eine Inbesitznahme. Er würde völlige Unterwerfung fordern, so wie er im Gerichtssaal die Kapitulation forderte. Das schwindende Sonnenlicht schien ihn in eine Aura der Unbesiegbarkeit zu hüllen. Welche Chance hatte sie gegen einen solchen Mann?

Eine Bö wehte vom Meer herüber und peitschte die Fallen und Taue der Segelboote gegen die Masten und übertönte die letzten Worte des Priesters. Als der Gottesdienst schließlich vorbei war, stellte Kate fest, dass sie nicht die Kraft hatte, sich zu bewegen. Sie sah zu, wie die anderen Trauergäste vorbeigingen. Clarence Avery blieb stehen, hob an, etwas zu sagen, ging dann betreten weiter. Mary und Patrick O'Brien schauten sie nicht einmal an. Als sich David näherte, zeigte sich in seinen Augen ein Anflug von Wiedererkennen, der genauso schnell wieder unterdrückt wurde. Ohne stehen zu bleiben, ging er an ihr vorbei. So als ob sie unsichtbar wäre.

Der Pier war schließlich menschenleer, als sie die Energie aufbrachte, sich zu bewegen. Die Masten der Segelboote zeichneten sich gegen den Sonnenuntergang ab, wie eine Reihe toter Bäume. Ihre Schritte klangen hohl auf den Holzplanken. Endlich erreichte sie ihr Auto. Sie fühlte sich zutiefst erschöpft, als ob ihre Beine sie meilenweit getragen hätten. Sie tastete nach ihrem Schlüssel und empfand es als seltsam unvermeidlich, ja gottgegeben, dass ihr die Handtasche aus der Hand glitt und sich der Inhalt über den Asphalt verstreute. Sie konnte nur dastehen, gelähmt und niedergeschlagen, während der Wind ihre Taschentücher über den Boden wehte. Sie hatte das absurde Bild vor Augen, wie sie hier die ganze

Nacht stand, die ganze Woche, wie festgefroren. Sie fragte sich, ob es irgendjemand bemerken würde.

David bemerkte es. Während er den O'Briens noch zum Abschied winkte und zusah, wie seine Klienten davonfuhren, war er sich nur zu bewusst, dass Kate Chesne irgendwo hinter ihm auf dem Pier stand. Er war erstaunt gewesen, sie hier zu sehen. Er hatte es für einen recht cleveren Schachzug ihrerseits gehalten, diese öffentliche Zurschaustellung von Reue, die die O'Briens anscheinend beeindrucken sollte. Aber als er sich umwandte und sie allein den Pier entlanggehen sah, bemerkte er, wie ihre Schultern herabhingen, sah das bedrückte Gesicht, und ihm wurde klar, wie viel Mut es sie gekostet hatte, heute hier zu erscheinen.

Doch dann musste er daran denken, dass einige Ärzte alles tun würden, um ein Gerichtsverfahren abzuwenden.

Auf einmal hatte er kein Interesse mehr und machte sich auf zu seinem Auto. Auf halbem Weg über den Parkplatz hörte er etwas auf den Boden fallen und sah, dass ihre Handtasche vor Kate lag. Eine gefühlte Ewigkeit lang stand sie einfach da. Die Autoschlüssel baumelten von ihrer Hand herab, und sie sah aus wie ein verwirrtes Kind. Dann beugte sie sich herab, langsam, müde, und begann, ihre Habseligkeiten aufzusammeln.

Fast gegen seinen Willen zog es ihn zu ihr. Sie bemerkte sein Näherkommen nicht. Er hockte sich neben sie, nahm rasch einige verirrte Pennies vom Boden auf und hielt sie ihr hin. Plötzlich richtete sie ihre Aufmerksamkeit auf sein Gesicht und erstarrte dann.

„Sieht aus, als ob Sie ein wenig Hilfe bräuchten", sagte er.

„Oh."

„Ich denke, Sie haben jetzt alles."

Sie richteten sich beide auf. Er hielt ihr immer noch das Kleingeld hin, das sie gar nicht wahrzunehmen schien. Erst als er ihr das Geld in die Hand legte, brachte sie schließlich ein schwaches „Danke" zustande.

Einen Moment lang starrten sie einander an.

„Ich habe nicht erwartet, Sie hier zu sehen", bemerkte er. „Warum sind Sie gekommen?"

„Es war …", sie zuckte mit den Schultern, „… ein Fehler, glaube ich."

„Hat Ihr Anwalt das empfohlen?"

Sie schien verblüfft. „Warum sollte er das tun?"

„Um den O'Briens Ihre Anteilnahme zu zeigen."

Ihre Wangen wurden plötzlich rot. „Ist es das, was Sie denken? Dass dies eine… eine Art *Strategie* ist?"

„Es wäre nicht undenkbar."

„Warum sind Sie hier, Mr Ransom? Gehört das zu *Ihrer* Strategie? Um Ihren Klienten Ihre Anteilnahme zu beweisen?"

„Ich nehme wirklich Anteil an der Sache."

„Und Sie glauben, ich nicht."

„Das habe ich nicht gesagt."

„Sie haben es angedeutet."

„Nehmen Sie nicht alles, was ich sage, persönlich."

„Ich nehme alles, was Sie sagen, persönlich."

„Das sollten Sie nicht. Für mich ist es nur ein Job."

Wütend schob sie eine zerzauste Haarlocke zurück. „Und was *ist* Ihr Job? Henker?"

„Ich greife nicht die Person an. Ich greife ihre Fehler an. Und selbst die besten Ärzte machen Fehler."

„Das müssen Sie mir nicht sagen!" Sie wandte sich um und blickte hinaus über das Meer, wo Ellen O'Briens Asche nun dahintrieb. „Ich lebe damit, Mr Ransom. Jeden Tag im Operationssaal. Ich weiß, wenn ich nach der falschen Ampulle greife oder den falschen Hebel umlege, geht es um jemandes Leben. Oh, wir finden Wege, damit umzugehen. Wir haben unsere abgründigen Witze, unseren Galgenhumor. Es ist schrecklich, worüber wir lachen, und alles im Namen des Überlebens. Des emotionalen Überlebens. Ihr könnt es euch nicht vorstellen, ihr Anwälte. Ihr und euer ganzer verdammter Berufsstand. Ihr wisst nicht, wie es ist, wenn alles misslingt. Wenn wir jemanden verlieren."

„Ich weiß, wie es für die Familie ist. Jedes Mal, wenn ihr einen Fehler macht, leidet jemand."

„Ich nehme an, Sie machen niemals Fehler."

„Jeder macht welche. Der Unterschied ist: Sie begraben Ihre Fehler."

„Das werden Sie mich nie vergessen lassen, oder?"

Sie drehte sich zu ihm um. Die untergehende Sonne hatte den Himmel orange gemalt, und das Licht schien in ihrem Haar und auf ihren Wangen zu brennen. Plötzlich überlegte er, wie es sich anfühlen würde, mit den Fingern durch diese vom Wind zerzausten Strähnen zu fahren, oder wie sich ihr Gesicht an seinen Lippen anfühlen würde. Der Gedanke war wie aus dem Nichts aufgetaucht, und jetzt, wo er heraus war, konnte David ihn nicht loswerden. Sicher war es das Letzte, woran er denken sollte. Aber sie stand so gefährlich nahe bei ihm, dass er entweder zurückweichen oder sie küssen musste.

Er schaffte es, zu widerzustehen. Gerade eben. „Wie ich sagte, Dr. Chesne, ich mache nur meine Arbeit."

Sie schüttelte den Kopf, und ihr Haar, das von der Sonne gebleichte, mahagonifarbene Haar, flog heftig im Wind. „Nein, es ist mehr als das. Ich denke, Sie führen eine Art Rachefeldzug. Sie sind ausgerückt, um den gesamten Ärztestand zu hängen. Oder?"

Ihr Vorwurf traf David. Selbst als er anfing, es abzustreiten, wusste er, dass sie nur allzu nahe an der Wahrheit war. Irgendwie hatte sie seine alte Wunde gefunden, hatte sie mit einem Wort wieder geöffnet, das der Schärfe eines Chirurgen-Skalpells in nichts nachstand. „Ausgerückt, um die ganze Ärzteschaft zu hängen, bin ich das?", brachte er mühsam heraus. „Nun, lassen Sie mich Ihnen etwas sagen, Doktor. Es sind Stümper wie Sie, die meine Arbeit so einfach machen."

Zorn flammte in ihren Augen auf, so plötzlich und funkelnd wie zwei Kohlen, die Feuer fingen. Für einen Augenblick dachte er, sie würde ihn schlagen. Stattdessen wirbelte sie herum, glitt in ihr Auto und schlug die Tür zu. Der Audi fuhr mit quietschenden Reifen aus der Parklücke und so scharf an ihm vorbei, dass er beiseitewich.

Als er das Auto fortbrausen sah, konnte er nicht anders, als seine unnötig brutalen Worte zu bedauern. Aber er hatte sie aus Notwehr gesagt. Diese Anziehungskraft, die er von ihr ausgehend spürte, war zu verlockend geworden; er musste diese Verbindung kappen, solange er noch konnte.

Als er sich zum Gehen wandte, fiel ihm etwas ins Auge, ein dünner Lichtstrahl, der sich auf dem Pflaster spiegelte. Vor ihm auf dem Boden lag funkelnd ein silberner Stift; er war unter ihr Auto gerollt, als sie ihre Handtasche hatte fallen lassen. Er hob den Stift auf und betrachtete den eingravierten Namen: Katherine Chesne, M.D.

Einen Augenblick lang stand er da, wog den Stift in der Hand und dachte an dessen Besitzerin. Überlegte, ob auf sie auch niemand zu Hause wartete. Und plötzlich, als er allein auf dem windigen Pier stand, fiel ihm auf, wie leer er sich fühlte.

Früher einmal war er dankbar für die Leere gewesen. Sie hatte die selige Abwesenheit von Schmerz bedeutet. Jetzt sehnte er sich danach, etwas zu fühlen – irgendetwas –, wenn auch nur, um sich zu versichern, dass er am Leben war. Er wusste, die Gefühle waren noch da, irgendwo in ihm verschlossen. Er hatte gespürt, wie sie sich leise regten, als er in Kate Chesnes glühende Augen gesehen hatte. Keine voll erblühte Emotion, aber ein Anflug. Ein kleiner Ausschlag auf dem Monitorbild eines unheilbar kranken Herzens.

Der Patient war nicht tot. Noch nicht.

Er spürte, dass er lächelte. Er warf den Stift hoch in die Luft und fing ihn blitzschnell auf. Dann steckte er ihn in die Brusttasche und ging zu seinem Auto.

Der Hund war in tiefer Narkose, seine Beine lagen ausgestreckt da, sein Bauch war rasiert und mit Jod präpariert. Es war ein deutscher Schäferhund, offensichtlich aus guter Zucht und ebenso offensichtlich ungeliebt.

Guy Santini hasste es, eine so schöne Kreatur auf seinem Untersuchungstisch enden zu sehen, aber Labortiere waren rar heutzutage, und er musste nehmen, was der Lieferant ihm schickte. Er tröstete sich mit dem Wissen, dass die Tiere keine Schmerzen litten. Sie schliefen selig die gesamte Operation hindurch, und wenn die Prozedur vorbei war, wurde das Beatmungsgerät ausgeschaltet. Dann wurde ihnen eine tödliche Dosis Pentothal injiziert. Der Tod kam friedlich; es war ein weit besseres Ende als das, dem die Tiere auf der Straße ins Auge hätten blicken müssen. Und jedes Opfer lieferte Daten für seine Forschung, einige Punkte mehr auf einem Diagramm, einige Hinweise mehr auf die Geheimnisse der Leber-Physiologie.

Er blickte auf die Instrumente, die ordentlich auf dem Tablett ausgelegt waren: das Skalpell, die Klammern, die Katheter. Über dem Tisch wartete ein Blutdruckmessgerät darauf, endgültig angeschlossen zu werden. Alles war bereit. Er griff nach dem Skalpell.

Das Kreischen der Tür ließ ihn innehalten. Sie fiel ins Schloss, dann tappten Schritte über den glänzenden Fußboden des Labors rasch auf ihn zu. Als er über den Tisch blickte, sah er Ann Richter dort stehen. Sie schauten einander schweigend an.

„Ich sehe, du gehst auch nicht zu Ellens Trauergottesdienst", sagte er.

„Ich wollte. Aber ich hatte Angst."

„Angst?" Er runzelte die Stirn. „Wovor?"

„Es tut mir leid, Guy. Ich habe keine Wahl mehr." Ohne ein weiteres Wort hielt sie ihm einen Brief hin. „Er ist von Charlie Deckers Anwalt. Sie stellen Fragen über Jenny Brook."

„*Was?*" Guy zog seine Handschuhe aus und riss ihr das Papier aus der Hand. Was er dort las, machte ihn unruhig. Er schaute zu ihr auf. „Du wirst es ihnen nicht erzählen, oder? Ann, du kannst nicht …"

„Es ist eine Vorladung, Guy."

„Lüg sie an, um Himmels willen!"

„Decker ist draußen, Guy. Du wusstest das nicht, oder? Er wurde vor einem Monat aus der psychiatrischen Klinik entlassen. Er hat mich angerufen. Hat mir kleine Notizen bei meinem Apartment hinterlassen. Manchmal glaube ich sogar, er verfolgt mich …"

„Er kann dir nichts tun."

„Kann er nicht?" Sie nickte zu dem Papier, das Guy in der Hand hielt. „Henry hat genauso einen Brief bekommen. Ellen auch. Kurz bevor sie …" Ann unterbrach sich, als ob ihre schlimmsten Befürchtungen irgendwie real werden würden, wenn sie sie äußerte. Erst jetzt bemerkte Guy, wie verstört sie war. Dunkle Ringe verschatteten ihre Augen, und das aschblonde Haar, auf das sie immer so stolz gewesen war, sah aus, als ob es seit Tagen nicht mehr gekämmt worden wäre. „Es muss aufhören, Guy", sagte sie leise. „Ich kann nicht den Rest meines Lebens damit verbringen, mich nach Charlie Decker umzudrehen."

Er knüllte das Papier in seiner Faust. Dann begann er, auf und ab zu laufen, seine Unruhe weitete sich zu einer Panik aus. „Du könntest die Inseln verlassen … du könntest für eine Weile fortgehen …"

„Wie lange, Guy? Einen Monat? Ein Jahr?"

„So lange, wie es dauert, bis sich die Sache beruhigt. Schau, ich gebe dir Geld …" Er tastete nach seiner Brieftasche und nahm fünfzig Dollar heraus, alles Bargeld, das er hatte. „Hier. Ich verspreche, ich werde dir mehr schicken …"

„Ich bitte dich nicht um dein Geld."

„Mach schon, nimm es."

„Ich habe dir gesagt, ich …"

„Um Himmels willen, *nimm es*!" Seine Stimme hallte von den kahlen weißen Wänden wider. Sie war rau vor Verzweiflung. „Bitte, Ann", drängte er leise. „Ich bitte dich, als Freund. Bitte."

Sie blickte hinunter auf das Geld, das er ihr hinhielt. Langsam streckte sie die Hand aus und nahm es. Als sich ihre Finger um die

Scheine schlossen, verkündete sie: „Ich breche heute Abend auf. Nach San Francisco. Ich habe einen Bruder …"

„Ruf mich an, wenn du dort angekommen bist. Ich werde dir alles Geld schicken, das du brauchst." Sie schien ihn nicht zu hören. „Ann? Du tust das für mich. Nicht wahr?"

Sie schaute ausdruckslos auf die Wand am anderen Ende des Raumes. Er wollte sie beruhigen, ihr sagen, dass unmöglich etwas schiefgehen konnte; aber sie beide wussten, das war eine Lüge. Er sah zu, wie sie langsam zur Tür ging. Kurz bevor sie den Raum verließ, sagte er: „Danke, Ann."

Sie drehte sich nicht um. Sie blieb einfach in der Tür stehen. Dann zuckte sie leicht mit den Schultern und verschwand gleich darauf zur Tür hinaus.

Während Ann auf die Bushaltestelle zusteuerte, hielt sie immer noch das Geld umklammert, das Guy ihr gegeben hatte. Fünfzig Dollar! Als ob das genug wäre! Tausend, eine Million Dollar wären nicht genug.

Sie bestieg den Bus nach Waikiki. Von ihrem Fensterplatz aus starrte sie hinaus auf das eintönige Häusermeer. In Kalakaua stieg sie aus und machte sich rasch auf den Weg zu ihrem Apartmenthaus. Busse dröhnten vorbei, die Abgase nahmen Ann den Atem. Ihre Hände wurden klamm in der Hitze. Von allen Seiten schienen die Betongebäude auf sie einzudringen, und die Bürgersteige waren mit Touristen verstopft. Als sich Ann durch sie hindurchschlängelte, spürte sie ein wachsendes Unbehagen.

Sie begann, schneller zu gehen.

Zwei Blocks nördlich von Kalakaua lichtete sich die Menschenmenge. Sie fand sich in einer Ecke wieder und wartete darauf, dass die Ampel umsprang. In diesem Augenblick, als sie allein und ungeschützt im verblassenden Sonnenlicht stand, packte sie plötzlich ein Gefühl: *Jemand verfolgt mich.*

Sie fuhr herum und suchte die Straße hinter sich ab. Ein alter Mann schlurfte den Bürgersteig hinunter. Ein Paar schob ein Baby in einem Kinderwagen vor sich her. Am Kleiderständer vor einer Ladentür flatterten grelle Hemden. Nichts Außergewöhnliches. So schien es jedenfalls …

Das Licht wechselte auf Grün. Sie rannte über die Straße und hörte nicht auf zu rennen, bis sie ihr Apartment erreicht hatte.

Sie fing an zu packen. Während sie ihre Habseligkeiten in einen Koffer warf, dachte sie immer noch über ihren nächsten Schritt nach. Das Flugzeug nach San Francisco würde um Mitternacht abfliegen; ihr Bruder würde sie für eine Weile beherbergen, ohne viele Fragen zu stellen. In dieser Hinsicht war er gut. Er verstand, dass jeder ein Geheimnis hatte, dass jeder Mensch vor etwas davonrannte.

Es muss nicht so sein, flüsterte eine einsame Stimme in ihrem Kopf. *Du könntest zur Polizei gehen …*

Und ihnen was erzählen? Die Wahrheit über Jenny Brook? Soll ich ein unschuldiges Leben zerstören?

Sie begann, im Apartment auf und ab zu gehen, dachte nach, grübelte. Als sie am Wohnzimmerspiegel vorbeiging, erblickte sie ihr Spiegelbild. Ihr blondes Haar war unordentlich, ihre Augen waren mit Wimperntusche verschmiert. Sie erkannte sich kaum selbst; die Angst hatte ihr Gesicht in das einer Fremden verwandelt.

Es braucht nur einen einzigen Telefonanruf, ein Geständnis. Ist ein Geheimnis einmal gelüftet, ist es nicht länger gefährlich …

Sie griff nach dem Telefon. Mit zittrigen Händen wählte sie Kate Chesnes private Telefonnummer. Ihr sank das Herz, als nach dem vierten Klingeln eine Bandansage antwortete, gefolgt von dem Signalton.

Sie räusperte sich und verscheuchte die Angst. „Hier spricht Ann Richter“, sagte sie. „Bitte, ich muss mit dir reden. Es geht um Ellen. Ich weiß, warum sie gestorben ist.“

Dann legte sie auf und wartete darauf, dass das Telefon klingelte.

Es dauerte Stunden, bis Kate die Nachricht hörte.

Nachdem sie nachmittags den Pier verlassen hatte, fuhr sie für eine Weile ziellos durch die Gegend und vermied die unvermeidliche

Rückkehr in ihr leeres Haus. Es war Freitagabend. Gott sei Dank. Sie beschloss, sich einen Abend außer Haus zu gönnen. Sie aß allein in einem schicken, kleinen Grillrestaurant am Meer, wo alle außer ihr sich wunderbar zu amüsieren schienen. Das Steak, das sie bestellte, war vollkommen fade, und die Schokoladenmousse war so süß, dass Kate sie kaum hinunterbrachte. Sie hinterließ ein üppiges Trinkgeld, beinah als Entschuldigung für ihren Mangel an Appetit.

Das Nächste, was sie ausprobierte, war Kino. Sie fand sich eingezwängt zwischen einem zappeligen Achtjährigen auf der einen und einem jungen Pärchen auf der anderen Seite wieder. Das Pärchen küsste sich leidenschaftlich.

Nach der Hälfte des Films ging sie hinaus. Sie erinnerte sich gar nicht an den Titel – nur dass es eine Komödie war. Sie hatte nicht ein einziges Mal gelacht.

Als sie nach Hause kam, war es zehn Uhr. Sie war schon halb ausgezogen und saß lustlos auf ihrem Bett, als sie bemerkte, dass das Licht am Anrufbeantworter blinkte. Sie spielte die Nachrichten ab, während sie zum Schrank hinüberging.

„Hallo, Dr. Chesne, dies ist ein Anruf von Station vier Ost. Wir wollten Ihnen sagen, dass Mr Bergs Blutzucker auf achtundneunzig ist … Hallo, hier spricht June, aus Dr. Averys Büro. Vergessen Sie die Sitzung des Qualitätssicherungs-Ausschusses nicht, am Dienstag um vier … Hi, hier ist Windward Realty. Rufen Sie uns zurück. Wir haben ein Immobilienangebot, das Sie sich sicher gerne ansehen möchten …“

Sie hängte gerade ihren Rock auf, als die letzte Nachricht abgespielt wurde.

„Hier spricht Ann Richter. Bitte, ich muss mit Ihnen reden. Es geht um Ellen. Ich weiß, warum sie gestorben ist …“

Es klickte. Das war das Telefonat, das beendet wurde. Dann folgte ein leises Surren, als das Band automatisch zurückspulte. Kate stürzte zurück zum Rekorder und drückte auf Wiederholung. Ihr Herz raste, während sie die quälend lange Serie von Nachrichten anhörte.

„Es geht um Ellen. Ich weiß, warum sie gestorben ist ...“

Kate schnappte sich das Telefonbuch von ihrem Nachttisch. Anns Adresse und Telefonnummer waren verzeichnet; ihr Anschluss war besetzt. Wieder und wieder wählte sie Anns Nummer, aber sie hörte nur das Summen des Besetztzeichens.

Kate knallte den Hörer auf und wusste augenblicklich, was sie als Nächstes zu tun hatte.

Sie eilte zurück zum Schrank und riss den Rock vom Bügel. Schnell, ja fieberhaft fing sie an, sich anzuziehen.

Der Verkehr, der auf Waikiki zusteuerte, war dicht, und es ging nur langsam voran.

Wie immer bevölkerte eine bizarre Mischung aus Touristen, Obdachlosen und Soldaten, die dienstfrei hatten, die Straßen. Sie alle bewegten sich durch eine surreal erleuchtete Stadt. Palmen warfen ihre dürren Schatten auf die Häuser. Ein distinguiert aussehender Mann zeigte freimütig weiße Beine in Bermudashorts. Nach Waikiki kam man, um das Lächerliche zu sehen, das Ausgefallene. Aber heute Abend fand Kate den Blick durchs Autofenster beängstigend – all diese Gesichter, farblos wirkten sie im Schein der Straßenlampen, und dann die Soldaten, die betrunken in den Türen der Nachtclubs herumlungerten. Ein Wanderprediger stand an der Ecke, schwenkte eine Bibel und rief: „Das Ende ist nah!“

Als sie an einer roten Ampel hielt, drehte er sich um und starrte sie an mit seinem wilden Blick, und für einen Augenblick dachte sie, sie sähe in seinen glühenden Augen eine Botschaft, die nur für sie bestimmt war. Die Ampel wechselte auf Grün. Sie drückte so hart aufs Gas, dass das Auto über die Kreuzung schlingerte. Der laute Ruf des Predigers verhallte.

Zehn Minuten später, als sie die Stufen zu Anns Apartmenthaus hinaufkletterte, zitterte sie noch immer. Als sie die Haustür erreichte, kam ein junges Paar heraus und ließ Kate in die Eingangshalle.

Es dauerte einen Moment, bis der Aufzug kam. Sie lehnte sich gegen die Wand und zwang sich, tief durchzuatmen. Die Stille im Haus beruhigte allmählich ihre Nerven. Als sie endlich in den Aufzug trat, hatte das wilde Herzklopfen aufgehört. Die Türen glitten zu. Der Fahrstuhl fuhr nach oben. Es kam ihr seltsam unwirklich vor, als sie zusah, wie die Lämpchen nacheinander aufleuchteten: drei, vier, fünf. Abgesehen von einem schwachen hydraulischen Summen, war die Fahrt geräuschlos.

Im siebten Stock glitten die Türen auf.

Der Flur lag einsam und verlassen da. Ein trister grüner Teppich erstreckte sich vor ihr. Als sie auf Nummer 710 zuging, hatte sie das merkwürdige Gefühl, sie bewegte sich in einem Traum, so als ob nichts von alldem real wäre – weder die Velourtapete noch die Tür, die am Ende des Korridors auftauchte. Erst als sie dort ankam, sah sie, dass die Tür einen Spalt offen stand. „Ann?“, rief sie.

Es kam keine Antwort.

Kate gab der Tür einen kleinen Schubs. Langsam schwang sie auf, und Kate erstarrte, als sie die Szene, die sich vor ihr auftat, erfasste, sie aber nicht gleich verstand: der umgestürzte Stuhl, die verstreuten Magazine, die leuchtend roten Spritzer an der Wand. Dann folgte ihr Blick der roten Spur, die sich über den beigefarbenen Teppich schlängelte und unaufhaltsam zu ihrer Quelle führte: Anns Leiche. Sie lag mit dem Gesicht nach unten in einem See aus Blut.

Aus dem Telefonhörer, der von einem Beistelltisch herabhing, drang schwach ein Piepen. Der kalte, elektronische Ton war wie ein Weckruf, der ihr zuschrie, sich zu bewegen, etwas zu unternehmen. Aber Kate blieb wie gelähmt; ihr ganzer Körper schien von einer barmherzigen Taubheit befallen.

Der erste Schwindelanfall überkam sie wie eine gewaltige Woge. Sie kauerte sich nieder und klammerte sich an den Türrahmen, um sich festzuhalten. Ihre ganze medizinische Ausbildung, all diese Jahre, in denen sie mit Blut gearbeitet hatte, konnten diese völlig instinktive Reaktion nicht verhindern. Über ihr lautes Herzklopfen hinweg bemerkte sie ein zweites Geräusch, scharf und unregelmäßig. Ein Atmen. Aber es kam nicht von ihr.

Es war noch jemand im Zimmer.

Eine kaum merkliche Bewegung lenkte ihren Blick hinüber zum Wohnzimmerspiegel. Nun erst sah sie den Mann. Er duckte sich hinter einem Schränkchen, kaum drei Meter entfernt.

Sie entdeckten einander im Spiegel, im selben Augenblick. In diesem Bruchteil einer Sekunde, als sich ihre Blicke trafen, bildete sie sich ein, sie sähe in seinen hohlen Augen, wie die Dunkelheit sie lockte. Ein Abgrund, aus dem es kein Entrinnen gab.

Er öffnete den Mund, als ob er sprechen wollte, aber keine Worte kamen heraus, nur ein gespenstisches Zischen, wie die Drohung einer Viper, kurz bevor sie zustößt.

Panisch sprang sie auf die Füße. Unerträglich langsam wirbelte das Zimmer an ihren Augen vorbei, als sie sich zum Fliehen wandte. Der Korridor erstreckte sich endlos vor ihr. Sie hörte ihren Schrei von den Wänden widerhallen; der Laut war so unwirklich wie das Bild des Flurs, das an ihr vorbeiflog.

Die Tür zum Treppenhaus lag am anderen Ende. Das war ihr einzig möglicher Fluchtweg. Es war keine Zeit, um auf den Aufzug zu warten.

Noch im Laufen drückte sie den Türöffner und stieß die Tür ins Treppenhaus auf. Sie war kaum eine der Betontreppen nach unten geflüchtet, da hörte sie die Tür über sich wieder aufspringen und gegen die Wand schlagen. Wieder vernahm sie das Zischen, so furchterregend wie das Flüstern eines Dämons in ihrem Ohr.

Sie stolperte auf den Treppenabsatz im sechsten Stock und testete die Tür. Sie war fest verschlossen. Kate schrie und klopfte. Sicher würde sie jemand hören! Jemand würde doch auf ihren Hilfeschrei antworten!

Schritte dröhnten unerbittlich die Stufen hinab. Sie konnte nicht warten; sie musste weiterlaufen.

Sie rannte die nächste Treppe hinunter und traf zu hart auf den Treppenabsatz auf. Schmerz schoss durch ihr Fußgelenk. Weinend zerrte und klopfte sie an der Tür im fünften Stock. Sie war verschlossen.

Er war direkt hinter ihr.

Sie flüchtete die nächste Treppe hinab und noch die nächste. Ihre Handtasche flog ihr von der Schulter, aber sie konnte nicht stehen bleiben, um sie zu holen. Ihr Fußgelenk brannte vor Schmerz, als sie zum Treppenabsatz im dritten Stock raste. War die Tür hier auch verschlossen? Waren sie alle verschlossen? Kates Gedanken flogen voraus zum Erdgeschoss, zu dem, was draußen liegen mochte. Ein Parkplatz? Eine Gasse? Würden sie dort am Morgen ihre Leiche finden?

Die schiere Panik verlieh ihr übermenschliche Kraft. Fest riss sie an der nächsten Tür. Sie konnte es nicht glauben, die Tür war nicht verschlossen. Kate stolperte hindurch und fand sich in der Tiefgarage wieder. Es war keine Zeit, um über ihren nächsten Schritt nachzudenken; blindlings stürmte sie ins Dunkel hinein. Gerade als die Treppenhaustür wieder aufflog, duckte sie sich hinter einen Transporter.

Während sie sich neben das Vorderrad kauerte, horchte sie auf Schritte, aber sie hörte nichts außer dem Rauschen des Blutes in ihren Ohren. Sekunden verstrichen, dann Minuten. Wo war er? Hatte er die Verfolgung aufgegeben? Sie presste ihren Körper so fest gegen den Transporter, dass der Stahl in ihren Schenkel stach. Sie spürte keinen Schmerz; ihre gesamte Konzentration richtete sich darauf, zu überleben.

Ein Kieselstein klapperte über den Boden und hallte wie ein Pistolenschuss in der Betongarage wider.

Vergeblich versuchte sie, die Quelle ausfindig zu machen, aber die Explosionen schienen aus einem Dutzend Richtungen gleichzeitig zu kommen. Verschwinde! wollte sie schreien. *Lieber Gott, mach, dass er verschwindet …*

Das Echo verhallte und hinterließ eine vollkommene Stille. Aber sie spürte seine Gegenwart, sie rückte immer näher. Sie konnte beinahe hören, wie seine Stimme ihr zuflüsterte: *Ich komme, um dich zu holen. Ich komme …*

Sie musste wissen, wo er war. Ob er wirklich näher kam.

Sie klammerte sich an dem Reifen fest, drehte den Kopf langsam ein wenig herum und spähte unter den Van. Was sie sah, ließ sie entsetzt zurücktaumeln.

Er war auf der anderen Seite des Transporters und bewegte sich auf das Heck zu. Zu ihr.

Sie sprang auf und sprintete los wie ein Kaninchen. Die parkenden Autos verschwommen zu einem nicht enden wollenden, unscharfen Bild. Sie stürzte auf die Rampe zu, die nach draußen führte. Ihre Beine, steif vom Hinkauern, wollten sich nicht schnell genug fortbewegen. Sie konnte den Mann direkt hinter sich hören. Die Rampe schien endlos, schraubte sich immer weiter nach oben, und in jeder Kurve drohte sie der Länge nach hinzufallen. Seine Schritte kamen immer näher. Luft drängte in ihre Lunge und wieder hinaus und brannte dabei in ihrer Kehle.

Mit einem verzweifelten Spurt eilte sie um die letzte Kurve. Zu spät sah sie die Autoscheinwerfer auf der Rampe auf sich zukommen.

Sie erhaschte einen Blick auf die zwei Gesichter hinter der Windschutzscheibe. Der Mann und die Frau starrten Kate mit weit geöffnetem Mund an. Als sie in die Motorhaube schlug, erschien ein strahlender Lichtblitz. Es war, als würden Sterne in ihren Augen explodieren. Dann verschwand das Licht, und sie sah überhaupt nichts mehr. Nicht einmal die Dunkelheit.

5. KAPITEL

„Mango-Saison“, sagte Sergeant Brophy, während er in ein durchweichtes Taschentuch nieste. „Schlimmste Zeit des Jahres für meine Allergien.“ Er schnäuzte sich, dann schnaubte er probeweise, wie wenn er seine Nase auf eine neue, bislang unentdeckte Verstopfung überprüfen wollte. Seine grauenvolle Umgebung schien er überhaupt nicht zu bemerken, so als ob er sich ständig inmitten von Leichen und blutbespritzten Wänden und einer Armee von Kriminaltechnikern herumtrieb. Wenn Brophy einen seiner Niesanfälle bekam, nahm er außer dem traurigen Zustand seiner Nasennebenhöhlen nichts mehr wahr.

Lieutenant Francis „Pokie“ Ah Ching hatte sich an das Schniefen seines Juniorpartners gewöhnt. Bisweilen war die Angewohnheit nützlich. Er wusste immer, in welchem Raum sich Brophy aufhielt; alles, was er tun musste, war, der Nase des Mannes zu folgen.

Diese Nase, die Brophy immer noch in ein Taschentuch gestopft hielt, verschwand jetzt im Schlafzimmer der toten Frau. Pokie richtete seine Aufmerksamkeit wieder auf das Spiralbuch, in dem er alle Informationen aufzeichnete. Er schrieb schnell, in der eigentümlichen Kurzschrift, die er in seinen sechsundzwanzig Jahren als Polizist entwickelt hatte, siebzehn davon bei der Mordkommission. Acht Seiten seines Notizbuchs waren mit Skizzen der vielen Zimmer in dem Apartment gefüllt, vier Seiten widmeten sich allein dem Wohnzimmer. Seine Kunst war unbeholfen, aber treffend. Leiche dort. Umgestürzte Möbel hier. Blut überall.

Die Gerichtsmedizinerin, eine jungenhafte Frau mit Sommersprossen im Gesicht, allen schlicht als M.J. bekannt, machte einen Rundgang durch das Zimmer, bevor sie die Leiche untersuchte. Sie trug wie immer Jeans und Turnschuhe – legere Kleidung für eine Ärztin, aber in ihrem Fachgebiet beschwerten sich die Patienten nie. Während sie im Zimmer herumging, diktierte sie etwas in einen Kassettenrekorder.

„Arterielle Spritzer auf drei Wänden, Höhe der Muster ungefähr ein Meter bis ein Meter fünfzig ... Starke Poolbildung an der Ostseite des Wohnzimmers, wo sich die Leiche befindet ... Opfer ist weiblich, blond, Alter dreißig bis vierzig, in Bauchlage aufgefunden, rechter Arm angewinkelt unter dem Kopf, linker Arm ausgestreckt ... Keine auffälligen Verletzungen an Hand oder Arm." M.J. hockte sich hin. „Deutliche Flecken an den abwärts zeigenden Körperpartien. Hmm." Sie runzelte die Stirn und berührte den nackten Arm des Opfers. „Erhebliche Abkühlung des Körpers. Die Zeit: Es ist jetzt 12:15." Sie knipste den Kassettenrekorder aus und war für einen Augenblick still.

„Stimmt was nicht, M.J.?", fragte Pokie.

„Wie?" Sie sah auf. „Oh, ich denke nur nach."

„Wie lautet deine vorläufige Einschätzung?"

„Mal sehen. Sieht aus wie ein einziger tiefer Schnitt durch die linke Halsschlagader, sehr scharfe Klinge. Und sehr schnelle Arbeit. Das Opfer hatte gar nicht die Chance, die Arme hochzuheben, um sich zu verteidigen. Ich werde mir die Frau genauer anschauen, wenn wir sie im Leichenschauhaus waschen." Sie erhob sich, und Pokies Blick fiel auf ihre blutverschmierten Turnschuhe. Durch wie viele Tatorte waren diese Schuhe wohl gewandert?

Nicht durch so viele wie meine, dachte er.

„Aufgeschlitzte Halsschlagader", sagte er nachdenklich. „Erinnert dich das an etwas?"

„Das Erste, woran ich dachte. Wie hieß der Typ noch vor ein paar Wochen?"

„Tanaka. Hatte einen Schnitt durch die linke Halsschlagader."

„Genau der. War eine ebenso blutige Schweinerei wie das hier."

Pokie dachte einen Augenblick nach. „Tanaka war Arzt", bemerkte er. „Und die ..." Er blickte hinunter auf die Leiche. „Die hier ist Krankenschwester."

„War Krankenschwester."

„Gibt einem zu denken."

M. J. klappte ihren Laborkoffer zu. „Es gibt eine Menge Ärzte und Krankenschwestern in dieser Stadt. Nur weil diese zwei auf meinem Tisch enden, bedeutet das nicht, dass sie einander kannten."

Ein lautes Niesen kündigte Brophy an. Er kam aus dem Schlafzimmer. „Habe auf ihrer Kommode ein Flugticket nach San Francisco gefunden. Flug um Mitternacht." Er blickte auf seine Armbanduhr. „Den hat sie gerade verpasst."

Ein Flugticket. Ein gepackter Koffer. Ann Richter wollte also aus der Stadt verschwinden. Warum?

Während er über diese Frage nachdachte, drehte Pokie eine zweite Runde durch das Apartment und ging ein Zimmer nach dem anderen durch. Im Badezimmer fand er einen Kriminaltechniker, der gewissenhaft das Waschbecken untersuchte.

„Hier drinnen sind Blutspuren, Sir. Sieht so aus, als ob Ihr Mörder sich die Hände gewaschen hätte."

„Ja? Cooler Typ. Irgendwelche Fingerabdrücke?"

„Ein paar hier und da. Die meisten von ihnen sind alt, vermutlich vom Opfer. Sowie ein frisches Paar am Haustürknauf. Könnte Ihrer Zeugin gehören."

Pokie nickte und ging zurück ins Wohnzimmer. Das war sein Ass im Ärmel. Die Zeugin. Sie hatte Schmerzen gehabt und war ganz benommen gewesen. Trotzdem hatte sie das Rettungsteam auf die entsetzliche Szene in Apartment 710 aufmerksam machen können.

Und hatte Pokie dadurch die Nachtruhe verdorben.

Er schaute Brophy an. „Haben Sie Dr. Chesnes Handtasche schon gefunden?"

„Die Tasche ist nicht im Treppenhaus, wo sie sie fallen gelassen hat. Jemand muss sie aufgehoben haben."

Pokie war einen Augenblick still. Er dachte an all die Dinge, die Frauen in ihrer Handtasche trugen: Geldbörse, Führerschein, Hausschlüssel.

Er klappte sein Notizbuch zu. „Sergeant?“
„Sir?“
„Ich möchte rund um die Uhr eine Wache vor Dr. Chesnes Krankenzimmer. Das gilt ab sofort. Ich möchte einen Mann in der Eingangshalle. Und ich möchte, dass Sie jeden Anruf zurückverfolgen, der hereinkommt und bei dem sich der Anrufer nach ihr erkundigt.“
Brophy sah unschlüssig aus. „All das? Wie lange?“
„Nur solange sie im Krankenhaus liegt. Im Augenblick ist sie ein leichtes Opfer.“
„Glauben Sie wirklich, dieser Typ würde ihr im Krankenhaus nachstellen?“
„Ich weiß es nicht.“ Pokie seufzte. „Ich weiß nicht, womit wir es zu tun haben. Aber ich habe zwei identische Morde.“ Mit grimmiger Miene schob er das Notizbuch in seine Tasche. „Und sie ist unsere einzige Zeugin.“

Phil Glickman nervte kolossal, wie gewöhnlich.
Es war Samstagmorgen, der eine Tag in der Woche, an dem David ungestört arbeiten konnte, der eine Tag, an dem er den ganzen Papierkram aufholen konnte, der ständig drohte, seinen Schreibtisch zu begraben. Aber statt Einsamkeit hatte er heute Glickman vorgefunden. Sein junger Kollege war zwar intelligent, aggressiv und geistreich, aber er war auch absolut unfähig, den Mund zu halten. David hatte den Verdacht, dass der Mann sogar im Schlaf sprach.
„Also sagte ich: ‚Doktor, wollen Sie mir erzählen, die hintere Ohrschlagader verläuft *vor* der oberflächlichen Schläfenarterie?‘ Und der Typ wird total nervös und sagt: ‚Oh, habe ich das gesagt? Nein, natürlich ist es andersherum.‘ Damit hatte er die Sache sofort vermasselt.“ Glickman schlug seine Faust triumphierend in die Hand. „Bam! Er ist ein toter Mann, und er weiß es. Wir haben gerade das Angebot für einen Vergleich erhalten. Nicht schlecht, was?“ Auf Davids lustloses Nicken hin sah Glickman zutiefst

enttäuscht drein. Dann hellte sich sein Gesicht wieder auf, und er fragte: „Wie geht es mit dem O'Brien-Fall? Sind die bereit zur Kapitulation?"

David schüttelte den Kopf. „Nicht, wenn es nach Kate Chesne geht."

„Was, ist sie dumm?"

„Stur. Selbstgerecht."

„Das passt zum weißen Kittel."

David fuhr sich müde mit den Fingern durchs Haar. „Ich hoffe, die Sache geht nicht vor Gericht."

„Das ist, wie Kaninchen im Käfig zu erschießen. Einfach."

„Zu einfach."

Glickman lachte, während er sich zum Gehen wandte. „Schien dich zuvor nie zu stören."

Warum, zur Hölle, stört es mich dann jetzt? fragte sich David.

Der O'Brien-Fall war wie ein Geschenk, das ihm in den Schoß fiel. Alles, was er noch tun musste, war, einige Papiere einreichen, ein paar Drohungen aussprechen und die Hand nach dem Scheck ausstrecken. Er sollte den Champagner entkorken. Stattdessen saß er an einem traumhaften Samstagmorgen an seinem Schreibtisch, blies Trübsal und fühlte sich wegen der ganzen Angelegenheit schäbig.

Gähnend lehnte er sich zurück und rieb sich die Augen. Es war eine lausige Nacht gewesen. Er hatte sich im Bett hin und her gewälzt und war von Träumen geplagt worden – verstörende Träume, so wie er sie seit Jahren nicht gehabt hatte.

Eine Frau war in seinen Träumen erschienen. Sie hatte im Dunkel gestanden, sehr still, sehr leise, ihr Gesicht hatte sich gegen ein Fenster aus nebligem Licht abgezeichnet. Zuerst hatte er gedacht, es wäre seine Exfrau, Linda. Aber da war etwas an ihr, was nicht stimmte, etwas, was ihn verwirrte. Sie stand regungslos da, wie ein Reh im Wald. Begierig hatte er die Hand ausgestreckt, um ihr die Kleider vom Leib zu reißen, aber seine Hände waren unglaublich ungeschickt gewesen, und vor lauter Eile hatte er einen ihrer Knöpfe abgerissen. Sie hatte gelacht, ein wunderbar kehliger Laut, der ihn an Brandy erinnerte.

Da wusste er, es war nicht Linda. Als er aufschaute, hatte er in die grünen Augen von Kate Chesne gestarrt.

Sie hatten kein Wort gewechselt, nur einen Blick. Und es hatte eine Berührung gegeben: ihre Finger, die sanft über sein Gesicht strichen.

Dann war er aufgewacht, schweißnass vor Begierde. Er hatte versucht, wieder einzuschlafen. Aber der Traum war zurückgekehrt, wieder und wieder. Selbst jetzt, als er in seinen Stuhl zurücksank und die Augen schloss, sah er ihr Gesicht vor sich und spürte den vertrauten Schmerz.

Er schleppte sich zum Fenster hinüber und richtete seine Gedanken mit Gewalt wieder auf die Realität. Er war zu alt für diesen Unsinn. Zu alt und zu klug, um über eine Affäre mit der Gegenseite auch nur zu fantasieren.

Verdammt, andauernd kamen attraktive Frauen in sein Büro. Und von Zeit zu Zeit gab ihm eine von ihnen ein Zeichen, das jeder Mann verstand. Diese gewisse Art, den Kopf zu neigen, ein aufreizend aufblitzender Schenkel, mehr war nicht nötig. Es hatte ihn immer amüsiert, aber er war nie in Versuchung gekommen; mit Klientinnen ins Bett zu gehen gehörte nicht zu seinen Diensten.

Kate Chesne hatte keine derartigen Anstalten gemacht. Im Grunde verachtete sie Anwälte ebenso sehr, wie er Ärzte verachtete. Warum also war, von all den Frauen, die durch seine Tür gekommen waren, sie diejenige, über die er ständig nachdenken musste?

Er griff in seine Brusttasche und zog den silbernen Stift heraus. Plötzlich fiel ihm ein, dass dies kein Gegenstand war, den eine Frau für sich selbst kaufen würde. Ob der Stift das Geschenk eines Freundes war? fragte er sich und erschrak über seinen augenblicklichen Anflug von Eifersucht.

Er sollte ihn zurückgeben.

Sofort begannen sich seine Gedanken zu überschlagen. Das Mid Pac Hospital war nur ein paar Blocks entfernt. Er konnte den Stift auf dem Heimweg abliefern. Die meisten Ärzte machten am Samstagmorgen Visite, es war also gut möglich, dass sie dort war. Bei der Aussicht darauf, sie wiederzusehen, empfand er eine seltsame Mischung aus Vorfreude und Angst; dieses aufgewühlte Gefühl im Magen, wie früher, als er noch ein Teenager war und seinen Mut zusammenkratzen musste, um ein Mädchen um eine Verabredung zu bitten. Es war ein sehr schlechtes Zeichen.

Aber er schaffte es nicht, die Idee aus dem Kopf zu kriegen.

Der Stift fühlte sich an, als ob er unter Strom stand. David schob ihn zurück in die Tasche und begann rasch, seine Papiere in die Aktentasche zu stecken.

Fünfzehn Minuten später ging er in die Eingangshalle des Krankenhauses und lief zu einem Haustelefon. Die Vermittlung meldete sich.

„Ich versuche, Dr. Kate Chesne zu erreichen", sagte David. „Ist sie im Haus?"

„Dr. Chesne?" Es gab eine Pause. „Ja, ich glaube, sie ist im Krankenhaus. Wer spricht da?"

Schon wollte er seinen Namen durchgeben, doch dann besann er sich eines Besseren. Wenn Kate wusste, dass er es war, der sie ausrufen ließ, würde sie niemals reagieren. „Ich bin ein Freund", erwiderte er lahm.

„Bitte bleiben Sie am Apparat."

Eine stumpfsinnige Melodie setzte ein. Musik, die sie wahrscheinlich in den Fahrstühlen der Hölle spielten. Er ertappte sich dabei, wie er ungeduldig auf die Wand der Telefonkabine trommelte. In diesem Augenblick fiel ihm auf, wie erpicht er darauf war, sie wiederzusehen.

Ich muss verrückt sein, dachte er und hängte plötzlich den Hörer auf. *Oder verzweifelt auf der Suche nach weiblicher Gesellschaft. Vielleicht beides.*

Er ekelte sich vor sich selbst. Er wandte sich zum Gehen, nur um festzustellen, dass ihm der Ausgang von zwei Polizisten versperrt wurde.

„Haben Sie etwas dagegen, mit uns zu kommen?", fragte einer von ihnen.

„Wenn Sie mich so fragen", antwortete David, „ja."

„Dann lassen Sie es mich anders ausdrücken", sagte der Polizist, und es war absolut klar, was er meinte.

David konnte nicht anders, er lachte ungläubig. „Was habe ich getan, Jungs? In zweiter Reihe geparkt? Eure Mütter beleidigt?"

Die Polizisten packten ihn fest an beiden Armen und führten ihn durch die Eingangshalle in den Verwaltungstrakt.

„Verhaften Sie mich, oder was?", wollte er wissen. Sie antworteten nicht. „Hey, ich denke, Sie sollten mich über meine Rechte aufklären." Das taten sie nicht. „Gut", setzte David hinzu. „Dann ist es vielleicht an der Zeit, dass *ich Sie* über meine Rechte aufkläre." Immer noch keine Antwort. Blitzschnell zückte er seine letzte Waffe. „Ich bin Anwalt!"

„Toll für Sie", lautete die trockene Antwort, während sie ihn in einen Konferenzraum geleiteten.

„Sie wissen verdammt gut, dass Sie mich nicht ohne Anklage festnehmen können."

Sie öffneten forsch die Tür. „Wir folgen nur den Anweisungen."

„*Wessen* Anweisungen?"

„*Meinen* Anweisungen", dröhnte eine vertraute Stimme zur Antwort.

David drehte sich um und blickte in ein Gesicht, das er seit seiner Zeit bei der Staatsanwaltschaft nicht mehr gesehen hatte. Detective Pokie Ah Ching von der Mordkommission. Die Züge des Mannes zeigten einen für die Inseln typischen Abstammungs-Mix: eine Spur Chinesisch um die Augen, etwas Portugiesisch in den Hängebacken, eine starke Dosis dunkler polynesischer Hautfarbe. Abgesehen von einem deutlich gewachsenen Leibesumfang hatte er sich wenig verändert in den acht Jahren, seit sie zuletzt miteinander gearbeitet hatten. Er trug sogar denselben alten Polyesteranzug von der Stange, auch wenn die Jackettknöpfe offensichtlich seit einiger Zeit nicht mehr schlossen.

„Wenn das nicht David Ransom ist“, sagte Pokie ächzend. „Ich lege mein Netz aus – und siehe an, was da reingeschwommen kommt.“

„Ja“, murmelte David und riss seine Arme los. „Der falsche Fisch.“

Pokie nickte den zwei Polizisten zu. „Er ist in Ordnung.“

Die Officer zogen sich zurück. Sobald sich die Tür hinter ihnen schloss, fragte David barsch: „Was, zum Teufel, geht hier vor?“

Als Antwort machte Pokie einen Schritt nach vorne und warf David einen langen, abschätzenden Blick zu. „Eine eigene Kanzlei muss wirklich Geld einbringen. Hast dir einen netten, neuen Anzug zugelegt. Teure Schuhe. Hm. Italienisch. Läuft bei dir, was, Davy?“

„Ich kann nicht klagen.“

Pokie ließ sich auf der Tischkante nieder und verschränkte die Arme. „Also, wie ist das so, von einem schönen neuen Büro aus zu arbeiten? Vermisst du die alten Küchenschaben?“

„Oh, klar, natürlich.“

„Einen Monat, nachdem du gegangen bist, bin ich Lieutenant geworden.“

„Gratuliere.“

„Aber ich trage immer noch denselben alten Anzug. Fahre dasselbe alte Auto. Und die Schuhe?“ Er streckte einen Fuß aus. „Taiwan.“

Davids Geduldsfaden war nahezu gerissen. „Wirst du mir sagen, was los ist? Oder soll ich etwa raten?“

Pokie griff in seine Jacketttasche. Er zog eine Zigarette heraus, dieselbe Billigmarke, die er schon immer geraucht hatte, und zündete sie sich an. „Du bist ein Freund von Kate Chesne?“

Der plötzliche Themawechsel überraschte David. „Ich kenne sie“

„Wie gut?“

„Wir haben ein paarmal miteinander gesprochen. Ich bin gekommen, um ihr diesen Stift zurückzugeben.“

„Du wusstest also nicht, dass sie gestern Abend in die Notaufnahme gebracht wurde? Unfallstation.“

„Was?“

„Nichts Ernstes“, sagte Pokie schnell. „Leichte Gehirnerschütterung. Ein paar Blutergüsse. Sie wird heute entlassen.“

Davids Kehle war plötzlich wie zugeschnürt, Sprechen war hoffnungslos. Bestürzt sah er zu, wie Pokie einen langen, genüsslichen Zug von der Zigarette nahm.

„Es ist komisch“, bemerkte Pokie, „wie eine Akte manchmal einfach ewig herumliegt und Staub ansetzt. Keine Spuren. Keine Chance, den Fall abzuschließen. Dann, peng! Haben wir Glück.“

„Was ist mit ihr geschehen?“, fragte David mit heiserer Stimme.

„Sie war zur falschen Zeit am falschen Ort.“ Pokie blies einen großen Schwall Rauch aus. „Sie ist gestern Abend unerwartet an einem sehr üblen Tatort aufgetaucht.“

„Du meinst … Sie ist eine Zeugin? Von was?“

Zigarettendunst waberte zwischen ihnen. Pokies Gesicht dahinter war ausdruckslos. „Mord.“

Durch die geschlossene Tür des Krankenzimmers tönte das rege Treiben des Krankenhauses: das Rauschen und Knistern der Lautsprecheranlage, klingelnde Telefone. Kate hatte die ganze Nacht angestrengt gehorcht; die Geräusche hatten sie daran erinnert, dass sie nicht allein war. Erst jetzt, als die Sonne hereinschien und ihr Licht über das Bett ergoss, überkam Kate eine tiefe Erschöpfung, und sie sank endlich in den Schlaf. Sie hörte das erste Klopfen nicht, auch die Stimme nicht, die ihr durch die Tür etwas zurief. Es war der Luftstoß, der ins Zimmer fegte; er warnte sie schließlich, dass die Tür aufgeschwungen war. Sie spürte vage, wie sich jemand ihrem Bett näherte. Es kostete sie ihre ganze Kraft, die Augen zu öffnen. Durch einen Schleier aus Schlaf erkannte sie David Ransoms Gesicht.

Kate fühlte eine leise Empörung in sich aufsteigen. Er hatte kein Recht, in ihre Privatsphäre einzudringen, wenn sie so schwach und schutzlos war. Sie wusste, was sie zu ihm sagen *sollte*, aber die Erschöpfung hatte ihre letzten Gefühlsreserven aufgezehrt, und sie konnte kein einziges Wort hervorbringen.

Ihm gelang es genauso wenig. Es schien, als hätten sie beide ihre Stimme verloren.

„Das ist nicht fair, Mr Ransom", flüsterte sie. „Eine Frau zu treten, wenn sie am Boden liegt …" Sie drehte sich weg und blickte matt auf die Laken hinab. „Anscheinend haben Sie Ihr praktisches Tonbandgerät vergessen. Ohne ein Tonbandgerät können Sie keine verwertbare Aussage aufnehmen. Oder verstecken Sie es vor mir in einer Ihrer …"

„Hören Sie auf, Kate. Bitte."

Sie wurde augenblicklich still. Er hatte sie bei ihrem Vornamen genannt. Eine unausgesprochene Barriere zwischen ihnen war gefallen, und sie verstand nicht, warum. Sie wusste nur, er war hier, und er stand so dicht neben ihr, dass sie den Duft seines Rasierwassers riechen und seinen warmen Blick beinah fühlen konnte.

„Ich bin nicht hier, um … Sie zu treten, während Sie am Boden liegen." Seufzend fügte er hinzu: „Ich schätze, ich sollte überhaupt nicht hier sein. Aber als ich hörte, was passiert ist, konnte ich nur noch daran denken …"

Sie sah auf und stellte fest, dass er sie stumm anstarrte. Zum ersten Mal wirkte er nicht abweisend. Sie musste sich selbst daran erinnern, dass *er* der Feind war; dass dieser Besuch, was immer sein Zweck sein mochte, nichts zwischen ihnen geändert hatte. Aber in diesem Moment fühlte sie sich nicht bedroht, sondern beschützt. Es war nicht nur seine einnehmende körperliche Präsenz, auch wenn sie sich derer ebenfalls sehr bewusst war; nein, er besaß eine stille Aura der Kraft. Kompetenz. Wenn er doch nur *ihr* Anwalt gewesen wäre; wenn er doch nur engagiert worden wäre, um sie zu verteidigen, nicht, um sie zu verklagen. Sie konnte sich nicht vorstellen, dass es möglich war, mit David Ransom an ihrer Seite einen Kampf zu verlieren.

„Sie konnten nur noch an was denken?“, fragte sie leise.

Er trat von einem Fuß auf den anderen und drehte sich linkisch zur Tür. „Es tut mir leid. Ich sollte Sie schlafen lassen.“

„Warum sind Sie gekommen?“

Er blieb stehen und lachte verlegen. „Ich habe es fast vergessen. Ich bin gekommen, um Ihnen dies hier zurückzugeben. Sie haben ihn auf dem Pier fallen lassen.“

Er legte den Stift in ihre Hand. Staunend starrte sie hinab, nicht auf den Stift, sondern auf seine Hände. Große, starke Hände. Wie würde es sich anfühlen, wenn sich diese Hände in ihrem Haar verfingen?

„Danke“, flüsterte sie.

„Hat der Stift ideellen Wert?“

„Der Stift war ein Geschenk. Von einem Mann, den ich früher einmal …“ Sie räusperte sich, schaute fort und wiederholte: „Danke.“

David wusste, das war sein Stichwort, hinauszugehen. Er hatte seine gute Tat des Tages getan; jetzt sollte er den Gesprächsfaden kappen, der sich gerade zwischen ihnen entsponnen hatte. Aber eine verborgene Kraft schien seine Hand zu einem Stuhl zu lenken, und er zog ihn herüber zum Bett und setzte sich hin.

Ihr Haar lag zerzaust auf dem Kopfkissen, und ein Bluterguss hatte eine Wange in ein hässliches Blau verfärbt. Er spürte, wie ihn eine instinktive Wut überschwemmte, Wut gegen den Mann, der versucht hatte, ihr wehzutun. Das Gefühl kam vollkommen unerwartet; seine Heftigkeit überraschte ihn.

„Wie fühlen Sie sich?“, fragte David, weil er nichts anderes zu sagen wusste.

Sie zuckte kraftlos mit den Schultern. „Müde. Verletzt.“ Sie hielt inne und fügte mit einem schwachen Lächeln hinzu: „Glücklich, am Leben zu sein.“

Sein Blick richtete sich auf den Bluterguss auf ihrer Wange, und sie streckte automatisch die Hand aus, um zu verbergen, was so deutlich auf ihrem Gesicht auffiel. Langsam ließ sie die Hand wieder auf das Bett sinken. Er fand, es war eine sehr traurige Geste, als ob sie sich schämte, ein Opfer zu sein und dieses brutale Zeichen der Gewalt zu tragen.

„Ich sehe heute nicht besonders hinreißend aus", sagte sie.

„Sie sehen gut aus, Kate. Wirklich." Es war dumm, das zu sagen, aber er meinte es so. Sie sah wunderschön aus; sie war am Leben. „Der Bluterguss wird verblassen. Worauf es ankommt, ist, dass Sie in Sicherheit sind."

„Bin ich das?" Sie schaute zur Tür. „Die ganze Nacht hat ein Wachmann da draußen gesessen. Ich habe gehört, wie er mit den Krankenschwestern gelacht hat. Ich habe mich die ganze Zeit gefragt, warum sie ihn dorthin gesetzt haben …"

„Ich bin sicher, es ist nur eine Vorsichtsmaßnahme. Damit niemand Sie stört."

Sie betrachtete ihn nachdenklich und war mit einem Mal verwirrt. „Wie sind *Sie* an ihm vorbeigekommen?"

„Ich kenne Lieutenant Ah Ching. Wir haben vor Jahren zusammengearbeitet. Als ich noch bei der Staatsanwaltschaft war."

„Sie?"

Er lächelte. „Ja. Ich habe meine Bürgerpflicht getan. Habe meine Ausbildung in Filz und Korruption erhalten. Für einen Sklavenlohn."

„Dann haben Sie mit Ah Ching gesprochen? Darüber, was passiert ist?"

„Er sagte, Sie seien eine Zeugin. Dass Ihre Aussage für seinen Fall entscheidend sei."

„Hat er Ihnen gesagt, dass Ann Richter versucht hat, mich anzurufen? Kurz bevor sie ermordet wurde. Sie hat eine Nachricht auf meinem Anrufbeantworter hinterlassen."

„Worüber?"

„Ellen O'Brien."

Er hielt inne. „Davon habe ich nichts erfahren."

„Sie *wusste* etwas, Mr Ransom. Etwas über Ellens Tod. Sie hat nur nicht die Gelegenheit bekommen, es mir zu erzählen."

„Wie lautete die Nachricht?"

„‚Ich weiß, warum sie gestorben ist.' Das waren ihre genauen Worte."

David starrte sie an. Langsam und widerstrebend ertappte er sich dabei, wie er immer tiefer in den Bann dieser grünen Augen hineingezogen wurde. „Vielleicht bedeutet es nichts. Womöglich hat sie nur herausgefunden, was bei der Operation schiefging ..."

„Das Wort, das sie benutzte, war *warum*. ‚Ich weiß, warum sie starb.' Das bedeutet, dass es einen Grund gab, eine ... eine *Absicht* hinter Ellens Tod."

„Mord auf dem Operationstisch?" David schüttelte den Kopf. „Jetzt hören Sie aber auf."

Sie drehte sich von ihm weg. „Ich hätte wissen müssen, dass Sie Zweifel haben würden. Es würde Ihnen Ihren kostbaren Prozess verderben, oder? Herauszufinden, dass die Patientin ermordet wurde."

„Was denkt die Polizei?"

„Wie soll ich das wissen?" Dann fügte sie müde hinzu: „Ihr Freund Ah Ching sagt nicht besonders viel. Er kritzelt immer nur etwas in sein Notizbuch. Vielleicht denkt er, es ist unbedeutend. Vielleicht möchte er keine verwirrenden Fakten hören." Sie richtete den Blick auf die Tür. „Aber dann denke ich über die Wache vor dem Zimmer nach. Und ich frage mich, ob da noch etwas anderes vorgeht. Etwas, wovon er mir nichts erzählt ..."

Ein Klopfen ertönte an der Tür. Eine Krankenschwester kam mit den Entlassungspapieren herein. David sah zu, wie Kate sich aufsetzte und jedes Blatt gehorsam unterschrieb. Der Stift zitterte in ihrer Hand. Er konnte kaum glauben, dass dies dieselbe Frau war, die in sein Büro gestürmt war. An jenem Tag war er von ihrem eisernen Willen beeindruckt gewesen, von ihrer Entschlossenheit.

Jetzt war er von ihrer Verletzlichkeit ebenso beeindruckt.

Die Krankenschwester ging, und Kate sank zurück in die Kissen.

„Haben Sie einen Platz, wohin Sie gehen können?", fragte er. „Nachdem Sie hier entlassen werden?"

„Meine Freunde … sie haben dieses Cottage, das sie kaum benutzen. Wie ich höre, liegt es am Strand." Sie seufzte und schaute wehmütig aus dem Fenster. „Ich könnte im Moment einen Strand gebrauchen."

„Werden Sie allein dort wohnen? Ist das sicher?"

Sie antwortete nicht. Sie sah einfach weiter aus dem Fenster. Die Vorstellung, sie würde allein und schutzlos in diesem Cottage wohnen, machte ihn unruhig. Er musste sich noch einmal selbst daran erinnern, dass sie ihn nichts anging. Dass er verrückt wäre, wenn er sich mit dieser Frau einließ. Sollte die Polizei auf sie achtgeben; am Ende waren sie für Kate verantwortlich.

Er stand auf, um zu gehen. Sie saß einfach da, zusammengekauert in dem Bett, die Arme in einer schützenden Geste über der Brust verschränkt. Als er aus dem Zimmer ging, hörte er sie leise sagen: „Ich glaube, ich werde mich niemals wieder sicher fühlen."

6. KAPITEL

„Es ist nur ein kleines Haus“, erklärte Susan Santini, als sie und Kate den kurvenreichen North Shore Highway entlangfuhren. „Nichts Ausgefallenes. Nur ein paar Zimmer. Eine absolut museumsreife Küche. Vorsintflutlich, wirklich. Aber es ist gemütlich. Und es ist so schön, die Wellen zu hören …“ Sie bog vom Highway auf eine unbefestigte Straße ab, die durch dichte Mimosenbüsche hindurchführte. Ihre Reifen wirbelten eine Wolke aus blutrotem Staub auf, während sie Richtung Meer holperten. „Scheint, als ob wir das Haus zurzeit kaum benutzen, weil ständig einer von uns Bereitschaftsdienst hat. Manchmal spricht Guy davon, es zu verkaufen. Aber das würde mir im Traum nicht einfallen. So ein Stückchen vom Paradies wie das hier findet man einfach nicht mehr.“

Die Reifen knirschten auf der Schotterauffahrt. Unter der hoch aufragenden Gruppe Eisenholzbäume wirkte das kleine, alte Cottage wie ein vernachlässigtes Puppenhaus. Jahre voller Sonne und Wind hatten die Holzplanken zu einem verwitterten Grün verblassen lassen. Das Dach schien sich unter der Last der braunen Eisenholznadeln zu biegen.

Kate stieg aus und stand für einen Augenblick unter den Bäumen. Sie lauschte den Wellen, die auf den Sand zischten. Unter der Mittagssonne leuchtete das Meer unwirklich blau.

„Da sind sie“, sagte Susan und deutete auf ihren Sohn William unten am Strand, der einen fröhlichen kleinen Tanz im Sand tanzte. Er bewegte sich wie ein Kobold, seine langen Arme wiegten sich grazil im Takt, und sein Kopf wippte vor und zurück, als er lachte. Die viel zu weite Badehose hielt sich kaum an seinen schlanken Hüften. Umrahmt von dem leuchtenden Himmel, wirkte er inmitten der Bäume mehr wie ein Bündel Zweige, wie eine mythische Kreatur, die von einem Augenblick zum anderen verschwinden konnte. Nicht weit entfernt saß eine junge Frau mit spatzenartigem Gesicht auf einem Handtuch und blätterte lustlos ein Magazin durch.

„Das ist Adele“, flüsterte Susan. „Es hat uns ein halbes Dutzend Annoncen und einundzwanzig Bewerbungsgespräche gekostet, um sie zu finden. Aber ich glaube einfach nicht, dass es mit ihr funktionieren wird. Was mir Sorgen macht, ist, dass William jetzt schon an ihr hängt.“

William erkannte sie plötzlich. Er blieb abrupt stehen und winkte. „Hi, Mommy!“

„Hallo, Liebling!“, rief Susan. Dann berührte sie Kate am Arm. „Wir haben das Cottage für dich durchgelüftet. Und da sollte eine Kanne Kaffee auf uns warten.“

Sie kletterten die Holzstufen zur Küchenveranda hinauf. Die Fliegengittertür öffnete sich quietschend. Im Haus hing der modrige Geruch der Jahre. Sonnenlicht fiel schräg durch das Fenster hinein und schimmerte matt auf dem vergilbten Linoleumboden. Ein kleiner Topf mit afrikanischen Veilchen stand auf der blau gefliesten Arbeitsplatte in der Küche. Eine drollige Auswahl von Zeichnungen war wahllos an die Wände geheftet: blaue und grüne Dinosaurier, rote Strichmännchen, Tiere in verschiedenen Farben und nicht identifizierbare Arten, jede mit dem Namen des Künstlers beschriftet: William.

„Wir lassen die Leitung angeschlossen, für Notfälle“, sagte Susan und wies zu dem Wandtelefon. „Ich habe den Kühlschrank schon aufgefüllt. Nur das Wesentliche, wirklich. Guy hat gesagt, wir können dein Auto morgen abholen. Dann hast du die Möglichkeit, Lebensmittel einzukaufen.“ Sie machte einen raschen Rundgang durch die Küche und wies dabei auf verschiedene Schränke hin, auf die Töpfe und Pfannen, das Geschirr. Dann winkte sie Kate herüber und führte sie ins Schlafzimmer. Dort angekommen, ging sie zum Fenster und zog die weißen Spitzengardinen auseinander. Ihr rotes Haar glänzte im Sonnenlicht. „Sieh mal, Kate. Dies ist die Aussicht, die ich dir versprochen habe.“ Liebevoll blickte sie hinaus auf das Meer. „Weißt du, die Menschen bräuchten keine Psychiater, wenn sie sich das hier einfach jeden Tag anschauen könnten. Wenn sie in der Sonne liegen könnten und den Wellen und den Vögeln lauschten." Sie wandte sich um und lächelte Kate an. „Was glaubst du?"

„Ich glaube ..." Kate blickte sich um, betrachtete den glänzenden Holzboden, die duftigen Gardinen, das staubige goldene Licht, das durchs Fenster flimmerte. „Ich glaube, ich möchte niemals wieder fort", erwiderte sie lächelnd.

Schritte trippelten auf der Veranda. Als die Fliegengittertür zuschlug, blickte sich Susan um. „So enden Ruhe und Frieden." Sie seufzte.

Sie kehrten in die Küche zurück und fanden dort den kleinen William, der unmelodisch vor sich hin sang. Er war damit beschäftigt, ein Bündel Zweige auf dem Küchentisch auszulegen. Adele, deren nackte Schultern vor Sonnenöl glänzten, schenkte ihm einen Becher Apfelsaft ein. Auf der Küchentheke lag eine Ausgabe der *Vogue*. Die Zeitschrift war staubig vom Sand.

„Sieh mal, Mommy!", rief William aus und zeigte stolz auf seinen frisch gesammelten Schatz.

„Du meine Güte, was für eine Sammlung", sagte Susan mit angemessener Ehrfurcht. „Was wirst du mit all diesen Zweigen anfangen?"

„Das sind keine Zweige. Das sind Schwerter. Um Monster zu töten."

„Monster? Aber Liebling, ich habe es dir erklärt. Es gibt keine Monster."

„Doch, gibt es."

„Daddy hat sie alle ins Gefängnis getan, hast du das vergessen?"

„Nicht alle." Sorgfältig legte er einen weiteren Zweig auf den Tisch. „Sie verstecken sich in den Büschen. Ich habe letzte Nacht eines gehört."

„William", sagte Susan ruhig. „Welche Monster?"

„In den Büschen. Hab ich dir doch gesagt, letzte Nacht."

„Oh." Susan warf Kate ein wissendes Lächeln zu. „Darum ist er um zwei Uhr morgens in unser Bett gekrochen."

Adele stellte den Becher mit dem Saft neben den Jungen. „Hier, William. Dein …“ Sie runzelte die Stirn. „Was ist das in deiner Tasche?“

„Nichts.“

„Ich habe gesehen, wie es sich bewegt.“

William beachtete sie nicht und schlürfte seinen Saft. Seine Tasche zuckte.

„William Santini, gib es mir.“ Adele streckte die Hand aus.

William richtete einen flehenden Blick auf die letzte Berufungsinstanz: seine Mutter. Die schüttelte traurig den Kopf. Seufzend griff er in seine Tasche, holte das zuckende Etwas heraus und ließ es in Adeles Hand fallen.

Ihr schriller Schrei erschreckte sie alle, vor allem die Eidechse, die sich prompt in die Freiheit stürzte, aber erst nachdem sie ihren sich windenden Schwanz in Adeles Hand hatte fallen lassen.

„Sie entkommt!“, heulte William.

Es folgte ein verrücktes Gedränge; alle krochen auf Händen und Knien in der Küche umher. Als die glücklose Eidechse wieder eingefangen und in einer Teetasse eingesperrt war, waren sie alle außer Atem und schwach vor Lachen. Susan brach auf dem Küchenboden zusammen, ihr rotes Haar war wild zerzaust. Die Beine hatte sie vor sich ausgestreckt.

„Ich kann es nicht *glauben*“, keuchte sie und sank gegen den Kühlschrank. „Drei erwachsene Frauen gegen eine klitzekleine Eidechse. Sind wir hilflos, oder was?“

William schlenderte zu seiner Mutter hinüber und starrte auf das Sonnenlicht, das in ihrem roten Haar funkelte. Still und verzaubert streckte er die Hand nach einer losen Strähne aus und sah zu, wie sie sinnlich über seine Finger glitt. „Meine Mommy“, flüsterte er.

Sie lächelte. Dann nahm sie sein Gesicht in ihre Hände und küsste ihn zärtlich auf den Mund. „Mein Baby.“

„Du hast mir nicht die ganze Geschichte erzählt“, sagte David. „Jetzt möchte ich wissen, was du ausgelassen hast.“

Pokie Ah Ching nahm einen riesigen Bissen von seinem Big Mac und kaute mit der grimmigen Konzentration eines Mannes, dem das Mittagessen zu lange verwehrt worden war. Während er sich einen Klecks Sauce vom Kinn wischte, sagte er mürrisch: „Was bringt dich auf den Gedanken, ich hätte etwas ausgelassen?"

„Du hast sehr viele Leute auf diesen Fall angesetzt. Der Polizist draußen vor ihrem Krankenzimmer. Die Überwachung der Eingangshalle. Du bist auf etwas Großes aus."

„Ja. Einen Mörder." Pokie nahm eine Gurkenscheibe aus seinem Burger und warf sie angeekelt auf einen Haufen Servietten. „Was sollen all diese Fragen überhaupt? Ich dachte, du hättest bei der Staatsanwaltschaft aufgehört?"

„Ich habe dort nicht meine Neugier zurückgelassen."

„Neugier? Ist das alles?"

„Kate ist zufällig eine Freundin von mir …"

„Unsinn!" Pokie schoss ihm einen vorwurfsvollen Blick zu. „Du glaubst, ich stelle keine Fragen? Ich bin Detective, Davy. Und ich weiß zufällig, dass sie keine Freundin von dir ist. Sie ist die Beklagte in einem deiner Prozesse." Er schnaubte. „Seit wann freundest du dich mit der Gegenseite an?"

„Seit ich angefangen habe, ihre Geschichte über Ellen O'Brien zu glauben. Vor zwei Tagen kam sie mit einer Geschichte zu mir, die so albern war, dass ich sie ausgelacht und aus dem Büro geworfen habe. Sie hatte überhaupt keine Fakten, nichts außer einer zusammenhangslosen Geschichte, die völlig paranoid klang. Dann wird dieser Krankenschwester, Ann Richter, die Kehle durchgeschnitten. Jetzt fange *ich* an, mir Gedanken zu machen. War Ellen O'Briens Tod ein Kunstfehler? Oder Mord?"

„Mord, hä?" Pokie zuckte mit den Schultern und nahm noch einen Bissen. „Dann wäre es ja meine Angelegenheit, nicht deine."

„Sieh mal, ich habe eine Klage eingereicht, in der wir behaupten, es wäre ein Kunstfehler gewesen. Wenn sich dies als ein Mord herausstellt, wird es ganz schön peinlich werden – ganz abgesehen davon, dass ich meine Zeit verschwende. Bevor ich mich also vor die Geschworenen stelle und mich zum Narren mache, möchte ich die Fakten hören. Sei ehrlich zu mir, Pokie. Um der alten Zeiten willen."

„Hör auf mit dem sentimentalen Mist, Davy. Du bist es gewesen, der davongelaufen ist. Schätze, dem fetten Gehaltsscheck war schwer zu widerstehen. Und ich? Ich bin immer noch hier." Er schob eine Schublade zu. „Mitsamt dem Mist, den sie Möbel nennen."

„Lass uns eine Sache klarstellen. Dass ich die Stelle aufgegeben habe, hatte nichts mit Geld zu tun."

„Warum bist du dann weggegangen?"

„Es war etwas Persönliches."

„Ja. Mit dir ist es immer etwas *Persönliches*. Bist immer noch verschlossen wie eine Auster, nicht wahr?"

„Wir waren dabei, über den Fall zu sprechen."

Pokie lehnte sich zurück und betrachtete ihn einen Moment lang. Durch die offene Tür seines Büros drang Tumult – laute Stimmen, klingelnde Telefone und klappernde Schreibmaschinen. Ein normaler Nachmittag auf dem Polizeirevier in der Innenstadt. Verärgert stand Pokie auf und stieß seine Bürotür zu. „Gut." Er seufzte und kehrte zu seinem Stuhl zurück. „Was willst du wissen?"

„Details."

„Musst dich schon klar ausdrücken."

„Was ist so wichtig an dem Mord an Ann Richter?"

Pokie antwortete, indem er sich eine Mappe von dem chaotischen Papierstapel auf seinem Schreibtisch schnappte. Er warf sie David hin. „M.J.s vorläufiger Obduktionsbericht. Schau ihn dir an."

Der Bericht war drei Seiten lang und auf eine kaltblütige Weise anschaulich. Auch wenn David fünf Jahre als stellvertretender Staatsanwalt gearbeitet und Dutzende solcher Berichte gelesen hatte, konnte er nicht anders: Er erschauderte bei den klinischen Details des Todes, den die Frau erlitten hatte.

Linke Halsschlagader sauber durchtrennt ... messerscharfes Instrument ... Schnittwunde an der rechten Schläfe, vermutlich infolge eines zufälligen Aufpralls gegen den Beistelltisch ... Muster der Blutflecken an der Wand stimmen mit den arteriellen Spritzern überein ...

„Ich sehe, M. J. hat ihr Talent dafür, wie sie einem Übelkeit verursachen kann, nicht verloren", sagte David und blätterte zur zweiten Seite. Sobald er sie gelesen hatte, runzelte er nachdenklich die Stirn. „Nun, dieser Befund ergibt keinen Sinn. Ist sich M. J. sicher, was die Todeszeit angeht?"

„Du kennst M. J. Sie ist sich immer sicher. Ihr Befund wird von den Leichenflecken und der Körperkerntemperatur unterstützt."

„Warum, zur Hölle, sollte der Killer der Frau die Kehle durchschneiden und dann drei Stunden da herumhängen? Um den Anblick zu genießen?"

„Um sauber zu machen. Um sich das Apartment anzusehen."

„Hat irgendetwas gefehlt?"

Pokie seufzte. „Nein. Das ist das Problem. Geld und Schmuck lagen offen rum. Der Killer hat nichts davon angerührt."

„Sexuelle Gewalt?"

„Kein Anzeichen davon. Die Kleider des Opfers waren unversehrt. Und die Tötung war zu effizient. Wenn er auf Nervenkitzel aus war, hätte er sich Zeit gelassen, würde man denken. Hätte ihr noch ein paar Schreie mehr entlockt."

„Du hast also einen brutalen Mord und kein Motiv. Öfter mal was Neues."

„Sieh dir diesen Obduktionsbericht noch einmal an. Lies mal vor, was M. J. über die Wunde geschrieben hat."

„Durchtrennte linke Halsschlagader ... messerscharfes Instrument." Er sah auf. „Und?"

„Und das sind dieselben Worte, die sie in einem anderen Obduktionsbericht vor zwei Wochen benutzt hat. Außer dass das Opfer ein Mann war. Ein Gynäkologe namens Henry Tanaka."

„Ann Richter war Krankenschwester."

„Richtig. Und hier ist der interessante Teil. Bevor sie zum OP-Personal kam, hat Ann Richter nebenbei auf der Entbindungsstation gearbeitet. Aller Wahrscheinlichkeit nach kannte sie Henry Tanaka."

Mit einem Mal wurde David sehr, sehr still. Er dachte an eine andere Krankenschwester, die auf der Entbindungsstation gearbeitet hatte. Eine Krankenschwester, die jetzt tot war. Wie Ann Richter. „Erzähl mir mehr über diesen Gynäkologen", sagte er.

Pokie angelte ein Paket Zigaretten und einen Aschenbecher aus seinem Schreibtisch. „Hast du was dagegen?"

„Nicht, wenn du weitersprichst."

„Wäre den ganzen Morgen fast gestorben für 'ne Kippe", erwiderte Pokie knurrig. „Kann mir keine anzünden, wenn Brophy in der Nähe ist und über seine verdammten Nebenhöhlen jammert." Er knipste das Feuerzeug an. „Okay." Er seufzte und stieß dankbar eine Rauchwolke aus. „Hier ist die Geschichte: Henry Tanakas Praxis war drüben in der Liliha Street. Du weißt schon, dieses gottverdammte Betongebäude. Vor zwei Wochen blieb er allein in der Praxis zurück, nachdem seine Mitarbeiter gegangen waren. Sagte, er müsste einigen Papierkram nachholen. Seine Frau meint, er käme immer spät heim. Aber sie deutete an, es sei nicht der Papierkram, der ihn nachts von zu Hause fernhielt."

„Geliebte?"

„Was sonst?"

„Kennt die Ehefrau irgendwelche Namen?"

„Nein. Sie nahm an, es wäre eine der Schwestern drüben im Krankenhaus. Jedenfalls fanden ein paar Hausmeister die Leiche in einem der Untersuchungszimmer, das war gegen sieben Uhr an jenem Abend. Zu der Zeit dachten wir, wir hätten es nur mit einem Junkie zu tun, der hinter einer Dröhnung her war. Es fehlten Medikamente aus dem Schrank."

„Betäubungsmittel?"

„Nee, das gute Zeug war in einem Hinterzimmer eingeschlossen. Der Killer hatte es auf wertloses Zeug abgesehen, Medikamente, die dir auf der Straße keinen Dime einbringen. Wir nahmen an, er wäre entweder high gewesen oder dumm. Zumindest immer noch schlau genug, keine Fingerabdrücke zu hinterlassen. Jedenfalls, ohne weitere Hinweise stieß der Fall irgendwie an seine Grenzen. Die einzige Spur, die wir hatten, stammte von einem der Hausmeister. Als er in das Gebäude kam, entdeckte er eine Frau, die über den Parkplatz rannte. Aber er sagt, sie sei eindeutig blond gewesen."

„War er sich sicher, dass es eine Frau war?"

„Was, statt eines Mannes mit Perücke?" Pokie lachte. „Daran habe ich nicht gedacht. Ich schätze, das wäre möglich."

„Was ist bei diesem Hinweis herausgekommen?"

„Nicht viel. Wir haben herumgefragt, konnten aber mit keinem Namen aufwarten. Wir fingen an zu glauben, die mysteriöse Blondine wäre eine falsche Spur. Dann wurde Ann Richter ermordet." Pokie hielt inne. „Sie war blond." Er löschte seine Zigarette. „Kate Chesne ist unser erster großer Durchbruch. Jetzt wissen wir zumindest, wie unser Mann aussieht. Das Phantombild wird Montag in den Zeitungen gebracht. Vielleicht werden wir dann allmählich ein paar Namen kriegen."

„Wie willst du Kate beschützen?"

„Sie steckt irgendwo an der North Shore. Ich lasse einen Streifenwagen alle paar Stunden vorbeifahren."

„Das ist alles?"

„Niemand wird sie da oben finden."

„Ein Profi schon."

„Was soll ich tun? Ihr eine Rund-um-die-Uhr-Bewachung aufdrücken?" Er nickte zu dem Papierstapel auf seinem Schreibtisch. „Schau dir diese Akten an, Davy! Ich ertrinke förmlich in Leichen. Ich kann mich glücklich nennen, wenn eine Nacht vergeht, ohne dass ein Leichnam zur Tür hereinrollt."

„Profis hinterlassen keine Zeugen."

„Ich bin nicht davon überzeugt, dass er ein Profi *ist*. Außerdem weißt du doch, wie schwierig die Dinge hier sind. Schau dir diesen Schrott an." Er trat gegen den Schreibtisch. „Zwanzig Jahre alt und voller Termiten. Und erwähne bloß nicht den verrückten Computer. Ich muss Fingerabdrücke immer noch nach Kalifornien schicken, um eine schnelle Identifizierung zu bekommen!" Missmutig sackte er in seinem zwanzig Jahre alten Stuhl zurück. „Sieh mal, Davy. Ich bin mir ziemlich sicher, dass es ihr dort gut gehen wird. Ich würde es gerne garantieren. Aber du weißt, wie es ist."

Ja, dachte David. *Ich weiß, wie es ist.* Manches an der Polizeiarbeit änderte sich nie. So viel Bedarf und kein ausreichendes Budget. Er versuchte, sich zu sagen, dass er sich nur als Klägeranwalt für diesen Fall interessierte; es war seine Aufgabe, all diese Fragen zu stellen. Er musste sicher sein, dass sein Fall nicht angesichts neuer Fakten in sich zusammenfiel. Aber seine Gedanken kehrten immer wieder zu Kate zurück, wie sie so allein, so verletzlich in dem Krankenhausbett saß.

David wollte dem Urteil des Mannes vertrauen. Er hatte mit Pokie Ah Ching lange genug gearbeitet, um zu wissen, dass der Mann im Großen und Ganzen ein fähiger Polizist war. Aber er wusste auch, dass selbst die besten Polizisten Fehler machten. Unglücklicherweise hatten Polizisten und Ärzte etwas miteinander gemein: Sie trugen ihre Fehler zu Grabe.

Schräg fiel die Sonne auf Kates Rücken hinab, und die Wärme lullte sie in einen unruhigen Schlaf. Sie lag im Sand, das Gesicht in den Armen vergraben, während die Wellen sanft gegen ihre Füße schlugen und der Wind durch die Seiten ihres Taschenbuchs blätterte. An diesem einsamen Strandabschnitt hatte sie den perfekten Platz gefunden, um sich vor der Welt zu verstecken. Um zu genesen. Das Einzige, was störte, waren die Vögel, die in den Bäumen herumflatterten und sich zankten.

Sie seufzte, und der Duft von Kokosnussöl stieg ihr in die Nase. Ganz allmählich wurde sie von dem Wind in ihrem Haar und einem unbestimmten Verlangen nach Essen geweckt. Sie hatte seit dem Frühstück nichts gegessen, und der Nachmittag ging bereits in den Abend über.

Dann riss sie etwas endgültig aus dem Schlaf. Auf einmal hatte sie das Gefühl, nicht länger allein zu sein. Das Gefühl war so deutlich, dass sie, als sie sich umdrehte und aufschaute, nicht weiter überrascht war, David dort stehen zu sehen.

Er trug Jeans und ein altes Baumwollhemd, die Ärmel hatte er in der Hitze aufgerollt. Seine Haare tanzten im Wind, sie funkelten wie kleine Flammen im spätnachmittäglichen Sonnenlicht. Er sagte nichts; er stand einfach da, die Hände in die Taschen gesteckt. Langsam glitt sein Blick über sie hinweg. Obwohl ihr Badeanzug nicht besonders freizügig war, schien in seinen Augen etwas auf – eine Unverfrorenheit, Direktheit –, und sie hatte das Gefühl, er würde sie mit seinen Blicken ausziehen. Plötzlich wurde ihre Haut warm, und eine Röte, die tiefer und heißer war, als die Sonne sie je hervorrufen könnte, überzog ihr Gesicht.

„Sie sind eine schwer auffindbare Dame", sagte er.

„Das stellt man sich im Großen und Ganzen unter Untertauchen vor. Die Leute sollen einen nicht finden."

Er schaute sich um, musterte mit raschem Blick die einsame Umgebung. „Ist anscheinend keine so glänzende Idee, so offen dazuliegen."

„Sie haben recht." Sie packte ihr Handtuch und das Buch und sprang auf. „Man weiß nie, wer sich vielleicht hier draußen herumtreibt. Diebe. Mörder." Elegant warf sie sich ihr Handtuch über die Schulter, drehte sich um und ging fort. „Vielleicht sogar der ein oder andere Anwalt."

„Ich muss mit Ihnen sprechen, Kate."

„Ich habe einen Anwalt. Warum sprechen Sie nicht mit ihm?"

„Es geht um den O'Brien-Fall …"

„Heben Sie sich das für den Gerichtssaal auf", erwiderte sie bissig über die Schulter. Mit hocherhobenem Kopf ging sie fort und ließ ihn allein am Strand zurück.

„Ich werde Sie möglicherweise nicht im Gerichtssaal sehen", schrie er.

„Wie schade."

Er holte sie ein, als sie das Cottage erreichte, und war ihr direkt auf den Fersen, als sie die Stufen hinaufsprang. Sie ließ die Fliegengittertür direkt vor seinem Gesicht zuschwingen.

„Haben Sie gehört, was ich gesagt habe?", rief er von der Veranda.

In der Mitte der Küche hielt sie inne. Mit einem Mal wurde ihr klar, was seine Worte bedeuteten. Langsam drehte sie sich um und starrte ihn durch das Fliegengitter an. Er hatte seine Hände auf beide Seiten des Türrahmens gelegt und beobachtete sie gespannt. „Ich werde möglicherweise nicht vor Gericht sein", sagte er.

„Was heißt das?"

„Ich denke daran, auszusteigen."

„Warum?"

„Lassen Sie mich herein, und ich werde es Ihnen sagen."

Sie starrte ihn weiterhin an. Schließlich stieß sie die Fliegengittertür auf. „Kommen Sie herein, Mr Ransom. Ich denke, es ist Zeit, dass wir miteinander sprechen."

Wortlos folgte er ihr in die Küche und stellte sich neben den Frühstückstisch. Er beobachtete sie. Dass sie barfuß war, betonte nur den Größenunterschied zwischen ihnen. Sie hatte vergessen, wie hochgewachsen er war und wie schlaksig. Seine Beine schienen endlos zu sein. Zuvor hatte sie ihn nie ohne einen Anzug gesehen. Sie entschied, dass sie ihn in Blue Jeans eindeutig lieber mochte. Mit einem Mal war sie sich nur allzu bewusst, wie wenig sie selbst anhatte. Sein Blick, der ihr durch die Küche folgte, brachte sie durcheinander. Es irritierte sie, und zugleich fand sie es aufregend, das war nicht zu leugnen. So aufregend, wie wenn man ein Streichholz neben einem Pulverfass anzündete. Ob David Ransom genauso explosiv war?

Sie schluckte nervös. „Ich … Ich muss mich anziehen. Entschuldigen Sie mich."

Sie flüchtete ins Schlafzimmer und griff nach dem ersten sauberen Kleid, das sie zu fassen bekam, ein hauchdünner weißer Import aus Indien. Sie zerriss es beinah vor lauter Eile, es überzustreifen. An der Tür hielt sie inne und zwang sich, bis zehn zu zählen, aber sie stellte fest, dass ihre Hände nach wie vor zitterten.

Als sie sich endlich wieder in die Küche traute, stand er immer noch am Tisch und blätterte träge durch ihr Buch.

„Ein Kriegsroman", erklärte sie. „Er ist nicht sehr gut. Aber er vertreibt mir die Zeit. Davon scheine ich im Moment eine Menge zu haben." Sie winkte vage zu einem Stuhl hin. „Setzen Sie sich, Mr Ransom. Ich … Ich koche einen Kaffee." Es kostete sie ihre ganze Konzentration, einfach den Wasserkessel zu füllen und ihn auf den Herd zu setzen. Sie stellte fest, dass sie selbst mit den einfachsten Aufgaben Schwierigkeiten hatte. Zuerst stieß sie die Schachtel mit den Papierfiltern in die Spüle. Dann brachte sie es fertig, den Kaffeesatz über die ganze Küchentheke zu kippen.

„Lassen Sie mich das erledigen", sagte er und schob sie sanft zur Seite.

Stumm sah sie zu, wie er den verschütteten Kaffee aufwischte. Plötzlich überwältigte es sie, ihn neben sich zu spüren, seinen Körper, seine Nähe, seine Kraft. Genauso überwältigend war das unerwartet heftige sexuelle Verlangen, das sie durchströmte. Auf zitternden Beinen bewegte sie sich zum Tisch und sank auf einen Stuhl.

„Übrigens", fragte er über die Schulter, „können wir den ‚Mr Ransom' streichen? Ich heiße David."

„Oh. Ja. Ich weiß." Sie zuckte zusammen und hasste es, wie atemlos ihre Stimme klang.

Er ließ sich auf einem Stuhl ihr gegenüber nieder, und sie sahen einander über den Küchentisch hinweg fest in die Augen.

„Gestern wollten Sie mich hängen", sagte sie. „Was hat Sie dazu gebracht, Ihre Meinung zu ändern?"

Als Antwort zog er ein Stück Papier aus seiner Hemdtasche. Es war die Fotokopie eines Artikels aus der Lokalzeitung.

„Diese Geschichte erschien vor ungefähr zwei Wochen im *Star-Bulletin*."

Stirnrunzelnd betrachtete sie die Schlagzeile: Arzt aus Honolulu erstochen aufgefunden. „Was hat denn das damit zu tun?"

„Kannten Sie das Opfer, Henry Tanaka?"

„Er war bei uns auf der Entbindungsstation. Aber ich habe nie mit ihm gearbeitet."

„Sehen Sie sich die Beschreibung seiner Wunden in der Zeitung an."

Kate richtete ihre Aufmerksamkeit wieder auf den Artikel. „Hier steht, er starb an Wunden am Hals und Rücken."

„Richtig. Wunden, die von einem sehr scharfen Instrument stammen. Der Hals wurde nur einmal aufgeschlitzt, wobei die linke Halsschlagader durchtrennt wurde. Sehr effizient. Sehr tödlich."

Kate versuchte zu schlucken und stellte fest, dass ihre Kehle wie ausgedörrt war. „So wurde Ann …"

David nickte. „Dieselbe Methode. Identisches Ergebnis."

„Woher wissen Sie das alles?"

„Lieutenant Ah Ching hat die Parallelen beinahe augenblicklich erkannt. Darum hat er eine Wache vor Ihr Krankenzimmer beordert. Wenn diese Morde zusammenhängen, ist da etwas Planvolles an dem Ganzen, etwas Rationales …"

„*Rational?* Einen Arzt zu töten? Eine Krankenschwester? Wenn überhaupt, dann klingt es mehr nach dem Werk eines Irren!"

„Mord ist eine seltsame Sache. Manchmal gibt es dafür keinen erkennbaren Grund. Manchmal ergibt die Tat einen perfekten Sinn."

„Es gibt keinen vernünftigen Grund, jemanden zu töten!"

„Gemordet wird jeden Tag, von anscheinend geistig gesunden Menschen. Und alles aus den banalsten aller Gründe: Geld. Macht." David hielt inne. „Andererseits", sagte er leise, „gibt es das Verbrechen aus Leidenschaft. Anscheinend hatte Henry Tanaka eine Affäre mit einer der Krankenschwestern."

„Viele Ärzte haben Affären."

„Auch viele Krankenschwestern."

„Von welcher Krankenschwester reden wir?"

„Ich hatte gehofft, Sie könnten es mir sagen."

„Es tut mir leid, aber ich bin nicht auf dem Laufenden, was den neuesten Krankenhaus-Klatsch betrifft."

„Sogar wenn es Ihre Patienten angeht?"

„Sie meinen Ellen? Ich … Ich weiß nicht. Für gewöhnlich befasse ich mich nicht näher mit dem Privatleben meiner Patienten. Es sei denn, es ist für ihre Gesundheit von Bedeutung."

„Ellens Privatleben dürfte von großer Bedeutung für ihre Gesundheit gewesen sein."

„Nun, sie war eine schöne Frau. Ich bin sicher, es gab … Männer in ihrem Leben." Kates Blick fiel wieder auf den Artikel. „Was hat das mit Ann Richter zu tun?"

„Vielleicht nichts. Vielleicht alles. In den letzten zwei Wochen sind drei Mitarbeiter des Mid Pac gestorben. Zwei wurden ermordet. Eine hatte einen unerwarteten Herzstillstand auf dem OP-Tisch. Zufall?"

„Es ist ein großes Krankenhaus. Viele Mitarbeiter."

„Aber genau diese drei Menschen kannten einander. Sie haben sogar zusammen gearbeitet."

„Aber Ann war OP-Schwester …"

„Die früher einmal auf der Entbindungsstation gearbeitet hat."

„Was?"

„Vor acht Jahren. Ann Richter hat eine sehr unschöne Scheidung durchlebt. Am Ende saß sie da mit einem haushohen Stapel Kreditkartenrechnungen. Sie brauchte mehr Geld, und zwar schnell. Also arbeitete sie nebenbei noch als Entbindungsschwester. In der Nachtschicht. Das ist dieselbe Schicht, in der Ellen O'Brien gearbeitet hat. Sie kannten einander, ohne Zweifel. Tanaka, Richter, O'Brien. Und jetzt sind sie alle tot."

Das Pfeifen des kochenden Kessels zerriss die Stille, aber sie war zu benommen, um sich zu bewegen. David erhob sich und nahm den Kessel vom Herd. Sie hörte ihn die Tassen hinstellen und das Wasser eingießen. Der Duft des Kaffees drang in ihr Bewusstsein.

„Es ist seltsam“, bemerkte sie. „Ich habe Ann fast jeden Tag in diesem OP-Saal gesehen. Wir haben über Bücher gesprochen, die wir gelesen, Filme, die wir gesehen hatten. Aber wir haben nie wirklich über *uns selbst* gesprochen. Und sie war immer so verschlossen. Beinah unnahbar.“

„Wie hat sie auf Ellens Tod reagiert?“

Kate schwieg einen Moment lang und erinnerte sich, wie Ann, als alles schiefgegangen war, als Ellen zwischen Leben und Tod schwebte, einfach dagestanden hatte, kreidebleich und erstarrt. „Sie wirkte … wie gelähmt. Aber wir waren alle durcheinander. Danach hat sie sich krankgemeldet und ist nach Hause gegangen. Sie ist nicht wieder zur Arbeit gekommen. Das war das letzte Mal, dass ich sie gesehen habe. Lebend, meine ich …“ Sie senkte benommen den Blick, während er eine Tasse Kaffee vor sie hinschob.

„Sie haben es schon einmal gesagt. Ann muss etwas gewusst haben. Etwas Gefährliches. Vielleicht haben sie alle etwas gewusst.“

„Aber, David, sie waren bloß ganz normale Menschen, die in einem Krankenhaus gearbeitet haben …“

„In Krankenhäusern kann alle Mögliche passieren. Betäubungsmittel-Diebstahl. Versicherungsbetrug. Verbotene Liebesaffären. Vielleicht sogar Mord.“

„Wenn Ann etwas Gefährliches wusste, warum ist sie nicht zur Polizei gegangen?“

„Vielleicht konnte sie nicht. Vielleicht hatte sie Angst davor, sich selbst zu beschuldigen. Oder sie hat jemand anderen beschützt.“

Ein tödliches Geheimnis, dachte Kate. Hatten alle drei Opfer es miteinander geteilt? Leise und vorsichtig sagte sie: „Dann denken Sie, Ellen wurde ermordet.“

„Darum bin ich hier. Ich möchte, dass Sie *mir* das sagen.“

Sie schüttelte verwirrt den Kopf. „Wie kann ich das?“

„Sie haben die medizinische Fachkenntnis. Sie waren da, im Operationssaal, als es passierte. Wie könnte er es getan haben?“

„Ich bin das bereits tausendmal durchgegangen …"

„Dann machen Sie das noch einmal. Kommen Sie schon, Kate, *denken Sie nach*. Überzeugen Sie mich, dass es Mord war. Überzeugen Sie mich, dass ich aus diesem Fall aussteigen *sollte*."

Seine schroffe Aufforderung schien ihr keine andere Möglichkeit zu lassen. Sie spürte, wie sein Blick sie antrieb, sich jedes Detail ins Gedächtnis zu rufen, jedes Ereignis, das zu jenen verzweifelten Momenten im Operationssaal führte. Sie entsann sich, wie reibungslos alles gelaufen war, zunächst die Einleitung der Narkose, dann hatte sie den Beatmungsschlauch gelegt. Sie hatte die Behälter und Schläuche nochmals geprüft; sie war sich sicher, dass der Sauerstoff korrekt angeschlossen gewesen war.

„Nun?", drängte er.

„Ich kann mir nichts vorstellen."

„Doch, Sie können."

„Es war ein absoluter Routinefall!"

„Was war mit der Operation an sich?"

„Tadellos. Guy ist der beste Chirurg im Team. Wie auch immer, er hatte mit der Operation gerade begonnen. Er war kaum durch die Muskelschicht, als …" Sie unterbrach sich.

„Als was?"

„Er … er beklagte sich darüber, dass die Bauchmuskeln zu fest waren. Er hatte Schwierigkeiten, sie zurückzuziehen."

„Also?"

„Also injizierte ich eine Dosis Succinylcholin."

„Das ist ziemlich routinemäßig, oder?"

Sie nickte. „Ich verabreiche es ständig. Aber bei Ellen schien es nicht zu wirken. Ich musste eine zweite Dosis aufziehen. Ich erinnere mich, dass ich Ann gebeten habe, mir eine zweite Ampulle zu holen."

„Sie hatten nur eine Ampulle?"

„Normalerweise bewahre ich einige in meinem Medikamentenwagen auf. Aber an jenem Morgen war nur eine in der Schublade."

„Was geschah, nachdem Sie die zweite Dosis Succinylcholin verabreicht hatten?“

„Einige Sekunden verstrichen. Vielleicht zehn. Fünfzehn. Und dann …“ Langsam sah sie zu ihm auf. „Ihr Herz hörte auf zu schlagen.“

Sie starrten einander an. Durch das Fenster fiel das letzte Tageslicht schräg, messergleich, durch die Küche. Er beugte sich vor, und sein Blick ruhte hart und unnachgiebig auf ihr. „Wenn Sie es beweisen könnten …“

„Aber ich kann nicht! Diese leere Ampulle ging geradewegs in die Verbrennungsanlage, mit dem ganzen restlichen Abfall. Und es gibt noch nicht einmal mehr eine Leiche, die man obduzieren könnte.“ Unglücklich wandte sie den Blick ab. „Oh, er war schlau, David. Wer auch immer der Killer war, er wusste genau, was er tat.“

„Vielleicht ist er schlauer, als ihm guttut.“

„Was meinen Sie damit?“

„Er ist offensichtlich gebildet. Er wusste genau, welche Medikamente Sie wahrscheinlich im Operationssaal verabreichen würden. Und er hat es geschafft, etwas Tödliches in eine dieser Ampullen zu stecken. Wer hat Zugang zu den Narkosewagen?“

„Sie werden in den Operationssälen zurückgelassen. Ich nehme an, jeder Krankenhausmitarbeiter könnte an sie herankommen. Ärzte. Schwestern. Vielleicht sogar die Hausmeister. Aber da waren ständig Leute in der Nähe.“

„Was geschieht nachts? An den Wochenenden?“

„Wenn keine Operation angesetzt ist, schließen sie die Räume einfach, schätze ich. Aber es ist immer eine OP-Schwester im Dienst, für Notfälle.“

„Bleibt die Schwester im OP-Bereich?“

Kate zuckte ratlos mit den Schultern. „Ich bin nur dort, wenn wir einen Patienten haben. Ich habe keine Ahnung, was in einer ruhigen Nacht geschieht.“

„Wenn die Räume unbewacht bleiben, hätte jeder vom Personal hineinschleichen können.“

„Es ist niemand vom Personal. Ich habe den Mörder *gesehen*, David! Der Mann in Anns Apartment war ein Fremder."

„Der einen Partner haben könnte. Jemanden im Krankenhaus. Vielleicht sogar jemanden, den Sie kennen."

„Eine Verschwörung?"

„Sehen Sie sich die systematische Vorgehensweise an, mit denen diese Morde durchgeführt werden. Als ob unser Mörder – oder die Mörder – eine Art Liste hätte. Meine Frage ist: Wer ist der Nächste?"

Es klapperte, als ihre Tasse auf die Untertasse fiel. Sofort sprang Kate auf. Als sie an sich herabblickte, sah sie, dass ihre Hände zitterten. Ich habe sein Gesicht gesehen, dachte sie. *Wenn er eine Liste hat, dann steht mein Name darauf.*

Mittlerweile war der Nachmittag der Dämmerung gewichen. Aufgewühlt stand Kate auf und ging zur offenen Tür. Da stand sie dann und starrte hinaus aufs Meer. Der Wind, der Augenblicke zuvor noch so stetig gewesen war, hatte sich gelegt. Eine Stille war in der Luft, als ob der Abend den Atem anhalten würde.

„Er ist da draußen", flüsterte sie. „Er sucht nach mir. Und ich kenne noch nicht einmal seinen Namen." Als Davids Hand ihre Schulter berührte, erbebte sie. Er stand hinter ihr, so nah, dass sie seinen Atem in ihrem Haar spüren konnte. „Ich sehe ständig seine Augen. Sie starren mich im Spiegel an. Schwarz und hohl. Wie eines dieser Plakate von hungernden Kindern …"

„Er kann dir nichts tun, Kate. Nicht hier." Davids Atem brannte auf ihrem Nacken. Ein Schauer durchlief ihren Körper – nicht vor Furcht, sondern vor Erregung. Ohne ihn auch nur anzuschauen, konnte sie sein Verlangen spüren. Heiß drängte es an die Oberfläche.

Plötzlich war es mehr als nur sein Atem, der ihr Fleisch versengte; es waren seine Lippen. Sein Gesicht grub sich durch ihr dichtes Haar, presste sich hungrig gegen ihren Nacken. Seine Finger fassten ihre Schultern, als ob er Angst hätte, sie würde sich losreißen. Aber das tat sie nicht. Sie konnte nicht. Ihr ganzer Körper sehnte sich nach ihm.

Seine Lippen hinterließen eine warme, feuchte Spur, als sie zu ihrer Schulter glitten, und dann spürte sie seinen rauen Kiefer.

Er drehte sie zu sich herum, sodass sie ihn ansah. In dem Augenblick, in dem sie sich umwandte, lag sein Mund auf ihrem.

Sie fühlte, wie sie der Kraft seines Kusses erlag, wie sie fiel, in einen tiefen und bodenlosen Schacht, bis ihr Rücken plötzlich mit der Küchenwand zusammenstieß. Mit seinem ganzen Körper drückte er sie hart dagegen, Bauch an Bauch, Schenkel an Schenkel. Ihre Lippen öffneten sich, und seine Zunge drängte sich wütend hinein, wollte ihren Mund für sich. Sie hatte keinen Zweifel, dass er den Rest von ihr auch wollte.

Das Streichholz war angezündet; das Pulverfass war im Begriff zu explodieren, und sie mit ihm. Sie warf sich bereitwillig in den Feuersturm.

Sie sprachen kein Wort; nur ihr leises, schmerzhaftes, drängendes Stöhnen war zu hören. Ihr Atem ging so schwer, so schnell, dass er in ihren Ohren klang. Kaum hörte Kate, dass das Telefon läutete. Erst als es wieder und wieder läutete, registrierte ihr fiebriges Gehirn endlich, was es war.

Es kostete sie ihre ganze Willenskraft, gegen die Flut ihrer Lust anzuschwimmen. Mühsam riss sie sich los. „Das … das Telefon …“

„Lass es klingeln.“ Sein Mund glitt hinunter zu ihrem Hals.

Aber das Geräusch ließ nicht nach, dauerte an, grell und unerbittlich, und seine Eindringlichkeit setzte ihr zu.

„David. Bitte …“

Stöhnend riss er sich los, und sie sah seinen überraschten Blick. Einen Moment lang starrten sie einander an, keiner von ihnen konnte glauben, was gerade zwischen ihnen geschehen war. Das Telefon klingelte erneut. Mit einem Ruck war sie schließlich wieder bei Sinnen. Sie raffte sich auf, ging durch die Küche und nahm den Hörer ab. Sie räusperte sich. Schließlich brachte sie ein heiseres „Hallo?“ zustande.

Sie war so benommen, dass sie einige Sekunden brauchte, um die Stille in der Leitung zu bemerken. „Hallo?“, sagte sie noch einmal.

„Dr. Chesne?“, flüsterte eine Stimme, kaum hörbar.

„Ja?“

„Sind Sie allein?“

„Nein, ich ... Wer ist da?“ Ihre Stimme gefror plötzlich. Die Finger der Angst griffen nach ihrer Kehle.

Es gab eine Pause, so lang und leer, dass sie ihr eigenes Herz in den Ohren klopfen hören konnte. *„Hallo?“*, schrie sie. *„Wer ist da?“*

„Seien Sie vorsichtig, Kate Chesne. Denn der Tod lauert überall.“

7. KAPITEL

Der Hörer entglitt ihrem Griff und fiel klappernd auf den Linoleumboden. Entsetzt taumelte sie zurück gegen die Küchentheke. „Er ist es“, flüsterte sie. „Er ist es!“, schrie sie dann, und in ihrer Stimme schwang Hysterie.

David tastete sofort auf dem Boden nach dem Hörer. „Wer ist da? Hallo? *Hallo?*“ Fluchend knallte er den Hörer zurück auf die Telefongabel und wandte sich zu Kate um. „Was hat er gesagt? Kate!“ Er nahm sie bei den Schultern und schüttelte sie. „Was hat er gesagt?“

„Er ... er hat gesagt, ich solle vorsichtig sein ... dass der Tod überall lauern würde ...“

„Wo ist dein Koffer?“, fragte er scharf.

„Was?“

„Dein Koffer!“

„Im ... im Schlafzimmerschrank.“

Er marschierte ins Schlafzimmer. Unwillkürlich folgte sie ihm und sah zu, wie er ihren Samsonite-Koffer vom Schrankregal herunterzog. „Sammle deine Sachen zusammen. Du kannst nicht hierbleiben.“

Sie fragte nicht, wohin sie fahren würden. Sie wusste nur, dass sie fliehen musste; dass jede Minute, die sie in diesem Haus blieb, die Gefahr nur vergrößerte.

Plötzlich erfasste sie das heftige Bedürfnis, von hier wegzukommen, und sie fing an, ihre Kleider in den Koffer zu stopfen. Als sie fertig waren, war ihr Drang, zu fliehen, so stark, dass sie praktisch die Verandastufen zu seinem Auto hinunterflog.

Als er den Schlüssel in die Zündung steckte, packte sie ein wildes Entsetzen; was, wenn das Auto nicht anspringen würde; wenn sie jetzt hier gestrandet wäre, wie ein bedauernswertes Opfer in einem Horrorfilm, dazu verdammt, den Tod zu finden.

Aber kaum hatte David den Schlüssel umgedreht, sprang der Motor an. Die Eisenholzbäume stürzten sich auf sie, als David den

BMW herumschleuderte. Äste schlugen gegen die Windschutzscheibe. Als die Reifen sich vergeblich im Sand drehten, fühlte Kate wieder Panik in sich aufsteigen. Dann machte der Wagen einen Satz und war frei. Die Scheinwerfer zitterten, als sie die unbefestigte Straße hinaufholperten.

„Wie hat er mich gefunden?“, schluchzte sie.

„Das frage ich mich auch.“ David drückte aufs Gaspedal, während das Auto auf die Asphaltstraße schwenkte. Der BMW reagierte augenblicklich. Der Wagen explodierte vor Kraft, und sie schossen den Highway hinunter.

„Niemand wusste, dass ich dort war. Nur die Polizei.“

„Dann hat es ein Informationsleck gegeben. Oder …“, David warf einen raschen Blick in den Rückspiegel, „… du wurdest verfolgt.“

„*Verfolgt?*“ Kate riss den Kopf herum, aber sie sah nur einen verlassenen Highway, der im trüben Schein der Straßenlampen schimmerte.

„Wer hat dich zum Cottage gebracht?“, fragte er.

Sie drehte sich um und richtete ihre Aufmerksamkeit auf sein Profil. Schwach leuchtete es in der Dunkelheit. „Meine … meine Freundin Susan hat mich gefahren.“

„Habt ihr bei dir zu Hause angehalten?“

„Nein. Wir sind geradewegs zum Cottage gefahren.“

„Was ist mit deinen Kleidern? Wie hast du sie bekommen?“

„Meine Vermieterin hat einen Koffer gepackt und ihn ins Krankenhaus gebracht.“

„Vielleicht hat er den Eingang der Empfangshalle beobachtet. Darauf gewartet, dass du entlassen wirst.“

„Aber wir haben niemanden gesehen, der uns gefolgt ist.“

„Natürlich habt ihr das nicht. Die Leute merken das fast nie. Normalerweise richten wir unsere Aufmerksamkeit darauf, was vor uns ist, darauf, wohin wir fahren. Was deine Telefonnummer angeht, er könnte sie im Telefonbuch nachgeschlagen haben. Die Santinis haben ihren Namen auf dem Briefkasten stehen.“

„Aber das ergibt keinen Sinn", rief sie. „Wenn er mich töten will, warum tut er es nicht einfach und bringt es hinter sich? Warum bedroht er mich mit Telefonanrufen?"

„Wer weiß, wie er denkt? Vielleicht gibt es ihm einen Kick, wenn er seinen Opfern Angst einjagt. Vielleicht will er dich nur davon abhalten, mit der Polizei zusammenzuarbeiten."

„Ich war allein. Er hätte es tun können, genau dort … am Strand …" Verzweifelt versuchte sie, nicht daran zu denken, was hätte geschehen können, aber sie konnte das Bild, wie ihr eigenes Blut in den Sand sickerte, nicht aus ihrem Kopf verbannen.

Hoch oben am Hang flogen die Lichter der Häuser vorbei, jedes ein unerreichbarer Hafen der Sicherheit. Gab es in all dieser Dunkelheit einen Zufluchtsort für sie? Kate schmiegte sich an den Autositz und wünschte sich, sie müsste diesen kleinen, sicheren Kokon niemals verlassen.

Sie schloss die Augen und zwang sich, sich auf das Summen des Motors zu konzentrieren, auf den Rhythmus des Highways, der unter ihren Reifen dahinzog – alles, um das blutige Bild aus ihrem Kopf zu vertreiben. BMW. Die ultimative Maschine, dachte sie. Deutsche Spitzentechnologie. Kühle, makellose Leistung. Genau die Art Auto, die sie sich bei David erwartet hatte.

„… und da ist viel Platz. Du kannst also so lange bleiben, wie du möchtest."

„Was?" Verwirrt drehte sie sich um und sah ihn an. Sein Profil war ein harter, glatter Schatten vor den vorbeiziehenden Straßenlampen.

„Ich sagte, du kannst so lange bleiben, wie du möchtest. Es ist nicht das Ritz, aber es ist sicherer als ein Hotel."

Sie schüttelte den Kopf. „Ich verstehe nicht. Wohin fahren wir?"

Er blickte sie an, und seine Stimme klang seltsam kühl. „Zu mir nach Hause."

„Da wären wir", sagte David und schob die Haustür auf. Drinnen war es dunkel. Durch die riesigen Wohnzimmerfenster ergoss sich das Mondlicht und beleuchtete schwach den glänzenden Holzboden, die dunklen und massigen Umrisse der Möbel. David führte sie zu einer Couch und setzte sie behutsam ab. Dann ging er schnell im Zimmer umher und schaltete alle Lampen an, er schien ihr dringendes Bedürfnis nach Licht, nach Wärme zu spüren. Undeutlich vernahm sie das leise Klirren einer Flasche, hörte, wie etwas eingeschenkt wurde. Dann kehrte er zurück und drückte ihr ein Glas in die Hand.

„Trink das", sagte er.

„Was … was ist das?"

„Whiskey. Mach schon. Ich glaube, du könntest einen starken Drink vertragen."

Sie nahm mechanisch einen großen Schluck; scharf brannte der Whiskey in ihrer Kehle und trieb ihr augenblicklich die Tränen in die Augen. „Wunderbares Zeug." Sie hustete.

„Ja. Nicht wahr?" Er wandte sich zum Gehen und wollte das Zimmer verlassen. Plötzlich empfand sie einen irrationalen Anflug von Panik, er würde sie im Stich lassen.

„David?", rief sie.

Er nahm sofort die Angst in ihrer Stimme war. Er ging zu ihr zurück und sagte leise: „Ist in Ordnung. Kate. Ich werde dich nicht allein lassen. Ich bin gleich nebenan, in der Küche." Er lächelte und berührte ihr Gesicht. „Trink das Glas aus."

Ängstlich sah sie zu, wie er durch die Tür verschwand. Dann hörte sie seine Stimme. Er sprach mit jemandem am Telefon. Die Polizei. Als ob es irgendetwas gäbe, was sie jetzt tun könnten. Während sie das Glas mit beiden Händen umklammert hielt, würgte sie einen weiteren Schluck Whiskey hinunter. Das Zimmer schien zu verschwimmen, als ihre Augen vor Tränen überliefen. Sie blinzelte sie fort und richtete die Aufmerksamkeit allmählich auf ihre Umgebung.

Es war jeder Zentimeter das Haus eines Mannes. Die Möbel waren einfach und praktisch, nicht ein einziger kleiner Teppich schmückte den Eichenboden. Die riesigen Fenster waren von schlichten weißen Vorhängen eingerahmt, und sie konnte hören, wie gleich draußen vor der Tür die Wellen gegen die Ufermauer krachten. Die Naturgewalt, so nah, so bedrohlich.

Aber nicht annähernd so bedrohlich wie menschliche Gewalt.

Nachdem David aufgehängt hatte, blieb er in der Küche stehen und versuchte, so etwas wie Gelassenheit aufzubringen. Die Frau war schon verängstigt genug; wenn sie seine Aufregung sah, würde es die Sache nur noch schlimmer machen. Rasch fuhr er sich mit den Fingern durch das zerzauste Haar. Dann holte er tief Luft und stieß die Küchentür auf und ging zurück ins Wohnzimmer.

Sie saß immer noch kläglich zusammengekauert auf der Couch, die Hände fest um das halb leere Whiskeyglas geklammert. Wenigstens war eine Spur von Farbe in ihr Gesicht zurückgekehrt, kaum mehr als eine kühle Blässe, die nicht einmal an ein reifbedecktes Rosenblatt heranreichte, wie er fand. Etwas mehr Whiskey, das brauchte sie. Er nahm das Glas, füllte es bis zum Rand und gab es ihr wieder in die Hand. Ihre Haut war kalt wie Eis. Sie sah so benommen aus, so verletzlich. Wenn er ihre Hände nur in seine nehmen könnte, wenn er sie nur in seinen Armen wärmen könnte, vielleicht könnte er wieder ein wenig Leben in diese erstarrten Glieder locken. Aber er fürchtete, diesem Impuls nachzugeben; er wusste, dass das zu einem weit unwiderstehlicheren Verlangen führen konnte.

Er drehte sich um und schenkte sich einen großen Drink ein. Was sie jetzt gerade von ihm brauchte, war Schutz. Bestärkung. Sie musste wissen, dass man sich um sie kümmerte und dass mit der Welt alles in Ordnung war, obwohl ihre Welt im Grunde genommen gerade den Bach runterging.

Er nahm einen großen Schluck Whiskey, dann stellte er das Glas ab. Was sie wirklich brauchte, war ein nüchterner Gastgeber.

„Ich habe die Polizei angerufen“, sagte er über die Schulter.

Ihre Antwort war beinah tonlos. „Was haben sie gesagt?“

David zuckte mit den Schultern. „Was sollen sie schon sagen? Bleib, wo du bist. Geh nicht allein nach draußen.“ Finster blickte er sein Glas an. Was, zum Teufel, dachte er und schüttete unbesonnen den Rest des Whiskeys hinunter. Mit der Flasche in der Hand kehrte er zur Couch zurück und stellte den Whiskey auf dem Beistelltisch ab. Sie saßen nur wenige Zentimeter auseinander, aber die Leere zwischen ihnen fühlte sich meilenweit an.

Sie regte sich und sah zur Küche. „Meine … meine Freunde … sie werden nicht wissen, wo ich bin. Ich sollte sie anrufen."

„Mach dir darüber keine Sorgen. Pokie wird sie wissen lassen, dass du in Sicherheit bist." Er sah zu, wie sie teilnahmslos auf der Couch zurücksank. „Du solltest etwas essen", sagte er.

„Ich habe keinen Hunger."

„Meine Haushälterin macht eine großartige Spaghettisauce."

Sie hob eine Schulter – nur eine, als ob sie nicht die Energie hätte, mit beiden Schultern zu zucken.

„Ja", fuhr er mit plötzlicher Begeisterung fort. „Einmal in der Woche erbarmt sich Mrs Feldman eines armen, hungernden Junggesellen und hinterlässt mir einen Topf Sauce. Sie ist voll mit Knoblauch. Frischem Basilikum. Und einem gesunden Schluck Wein."

Es kam keine Antwort.

„Jede Frau, der ich sie jemals serviert habe, schwört, sie wäre ein mächtiges Aphrodisiakum."

Endlich kam da ein Lächeln, wenngleich ein sehr kleines. „Wie zuvorkommend von Mrs Feldman", bemerkte sie.

„Sie denkt, ich esse nicht richtig. Obwohl ich nicht weiß, warum. Vielleicht sind es all die Schalen von den Tiefkühlgerichten, die sie in meinem Abfalleimer findet."

Da kam noch ein Lächeln. Wenn er so weitermachte, entlockte er ihr bis nächste Woche vielleicht ein Lachen. Schade, dass er ein so lausiger Komiker war. Die Situation war ohnehin viel zu schlimm für Scherze.

Die Uhr auf dem Bücherregal tickte laut – eine quälende Erinnerung daran, wie viel Stille zwischen ihnen verstrichen war. Als eine Bö an den Fenstern rüttelte, erstarrte Kate plötzlich.

„Es ist nur der Wind", sagte er. „Du wirst dich daran gewöhnen. Manchmal, bei einem Sturm, zittert das ganze Haus, und man hat das Gefühl, als ob das Dach fortwehen würde." Er blickte liebevoll hinauf zu den Balken. „Es ist dreißig Jahre alt. Hätte vermutlich vor Jahren abgerissen werden sollen. Aber als wir es gekauft haben, konnten wir nur sehen, was sich daraus alles machen ließe."

„Wir?", fragte sie teilnahmslos.

„Ich war damals verheiratet."

„Oh." Sie regte sich ein wenig, als ob sie versuchte, so etwas wie Interesse zu zeigen. „Du bist geschieden."

Er nickte. „Unsere Ehe hat etwas mehr als sieben Jahre gehalten – nicht schlecht, in der heutigen Zeit." Er lachte. Es war ein kurzes, freudloses Lachen. „Von wegen verflixtes siebtes Jahr. Im Gegensatz zu dem alten Klischee war es kein Streit, der unsere Ehe beendet hat. Es war mehr ein … Verblassen, ein allmähliches Verschwinden. Aber …", er seufzte, „… Linda und ich sind immer noch befreundet. Was mehr ist, als die meisten geschiedenen Paare von sich sagen können. Ich mag sogar ihren neuen Ehemann. Großartiger Kerl. Sehr hingebungsvoll, fürsorglich. Etwas, was ich nicht war, schätze ich …" Er schaute fort. Es war ihm unangenehm. Er hasste es, über sich selbst zu sprechen. Er fühlte sich dann ausgeliefert. Aber wenigstens erfüllte die ganze Plauderei ihren Zweck. Sie brachte Kate zurück ins Leben und sorgte dafür, dass sie die Angst aus ihren Gedanken verbannte. „Linda lebt jetzt in Portland", fuhr er rasch fort. „Wie ich höre, bekommen sie bald ein Baby."

„Ihr hattet keine Kinder?" Es war eine vollkommen natürliche Frage. Er wünschte, sie hätte sie nicht gestellt.

Er nickte kurz. „Einen Sohn."

„Oh. Wie alt ist er?"

„Er ist tot." Wie ausdruckslos seine Stimme klang. Als ob Noahs Tod ein ebenso beiläufiges Thema wäre wie das Wetter. Er konnte bereits sehen, wie sich die Fragen auf ihren Lippen formten. Und die mitfühlenden Worte. Das war das Letzte, was er von ihr wollte. Er hatte genug wohlmeinende Mitleidsbekundungen gehört, dass es ihm für den Rest seines Lebens reichte.

„Also, jedenfalls“, sagte er und wechselte das Thema, „ich bin, was man einen wiedergeborenen Junggesellen nennt. Aber ich mag es so. Manche Männer sind einfach nicht dazu bestimmt, verheiratet zu sein, schätze ich. Und es ist sehr gut für meine Karriere. Nichts, was mich von der Kanzlei ablenkt, die zurzeit offenbar richtig gut läuft.“

Verdammt. Sie sah ihn immer noch an, mit diesen Fragen in den Augen. Er wehrte sie ab, indem er das Thema ein weiteres Mal wechselte.

„Was ist mit dir?“, fragte er schnell. „Warst du jemals verheiratet?“

„Nein.“ Sie senkte den Blick, als ob sie über die Vorteile eines weiteren Schlucks Whiskey nachdachte. „Ich habe eine Weile lang mit einem Mann zusammengelebt. Genau genommen ist er der Grund, weshalb ich nach Honolulu gekommen bin. Um ihm nahe zu sein.“ Sie lachte bitter. „Schätze, das wird mir eine Lehre sein.“

„Was?“

„Nicht irgendeinem dummen Mann nachzulaufen.“

„Klingt nach einer hässlichen Trennung.“

Sie hickste. „Sie war eigentlich sehr … anständig. Ich sage nicht, es hätte nicht wehgetan. Denn das hat es.“ Sie zuckte mit den Schultern und ergab sich einem weiteren Schluck Whiskey. „Es ist schwer, weißt du. Zu versuchen, alles auf einmal zu sein. Ich schätze, ich konnte ihm nicht geben, was er brauchte: Abendessen, das fertig auf dem Tisch stand, meine ungeteilte Aufmerksamkeit.“

„Hat er das erwartet?“

„Ist es nicht das, was jeder Mann erwartet?“, fauchte sie wütend. „Nun, ich habe das nicht gebraucht, diesen ganzen – Männerkram. Ich hatte eine Arbeit, die von mir verlangte, mich auf jeden Telefonanruf zu stürzen. Bei jedem Notfall ins Krankenhaus zu stürmen. Er hat das nicht verstanden.“

„War es das wert?“

„Wie: ‚War es das wert‘?“

„Dein Liebesleben deiner Karriere zu opfern?“

Eine Weile lang antwortete sie nicht. Dann ließ sie den Kopf hängen. „Früher dachte ich es immer", sagte sie leise. „Jetzt denke ich an all die Stunden, die ich investiert habe. All die ruinierten Wochenenden. Ich dachte, ich wäre für das Krankenhaus unentbehrlich. Und dann habe ich herausgefunden, dass ich genauso entbehrlich bin wie jeder andere. Alles, was es brauchte, war ein Gerichtsverfahren. Hat mir die Augen geöffnet." Sie prostete ihm voll Bitterkeit zu. „Danke für diese Offenbarung, Herr Anwalt."

„Warum gibst du mir die Schuld? Ich wurde nur engagiert, den Job zu erledigen."

„Für ein schönes, fettes Honorar, denke ich mir."

„Ich habe den Fall auf Erfolgsbasis übernommen. Ich werde keinen Cent sehen."

„Du hast auf das ganze Geld verzichtet? Nur weil du denkst, ich sage die Wahrheit?" Kate schüttelte verwundert den Kopf. „Es überrascht mich, dass dir die Wahrheit so viel bedeutet."

„Du hast eine nette Art, mich nach einem Dreckskerl klingen zu lassen. Aber ja, die Wahrheit bedeutet mir tatsächlich etwas. Sehr viel sogar."

„Ein Anwalt mit Prinzipien? Ich wusste nicht, dass es so etwas gibt."

„Wir sind eine anerkannte Unterart." Sein Blick glitt versehentlich zum Ausschnitt ihres Gazekleides. Die Erinnerung, wie sich diese seidige Haut unter seinen forschenden Fingern angefühlt hatte, traf ihn plötzlich mit solcher Wucht, dass er sich schnell abwandte und nach dem Whiskey griff. Da war kein Glas zur Hand, also nahm er einen Zug direkt aus der Flasche. Richtig, dachte er. *Betrink dich. Sieh zu, wie viele dumme Sachen du sagen kannst, bevor der Tag anbricht.*

Genau genommen waren sie beide allmählich gehörig betrunken. Aber er nahm an, sie brauchte das. Vor zwanzig Minuten war sie in einem Schockzustand gewesen. Jetzt redete sie zumindest. Im Grunde hatte sie es gerade geschafft, ihn zu beleidigen. Das war sicher ein gutes Zeichen.

Sie starrte hingebungsvoll in ihr Glas. „Gott, ich hasse Whiskey!“, sagte sie mit plötzlicher Leidenschaft und schluckte den Rest des Drinks hinunter.

„Das merke ich. Nimm noch welchen.“

Sie musterte ihn misstrauisch. „Ich glaube, du versuchst, mich betrunken zu machen.“

„Was bringt dich auf diese Idee?“ Er lachte und schob die Flasche zu ihr hin.

Kate betrachtete sie einen Moment lang. Dann füllte sie, mit einem Ausdruck von Todesverachtung im Gesicht, ihr Glas nach. „Guter, alter Jack Daniel's“, seufzte sie. Ihre Hand zitterte, als sie die Flasche wieder verschloss. „Ich lach mich kaputt.“

„Was ist so lustig?“

„Das war Dads Lieblingsmarke. Er schwor immer, dieses Zeug hätte Heilkräfte. Er hasste alle meine Vorträge über Alkohol am nächsten Morgen, der angeblich den Kater vertreibt. Oh, Mann, er hätte seine helle Freude daran, wenn er mich jetzt sehen würde.“ Sie nahm einen Schluck und zuckte zusammen. „Vielleicht hat er recht. Etwas, was so entsetzlich schmeckt, *muss* Heilkräfte haben.“

„Ich nehme an, dein Vater war kein Arzt.“

„Er wäre gerne einer gewesen.“ Sie starrte schlecht gelaunt hinab auf ihren Drink. „Ja, das war sein Traum. Er wollte Landarzt werden. Du weißt, so ein Typ, der ein Baby auf die Welt holt, im Austausch für ein paar Dutzend Eier. Aber ich schätze, es hat nicht funktioniert. Ich bin hinzugekommen, und dann brauchten sie Geld und …“ Kate seufzte. „Er hatte eine Reparaturwerkstatt in Sacramento. Oh, er war geschickt! Ich habe immer zugesehen, wie er in diesem Keller herumhantierte. Dad konnte alles reparieren, was du ihm in die Hand gedrückt hast. Fernseher. Waschmaschinen. Er besaß sogar sieben Patente, keines davon war einen verdammten Cent wert. Außer vielleicht der Handy Dandy Apple Slicer – der schnelle, praktische Apfelteiler.“ Sie blickte ihn hoffnungsvoll an. „Jemals davon gehört?“

„Tut mir leid. Nein.“

Kate zuckte mit den Schultern. „Genauso wenig wie jeder andere."

„Was tut er genau?"

„Ein kurzer, schneller Handgriff und zack! Sechs perfekte Scheiben auf einen Schlag." Auf sein Schweigen hin lächelte sie ihn kläglich an. „Ich sehe, du bist schrecklich beeindruckt."

„Aber das bin ich. Ich bin beeindruckt, dass dein Vater es geschafft hat, dich zu erfinden. Es muss ihn glücklich gemacht haben, dass du Ärztin geworden bist."

„Das hat es. Als ich mein Abschlusszeugnis von der medizinischen Fakultät erhielt, sagte er mir, das sei der allerbeste Tag in seinem Leben." Sie unterbrach sich. Ihr Lächeln verschwand plötzlich. „Ich finde das traurig, und du? In all den Jahren seines Lebens war ausgerechnet das der Tag, an dem er am glücklichsten war …" Sie räusperte sich. „Nachdem er gestorben war, hat Mom den Laden verkauft. Sie hat irgendeinen einflussreichen Banker in San Francisco geheiratet. Was für ein arroganter Typ. Wir können einander nicht ausstehen." Kate schaute hinunter auf ihr Glas, und ihre Stimme wurde leiser. „Manchmal denke ich noch an den Laden. Ich vermisse den alten Keller. Ich vermisse all seine blöden, nutzlosen Apparate. Ich vermisse …"

Er sah, wie ihre Lippe zitterte, und in plötzlicher Panik dachte er: Oh, nein. Jetzt weint sie gleich. Er konnte mit schluchzenden Klienten umgehen. Er wusste genau, wie man auf ihre Tränen reagierte. Schachtel Kleenex herausholen. Den Rücken tätscheln. Ihnen sagen, dass man alles tat, was man konnte.

Aber dies hier war anders. Dies hier war nicht sein Büro, sondern sein Wohnzimmer. Und die Frau, die da gerade den Tränen nahe war, war keine Klientin, sondern jemand, den er zufällig sehr gern hatte

Gerade als er dachte, der Damm würde brechen, gelang es ihr, sich zusammenzunehmen. Er sah nur ein klitzekleines Tränenglitzern in ihren Augen, dann blinzelte sie, und die Tränen waren verschwunden. *Gott sei Dank.* Wenn sie jetzt anfing zu heulen, wäre er vollkommen nutzlos.

Er nahm ihr Glas und stellte es geflissentlich auf den Tisch. „Ich glaube, du hattest genug für heute Abend. Komm schon, Frau Doktor. Zeit, zu Bett zu gehen. Ich werde dir den Weg zeigen." Er griff nach ihrer Hand, aber sie zog sie reflexartig zurück. „Stimmt etwas nicht?"

„Nein. Es ist nur ..."

„Erzähl mir nicht, du machst dir Sorgen, wie das aussieht? Dass du hierbleibst, meine ich."

„Ein wenig. Nicht viel, eigentlich. Ich meine, nicht unter diesen Umständen." Sie lachte verlegen. „Die Angst macht schon seltsame Dinge mit dem Anstandsgefühl."

„Ganz abgesehen von juristischen Grundsätzen." Auf ihren verwirrten Gesichtsausdruck hin sagte er: „Ich habe das noch nie gemacht."

„Was? Eine Frau über Nacht mit nach Hause genommen?"

„Nun, *das* habe ich auch seit einer Weile nicht getan. Was ich meinte, war: Ich habe es mir zum Prinzip gemacht, mich niemals mit einer meiner Klientinnen einzulassen. Und ganz bestimmt nicht mit der Gegenseite."

„Dann bin ich die Ausnahme?"

„Ja. Du bist eindeutig die Ausnahme. Glaube es oder nicht, normalerweise begrapsche ich nicht jede Frau, die in mein Büro kommt."

„Welche begrapschst du dann?", fragte sie und verzog plötzlich die Lippen zu einem kleinen Lächeln.

Er ging auf sie zu, von unsichtbaren Fäden der Sehnsucht gezogen. „Nur die mit grünen Augen", murmelte er. Sanft berührte er ihre Wange. „Die zufällig hier und da einen Bluterguss haben."

„Der letzte Teil klingt verdächtig schräg", flüsterte sie.

„Nein, gar nicht." Bei seinem intimen Tonfall wurde Kate plötzlich sehr still. Sein Finger hinterließ eine glühend heiße Spur, als er ihr Gesicht hinabstrich.

Sie kannte die Gefahr dieses Augenblicks. Das war der Mann, der einmal geschworen hatte, sie zu zerstören. Er konnte sie immer noch zerstören. Ich paktiere mit dem Feind, dachte sie in plötzlicher Panik, als sein Gesicht näher herankam. Aber sie schien sich nicht bewegen zu können. Ein Gefühl der Unwirklichkeit überlief sie; ein Gefühl, dass nichts von alldem wahr sein könnte, dass all das nur eine erregte, betrunkene Fantasie war. Hier war sie und teilte sich eine Couch mit genau dem Mann, den sie einmal verachtet hatte, und alles, woran sie denken konnte, war, wie sehr sie sich wünschte, er würde sie in seine Arme ziehen und küssen.

Seine Lippen waren sanft. Es war nicht mehr als eine leichte Berührung ihrer Münder, ein vorsichtiges Auskosten dessen, was folgen könnte, wie sie beide wussten, aber es reichte aus, um tausend Flammen in ihr zu entfachen. Jack Daniel's hatte nie so gut geschmeckt.

„Und was wird die Anwaltskammer dazu sagen?", murmelte sie.

„Sie werden es ungeheuerlich nennen …"

„Unethisch."

„Und vollkommen verrückt. Was es auch ist." Er zog sich zurück und betrachtete sie für einen Moment; und sein Ringen um Beherrschung zeigte sich deutlich auf seinem Gesicht. Zu ihrer Enttäuschung setzte sich die Vernunft durch. Er erhob sich von der Couch und zog sie auf die Füße. „Wenn du deine Beschwerde bei der staatlichen Anwaltskammer einreichst, vergiss nicht zu erwähnen, wie sehr ich es bedauert habe."

„Wird das einen Unterschied machen?"

„Nicht für sie. Aber ich hoffe, für dich."

Sie standen vor dem Fenster und starrten einander an. Der Wind schlug gegen die Fensterscheiben, es klang so unbarmherzig wie das Dröhnen ihres Herzschlags in ihren Ohren.

„Ich glaube, es ist Zeit, ins Bett zu gehen", sagte er heiser.

„Was?"

Er räusperte sich. „Ich meine, es ist Zeit, dass du in dein Bett gehst. Und ich in meines."

„Oh."

„Es sei denn …"

„Es sei denn?"

„Du willst nicht."

„Ich will was nicht?"

„Zu Bett gehen."

Sie blickten einander beklommen an. Kate schluckte. „Ich denke, ich sollte das vielleicht besser tun."

„Ja." Er drehte sich weg und fuhr sich nervös mit den Fingern durchs Haar. „Das denke ich auch."

„David?"

Er blickte über die Schulter. „Ja?"

„Ist es wirklich ein Verstoß gegen juristische Grundsätze? Mich hierbleiben zu lassen?"

„Unter diesen Umständen?" Er zuckte mit den Schultern. „Ich denke, ich bewege mich noch auf sicherem Boden. Gerade noch. Solange nichts zwischen uns passiert." Er hob die Whiskeyflasche hoch. Leidenschaftslos schob er sie in die Hausbar und schloss die Tür. „Und das wird es nicht."

„Natürlich nicht", antwortete sie rasch. „Ich meine, ich brauche solche Komplikationen nicht in meinem Leben. Und ganz bestimmt nicht jetzt."

„Ich auch nicht. Aber vorerst scheinen wir einander zu brauchen. Also werde ich dir eine sichere Bleibe geben. Und du kannst mir dabei helfen, herauszufinden, was wirklich in dem Operationssaal geschehen ist. Ein vorteilhaftes Arrangement. Ich bitte nur um eines."

„Was meinst du?"

„Wir halten das diskret. Nicht nur jetzt, sondern auch nachdem du wieder gegangen bist. So etwas kann unserer Reputation schaden."

„Ich verstehe. Vollkommen."

Sie holten gleichzeitig Luft.

„Also … ich denke, ich sage Gute Nacht“, sagte sie. Sie drehte sich um und ging durch das Wohnzimmer zur Tür. Ihr ganzer Körper fühlte sich wie Gummi an. Sie betete nur, dass sie nicht der Länge nach hinfiel.

„Kate?“

Ihr Herz machte einen raschen Salto, als sie zu ihm herumwirbelte. „Ja?“

„Dein Zimmer ist die zweite Tür auf der rechten Seite.“

„Oh. Danke.“ Ihr hin und her hüpfendes Herz schien zu sinken wie ein Stein, als sie ihn im Wohnzimmer zurückließ. Ihr einziger Trost war, dass er mindestens genauso kläglich aussah, wie sie sich fühlte.

Lange nachdem Kate in ihr Zimmer gegangen war, saß David im Wohnzimmer und dachte nach. Erinnerte sich daran, wie sie geschmeckt hatte, wie sie in seinen Armen gezittert hatte. Und fragte sich, wie er in diesen Schlamassel geraten war. Es war schlimm genug, die Frau unter seinem Dach schlafen zu lassen, aber sie praktisch auf seiner Couch zu verführen – das war reine Dummheit. Auch wenn er es gewollt hatte. Gott, wie er es gewollt hatte.

So wie sie an seiner Brust dahingeschmolzen war, hatte sie wohl seit sehr langer Zeit niemand mehr geküsst. Das hatte er gemerkt. Großartig. Hier waren sie, zwei normale, gesunde, *an Entzug leidende* Erwachsene, die im Umkreis von drei Meter Entfernung voneinander schliefen. Man konnte sich keine explosivere Situation wünschen.

Er wollte nicht darüber nachdenken, was sein alter Ethik-Professor dazu sagen würde. Denn streng genommen konnte er nicht so tun, als hätte er sich bereits vom O’Brien-Fall zurückgezogen. Bis er die Akte tatsächlich an eine andere Kanzlei übergab, musste er sich noch wie der Anwalt der O’Briens verhalten und war durch juristische Grundsätze dazu verpflichtet, ihre Interessen zu schützen. Wenn er daran dachte, wie genau er es immer mit der

Trennung zwischen privatem und beruflichem Leben genommen hatte!

Hätte er seine fünf Sinne beisammengehabt, dann hätte er dieses ganze Durcheinander vermieden, indem er Kate in ein Hotel gebracht hätte oder ins Haus eines Freundes. Überall, nur nicht hierher. Das Problem war, er hatte Schwierigkeiten, klar zu denken, seit dem Tag, an dem er sie kennengelernt hatte. Heute Abend, nach dem Telefonanruf, hatte er nur einen Gedanken im Kopf gehabt: sie in Sicherheit zu bringen, sie zu wärmen und zu beschützen. Es war ein ausgesprochen primitiver Instinkt, über den er keine Kontrolle hatte, und er ärgerte sich darüber. Er ärgerte sich auch über sie, denn sie hatte all diese unpassenden männlichen Reaktionen in ihm ausgelöst.

Ungehalten erhob er sich von der Couch, lief im Wohnzimmer umher und schaltete die Lampen aus. Er beschloss, dass er kein Interesse daran hatte, für irgendeine Frau den edlen Ritter zu geben. Außerdem war Kate Chesne keine Frau, die einen Helden brauchte. Oder irgendeinen Mann, nebenbei bemerkt. Nicht dass er unabhängige Frauen nicht mochte. Er mochte sie wirklich.

Er mochte auch *sie*. Sehr.

Vielleicht zu sehr.

Kate lag zusammengerollt im Bett und lauschte Davids ruhelosem Auf- und Abschreiten im Wohnzimmer. Als sich seine Schritte an ihrer Tür vorbei über knarrende Dielen den Flur hinaufbewegten, hielt sie den Atem an. War es ihre Einbildung, oder blieb er wirklich für einen Moment stehen, bevor er zum nächsten Zimmer weiterging? Sie konnte hören, wie er herumlief, Schubladen öffnete und schloss, mit den Bügeln im Schrank klapperte. Mein Gott, dachte sie. *Er schläft nebenan.*

Jetzt lief die Dusche. Sie überlegte, ob es eine kalte Dusche war. Sie versuchte, nicht darüber nachzudenken, wie er wohl aussah, während er unter dem fließenden Wasser stand, aber das Bild, wie der Seifenschaum an seinen Schultern herabglitt und die goldenen

Härchen glanzlos und feucht auf seiner Brust lagen, hatte in ihrem Kopf bereits Gestalt angenommen.

Hör jetzt auf. Jetzt sofort!

Sie biss sich auf die Lippe – biss so hart zu, dass das Bild ein wenig flackerte. Verdammt. Das war Lust, rein und unverfälscht. Nun, vielleicht ein bisschen verfälscht – durch den Whiskey. Hier war sie, dreißig Jahre alt, und sie hatte nie einen Mann so sehr gewollt. Sie begehrte ihn, auf einer Ebene, die roh war und wild und elementar.

Natürlich, für Eric hatte sie niemals so empfunden. Ihre Beziehung zu Eric war entsetzlich kultiviert gewesen; es hatte nichts Primitives gegeben, so wie diese – diese animalische Erregung. Selbst ihre Trennung war kultiviert gewesen. Sie hatten ihre Meinungsverschiedenheiten diskutiert, beschlossen, dass sie unüberbrückbar waren, und waren getrennter Wege gegangen. Damals hatte sie es für verheerend gehalten, aber was am meisten unter der Trennung gelitten hatte, war ihr Stolz gewesen. Das wurde ihr jetzt bewusst. All diese Monate hatte sie die schwache Hoffnung gehegt, dass Eric zu ihr zurückkommen würde. Jetzt konnte sie kaum ein Bild von seinem Gesicht heraufbeschwören. Ständig verschwamm es mit dem Bild eines Mannes unter der Dusche.

Sie vergrub den Kopf im Kissen und fühlte sich dabei ungefähr so schlau wie Vogel Strauß. Und sie war angeblich so intelligent, so vernünftig. Aber nein, es war sogar offiziell, man hatte es in ihrer Leistungsbeurteilung als Assistenzärztin festgestellt: ‚Dr. Chesne ist eine hervorragende, kompetente, besonnene Ärztin.' *Ha! Besonnen? Versuch es mit begriffsstutzig. Berauscht. Oder einfach nur blöd …* weil sie den Mann begehrte, der einmal gedroht hatte, sie vor Gericht zu ruinieren.

Es gab so viele wichtige Dinge, über die sie sich Gedanken machen musste; Angelegenheiten, bei denen es buchstäblich um Leben und Tod ging. Sie verlor ihre Stelle. Mit ihrer Karriere ging es abwärts. Ein Mörder suchte nach ihr.

Und sie überlegte, wie viele Haare David Ransom auf der Brust hatte.

Sie lief Hunderte von Stufen hinab, stürzte tiefer und tiefer in ein dunkles, finsteres Loch. Sie wusste nicht, was am Ende lag; alles, was sie wusste, war, dass etwas genau hinter ihr war, etwas Schreckliches; sie wagte nicht, zurückzublicken, um sein Gesicht zu sehen. Es gab keine Türen, keine Fenster, keinen anderen Ausweg. Ihre Flucht war lautlos, wie ein alter, flackernder Film ohne Ton. In dieser Stille lag die schlimmste Angst von allen: dass niemand ihr Schreien hören würde.

Schluchzend riss sich Kate aus dem Schlaf. Auf einmal starrte sie wild an eine unbekannte Decke. Irgendwo klingelte ein Telefon. Tageslicht schien ins Fenster, und sie hörte die Wellen gegen die Ufermauer schlagen. Das klingelnde Telefon stoppte plötzlich; Davids Stimme murmelte in einem anderen Zimmer.

Ich bin in Sicherheit, sagte sie sich. *Niemand kann mir etwas tun. Nicht hier. Nicht in diesem Haus.*

Ein Klopfen ertönte an der Tür. Unvermittelt setzte sie sich auf.

„Kate?“, rief David durch die geschlossene Tür.

„Ja?“

„Zieh dich besser an. Pokie will, dass wir aufs Polizeirevier kommen.“

„Gleich jetzt?“

„Gleich jetzt.“

Sein leiser, eindringlicher Ton machte sie unruhig. Sie kletterte aus dem Bett und öffnete die Tür. „Warum? Was gibt es?“

Sein Blick glitt kurz über ihr Nachthemd, dann richtete er sich, vollkommen unbeteiligt, auf ihr Gesicht. „Der Mörder. Sie kennen seinen Namen.“

8. KAPITEL

Pokie schob das Buch mit den Verbrecherfotos zu Kate hinüber. „Sehen Sie jemanden, den Sie kennen, Dr. Chesne?"

Kate überflog die Fotografien und konzentrierte sich sofort auf ein Gesicht. Es war ein entsetzliches Porträt; jede Falte, jede Vertiefung in der Haut war vom Kameralicht in greller Schärfe eingefangen worden. Trotzdem blinzelte der Mann nicht. Er starrte mit großen Augen geradeaus. Es war der Blick einer verlorenen Seele. Leise sagte sie: „Das ist er."

„Sind Sie sicher?"

„Ich … ich erinnere mich an seine Augen." Sie schluckte hart und blickte fort. Die beiden Männer beobachteten sie aufmerksam. Vermutlich hatten sie Angst, sie würde ohnmächtig werden oder hysterisch oder etwas ähnlich Lächerliches tun. Aber sie fühlte gar nicht viel. Es war, als ob sie von ihrem Körper losgelöst wäre und würde irgendwo an der Decke schweben und eine abgedroschene Szene aus einem Kriminalfilm sehen: Die Zeugin weist mit untrüglicher Sicherheit auf das Gesicht des Mörders.

„Das ist unser Mann", sagte Pokie mit grimmiger Befriedigung.

Ein blasser Sergeant in Zivil brachte ihr eine Tasse heißen Kaffee. Er schien eine Erkältung zu haben; er schniefte. Durch die gläserne Trennwand sah sie ihn zu seinem Schreibtisch zurückkehren und eine Flasche Nasenspray herausholen.

Ihr Blick kehrte zu dem Foto zurück. „Wer ist er?", fragte sie.

„Ein Spinner", erwiderte Pokie. „Sein Name ist Charles Decker. Dieses Foto wurde vor fünf Jahren aufgenommen, gleich nach seiner Verhaftung."

„Was hat man ihm vorgeworfen?"

„Tätlicher Angriff mit Körperverletzung. Er hat die Tür einer Arztpraxis eingetreten. Hat versucht, den Arzt zu erwürgen, gleich dort, vor dem gesamten Personal."

„Einen Arzt?" David hob den Kopf. „Welchen?"

Pokie lehnte sich zurück, und sein Gewicht entlockte dem alten Stuhl ein protestierendes Quietschen. „Rate mal."

„Henry Tanaka."

Zur Antwort zeigte Pokie befriedigt seine nikotingelben Zähne. „Ein und derselbe. Wir haben eine Weile gebraucht, aber der Name ist schließlich bei einer Computer-Recherche aufgetaucht."

„Gibt es eine Haftakte?"

„Ja. Wir hätten sie früher zur Hand nehmen sollen, aber sie ist uns während der anfänglichen Ermittlungen irgendwie entfallen. Sieh mal, wir haben Mrs Tanaka gefragt, ob ihr Ehemann irgendwelche Feinde hatte. Du weißt schon, eine Routinefrage. Sie gab uns ein paar Namen. Wir haben sie weiterverfolgt, aber sie erwiesen sich als sauber. Dann erwähnte die Frau, dass irgendein Irrer vor fünf Jahren ihren Mann angegriffen hatte. Sie erinnerte sich nicht an seinen Namen, und soweit sie wusste, war der Mann immer noch in der psychiatrischen Anstalt. Wir gingen ins Archiv und zogen schließlich eine Haftakte heraus. Es war Charlie Deckers Akte. Und heute Morgen habe ich Nachricht vom Labor bekommen. Erinnerst du dich an den Satz Fingerabdrücke auf dem Türknauf von dieser Richter?"

„Charlie Deckers?"

Pokie nickte. „Und jetzt …", er blickte zu Kate, „erhalten wir von unserer Zeugin eine positive Identifizierung. Ich würde sagen, wir haben unseren Mann."

„Was war sein Motiv?"

„Ich habe es dir gesagt. Er ist verrückt."

„Das sind Tausende anderer Leute auch. Warum wurde dieser zum Mörder?"

„Hey, ich bin nicht der Seelenklempner von diesem Typen."

„Aber du hast eine Antwort, oder?"

Pokie zuckte mit den Schultern. „Alles, was ich habe, ist eine Theorie."

„Der Mann hat mein Leben bedroht, Lieutenant", sagte Kate. „Ich denke, ich habe das Recht, mehr zu wissen als nur seinen Namen."

„Das stimmt, Pokie", pflichtete David leise bei. „Du wirst das in keinem deiner Polizeihandbücher finden. Aber ich denke, sie hat das Recht, zu wissen, wer dieser Charles Decker ist."

Seufzend fischte Pokie ein Spiralbuch aus seinem Schreibtisch.

„Gut", antwortete er und blätterte durch die Seiten. „Hier ist, was ich bislang habe. Ihr versteht, es muss noch erhärtet werden. Decker, Charles-Louis, weiß, männlich, geboren vor neununddreißig Jahren in Cleveland. Eltern geschieden. Bruder im Alter von fünfzehn Jahren getötet, in einem Bandenkrieg. Großartiger Start. Eine verheiratete Schwester, lebt in Florida."

„Hast du mit ihr gesprochen?"

„Sie ist es, die uns die meisten dieser Informationen gegeben hat. Schauen wir mal. Mit einundzwanzig zur Navy gegangen. In verschiedenen Häfen stationiert gewesen. San Diego. Bremerton. Wurde vor sechs Jahren hierher nach Pearl Harbor verschifft. Hat als Sanitäter an Bord der *USS Cimarron* gedient …"

„Sanitäter?", fragte Kate.

„Assistent des Schiffsarztes. Laut seiner vorgesetzten Offiziere war Decker ein ziemlicher Einzelgänger. Blieb mehr für sich. Keine Vorgeschichte, was emotionale Probleme angeht." An dieser Stelle schnaubte Pokie. „So viel zur Genauigkeit von Militärakten." Er blätterte auf die nächste Seite. „Hatte eine anständige Dienstakte, ein paar Belobigungen. Hat sich anscheinend ganz gut gemacht, wurde befördert. Und dann, vor fünf Jahren, scheint etwas zerbrochen zu sein."

„Nervenzusammenbruch?", fragte David.

„Viel mehr als das. Er ist durchgedreht. Und es hatte alles mit einer Frau zu tun."

„Du meinst eine Freundin?"

„Ja. Irgendein Mädchen, das er hier auf den Inseln kennengelernt hat. Er hat um die Erlaubnis gebeten, heiraten zu dürfen. Sie wurde bewilligt. Aber dann segelten er und sein Schiff sechs Monate lang zu geheimen Manövern in die Subic Bay. Der Matrose in der Nachbarkoje erinnert sich, dass Decker jede freie Minute damit verbracht hat, Gedichte für diese Freundin zu schreiben. Muss verrückt nach ihr gewesen sein. Einfach verrückt.“ Pokie schüttelte den Kopf und seufzte. „Jedenfalls, als die *Cimarron* nach Pearl Harbor zurückkehrte, wartete die Freundin nicht am Pier mit all den anderen Süßen. Hier kommt der Teil, wo die Dinge etwas durcheinandergeraten. Alles, was wir wissen, ist, dass Decker ohne Erlaubnis von Bord ging. Schätze, er brauchte nicht lange, um herauszufinden, was geschehen war.“

„Sie hat einen anderen gefunden?“, riet David.

„Nein. Sie war tot.“

Es folgte eine lange Stille. Im Büro nebenan klingelte ein Telefon, und Schreibmaschinen klapperten unablässig.

Kate fragte leise: „Was ist mit ihr passiert?“

„Komplikationen bei der Geburt“, erklärte Pokie. „Sie hatte eine Art Schlaganfall im Kreißsaal. Das kleine Mädchen starb auch. Decker wusste nicht einmal, dass sie schwanger war.“

Langsam fiel Kates Blick auf die Fotografie von Charlie Decker. Sie dachte daran, was er durchgemacht haben musste, an jenem Tag in Pearl Harbor. Das Schiff, das in den Hafen einlief, wo sich all die Menschen drängten. Die lächelnden Familien. Wie lange hat er nach ihrem Gesicht gesucht? überlegte sie. *Wie lange, bis er merkte, dass sie nicht da war? Dass sie nicht mehr kommen würde?*

„Da ist der Mann ausgerastet“, fuhr Pokie fort. „Irgendwie hat er herausgefunden, dass Tanaka der Arzt seiner Freundin war. In der Haftakte steht, dass er in der Klinik auftauchte und den Arzt so ziemlich an Ort und Stelle würgte. Nach einem Handgemenge wurde die Polizei gerufen. Einen Tag später kam Decker auf Kaution heraus. Er ging und kaufte sich eine kleine Handfeuerwaffe. Aber er hat sie nicht bei dem Arzt angewandt. Er steckte sich den Lauf in seinen eigenen Mund. Und drückte ab.“ Pokie schloss das Notizbuch.

Die finale Tat, dachte Kate. *Kauf dir eine Waffe und blas dir den Kopf weg.* Er musste diese Frau geliebt haben. Und gab es einen besseren Weg, das zu beweisen, als sich selbst auf ihrem Altar zu opfern?

Aber er war nicht tot. Er lebte. Und er tötete Menschen.

Pokie sah ihren fragenden Blick. „Es war eine sehr billige Waffe. Sie hatte eine Fehlzündung. Verwandelte seinen Mund in einen blutigen Brei. Aber er hat überlebt. Nach einigen Monaten in einer Reha-Einrichtung wurde er in die psychiatrische Anstalt der Insel verlegt. Ihre Aufzeichnungen zeigen, dass er nahezu alle Funktionen wiedererlangt hat, außer der Sprache."

„Er ist stumm?", fragte David.

„Nicht wirklich. Die Stimmbänder wurden bei der Wiederbelebung zerrissen. Er kann Worte mit den Lippen formen, aber seine Stimme ist mehr wie ein ... ein Zischen."

Ein Zischen, dachte Kate. Die Erinnerung an jenes gespenstische Geräusch, das in Anns Treppenhaus widerhallte, schien aus ihren schlimmsten Albträumen nach ihr zu greifen. *Der Laut einer Viper, kurz bevor sie zustößt.*

Pokie fuhr fort: „Vor ungefähr einem Monat wurde Decker entlassen. Er sollte irgendeinen Seelenklempner namens Nemechek aufsuchen. Aber Decker ist bereits zum ersten Termin nicht aufgetaucht."

„Haben Sie mit Nemechek gesprochen?", fragte Kate.

„Nur am Telefon. Er ist auf einer Konferenz in L. A. Sollte am Dienstag zurück sein. Er schwört hoch und heilig, dass sein Patient harmlos sei. Aber er sichert sich ab. Sieht ziemlich schlecht aus, wenn der Patient, den du gerade herausgelassen hast, anfängt, Leuten die Kehle durchzuschneiden."

„Das ist also das Motiv", sagte David. „Rache. Für eine tote Frau."

„Das ist die Theorie."

„Warum wurde Ann Richter ermordet?"

„Erinnerst du dich an diese blonde Frau, die die Hausmeister über den Parkplatz haben rennen sehen?"

„Du denkst, das war Ann Richter?"

„Anscheinend waren sie und Tanaka – wie sagt man? – sehr vertraut miteinander."

„Bedeutet es das, was ich glaube, was es bedeutet?"

„Sagen wir einfach, Ann Richters Nachbarn hatten keine Schwierigkeiten, Tanaka auf dem Foto wiederzuerkennen. Er wurde mehr als einmal bei ihrem Apartment gesehen. An dem Abend, an dem er getötet wurde, wollte sie, so denke ich, ihrem Lieblingsdoktor einen kleinen, privaten Besuch abstatten. Stattdessen fand sie etwas, das ihr einen riesigen Schreck einjagte. Vielleicht hat sie Decker gesehen. Und er hat sie gesehen."

„Warum ist sie dann nicht zur Polizei gegangen?", fragte Kate.

„Vielleicht wollte sie nicht, dass die ganze Welt von ihrer Affäre mit einem verheirateten Mann erfuhr. Oder vielleicht hatte sie Angst, man würde sie beschuldigen, ihren Liebhaber getötet zu haben. Wer weiß?"

„Sie war also nur eine Zeugin", sagte Kate. „Wie ich."

Pokie sah sie an. „Es gibt einen großen Unterschied zwischen Ihnen und unserem Opfer. Decker kann an *Sie* nicht herankommen. Im Augenblick weiß niemand außerhalb dieses Büros, wo Sie sich aufhalten. Belassen wir es dabei." Er schaute zu David. „Es ist kein Problem, sie bei dir zu Hause wohnen zu lassen?"

Davids Gesicht war undurchdringlich. „Sie kann bleiben."

„Gut. Und es ist besser, wenn sie nicht ihr eigenes Auto benutzt."

„Mein Auto?" Kate runzelte die Stirn. „Warum nicht?"

„Decker hat Ihre Handtasche. Und Ihre Autoschlüssel. Er weiß also, dass Sie einen Audi fahren. Er wird nach einem Ausschau halten."

Wird nach *mir* Ausschau halten, dachte sie schaudernd. „Wie lange?", flüsterte sie.

„Was?"

„Wann wird das alles vorbei sein? Wann werde ich mein Leben wiederhaben?"

Pokie seufzte. „Es könnte eine Weile dauern, ihn zu finden. Aber halten Sie durch, Doc. Der Mann kann sich nicht ewig verstecken."

Ach, das kann er nicht? fragte sich Kate. Sie dachte an all die Orte, wo sich ein Mann auf Oahu verstecken konnte: an die Ecken und Winkel von Chinatown, wo niemand jemals Fragen stellte. Die Fischerhütten auf Sand Island mit ihren Wellblechdächern. Die betonierten Gassen in Waikiki. Irgendwo, an irgendeinem geheimen Ort, trauerte Charlie Decker still um eine tote Frau.

Sie erhoben sich, um zu gehen, und plötzlich kam ihr eine Frage in den Sinn. „Lieutenant", fragte Kate. „Was ist mit Ellen O'Brien?"

Pokie, der einen Stapel Papiere in eine Mappe sammelte, schaute auf. „Was soll mit ihr sein?"

„Steht sie in irgendeiner Verbindung zu dem Ganzen?"

Pokie blickte ein letztes Mal hinunter auf Charlie Deckers Foto. Dann schloss er die Mappe. „Nein", antwortete er. „In keinerlei Verbindung."

„Aber da *muss* es eine Verbindung geben!", entfuhr es Kate, als sie aus der Polizeistation in die vormittägliche Hitze hinausgingen. „Ein Beweisstück, das er nicht gefunden hat …"

„Oder von dem er uns nichts erzählen will", beendete David ihren Satz.

Sie betrachtete ihn stirnrunzelnd. „Warum sollte er das tun? Ich dachte, ihr zwei wäret Freunde."

„Ich habe die Schützengräben verlassen, schon vergessen?"

„Bei dir hört sich Polizeiarbeit nach Dschungelkrieg an."

„Für einige Polizisten ist die Arbeit ein Krieg. Ein heiliger Krieg. Pokie hat eine Frau und vier Kinder. Aber das würde man gar nicht ahnen, wenn man sich all die Stunden ansiehst, die er investiert."

„Du denkst also tatsächlich, er ist ein guter Polizist?"

David zuckte mit den Schultern. „Er ist ein Ackergaul. Zuverlässig, aber nicht brillant. Ich habe ihn gelegentlich etwas vermasseln sehen. Er könnte sich auch dieses Mal irren. Aber im Moment muss ich ihm zustimmen. Ich sehe nicht, wie Ellen O'Brien in diesen Fall passt."

„Aber du hast gehört, was er gesagt hat! Decker war Sanitäter. Assistent des Schiffsarztes ..."

„Deckers Profil passt nicht ins Muster, Kate. Ein Verrückter, der wie Jack the Ripper arbeitet, macht sich keine Gedanken um Medikamentenampullen und EKGs. Dazu braucht es einen ganz anderen Verstand."

Sie starrte missmutig auf die Straße hinunter. „Das Dumme ist, ich sehe keine Möglichkeit, zu beweisen, dass Ellen ermordet wurde. Ich bin mir nicht einmal sicher, dass es möglich ist."

David blieb auf dem Bürgersteig stehen. „Gut." Er seufzte. „Wir können also nichts beweisen. Aber lass uns über die Planung und Durchführung nachdenken."

„Des Mordes, meinst du?"

Er nickte. „Nehmen wir einen Mann wie Decker. Einen Außenseiter. Jemand, der sich ein wenig mit Medizin auskennt. Und mit Chirurgie. Sag mir, Schritt für Schritt. Wie würde er es angehen? Wie würde er ins Krankenhaus gelangen und eine Patientin töten?"

„Ich nehme an, er müsste ... müsste ..." Ihr Blick wanderte die Straße hinauf. Schließlich richtete er sich auf einen Zeitungsjungen, der neben den vorbeifahrenden Autos stand und die Morgenausgabe schwenkte. Sie runzelte die Stirn. „Heute ist Sonntag", sagte sie plötzlich.

„Also?"

„Ellen wurde an einem Sonntag eingeliefert. Ich erinnere mich, dass ich in ihrem Zimmer war und mit ihr gesprochen habe. Es war acht Uhr an einem Sonntagabend." Sie blickte fieberhaft auf ihre Armbanduhr. „Das ist in zehn Stunden. Wir könnten die Schritte durchgehen ..."

„Warte mal. Ich kann dir nicht folgen. Was genau machen wir in zehn Stunden?"

Sie drehte sich zu ihm. Leise sagte sie: „Wir begehen einen Mord."

Der Besucherparkplatz war nahezu leer, als David um zehn Uhr abends mit seinem BMW in die Krankenhauseinfahrt bog. Er parkte auf einem Stellplatz in der Nähe des Eingangs zur Empfangshalle, schaltete den Motor aus und sah Kate an. „Das wird nichts beweisen. Das weißt du, nicht wahr?"

„Ich möchte sehen, ob es möglich ist."

„Möglichkeiten halten vor Gericht nicht stand."

„Es ist mir egal, wie das vor Gericht ankommt. Solange *ich* weiß, dass es möglich ist."

Sie schaute hinaus auf das ferne rote Notaufnahme-Zeichen, das in der Dunkelheit wie ein Signalfeuer leuchtete. Ein Ambulanzwagen parkte an der Laderampe. Auf einer Bank in der Nähe saß der Fahrer, rauchte träge eine Zigarette und lauschte dem Knistern seines Funkgeräts.

Ein Sonntagabend, ruhig wie immer. Die Besuchszeiten waren vorbei. Und die Patienten in ihren Zimmern waren wohl bereits in den gesegneten Schlaf der Betäubten gefallen.

Davids Gesicht schimmerte schwach im Dunkeln. „Okay." Er seufzte und stieß die Tür auf. „Dann los."

Die Türen der Eingangshalle waren verschlossen. Sie gingen in den Notaufnahme-Eingang und durchquerten ein Wartezimmer, wo ein Baby im Schoß seiner Mutter schrie. Die Frau saß mit gläsernem Blick da. Ein alter Mann hustete geräuschvoll in ein Taschentuch, und ein Teenager hielt einen Eisbeutel auf seinem geschwollenen Gesicht umklammert. Die Notaufnahme-Schwester, die die Patienten einteilte, telefonierte gerade; Kate und David liefen geradewegs an ihr vorbei und steuerten auf die Aufzüge zu.

„Wir sind also einfach so hereingekommen?", fragte David.

„Die Notaufnahme-Schwester kennt mich."

„Aber sie hat dich kaum angesehen."

„Weil sie zu beschäftigt war, *dich* anzugaffen", sagte Kate trocken.

„Junge, du hast aber eine wilde Fantasie." Er unterbrach sich und blickte sich in der leeren Eingangshalle um. „Wo ist der Sicherheitsdienst? Ist hier keine Wache in der Nähe?"

„Vermutlich macht er seinen Rundgang."

„Du meinst, es gibt nur einen Wachmann?"

„Krankenhäuser sind recht langweilige Orte, weißt du", erwiderte Kate und drückte auf den Fahrstuhlknopf. „Außerdem ist es Sonntag."

Sie fuhren hinauf in den vierten Stock, stiegen aus und traten in den sterilen weißen Korridor. Das frisch gewachste Linoleum glänzte unter der hellen Beleuchtung. Etliche Tragen standen an der Wand, als ob sie auf eine Flut von Verwundeten warteten. Kate deutete auf die Doppeltüren mit der Aufschrift *Kein Zutritt*.

„Zum Operationssaal geht es da entlang."

„Können wir hineingehen?"

Sie machte versuchsweise ein paar Schritte vorwärts. Die Türen glitten automatisch auf. „Kein Problem."

Drinnen schien nur ein einziges trübes Licht über dem Empfangsbereich. Eine Tasse, halb gefüllt mit lauwarmem Kaffee, stand verlassen auf dem Empfangstisch und wartete auf die Rückkehr ihres Besitzers. Kate deutete zu einer riesigen Holzfaserplatte an der Wand, wo der Operationsplan für den nächsten Tag aushing.

„Alle morgigen Fälle sind gleich hier aufgelistet", erklärte sie. „Ein Blick sagt dir, in welchem OP-Saal der Patient sein wird, den Eingriff, die Namen des Chirurgen und des Narkosearztes."

„Wo war Ellen?"

„Der Raum ist gleich um die Ecke."

Sie führte ihn einen unbeleuchteten Flur hinunter und öffnete die Tür zu Operationssaal 5. Matt schimmerte die Edelstahlausstattung im Halbdunkel. Kate knipste den Wandschalter an; die plötzliche Lichtflut schmerzte fast.

„Der Narkosewagen ist da drüben."

David ging zu dem Wagen hinüber und zog eine der Stahlschubladen auf. Winzige Glasampullen klimperten in den Fächern. „Werden diese Medikamente immer unverschlossen zurückgelassen?“

„Sie sind auf der Straße wertlos. Niemand würde sich die Mühe machen, irgendeines davon zu stehlen. Was die Betäubungsmittel angeht …“, sie deutete zu einem Wandschrank, „… wir bewahren sie verschlossen auf.“

Davids Blick wanderte langsam im Raum umher. „Hier arbeitest du also. Sehr beeindruckend. Sieht aus wie die Kulisse für einen Sci-Fi-Film.“

Sie grinste. „Lustig. Ich habe mich hier drinnen immer wie zu Hause gefühlt.“ Sie machte einen Rundgang durch den OP-Saal und tätschelte im Vorbeigehen liebevoll die Geräte. „Ich denke, das kommt, weil ich die Tochter eines Bastlers bin. Apparate machen mir keine Angst. Genau genommen spiele ich gerne mit all diesen Knöpfen und Skalen. Aber ich nehme an, einige Leute finden das alles ziemlich einschüchternd.“

„Und du bist nie eingeschüchtert gewesen?“

Sie drehte sich um und stellte fest, dass er sie anstarrte. Etwas an seinem Blick, an der Eindringlichkeit, mit der er sie aus diesen blauen Augen ansah, ließ sie still werden. „Nicht von dem Operationssaal“, sagte sie leise.

Es war so still, dass sie beinah ihr Herz in diesem kahlen Raum schlagen hörte. Eine lange Zeit starrten sie einander an, als ob sie ein breiter, unüberwindlicher Abgrund trennte. Dann, plötzlich, wandte er sich wieder dem Narkosewagen zu.

„Wie lange würde es dauern, eine dieser Medikamentenampullen zu manipulieren?“, fragte er. Sie musste seine Beherrschung bewundern. Zumindest konnte er noch sprechen; sie hatte Schwierigkeiten, ihre Stimme wiederzufinden.

„Er müsste … müsste die Succinylcholin-Ampullen ausleeren. Vermutlich würde es weniger als eine Minute dauern.“

„So einfach ist das?“

„So einfach ist das." Ihr Blick richtete sich widerstrebend auf den Operationstisch. „Sie sind so hilflos, unsere Patienten. Wir haben die absolute Kontrolle über ihr Leben. Ich habe es noch nie zuvor so gesehen. Das ist eigentlich ziemlich beängstigend."

„Also ist ein Mord im OP nicht so schwierig."

„Nein", räumte sie ein. „Ich schätze, das ist es nicht."

„Was ist mit dem Austausch des EKGs? Wie würde unser Mörder das anstellen?"

„Er müsste die Krankenakte des Patienten auftreiben. Und die werden alle auf den Stationen aufbewahrt."

„Das klingt knifflig. Auf den Stationen wimmelt es von Krankenschwestern."

„Genau. Aber selbst heutzutage sind Krankenschwestern immer noch etwas eingeschüchtert von einem weißen Kittel. Ich wette, wenn wir dich in Arztkleidung stecken, könntest du mühelos in die Schwesternstation marschieren, ohne dass man dir Fragen stellt."

Er legte den Kopf zur Seite. „Wollen wir es ausprobieren?"

„Du meinst, jetzt gleich?"

„Sicher. Such mir einen weißen Kittel. Ich wollte immer mal Doktor spielen."

Es dauerte nur eine Minute, um einen einsamen Kittel ausfindig zu machen, der im Umkleideraum der Chirurgen hing. Kate erkannte an den Kaffeeflecken auf der Vorderseite, dass er Guy Santini gehörte. Das Schildchen mit der Größe XXL bestätigte das nur.

„Ich habe nicht gewusst, dass King Kong bei euch arbeitet", sagte David ächzend und schob seine Arme in die riesigen Ärmel. Er knöpfte den Kittel zu und stand aufrecht da. „Was denkst du? Werden sie vor Lachen umfallen?"

Sie trat zurück und warf ihm einen kritischen Blick zu. Der Kittel hing schlaff an seinen Schultern. Eine Kragenhälfte war umgeschlagen. Aber in Wahrheit sah er absolut unwiderstehlich aus. Und seltsam unberührbar. Sie strich seinen Kragen glatt. Dieser kurze Kontakt, diese leichte Berührung ihrer Finger auf seinem

Nacken, reichte aus, und schon schien Wärme durch ihren ganzen Arm zu strömen.

„Wird schon klappen", sagte sie.

„Sehe ich so schlimm aus?" Er blickte hinunter auf die Kaffeeflecken. „Ich komme mir schmuddelig vor."

Sie lachte. „Der Besitzer genau dieses Kittels ist schmuddelig. Also mach dir deswegen keine Sorgen. Du wirst dich gut in deine Rolle einfügen." Als sie zu den Aufzügen gingen, setzte sie hinzu: „Erinnere dich. Denk einfach nur an *Arzt*. Präge dir die richtige Einstellung ein. Du weißt – brillant, engagiert, mitfühlend."

„Vergiss nicht *anständig*."

Sie gab ihm einen Klaps auf den Rücken. „Los, geh und schnapp sie dir, Dr. Kildare."

Auf seinen verwirrten Blick hin sagte sie: „Na, du kennst doch den Arzt aus der alten Fernsehserie."

Kopfschüttelnd betrat David den Aufzug. „Hör mal, verschwinde mir nicht, okay? Wenn sie misstrauisch werden, brauche ich deine Rückendeckung."

„Ich werde im Operationssaal warten. Oh, David … ein letzter Ratschlag."

„Wie bitte?"

„Begeh keinen Kunstfehler, Doktor. Vielleicht musst du dich dann selbst verklagen."

Er stöhnte auf, und die Aufzugtüren zwischen ihnen glitten zu. Der Fahrstuhl quietschte leicht, als er in den dritten Stock hinunterfuhr. Dann herrschte Stille.

Es war ein einfacher Test. Selbst wenn der Sicherheitsdienst David aufhalten würde, brauchte es nur ein Wort von Kate, um ihn freizulassen. Es konnte unmöglich schiefgehen. Aber als sie den Korridor hinaufging, wuchs ihr Unbehagen.

Zurück in Operationssaal 5, ließ sie sich auf ihrem gewohnten Platz am Kopf des Tisches nieder und dachte an all die Stunden, die sie auf diesem Fleck verbracht hatte. Eine sehr kleine Welt. Eine sehr sichere Welt.

Eine Tür schlug zu, und Kate blickte unvermittelt auf. Warum war David so bald zurück? Hatte es Schwierigkeiten gegeben? Sie sprang vom Stuhl und stürzte in den Korridor. Dort machte sie halt.

Ein Stück den Flur hinunter schien schwaches Licht durch die Ritzen der Tür von Operationssaal 7. Sie lauschte einen Moment. Schränke klapperten hinter der Tür, dann glitt quietschend eine Schublade auf.

Jemand durchwühlte die Medikamentenbestände. Eine Schwester? Oder jemand anderes – jemand, der hier nichts zu suchen hatte?

Sie blickte zum anderen Ende des Korridors – ihr einziger Fluchtweg. Der Empfangsschalter lag um die Ecke. Wenn sie nur sicher am Operationssaal 7 vorbeigelänge, könnte sie sich hinausschleichen und den Sicherheitsdienst rufen. Sie musste sich jetzt entscheiden; wer immer gerade durch OP-Saal 7 lief, ging womöglich auch in die anderen Säle. Wenn sie sich jetzt nicht bewegte, säße sie in der Falle.

Lautlos schlich sie den Korridor hinunter. Da wurde eine Schranktür zugeschlagen. Das sagte ihr alles; sie würde es nicht schaffen. Plötzlich schwang die Tür zu OP-Saal 7 auf. Panisch taumelte sie rückwärts und sah Dr. Clarence Avery wie erstarrt in der Tür stehen bleiben. Etwas glitt aus seiner Hand, und das Zersplittern des Glases schien endlos im Korridor nachzuhallen. Sie warf einen Blick auf sein blutloses weißes Gesicht, und ihre Angst verwandelte sich augenblicklich in Sorge. Einen entsetzlichen Moment lang dachte sie, er würde gleich auf der Stelle einen Herzinfarkt bekommen und zusammenbrechen.

„Dr. … Dr. Chesne“, stammelte er schwach. „Ich … Ich habe nicht erwartet … ich meine, ich …“ Langsam blickte er hinunter auf seine Füße; da bemerkte sie das Glas, das auf dem Boden lag und im Halbdunkel funkelte. Er schüttelte hilflos den Kopf. „Was … was habe ich angerichtet …“

„Das ist nicht so schlimm“, erwiderte sie schnell. „Kommen Sie, ich werde Ihnen helfen, es aufzuräumen.“

Sie schaltete das Licht im Korridor an. Avery regte sich nicht. Er stand einfach da und blinzelte in das plötzliche, grelle Licht. Sie hatte ihn noch nie so gesehen, er wirkte so alt, so gebrechlich; das weiße Haar schien auf seinem Kopf zu zittern. Sie schnappte sich eine Handvoll Papiertücher aus dem Spender am OP-Waschbecken und bot ihm ein paar davon an, aber er regte sich immer noch nicht. Also hockte sie sich zu seinen Füßen und fing an, das zerbrochene Glas aufzusammeln. Er trug eine blaue Socke und eine weiße. Als sie die Hand nach einer Scherbe ausstreckte, bemerkte sie, dass noch ein Etikett daran klebte.

„Es ist für meinen Hund", sagte er schwach.

„Wie bitte?"

„Das Kaliumchlorid. Es ist für meine Hündin. Sie ist sehr krank."

Kate schaute verständnislos zu ihm auf. „Es tut mir leid", war alles, was ihr einfiel.

Avery senkte den Kopf. „Sie muss eingeschläfert werden. Den ganzen Morgen lang hat sie gewinselt. Ich kann es nicht mehr ertragen, das zu hören. Und sie ist alt, wissen Sie. Über neunzig, in Hundejahren gerechnet. Aber es … es erscheint mir grausam, sie dafür zum Tierarzt zu bringen. Er ist ihr doch vollkommen fremd. Es würde ihr Angst machen."

Kate richtete sich auf. Avery stand einfach da und umklammerte die Papiertücher, als ob er sich nicht ganz sicher wäre, was er mit ihnen tun sollte.

„Ich bin mir sicher, der Tierarzt wäre sehr behutsam", erwiderte sie. „Sie müssen das nicht selbst machen."

„Aber es ist so viel besser, wenn ich es tue, finden Sie nicht? Wenn ich es bin, der ihr Lebewohl sagt?"

Sie nickte. Dann wandte sie sich zu dem Narkosewagen und nahm eine Ampulle Kaliumchlorid heraus. „Hier …", sagte sie leise und legte die Ampulle in seine Hand. „Das sollte ausreichen, meinen Sie nicht?"

Er nickte. „Sie ist kein sehr … großer Hund." Zitternd atmete er aus und wandte sich zum Gehen. Dann hielt er inne und schaute zu ihr zurück. „Ich habe Sie immer gemocht, Kate. Sie sind die Einzige, die nie hinter meinem Rücken zu lachen schien. Oder Andeutungen machte, ich sei zu alt, ich solle mich zur Ruhe setzen.“ Er seufzte und schüttelte den Kopf. „Aber vielleicht haben die anderen am Ende recht.“ Als er sich zum Gehen wandte, hörte sie ihn sagen: „Ich werde tun, was ich kann, bei Ihrer Anhörung.“

Auf quietschenden Sohlen ging er hinaus in den Korridor. Als das Geräusch verklang, fiel ihr Blick auf die Glasscherben im Abfalleimer. Das Etikett mit den Buchstaben KCI starrte sie an. Kaliumchlorid, dachte sie stirnrunzelnd. Wenn man es intravenös verabreichte, war es ein tödliches Gift, das zu einem plötzlichen Herzstillstand führte. Und es kam ihr in den Sinn, dass dasselbe Gift, das einen Hund tötete, genauso leicht dazu verwendet werden konnte, einen Menschen zu töten.

Die Sekretärin auf Station 3B saß über ihren Schreibtisch gebeugt da und hielt ein Taschenbuch in der Hand. *Seine lüsterne Braut.* Unter dem leuchtenden scharlachroten Titel war ein halb nacktes, eng ineinander verschlungenes Paar auf dem Buchumschlag zu sehen. Die Sekretärin blätterte eine Seite um. Ihre Augen wurden größer. Sie bemerkte nicht einmal, dass David vorbeiging. Erst als er direkt neben ihr in der Schwesternstation stand, machte sie sich die Mühe, aufzuschauen. Sie wurde augenblicklich rot und knallte das Buch auf den Tisch.

„Oh! Kann ich Ihnen helfen, Doktor … äh …“

„Smith“, beendete David ihren Satz und schenkte ihr ein solch strahlendes Lächeln, dass sie wie zerlassenes Gelee in ihren Stuhl sank. Wow, dachte er, als er in zwei hingerissene veilchenblaue Augen blickte. *Der weiße Kittel funktioniert wirklich.* „Ich muss eine Ihrer Krankenakten sehen“, sagte er.

„Welche?“, fragte sie atemlos.

„Zimmer … äh …“ Er blickte hinüber zu dem Regal mit den Krankenakten. „Acht.“

„A oder B?“

„B.“

„Mrs Loomis?“

„Ja, das ist der Name. Loomis.“

Sie schien von ihrem Stuhl zu schweben. Wiegenden Schritts und in einer Pose aufreizender Gleichgültigkeit ging sie zum Regal hinüber. Sie brauchte ungewöhnlich lange, um die Akte zu Zimmer 8B ausfindig zu machen – und das, obwohl sie ihr direkt ins Gesicht starrte. David blickte hinunter auf den Buchumschlag, und plötzlich war ihm zum Lachen zumute.

„Hier ist es“, sagte sie trällernd und hielt ihm die Akte mit beiden Händen hin wie eine heilige Opfergabe.

„Aber nein, danke, Mrs …“

„Mann. Janet. Miss.“

„Ja.“ David räusperte sich. Dann drehte er sich um und flüchtete sich zu einem Stuhl, so weit entfernt von Miss Janet Mann wie möglich. Er konnte beinah ihren enttäuschten Seufzer hören, als sie sich umwandte, um ans Telefon zu gehen, das klingelte.

„Oh, gut.“ Sie seufzte. „Ich werde sie sofort nach unten bringen.“ Sie schnappte sich eine Handvoll Blutröhrchen mit roten Stöpseln vom Ablagetablett und eilte hinaus und ließ David allein auf der Station zurück.

Das ist also schon alles, dachte er und klappte den Metalldeckel der Krankenakte auf. Die unglückliche Mrs Loomis in Zimmer 8B war anscheinend ein komplizierter Fall, nach dem Umfang ihrer Akte und der endlosen Liste von Ärzten zu urteilen, die mit ihrem Fall beschäftigt waren. Sie hatte nicht nur einen Chirurgen und einen Narkosearzt, es gab auch zahlreiche Konsultations-Notizen von einem Internisten, einem Psychiater, Dermatologen und Gynäkologen. David musste an das alte Sprichwort von den vielen Köchen denken. Wie der sprichwörtliche Brei hatte auch diese arme Dame keine Chance.

Eine Schwester ging vorbei und schob einen Medikamentenwagen vor sich her. Eine zweite Schwester schlüpfte für einen Moment herein, um ans Telefon zu gehen, das klingelte, dann eilte sie wieder hinaus. Keine der beiden Frauen schenkte ihm die geringste Aufmerksamkeit.

Er blätterte durch das EKG, das ganz hinten in der Krankenakte eingeheftet war. Es würde vielleicht zehn Sekunden dauern, diese eine Seite zu entfernen und sie durch eine andere zu ersetzen. Und da so viele Ärzte durch die Station liefen – sechs allein für Mrs Loomis –, würde niemand etwas bemerken.

Ein Mord, befand er, konnte nicht einfacher sein. Alles, was es brauchte, war ein weißer Kittel.

9. KAPITEL

„Ich schätze, du hast heute Abend bewiesen, dass du recht hast“, sagte David, als er zwei Gläser mit heißer Milch auf den Küchentisch stellte. „Was Mord im Operationssaal angeht.“

„Nein, das haben wir nicht.“ Kate sah niedergeschlagen auf das dampfende Glas hinunter. „Wir haben nichts bewiesen, David. Außer dass der Chefanästhesist einen kranken Hund hat.“ Sie seufzte. „Armer, alter Avery. Ich muss ihn zu Tode erschreckt haben.“

„Hört sich an, als ob ihr euch gegenseitig zu Tode erschreckt habt. Übrigens, hat er wirklich einen Hund?“

„Er würde mich nicht anlügen.“

„Ich frage nur. Ich kenne den Mann nicht.“ David nahm einen Schluck Milch, und sie hinterließ einen schwachen weißen Schnurrbart auf den Stoppeln über seiner Lippe. Er wirkte düster und fehl am Platz in seiner glänzenden Küche. Ein leichter Bartschatten lag auf seinem Kinn, und auf seinem Hemd, das am Morgen noch frisch gewesen war, zeichneten sich jetzt Knitterfalten ab. Er hatte den obersten Knopf geöffnet, und sie empfand eine eigenartige Schwerelosigkeit, als sie einen flüchtigen Blick auf das dunkle goldene Haar erhaschte, das seine Brust bedeckte.

Rasch blickte sie auf ihre Milch hinunter. „Ich bin mir ziemlich sicher, dass er einen Hund hat“, fuhr sie fort. „Ja, ich erinnere mich, ein Bild von dem Tier auf seinem Schreibtisch gesehen zu haben.“

„Er hat ein Bild von einem Hund auf seinem Schreibtisch stehen?“

„In Wirklichkeit ist es eine Aufnahme von seiner Frau. Sie hält darauf so einen bräunlichen Terrier im Arm. Sie war wirklich sehr schön.“

„Ich nehme an, du meinst seine Frau.“

„Ja. Sie hatte vor einigen Monaten einen Schlaganfall. Sie in ein Pflegeheim zu geben hat den armen Mann zugrunde gerichtet. Seitdem schleppt er sich wie ein Schlafwandler durch seine Arbeit.“ Traurig trank sie einen Schluck. „Ich wette, er könnte es gar nicht.“

„Könnte was nicht?“

„Seinen Hund töten. Manche Menschen sind unfähig, einer Fliege etwas zuleide zu tun.“

„Während andere absolut fähig sind, einen Mord zu begehen.“

Sie sah ihn an. „Du denkst immer noch, es war Mord?“

Einen Augenblick lang antwortete er nicht, und sein Schweigen ängstigte sie. Machte sich ihr einziger Verbündeter gerade davon? „Ich weiß nicht, was ich denke.“ David seufzte. „Bislang bin ich meinem Instinkt gefolgt, nicht den Fakten. Und das wird in einem Gerichtssaal nicht standhalten.“

„Oder in einer Ausschuss-Anhörung“, fügte sie verdrossen hinzu.

„Deine Anhörung ist am Dienstag?“

„Und ich habe immer noch nicht die geringste Vorstellung, was ich ihnen sagen soll.“

„Kannst du keinen Aufschub bekommen? Ich werde meine Termine morgen absagen. Vielleicht können wir einige Beweise zusammensammeln.“

„Ich habe schon um Aufschub gebeten. Sie haben abgelehnt. Es scheint ohnehin keine Beweise zu geben. Alles, was wir haben, sind zwei Morde ohne eine eindeutige Verbindung zu Ellens Tod.“

David lehnte sich zurück und starrte stirnrunzelnd auf den Tisch. „Was, wenn die Polizei auf dem Holzweg ist? Was, wenn Charlie Decker nur eine Wildcard ist? Ein zweiter Mann?“ „

„Sie haben seine Fingerabdrücke gefunden, David. Und ich habe ihn dort gesehen.“

„Aber genau genommen hast du nicht gesehen, wie er jemanden getötet hat.“

„Nein. Aber wer sonst hatte ein Motiv?“

„Lass uns darüber eine Minute nachdenken.“ Träge griff David nach dem Salzstreuer und stellt ihn in die Mitte des Tisches. „Wir wissen, dass Henry Tanaka ein sehr beschäftigter Mann war. Und ich rede nicht von seiner Praxis. Er hatte eine Affäre …“, David schob den Pfefferstreuer neben das Salz, „vermutlich mit Ann Richter.“

„Gut. Aber wo passt Ellen hinein?“

„Das ist die Eine-Million-Dollar-Frage.“ Er streckte die Hand aus und tippte auf den Zuckerstreuer. „Wo passt Ellen O’Brien hinein?“

Kate runzelte die Stirn. „Eine Dreiecksgeschichte?“

„Möglich. Aber ein Mann muss nicht bei einer Geliebten aufhören. Er könnte ein Dutzend davon haben. Und jede von ihnen wiederum könnte ein paar eifersüchtige Liebhaber gehabt haben.“

„Dreiecksbeziehungen in Dreiecksbeziehungen? Das klingt mit jeder Minute wilder. Diese ganze Herumbalgerei im Schlafzimmer! Ärzte, die links und rechts Affären haben! Ich kann mir das einfach nicht vorstellen.“

„Es passiert. Und nicht nur in Krankenhäusern.“

„Auch in Anwaltskanzleien, hmm?“

„Ich sage nicht, dass *ich* so etwas getan habe. Aber wir sind alle nur Menschen.“

Sie konnte nicht anders, sie musste lächeln. „Es ist komisch. Als wir uns das erste Mal begegnet sind, habe ich dich nicht für besonders menschlich gehalten.“

„Nein?“

„Du warst eine Bedrohung. Der Feind. Noch so ein blöder Anwalt.“

„Oh. Abschaum der Menschheit, meinst du.“

„Du hast die Rolle gut gespielt.“

David zuckte zusammen. „Vielen Dank.“

„Aber so ist es nicht mehr“, sagte sie schnell. „Für mich bist du nicht länger einfach so ein Anwalt. Nicht, seit …“

Ihre Stimme erstarb, als sich ihre Blicke plötzlich ineinander verfingen.

„Nicht, seit ich dich geküsst habe“, beendete er den Satz leise.

Ihre Wangen wurden warm. Abrupt sprang sie auf und trug das Glas zur Spüle und war sich die ganze Zeit bewusst, dass sein Blick auf ihrem Rücken ruhte. „Es ist alles so kompliziert“, meinte sie seufzend.

„Was? Der Umstand, dass ich ein Mensch bin?“

„Dass wir *beide* Menschen sind“, platzte es aus ihr heraus. Selbst ohne ihn anzuschauen, konnte sie die Anziehung spüren, die Elektrizität, die zwischen ihnen knisterte.

Sie wusch das Glas. Zwei Mal. Dann setzte sie sich ruhig und geflissentlich wieder an den Tisch. Er beobachtete sie, ein ironisch-amüsierter Ausdruck lag auf seinem Gesicht.

„Ich werde der Erste sein, der das eingesteht“, sagte er, und seine Augen funkelten. „Es ist höllisch unbequem, Mensch zu sein. Ein Sklave all dieser lästigen biologischen Bedürfnisse.“

Biologische Bedürfnisse. Was für eine hoffnungslos blasse Beschreibung des hormonellen Sturms, der gerade in ihr tobte. Sie mied seinen Blick und richtete ihre Aufmerksamkeit auf den Salzstreuer, der in der Tischmitte stand. Plötzlich dachte sie an Henry Tanaka. An Dreiecksbeziehungen in Dreiecksbeziehungen. Waren all diese Todesfälle eine Folge von nichts weiter als außer Kontrolle geratener Lust und Eifersucht?

„Du hast recht“, stimmte sie zu und berührte nachdenklich den Salzstreuer. „Mensch zu sein führt zu allerlei Komplikationen. Sogar Mord.“

Sie spürte seine Spannung, bevor er überhaupt ein Wort gesprochen hatte. Sein Blick fiel auf den Tisch, und mit einem Mal wurde er vollkommen still. „Ich kann nicht glauben, dass wir daran nicht gedacht haben.“

„Woran?“

Er schob sein leeres Glas zu dem Zuckergefäß. Auf einmal hatte das Schaubild eine vierte Ecke. „Wir haben es nicht mit einem Dreieck zu tun. Es ist ein *Quadrat.*“

Es folgte eine Pause. „Dein Verständnis von Geometrie ist wirklich erstaunlich“, sagte sie höflich.

„Was, wenn Tanaka *tatsächlich* eine zweite Geliebte hatte – Ellen O’Brien?“

„Das ist unser altes Dreieck."

„Aber wir haben jemanden ausgelassen. Jemand sehr wichtigen." Er tippte gegen das leere Milchglas.

Kate blickte stirnrunzelnd auf die vier Objekte auf dem Tisch. „Mein Gott", flüsterte sie. „Mrs Tanaka."

„Genau."

„Ich habe nicht ein Mal an seine Frau gedacht."

Er sah auf. „Vielleicht ist es Zeit, dass wir das tun."

Die japanische Frau, die die Tür zur Arztpraxis öffnete, hatte einen feuerwehrroten Lippenstift aufgelegt und Gesichtspuder, der einige Farbnuancen zu blass war für ihren Teint. Sie sah aus, als ob sie einem Geisha-Haus entflohen wäre. „Dann sind Sie nicht von der Polizei?", fragte sie.

„Nicht wirklich", erwiderte David. „Aber wir haben tatsächlich einige Fragen ..."

„Ich spreche nicht mehr mit Reportern." Sie begann, die Tür zu schließen.

„Wir sind keine Reporter, Mrs Tanaka. Ich heiße David Ransom und bin Anwalt. Und dies ist Dr. Kate Chesne."

„Nun, was wollen Sie dann?"

„Wir versuchen, Informationen über einen anderen Mord zu bekommen. Er steht in Zusammenhang mit dem Tod Ihres Mannes."

Plötzliches Interesse flackerte in den Augen der Frau auf. „Sie sprechen von dieser Krankenschwester, nicht wahr? Diese Richter."

„Ja."

„Was wissen Sie über sie?"

„Wir werden Ihnen gerne alles erzählen, was wir wissen. Wenn Sie uns eben hereinkommen lassen."

Sie zögerte, und in ihrem Blick spiegelten sich Neugier und Vorsicht. Die Neugier gewann schließlich die Oberhand. Mrs Tanaka öffnete die Tür und winkte David und Kate ins Wartezimmer. Die Frau war groß für eine Japanerin, sie war sogar größer als Kate.

Sie trug ein schlichtes blaues Kleid und High Heels sowie goldene Muschel-Ohrringe. Ihr Haar war so schwarz, dass es hätte künstlich wirken können, wäre da nicht diese einzelne weiße Strähne an ihrer rechten Schläfe gewesen. Mari Tanaka war eine bemerkenswert schöne Frau.

„Sie müssen die Unordnung entschuldigen", bat sie und blieb in dem untadelig aufgeräumten Wartezimmer stehen. „Aber es hat so ein Durcheinander gegeben. So viele Dinge, um die ich mich kümmern musste." Sie ließ den Blick über die verlassenen Couchs schweifen, als ob sie sich fragte, wohin all die Patientinnen verschwunden waren. Auf dem Beistelltisch waren immer noch Zeitschriften arrangiert, und eine Kiste mit Kinderspielzeug stand in der Ecke und wartete darauf, dass jemand damit spielte. Der einzige Hinweis auf die Tragödie, die diese Arztpraxis heimgesucht hatte, war die Beileidskarte und eine Vase mit weißen Lilien, die eine trauernde Patientin geschickt hatte. Durch eine gläserne Trennwand vor dem Empfangstisch waren zwei Frauen im angrenzenden Büro zu sehen, umgeben von Aktenstapeln.

„So viele Patientinnen müssen überwiesen werden", sagte Mrs Tanaka seufzend. „Und all die unbezahlten Rechnungen. Ich hatte keine Ahnung, dass die Dinge so chaotisch sein würden. Ich habe es immer Henry überlassen, alles zu regeln. Und jetzt, wo er fort ist …" Sie sank müde auf die Couch. „Ich nehme an, Sie wissen von meinem Ehemann und dieser … dieser Frau."

David nickte. „Und Sie?"

„Ja, ich meine, ich kannte ihren Namen nicht. Aber ich wusste, es musste da jemanden geben. Komisch, nicht wahr? Wie man so sagt, die Ehefrau ist immer die Letzte, die es erfährt." Sie starrte auf die zwei Frauen hinter der gläsernen Trennwand. „Ich bin sicher, *sie* wussten von ihr. Und die Leute im Krankenhaus, sie müssen es auch gewusst haben. Ich war die Einzige, die es nicht wusste. Die *dumme* Ehefrau." Sie sah auf. „Sie sagten, Sie würden mir von dieser Frau erzählen. Ann Richter. Was wissen Sie über sie?"

„Ich habe mit ihr gearbeitet", begann Kate.

„Ach ja?“ Mrs Tanaka verlagerte ihren Blick auf Kate. „Ich bin ihr nie begegnet. Wie war sie? War sie hübsch?“

Kate zögerte, denn sie ahnte, dass die andere Frau nur nach mehr Informationen suchte, damit sie sich mit ihnen quälen konnte. Mari Tanaka war anscheinend von einem seltsamen Verlangen nach Selbstbestrafung erfüllt. „Ann ist ... attraktiv gewesen, nehme ich an“, sagte sie.

„Intelligent?“

Kate nickte. „Sie war eine gute Krankenschwester.“

„Das war ich auch.“ Mrs Tanaka biss sich auf die Lippe und schaute fort. „Sie war blond, höre ich. Henry mochte blonde Frauen. Ist das nicht ironisch? Er mochte das Einzige, was ich nicht sein konnte.“ Mit plötzlicher weiblicher Feindseligkeit blickte sie David an. „Und ich vermute, *Sie* mögen orientalische Frauen.“

„Eine schöne Frau ist eine schöne Frau“, erwiderte David unerschüttert. „Ich mache da keinen Unterschied.“

Sie blinzelte einen Tränenschleier fort. „Henry schon.“

„Hat es weitere Frauen gegeben?“, fragte Kate behutsam.

„Ich nehme es an.“ Mrs Tanaka zuckte mit den Schultern. „Er war ein Mann, oder?“

„Haben Sie jemals den Namen Ellen O’Brien gehört?“

„Hatte sie eine ... Beziehung zu meinem Ehemann?“

„Wir hatten gehofft, Sie könnten es uns sagen.“

Mrs Tanaka schüttelte den Kopf. „Er hat niemals Namen erwähnt. Andererseits habe ich auch niemals Fragen gestellt.“

Kate runzelte die Stirn. „Warum nicht?“

„Ich wollte nicht, dass er mich anlügt.“ Irgendwie – durch die Art und Weise, wie sie es sagte – ergab das einen perfekten Sinn.

„Hat die Polizei Ihnen erzählt, dass es einen Verdächtigen gibt?“, fragte David.

„Sie meinen Charles Decker?“ Mrs Tanakas Blick richtete sich wieder auf David. „Sergeant Brophy kam mich gestern Nachmittag besuchen. Er hat mir das Foto des Mannes gezeigt.“

„Haben Sie das Gesicht wiedererkannt?“

„Ich habe den Mann nie gesehen, Mr Ransom. Ich kannte nicht einmal seinen Namen. Alles, was ich wusste, war, dass mein Mann vor fünf Jahren von einem Verrückten angegriffen wurde. Und dass die dumme Polizei den Mann schon am nächsten Tag gehen ließ."

„Aber Ihr Mann weigerte sich, Anzeige zu erstatten", sagte David.

„Er hat was?"

„Darum wurde Decker so schnell entlassen. Ihr Mann wollte die Angelegenheit anscheinend fallen lassen."

„Das hat er mir nie gesagt."

„Was hat er Ihnen gesagt?"

„Fast nichts. Aber es gab vieles, worüber wie nie gesprochen haben. So ist es uns gelungen, all diese Jahre zusammenzubleiben. Indem wir über bestimmte Dinge nicht geredet haben. Es war fast eine Abmachung. Er hat nicht gefragt, wie ich das Geld ausgab. Ich habe ihn nicht nach seinen Frauen gefragt."

„Dann wissen Sie nichts weiter über Decker?"

„Nein. Aber vielleicht kann Peggy Ihnen helfen."

„Peggy?"

Mrs Tanaka nickte zum Büro hinüber. „Unsere Empfangsdame. Sie war hier, als es passierte."

Peggy war eine blonde Amazone von ungefähr vierzig, die weiße Stretchhosen trug. Obwohl ihr ein Platz angeboten wurde, zog sie es vor, zu stehen. Oder vielleicht zog sie es einfach vor, sich nicht auf dieselbe Couch zu setzen wie Mari Tanaka.

„Ob ich mich an den Mann erinnere?", wiederholte Peggy. „Ich werde ihn nie vergessen. Ich war gerade dabei, eines der Untersuchungszimmer zu putzen, als ich die Schreie hörte. Ich bin sofort herausgekommen, und dieser Verrückte war hier, im Wartezimmer. Er hatte seine Hände um Henrys … Herrn Doktors … Hals gelegt und schrie ihn unentwegt an."

„Sie meinen, er hat ihn beschimpft?"

„Nicht beschimpft. Er sagte etwas wie: ‚Was haben Sie mit ihr gemacht?'"

„Das waren seine Worte? Sind Sie sicher?“

„Ziemlich sicher.“

„Und wer war diese ‚Sie‘, die der Mann erwähnt hat? Eine der Patientinnen?“

„Ja. Und dem Doktor war dieser Fall sehr unangenehm. Sie war eine so nette Frau – und die beiden, sie und ihr Baby, sterben zu lassen ... Nun ...“

„Wie hieß sie?“

„Jenny ... Lassen Sie mich nachdenken. Jenny irgendwas. Brook. Ich glaube, das war es. Jennifer Brook.“

„Was haben Sie getan, nachdem Sie gesehen hatten, dass der Doktor angegriffen wurde?“

„Nun, ich habe den Mann natürlich weggezogen. Was glauben Sie, was ich getan habe? Er hatte einen festen Griff, aber ich habe ihn losbekommen. Frauen sind nicht völlig hilflos, wissen Sie.“

„Ja. Ich weiß das durchaus.“

„Jedenfalls ist er dann irgendwie kollabiert.“

„Der Doktor?“

„Nein, der Mann. Er ist auf dem Boden zusammengesackt, da drüben, beim Beistelltisch, und saß dann einfach da und hat geweint. Als die Polizei eintraf, war er immer noch da. Einige Tage später hörten wir, er hätte sich selbst erschossen. In den Mund.“ Sie hielt inne und starrte auf den Fußboden, als ob sie ein gespenstisches Relikt des Mannes sehen würde, das immer noch dort saß. „Es ist seltsam, aber ich konnte nicht anders. Ich habe ihn bedauert. Er weinte wie ein Baby. Ich glaube, sogar Henry hat er leidgetan ...“

„Mrs Tanaka?“ Die andere Sekretärin steckte den Kopf ins Wartezimmer. „Da ist ein Anruf für Sie. Es ist Ihr Buchprüfer. Ich werde den Anruf ins Büro hinüberstellen.“

Mrs Tanaka erhob sich. „Es gibt wirklich nichts mehr, was wir Ihnen erzählen können“, sagte sie. „Und wir müssen zurück an die Arbeit.“ Sie schoss Peggy einen vielsagenden Blick zu. Dann, mit einem kaum merklichen Nicken zum Abschied, ging sie elegant aus dem Wartezimmer.

„Eine zweiwöchige Kündigungsfrist", murmelte Peggy missmutig vor sich hin. „Die hat sie uns gegeben. Und dann erwartet sie von uns, dass wir das ganze verdammte Büro in Ordnung bringen. Kein Wunder, dass Henry es nicht mochte, wenn sich diese Hexe hier herumtrieb." Sie wandte sich um und wollte zu ihrem Schreibtisch zurück.

„Peggy?", fragte Kate. „Nur eine Frage noch, wenn es Ihnen nichts ausmacht. Wenn Ihre Patientinnen sterben, wie lange bewahren Sie die Krankenakten auf?"

„Fünf Jahre. Länger, wenn es ein gynäkologischer Todesfall ist. Sie wissen schon, falls eine Klage wegen Kunstfehler eingereicht wird."

„Dann haben Sie das Krankenblatt von Jenny Brook noch?"

„Da bin ich mir sicher." Peggy ging ins Büro und zog einen Aktenschrank auf. Sie durchforstete die Schublade B zweimal. Dann überprüfte sie die Jot. Enttäuscht knallte sie die Schublade zu. „Das will mir nicht in den Sinn. Die Akte müsste hier sein."

David und Kate, die ihr gefolgt waren, sahen einander an. „Sie fehlt?", fragte Kate.

„Nun, sie ist nicht hier. Und ich gehe sehr gewissenhaft mit diesen Dingen um. Lassen Sie sich das gesagt sein, ich leite das Büro ordentlich." Peggy drehte sich um und starrte die andere Sekretärin wütend an, als ob sie eine abweichende Meinung erwartete. Es gab keine.

„Was soll das heißen?", sagte David. „Dass jemand die Akte entfernt hat?"

„Er muss es getan haben", erwiderte Peggy. „Aber es will mir nicht in den Sinn, warum er das tun sollte. Es ist kaum fünf Jahre her."

„Warum *wer* es tun sollte?"

Peggy sah ihn an, als ob er schwer von Begriff wäre. „Dr. Tanaka natürlich."

„Jennifer Brook“, sagte die Sekretärin im Krankenhausarchiv mit ausdrucksloser Stimme, während sie den Namen in den Computer tippte. „Schreibt sich das mit oder ohne ein E am Ende?“

„Das weiß ich nicht“, antwortete Kate.

„Erster Buchstabe des zweiten Vornamens?“

„Den kenne ich nicht.“

„Geburtsdatum?“

Kate und David sahen einander an. „Wissen wir nicht“, entgegnete Kate.

Die Sekretärin wandte sich um und blickte sie über den Rand ihrer Hornbrille prüfend an. „Ich nehme an, die Nummer der Krankenakte wissen Sie auch nicht?“, fragte sie gelangweilt und eintönig.

Kate und David schüttelten den Kopf.

„Das habe ich befürchtet.“ Die Sekretärin drehte sich wieder zu ihrem Computerterminal herum und tippte einen weiteren Befehl ein. Nach wenigen Sekunden erschienen zwei Namen auf dem Bildschirm, einmal Brooke und einmal Brook, beide mit dem Vornamen Jennifer. „Ist es eine von denen?“, fragte die Frau.

Ein Blick auf die Geburtsdaten sagte David und Kate, dass die eine fünfundsiebzig, die andere fünfzehn Jahre alt war.

„Nein“, sagte Kate.

„Das hätte ich mir denken können.“ Die Sekretärin seufzte und löschte den Bildschirm. „Dr. Chesne“, fuhr sie mit entsetzlicher Geduld fort, „warum genau brauchen Sie diese bestimmte Akte?“

„Es geht um ein Forschungsprojekt“, sagte Kate. „Dr. Jones und ich …“

„Dr. Jones?“ Die Sekretärin schaute David an. „Ich erinnere mich nicht, dass bei uns ein Dr. Jones arbeitet.“

Kate sagte schnell: „Er ist von der Universität von …“

„Von Arizona“, beendete David den Satz und lächelte.

„Dr. Averys Büro hat das alles genehmigt. Es geht um einen Aufsatz über Müttersterblichkeit und …“

„Sterblichkeit?“ Die Sekretärin kniff die Augen ein wenig zusammen. „Sie meinen, diese Patientin ist verstorben?“

„Ja.“

„Nun, kein Wunder. Wir bewahren diese Akten an einem vollkommen anderen Ort auf.“ Von ihrem Tonfall her hätte der andere Ort auf dem Mars sein können. Widerwillig erhob sich die Sekretärin von ihrem Stuhl. „Das wird eine Weile dauern. Sie werden warten müssen.“ Sie wandte sich um und steuerte im Schneckentempo auf eine Hintertür zu und verschwand, wo sich ohne Zweifel das Zimmer mit den Akten der Verstorbenen befand.

„Warum habe ich langsam das Gefühl, wir werden sie nie wiedersehen?“, murmelte David.

Kate sank schwach gegen den Empfangstisch. „Sei nur froh, dass sie dich nicht nach deinen Referenzen gefragt hat. Ich könnte dafür in große Schwierigkeiten kommen, weißt du. Wenn ich Krankenhausakten dem Feind zeige.“

„Wem, mir?“

„Du bist Anwalt, oder nicht?“

„Ich bin nur der arme, alte Dr. Jones aus Arizona.“ David drehte sich um und blickte sich in dem Zimmer um. An einem Ecktisch gähnte ein Arzt, während er eine Seite umblätterte. Eine anscheinend gelangweilte Sekretärin schob ein Wägelchen den Gang hinauf, sammelte Krankenakten ein und knallte sie auf einen bereits bedenklich wackelnden Stapel. „Hier ist ja richtig was los“, bemerkte er. „Wann beginnt der Tanz?“

Als auf einmal Schritte ertönten, drehten sie sich beide um. Die Sekretärin mit der Hornbrille tauchte wieder auf, mit leeren Händen.

„Die Krankenakte ist nicht da“, verkündete sie.

Kate und David starrten sie in fassungslosem Schweigen an.

„Was meinen Sie damit, die Akte ist nicht da?“, fragte Kate.

„Sie sollte. Aber sie ist nicht.“

„Wurde die Akte aus dem Krankenhaus gegeben?“, fragte David scharf.

Die Sekretärin schaute kühl über den Rand ihrer Brille. „Wir geben keine Originale heraus, Dr. Jones. Die Leute verlieren sie ständig."

„Oh. Schön, natürlich."

Die Sekretärin sank wieder vor den Computer und tippte einen Befehl ein. „Sehen Sie? Da ist der Eintrag. Die Akte sollte eigentlich im Archiv sein. Alles, was ich sagen kann, ist: Sie muss verlegt worden sein." Flüsternd fügte die Frau hinzu: „Was heißt, dass wir sie vermutlich niemals wiedersehen." Sie wollte schon den Bildschirm löschen, da hielt David sie auf.

„Warten Sie. Was ist das da für ein Vermerk?", fragte er und deutete auf einen rätselhaften Code.

„Das ist ein Antrag auf eine Krankenaktenkopie."

„Sie meinen, jemand hat eine Aktenkopie angefordert?"

„Ja", seufzte die Sekretärin gelangweilt. „Das bedeutet es, Doktor."

„Wer hat darum gebeten?"

Sie bewegte den Cursor und drückte auf einen anderen Knopf. Wie von Zauberhand erschienen ein Name und eine Adresse auf dem Bildschirm. „Joseph Kahanu, Rechtsanwalt, Alakea Street. Antragsdatum: 2. März."

David runzelte die Stirn. „Das ist erst vor einem Monat gewesen."

„Ja, Doktor. Ich glaube, so ist es."

„Ein Anwalt. Warum, zur Hölle, hat er Interesse an einem fünf Jahre alten Todesfall?"

Die Sekretärin drehte sich um und sah ihn kühl über den Rand ihrer Hornbrille an. „Das weiß ich genauso wenig wie Sie."

Die Farbe im Flur blätterte ab, und Tausende Schritte hatten einen Pfad in die Mitte des fadenscheinigen Teppichs gelaufen. Draußen vor der Kanzlei hing ein Schild:

Joseph Kahanu, Rechtsanwalt

Experte für Scheidungsrecht, Sorgerecht, Testamente, Unfälle, Versicherungen, Trunkenheit am Steuer und Körperverletzung.

„Großartige Adresse“, flüsterte David. „Hier gibt es bestimmt mehr Ratten als Klienten.“ Er klopfte an die Tür.

Ein hünenhafter Hawaiianer öffnete ihnen. Er trug einen schlecht sitzenden Anzug. „Sie sind David Ransom?“, fragte er barsch.

David nickte. „Und dies ist Dr. Chesne.“

Der schweigende Blick des Mannes richtete sich einen Moment lang auf Kates Gesicht. Dann trat er beiseite und winkte mürrisch zu zwei klapprigen Stühlen hinüber. „Ja, kommen Sie rein.“

In der Kanzlei war es stickig. Ein Tischventilator drehte sich quietschend vor und zurück und schürte die Hitze. Ein halb geöffnetes Fenster, trübe vor Schmutz, bot Ausblick auf eine Gasse. Mit einem Blick erkannte Kate alle Anzeichen einer Anwaltskanzlei, die ums Überleben kämpfte: die uralte Schreibmaschine, die Kartons, gefüllt mit Mandantenakten, die Möbel aus zweiter Hand. Es gab kaum genug Platz für den einsamen Schreibtisch. Kahanu sah aus, als sei ihm in seiner Anzugjacke unerträglich heiß; vermutlich hatte er sie in der letzten Minute übergezogen, nur für seine Besucher.

„Ich habe die Polizei noch nicht angerufen“, sagte Kahanu und setzte sich in einen unzuverlässig aussehenden Drehstuhl.

„Warum nicht?“, fragte David.

„Ich weiß nicht, wie Sie Ihre Kanzlei führen, aber ich verrate meine Klienten grundsätzlich nicht an die Polizei.“

„Sie sind sich bewusst, dass Decker wegen Mordes gesucht wird.“

Kahanu schüttelte den Kopf. „Das ist ein Irrtum.“

„Hat Decker Ihnen das gesagt?“

„Ich habe ihn nicht erreichen können.“

„Vielleicht ist es Zeit, dass die Polizei ihn für Sie findet.“

„Sehen Sie“, schoss Kahanu zurück. „Wir beide wissen, dass ich nicht in Ihrer Liga spiele, Ransom. Wie ich höre, haben Sie eine Kanzlei für die ganz großen Tiere, drüben in der Bishop Street. Und ein paar Dutzend Schoßhündchen als Mitarbeiter. Vermutlich verbringen Sie Ihre Wochenenden auf dem Golfplatz und schmeicheln sich bei dem einen oder anderen Richter ein. Und ich?“ Er winkte unbestimmt zu seinem Büro hin und lachte. „Ich habe nur ein paar Mandanten. Meistens vergessen sie sogar, mich zu bezahlen. Aber sie sind meine Mandanten. Und ich widersetze mich ihnen nicht gerne.“

„Sie wissen, dass zwei Menschen ermordet wurden.“

„Sie haben keinen Beweis, dass er es getan hat.“

„Die Polizei meint, sie habe bereits einen Beweis. Sie sagen, Charlie Decker ist ein gefährlicher Mann. Ein kranker Mann. Er braucht Hilfe.“

„So nennen sie also heutzutage eine Gefängniszelle? Hilfe?“ Angewidert fischte Kahanu ein Taschentuch heraus und wischte sich die Stirn ab, als ob er Zeit zum Nachdenken gewinnen wollte. „Schätze, ich habe jetzt keine andere Wahl“, murmelte er. „Die Polizei wird so oder so an meine Tür klopfen.“ Langsam faltete er das Taschentuch zusammen und steckte es wieder in seine Tasche. Dann griff er in die Schublade, zog eine Mappe heraus und warf sie auf den ramponierten Schreibtisch. „Da ist die Kopie, nach der Sie gefragt haben. Sie sind anscheinend nicht die Einzigen, die eine haben wollen.“

David runzelte die Stirn, als er nach der Mappe griff. „Hat sonst noch jemand danach gefragt?“

„Nein. Aber jemand ist in meine Kanzlei eingebrochen.“

David schaute unvermittelt auf. „Wann?“

„Letzte Woche. Hat alle meine Akten zerrissen. Hat nichts gestohlen, und ich hatte sogar fünfzig Mäuse in der Geldkassette. Ich konnte es mir damals nicht erklären. Aber heute Morgen, nachdem Sie mir von diesen verschwundenen Akten erzählt haben, habe ich angefangen, nachzudenken. Habe mich gefragt, ob das die Akte ist, hinter der der Eindringling her war.“

„Aber er hat sie nicht bekommen.“

„In der Nacht, in der er eingebrochen ist, hatte ich die Papiere zu Hause.“

„Ist dies Ihre einzige Kopie?"

„Nein. Ich habe gerade einige davon angefertigt. Nur um sicher zu sein."

„Darf ich einen Blick darauf werfen?", fragte Kate.

David zögerte, dann reichte er ihr die Krankenakte. „Du bist die Ärztin. Nur zu."

Sie starrte einen Moment lang auf den Namen auf dem Aktendeckel. Jennifer Brook. Dann schlug sie ihn auf und fing an zu lesen.

Auf den paar Seiten war eine Routine-Aufnahme auf der gynäkologischen Station dokumentiert. Die Patientin, eine gesunde, achtundzwanzig Jahre alte Frau in der sechsunddreißigsten Schwangerschaftswoche, war im frühen Wehenstadium in das Mid Pac Hospital gekommen. Die gesundheitliche Vorgeschichte und die körperliche Untersuchung, durchgeführt von Dr. Tanaka, waren unauffällig. Die Herztöne des Kindes waren normal, ebenso alle Bluttests. Kate blätterte zu den Aufzeichnungen aus dem Kreißsaal.

Hier begannen die Dinge, schiefzulaufen. Schrecklich schief. Die peinlich ordentliche Handschrift der Krankenschwester weitete sich aus zu einem hektischen Gekritzel. Die Einträge wurden knapp und fahrig. Der Tod einer jungen Frau wurde zu ein paar kalten, klinischen Phrasen destilliert.

Generalisierte Krampfanfälle … Keine Reaktion auf Valium und Dilantin … Sofort Notaufnahme anpiepsen wegen Unterstützung … Atmung jetzt unregelmäßig … Atmung eingestellt … Kein Puls … Herzmassage begonnen … Fötale Herztöne hörbar, werden aber langsamer … Immer noch kein Puls … Dr. Vaughn von der Notaufnahme assistiert bei sofortigem Kaiserschnitt …
Kind lebt …

Das Kreißsaal-Protokoll wurde zu einer kurzen Aufeinanderfolge von durchgestrichenen Sätzen, völlig unlesbar.

Auf der nächsten Seite stand der letzte Eintrag, mit ruhiger Hand geschrieben:

Wiederbelebung beendet. Patientin um 01:30 für tot erklärt.

„Sie starb an einer zerebralen Hämorrhagie, an einer Hirnblutung", sagte Kahanu. „Sie war erst achtundzwanzig."

„Und das Baby?", fragte Kate.

„Ein Mädchen. Die Kleine starb eine Stunde nach der Mutter."

„Kate", murmelte David und stieß sie leicht an. „Schau auf das Ende der Seite. Die Namen der Mitarbeiter, die sie behandelt haben."

Kates Blick fiel auf die drei Namen. Als sie sich einen nach dem anderen anschaute, wurden ihre Hände eisig.

Henry Tanaka, M.D.
Ann Richter, Krankenschwester
Ellen O'Brien, Krankenschwester

„Sie haben einen Namen weggelassen", sagte Kate und tippte auf die Seite. Sie schaute auf. „Es gab da einen Dr. Vaughn aus der Notaufnahme. Er könnte uns erzählen …"

„Kann er nicht", antwortete Kahanu. „Sehen Sie, Dr. Vaughn hatte einen Unfall, kurz nachdem Jennifer Brook gestorben war. Sein Auto geriet in den Gegenverkehr."

„Sie meinen, er ist tot?"

Kahanu nickte. „Sie sind alle tot."

Die Krankenakte glitt aus ihren starren Fingern auf den Schreibtisch. Da war etwas Gefährliches an diesem Dokument, etwas Böses. Sie starrte auf die Mappe hinunter, nicht gewillt, sie zu berühren, aus der irrationalen Angst, ein Gift könnte ihr anhaften.

Kahanu wandte seinen besorgten Blick zum Fenster. „Vor vier Wochen kam Charlie Decker in meine Kanzlei. Wer weiß, warum er mich ausgesucht hat? Vielleicht lag die Kanzlei günstig. Vielleicht konnte er sich niemand anderen leisten. Er wollte ein Rechtsgutachten über einen möglichen Kunstfehler-Prozess."

„Über diesen Fall?", sagte David. „Aber Jennifer Brook starb vor fünf Jahren. Und Decker war nicht einmal ein Verwandter. Die Klage wäre sofort abgewiesen worden, das wissen Sie genauso gut wie ich."

„Er hat für meine Dienste bezahlt, Mr Ransom. In bar."

In bar. Das waren magische Worte für einen Anwalt, der ums Überleben kämpfte.

„Ich habe getan, worum er mich gebeten hat. Ich habe für ihn die Vorlage der Krankenakte verlangt. Ich habe mich mit dem Arzt und den zwei Krankenschwestern in Verbindung gesetzt, die sich um Jennifer Brook gekümmert haben. Aber sie haben meine Briefe nie beantwortet."

„Sie lebten nicht lange genug", erklärte David. „Decker hat sie zuerst erwischt."

„Warum sollte er?"

„Rache. Sie haben die Frau getötet, die er liebte. Also hat er sie getötet."

„Mein Klient hat niemanden getötet."

„Ihr Klient hatte ein Motiv, Kahanu. Und Sie haben ihm die Namen und Adressen besorgt."

„Sie haben Decker nie kennengelernt. Ich schon. Und er ist kein gewalttätiger Mann."

„Sie wären überrascht, wie normal ein Mörder wirken kann. Ich habe ihnen früher vor Gericht gegenübergestanden ..."

„Und ich *verteidige* sie! Ich übernehme den Abschaum, mit dem niemand sonst in Berührung kommt. Ich *erkenne* einen Mörder, wenn ich einen sehe. Etwas an ihnen, an ihren Augen, ist anders. Etwas fehlt. Ich weiß nicht, was es ist. Eine Seele vielleicht. Ich sage Ihnen, Charlie Decker war nicht so."

Kate beugte sich vor. „Wie war er, Mr Kahanu?", fragte sie leise.

Der Hawaiianer zögerte, sein Blick wanderte zum schmutzigen Fenster hinaus auf die Gasse darunter. „Er war ... er war wirklich … normal. Nicht groß, aber auch nicht zu klein. Überwiegend Haut und Knochen, als ob er nicht richtig aß. Ich hatte Mitleid mit ihm. Er sah aus wie ein Mann, dem man das Herz aus dem Leib gerissen hatte. Er hat nicht viel gesagt. Aber er hat einiges für mich niedergeschrieben. Ich glaube, es hat ihm Schmerzen bereitet, die Stimme zu benutzen. Mit seiner Kehle stimmte etwas nicht, und er konnte nicht viel mehr als ein Flüstern zustande bringen. Er saß genau da auf dem Stuhl, wo Sie jetzt sitzen, Dr. Chesne. Sagte, er habe nicht viel Geld. Dann nahm er seine Geldbörse heraus und zählte diese Zwanzigdollarnoten ab, eine nach der anderen. Schon an der Art, wie er sie anfasste, sehr langsam und sorgfältig, konnte ich sehen, dass es alles war, was er besaß.“ Kahanu schüttelte den Kopf. „Ich verstehe immer noch nicht, warum er sich überhaupt die Mühe gemacht hat, wissen Sie? Die Frau ist tot. Das Baby ist tot. In der Vergangenheit herumzugraben wird sie nicht zurückbringen.“

„Wissen Sie, wo man ihn finden kann?“, fragte David.

„Er hat ein Postfach“, sagte Kahanu. „Ich habe es bereits überprüft. Er hat seine Post seit drei Tagen nicht abgeholt.“

„Haben Sie seine Adresse? Telefonnummer?“

„Hat mir nie eine gegeben. Ich weiß nicht, wo er ist. Ich werde es der Polizei überlassen, ihn zu finden. Das ist ihre Aufgabe, oder nicht?“

Der Hawaiianer schob sich vom Schreibtisch fort. „Das ist alles, was ich weiß. Wenn Sie sonst noch etwas haben möchten, werden Sie es sich von Decker besorgen müssen.“

„Der zufällig vermisst wird“, sagte David.

Worauf Kahanu finster hinzufügte: „Oder tot ist.“

10. KAPITEL

In seinen achtundvierzig Jahren als Friedhofsgärtner hatte Ben Hoomalu reichlich Merkwürdiges erlebt. Seine Freunde sagten gerne, das sei so, weil er den ganzen Tag um tote Menschen herumwanderte, aber im Grunde waren es nicht die Toten, die den ganzen Unfug verursachten, sondern die Lebenden: die geilen Teenager, die sich in der Dunkelheit zwischen den Grabsteinen befummelten; die Witwe, die Obszönitäten auf den schönen, neuen Marmor-Grabstein ihres Mannes kritzelte; der alte Mann, der bei dem Versuch erwischt wurde, seinen geliebten Pudel neben seiner geliebten Frau zu begraben. Seltsame Dinge – die sah man auf Friedhöfen.

Und jetzt war hier schon wieder dieses Auto.

Seit der vergangenen Woche hatte Ben jeden Tag denselben grauen Ford mit den dunkel getönten Scheiben durch das Friedhofstor fahren sehen. Manchmal erschien der Wagen früh am Morgen, manchmal spät am Nachmittag. Er parkte dann drüben bei dem *Arch of Eternal Comfort* und stand einfach da, eine Stunde lang oder zwei. Der Fahrer stieg niemals aus; das war auch eigenartig. Wenn jemand diesen ganzen Weg zurücklegte, um einen geliebten Menschen zu besuchen, würde man nicht denken, der Kerl würde zumindest aussteigen und einen Blick auf das Grab werfen?

Aus einigen Leuten wurde man nicht schlau.

Ben nahm die Heckenschere zur Hand und begann, den Hibiskusstrauch zu beschneiden. Er mochte es, wenn er das Klapp, Klapp der Klingen in der nachmittäglichen Stille hörte. Als ein ramponierter alter Chevy durch das Friedhofstor fuhr und parkte, schaute er auf. Ein spindeldürrer Mann kam aus dem Auto hervor und winkte Ben zu. Lächelnd winkte Ben zurück. Der Mann trug einen Strauß Astern bei sich, während er auf das Grab der Frau zusteuerte. Ben hielt inne und sah zu, wie der Mann seinem Ritual nachging. Zuerst sammelte er die verwelkten Blumen auf, die von seinem vorherigen Besuch liegen geblieben waren, und hob ebenso sorgfältig alle toten Blätter und Zweige vom Boden. Dann, nachdem er seine neue Opfergabe neben den Grabstein gelegt hatte, ließ er sich ehrfürchtig im Gras nieder. Ben wusste, der Mann würde da eine lange Zeit sitzen; das tat er immer. Jeder Besuch verlief wie der andere. Das war Teil des Trostes.

Als der Mann aufstand, um zu gehen, war Ben mit dem Hibiskus fertig und arbeitete an der Bougainvillea. Er beobachtete, wie der Mann langsam zum Auto zurückschritt, und verspürte einen Anflug von Traurigkeit, als sich der alte Chevy die Straße zum Friedhofstor entlangschlängelte. Er kannte nicht einmal den Namen des Mannes; aber wer immer in jenem Grab begraben lag, wurde auch jetzt noch sehr geliebt, das wusste er. Ben setzte seine Heckenschere ab und schlenderte zu dem Flecken hinüber, wo die frischen Astern lagen, zusammengebunden mit einer rosa Schleife. Eine Vertiefung war im Gras zurückgeblieben, dort, wo der Mann gekniet hatte.

Wieder wurde ein Auto angelassen. Das Summen des Motors erregte Bens Aufmerksamkeit, und er sah, wie der graue Ford vom Straßenrand fortfuhr und dem Chevy langsam zum Friedhofstor hinausfolgte.

Und was hatte *das* zu bedeuten? Komische Dinge, eindeutig.

Ben blickte hinunter auf den Namen auf dem Stein: Jennifer Brook, 28 Jahre alt. Schon war ein totes Blatt auf das Grab geweht und lag jetzt zitternd im Wind. Er schüttelte den Kopf.

So eine junge Frau. So eine Schande.

„Sie bekommen Roggenbrot mit Schinken, dazu die Mayo und haben einen Anruf auf Leitung vier“, sagte Sergeant Brophy und setzte eine braune Tüte auf dem Schreibtisch ab.

Pokie, vor die Wahl gestellt zwischen einem Sandwich und einem blinkenden Telefon, streckte die Hand nach dem Sandwich aus. Schließlich musste ein Mann Prioritäten setzen, und er nahm an, dass ein knurrender Magen auf jedermanns Prioritätenliste irgendwo ganz oben stand. Er nickte zum Telefon hin. „Wer ruft an?“

„Ransom.“

„Nicht schon wieder.“

„Er verlangt, dass wir eine Akte über den O’Brien-Fall anlegen.“

„Warum, zur Hölle, geht er uns überhaupt ständig mit diesem Fall auf die Nerven?“

„Ich denke, er steht auf diese … diese …“, Brophys Gesicht verzog sich plötzlich, da er sich am Rande eines Niesens bewegte, und er zückte gerade noch rechtzeitig ein Taschentuch, um die Explosion zu dämpfen, „… Frau Doktor. Sie wissen schon. Herzen und Blumen.“

„Davy?“ Pokie lachte, dass ihm ein Klumpen Schinkensandwich aus dem Mund fiel. „Männer wie Davy fahren nicht auf Herzen und Blumen ab. Für diesen ganzen Romantikmist halten sie sich für viel zu schlau.“

„Kein Mann ist derart schlau“, sagte Brophy mürrisch.

Da war ein Klopfen an der Tür, und ein Polizist in Uniform steckte den Kopf in das Büro. „Lieutenant? Sie werden nach oben zitiert.“

„Der Chief?“

„Er hat ein Büro voller Reporter am Hals. Sie fragen nach dem vermissten Sasaki-Mädchen. Er will sie da oben haben, so ungefähr vor zehn Minuten.“

Pokie schaute bedauernd auf sein Sandwich hinunter. Leider stand auf der kosmischen Prioritätenliste ein Befehl vom Chief irgendwo auf einer Ebene mit Luftholen. Seufzend ließ er das Sandwich auf seinem Schreibtisch liegen und zog sich sein Jackett über.

„Was ist mit Ransom?“, mahnte ihn Brophy und nickte zu dem blinkenden Telefon hinüber.

„Sagen Sie ihm, ich werde ihn zurückrufen.“

„Wann?“

„Nächstes Jahr“, ächzte Pokie, während er auf die Tür zusteuerte. Flüsternd fügte er hinzu: „Wenn er Glück hat.“

David murmelte einen Fluch, als er in den Fahrersitz glitt und die Autotür zuschlug. „Sie haben uns abgewimmelt."

Kate starrte ihn an. „Aber sie haben Jenny Brooks Akte gesehen. Sie haben mit Kahanu gesprochen …"

„Sie sagen, es gebe nicht genügend Beweise, um eine Mordermittlung zu beginnen. Soweit es sie betrifft, starb Ellen O'Brien an einem Kunstfehler. Thema beendet."

„Dann sind wir auf uns selbst gestellt."

„Falsch. Wir steigen aus der Sache aus." Plötzlich schien er aufgeregt. Er startete den Motor und fuhr vom Straßenrand weg. „Es wird zu gefährlich."

„Es war von Anbeginn an gefährlich. Warum bekommst du jetzt kalte Füße?"

„Okay, ich gebe es zu. Bis jetzt war ich mir nicht sicher, ob ich dir glauben soll …"

„Du dachtest, ich würde *lügen*?"

„Da war immer dieser … dieser bohrende Zweifel in meinem Hinterkopf. Aber jetzt erfahren wir von gestohlenen Krankenhausakten. Von Leuten, die in Anwaltskanzleien einbrechen. Etwas Seltsames geht hier vor sich, Kate. Das ist nicht das Werk eines wütenden Psychopathen. Es ist zu durchdacht. Zu methodisch." Stirnrunzelnd blickte David auf die Straße vor ihnen. „Und es hat alles etwas mit Jenny Brook zu tun. Da ist etwas Gefährliches in ihrer Krankenhausakte, etwas, das unser Mörder verborgen halten will."

„Aber wir sind das alles ein Dutzend Mal durchgegangen, David! Es ist nur eine Krankenakte."

„Dann übersehen wir etwas. Und ich rechne damit, dass Charlie Decker uns erzählt, was es ist. Ich sage, wir rühren uns nicht und warten ab, bis die Polizei ihn findet."

Charlie Decker, dachte sie. Ihr Verhängnis oder ihre Rettung? Sie starrte hinaus in den spätnachmittäglichen Verkehr und versuchte, sich an sein Gesicht zu erinnern. Bislang war das Bild wie in Furcht erstarrt gewesen; jedes Mal, wenn sie an sein Gesicht im Spiegel zurückdachte, spürte sie unwillkürlich Angst in sich aufsteigen. Jetzt bemühte sie sich, den Schweiß, der sich auf ihren Handflächen bildete, zu ignorieren, ihren rasenden Puls zu überhören. Mit Gewalt beschwor sie das Gesicht herauf, mit seinen müden, hohlen Augen. Den Augen eines Mörders? Kate war sich nicht mehr sicher. Sie sah hinunter auf Jenny Brooks Krankenakte, die auf ihrem Schoß lag. Enthielt sie einen entscheidenden Hinweis auf Deckers Geisteskrankheit?

„Ich werde Pokie morgen in die Enge treiben", sagte David und schlängelte sich ungeduldig durch den Verkehr. „Mal sehen, ob ich seine Meinung über den O'Brien-Fall nicht ändern kann."

„Und wenn du ihn nicht überzeugen kannst?"

„Ich bin sehr überzeugend."

„Er wird mehr Beweise haben wollen."

„Dann soll *er* sie finden. Ich denke, wir sind so weit gegangen, wie wir können. Es ist Zeit, dass wir uns zurückziehen."

„Das kann ich nicht, David. Meine Karriere steht auf dem Spiel …"

„Was ist mit deinem Leben?"

„Meine Karriere ist mein Leben."

„Da gibt es einen höllisch großen Unterschied."

Kate drehte sich fort. „Ich kann nicht wirklich erwarten, dass du es verstehst. Es ist nicht dein Kampf."

Aber er verstand sehr wohl. Und dieser eigensinnige Ton in ihrer Stimme beunruhigte ihn. In diesem Augenblick erinnerte sie ihn an einen Krieger vergangener Jahrhunderte, der sich lieber in sein Schwert stürzte, als dass er eine Niederlage hinnahm.

„Du irrst dich", sagte er zu ihr, „wenn du sagst, das hier wäre nicht mein Kampf."

„Für dich steht nichts auf dem Spiel."

„Vergiss nicht, ich habe mich von dem Fall zurückgezogen – einem möglicherweise lukrativen Fall, könnte ich hinzufügen."

„Oh. Gut, es tut mir leid, dass ich dich ein solch hübsches Honorar koste."

„Du denkst, ich schere mich um das Geld? Das Geld ist mir völlig egal. Ich riskiere meine Reputation. Und alles, weil ich zufällig an deine verrückte Geschichte glaube. Mord auf dem Operationstisch! Ich werde dumm dastehen, wenn es nicht bewiesen werden kann. Also erzähl mir nicht, ich hätte nichts zu verlieren!“ Mittlerweile brüllte er. Er konnte nicht anders. Sie konnte ihm alles Mögliche vorwerfen, und er würde nicht mit der Wimper zucken. Aber ihm vorzuwerfen, ihm sei alles egal, das konnte er nicht ertragen.

Er packte das Steuerrad und zwang sich, wieder auf die Straße zu schauen. „Das Schlimmste daran ist“, murmelte er, „ich bin ein lausiger Lügner. Und ich denke, die O'Briens wissen das.“

„Du meinst, du hast ihnen nicht die Wahrheit gesagt?“

„Dass ich glaube, ihre Tochter wäre ermordet worden? Nein, verdammt. Ich habe es mir leicht gemacht. Ich habe ihnen gesagt, ich wäre befangen, hätte einen Interessenkonflikt. Eine nette, unverbindliche Ausrede. Ich dachte mir, sie könnten sich nicht allzu sehr aufregen, da ich den Fall an eine gute Kanzlei übergebe.“

„Du tust *was*?“ Sie starrte ihn an.

„Ich war ihr Anwalt, Kate. Ich muss ihre Interessen wahren.“

„Natürlich.“

„Das ist nicht leicht gewesen, weißt du“, fuhr er fort. „Ich nutze meine Klienten nicht gerne aus. Keinen von ihnen. Sie haben genug Tragödien in ihrem Leben. Das Mindeste, was ich tun kann, ist, dafür zu sorgen, dass sie eine faire Chance auf Gerechtigkeit bekommen. Es quält mich höllisch, wenn ich nicht liefern kann, was ich verspreche. Du verstehst das, nicht wahr?“

„Ja, ich verstehe sehr gut.“

Er erkannte an ihrem verletzten Ton, dass sie es nicht wirklich verstand. Und das ärgerte ihn, denn er dachte, sie sollte es verstehen.

Sie saß regungslos da, als er auf die Auffahrt fuhr. Er parkte das Auto und schaltete den Motor aus, aber sie machte keine Anstalten, auszusteigen. Sie harrten dort in der schattigen Hitze in der Garage aus. Das Schweigen zwischen ihnen zog sich in die Länge. Als sie endlich wieder sprach, klang ihre Stimme ausdruckslos wie die einer Fremden.

„Ich habe dich in eine kompromittierende Lage gebracht, nicht wahr?"

Seine Antwort war ein knappes Nicken.

„Es tut mir leid."

„Sieh mal, vergiss es einfach, okay?" Er stieg aus und öffnete ihre Tür. Sie saß immer noch da, starr wie eine Statue. „Nun?", fragte er. „Kommst du mit hinein?"

„Nur, um zu packen."

Er spürte einen seltsamen kleinen Schlag in seiner Brust, eine Bestürzung, die er zu ignorieren versuchte. „Du gehst?"

„Ich weiß es zu schätzen, was du für mich getan hast", antwortete sie fest. „Du bist ein Risiko eingegangen, und das musstest du nicht. Vielleicht haben wir einander zu Beginn gebraucht. Aber offensichtlich ist dieses ... Arrangement nicht länger zu deinem Besten. Oder meinem, übrigens."

„Ich verstehe", sagte er, obwohl er es nicht verstand. Im Grunde fand er, dass sie sich kindisch benahm. „Und wohin genau willst du gehen?"

„Ich werde bei Freunden wohnen."

„Oh, großartig. Dann breitet sich die Gefahr auch auf sie aus."

„Dann werde ich in ein Hotel gehen."

„Deine Handtasche ist gestohlen worden, hast du das vergessen? Du hast kein Geld, keine Kreditkarten." David machte eine Kunstpause. „Gar nichts."

„Nicht im Augenblick, aber ..."

„Oder willst du mich um ein Darlehen bitten?"

„Ich brauche deine Hilfe nicht", sagte sie giftig. „Ich habe nie die Hilfe von einem Mann gebraucht!"

Kurz erwog er, die altmodische Methode anzuwenden und sie mit roher Gewalt zu überzeugen, aber da er ihren Stolz kannte, glaubte er nicht, dass es funktionieren würde. Also entgegnete er einfach „Wie du willst“ und marschierte zum Haus.

Während sie packte, lief er in der Küche auf und ab und versuchte, über sein wachsendes Unbehagen hinwegzusehen. Er schnappte sich einen Karton Milch aus dem Kühlschrank und nahm einen großen Schluck daraus. Ich sollte ihr befehlen, hierzubleiben, dachte er. *Ja, genau das sollte ich tun.* Er schob die Milch zurück in den Kühlschrank, schlug die Tür zu und stürmte zu ihrem Schlafzimmer.

Aber kaum war er dort, stockte er plötzlich. Schlechte Idee. Er wusste genau, wie sie reagieren würde, wenn er anfing, Befehle zu brüllen. Man schubste eine Frau wie Kate Chesne nicht einfach herum. Nicht, wenn man klug war.

Unbeholfen baute er sich in der Tür auf und sah zu, wie sie ein Kleid zusammenfaltete und es ordentlich in ihrem Koffer verstaute. Das verblassende Tageslicht schimmerte hinter ihr im Fenster. Sie strich energisch eine verirrte Haarlocke zurück, und ein Bleigewicht schien in seiner Kehle stecken zu bleiben, als er einen flüchtigen Blick auf den Bluterguss auf ihrer Wange erhaschte. Er erinnerte ihn daran, wie verletzlich Kate in Wirklichkeit war. Trotz ihres Stolzes und ihrer sogenannten Unabhängigkeit war sie in Wirklichkeit nur eine Frau. Und wie jede Frau war sie verletzbar.

Sie bemerkte ihn in der Tür und hielt inne, ein Nachthemd in der Hand. „Ich bin fast fertig“, sagte sie und warf das Nachthemd kurz entschlossen auf die anderen Sachen im Koffer. Er konnte nicht anders. Er schaute ein zweites Mal auf den Haufen pfirsichfarbener Seide und spürte, wie das Bleigewicht in seinen Bauch sank. „Hast du schon ein Taxi gerufen?“, fragte sie und drehte sich wieder zur Kommode um.

„Nein, habe ich nicht.“

„Nun, ich sollte gleich fertig sein. Könntest du jetzt eins rufen?“

„Das werde ich nicht tun.“

Sie wandte sich um und sah ihn stirnrunzelnd an. „Was?“

„Ich sagte, ich werde kein Taxi rufen.“

Seine Ankündigung machte sie offenbar für einen Moment sprachlos. „Gut“, sagte sie ruhig. „Dann werde ich selbst eins rufen.“ Sie ging auf die Tür zu. Aber als sie an ihm vorbeiwollte, fasste er sie am Arm.

„Kate, tu das nicht.“ Er zog sie zu sich herum, sodass sie ihn ansehen musste. „Ich denke, du solltest bleiben.“

„Warum?“

„Weil es da draußen nicht sicher ist.“

„Die Welt ist niemals sicher gewesen. Ich bin damit zurechtgekommen.“

„Oh, ja. Was bist du doch für eine zähe Braut. Und was passiert, wenn Decker aufholt?“

Sie riss ihren Arm fort. „Hast du nichts Besseres, worum du dir Sorgen machen kannst?“

„Wie was zum Beispiel?“

„Dein ethisches Empfinden? Schließlich möchte ich nicht deine kostbare Reputation zerstören.“

„Ich kann auf meine Reputation selbst aufpassen, danke.“

Sie warf den Kopf zurück und starrte ihn geradewegs an. Zorn funkelte in ihren Augen. „Dann ist es vielleicht Zeit, dass ich auf meine besser aufpasse!“

Sie standen so dicht beieinander, dass er die Hitze fast spüren konnte, die zwischen ihnen wuchs. Was als Nächstes geschah, kam so unerwartet wie eine spontane Selbstentzündung. Ihre Blicke verfingen sich ineinander. Kates Augen weiteten sich plötzlich vor Überraschung. Und Begehren. Er konnte es sehen, dort, in diesen tiefen grünen Teichen, trotz all ihrer gespielten Tapferkeit.

„Was soll's“, sagte er leise, und seine Stimme war rau vor Verlangen. „Ich glaube, unser beider Reputation ist bereits hinüber.“

Und dann gab er dem Impuls nach, der seiner Willenskraft den ganzen Tag lang zugesetzt hatte. Er zog sie eng in seine Arme und küsste sie. Es war ein langer und brutaler Kuss. Hungrig. Sie murmelte einen schwachen Protest, bis sie schließlich rückwärts gegen den Türrahmen sank. Fast augenblicklich spürte er, wie sie reagierte, wie sie sich mit jeder Faser ihres Körpers an ihn schmiegte. Es passte perfekt. Absolut perfekt. Sie schlang ihre Arme um seinen Nacken, und als er ihre Lippen mit seinem Mund auseinanderdrängte, wurde der Kuss immer eindringlicher. Ihr Stöhnen fuhr wie ein Messer durch seinen Leib und hinterließ ein süßes, quälendes Verlangen.

Dasselbe süße Feuer verschlang jetzt Kate. Sie spürte David nach den Knöpfen an ihrem Kleid tasten, aber seine Finger wirkten so ungeschickt wie die eines Teenagers, der das unbekannte Gebiet eines weiblichen Körpers erkundete. Enttäuscht stöhnte er auf. Er riss das Kleid von ihren Schultern; in Zeitlupe schien es hinunterzufallen, dann zischte es an ihren Hüften hinab zu Boden. Der Spitzen-BH schmolz auf magische Weise dahin. David umschloss ihre Brust mit seiner Hand und brannte sein Zeichen unauslöschlich in ihre Haut. Unter seiner lustvollen Berührung wurde ihre Knospe sofort hart, und sie wussten beide, dass es dieses Mal keinen Rückzieher gab; sie würden der Versuchung erliegen.

Schon tastete sie nach seinem Hemd, ihr Atem ging heiß, ein panisches kleines Wimmern kam über ihre Lippen, als sie versuchte, die Knöpfe aufzubekommen. *Verdammt. Verdammt.* Jetzt zerrten sie beide an dem Hemd. Zusammen zogen sie es von seinen Schultern, und sofort suchte sie seine Brust und vergrub ihre Finger in den sich sträubenden goldenen Haaren.

Als sie den Flur hinuntergestolpert waren und sein Schlafzimmer erreicht hatten, das im Abendrot dalag, schleuderten sie seine Schuhe und Socken in die vier Ecken des Zimmers. Sie öffneten den Reißverschluss an seiner Hose. Seine Erregung war deutlich zu erkennen.

Das Bett knarrte protestierend, als er auf sie fiel und seine Hände ihr Gesicht einfingen. Es gab kein Vorspiel, keine Förmlichkeiten. Sie konnten nicht warten. Sein Mund legte sich auf ihren, seine Hände vergruben sich in ihrem Haar. Dann stieß er in sie hinein, so tief, dass sie aufschrie.

Er erstarrte, sein ganzer Körper spannte sich plötzlich. „Habe ich dir wehgetan?", flüsterte er.

„Nein ... oh, nein ..."

Es brauchte nur einen Blick in ihr Gesicht, um ihm zu sagen, dass sie nicht vor Schmerz geschrien hatte, sondern vor Lust – auf ihn, auf das, was er mit ihr tat. Sie versuchte, sich zu bewegen; er hielt sie still, sein Gesicht war angespannt, als er um Kontrolle rang. Irgendwie hatte sie immer gewusst, dass er sie haben wollte. Selbst als die Stimme der Vernunft ihr gesagt hatte, es sei unmöglich, hatte sie immer gewusst, dass er der Richtige sein würde.

Sie konnte nicht warten. Sie bewegte sich trotz seines festen Griffs und fügte ihm eine Qual an die nächste.

Er ließ sich von ihr an den äußersten Rand des Kliffs führen – und dann, als er wusste, dass es unabwendbar war, ergab er sich dem Fall. Im Rausch der Sinne übernahm er die Kontrolle und stürzte sie beide über die Klippe.

Der Sturz war schwindelerregend.

Nach der Landung waren sie schwach und erschöpft. Eine Ewigkeit verstrich, nur ihr Atem füllte die Stille. Schweiß tropfte über seinen Rücken und auf ihren nackten Bauch. Draußen tosten die Wellen gegen die Ufermauer.

„Jetzt weiß ich, wie es ist, verzehrt zu werden", flüsterte sie, während das Leuchten der Dämmerung im Fenster verblasste.

„Habe ich das getan?"

Sie seufzte. „Ganz und gar."

Er lachte leise, und sein Mund glitt warm zu ihrem Ohrläppchen. „Nein, ich glaube, hier ist noch etwas."

Sie schloss die Augen und ergab sich den herrlichen Wonneschauern, die sein Mund hervorrief. „Ich hätte mir nie träumen lassen, dass du so sein würdest."

„Wie *so*?"

„So ... verzehrend."

„Was hast du erwartet?"

„Eis." Sie lachte. „Was habe ich mich nur geirrt!"

Er nahm eine ihrer Haarsträhnen und sah zu, wie sie wie eine seidige Wolke durch seine Finger strich. „Ich schätze, ich kann ziemlich eisig sein. Das liegt in der Familie. In der Familie meines Vaters, jedenfalls. Alter Neu-England-Schlag. Es muss entsetzlich gewesen sein, ihm bei Gericht gegenüberzustehen."

„Er war auch Anwalt?"

„Richter am Circuit Court. Er ist vor vier Jahren gestorben. Ist von der Bank gekippt, mitten in der Urteilsverkündung. Genau so, wie er es gewollt hätte." David lächelte. „Run-'em-in Ransom haben sie ihn immer genannt, Loch-sie-ein Ransom."

„Oh. Der Typ für Recht und Ordnung?"

„Absolut. Anders als meine Mutter, die nur in Anarchie und Chaos aufblüht."

Kate kicherte. „Das muss eine explosive Mischung gewesen sein."

„Oh, das war es." Er strich mit dem Finger über ihre Lippen. „Beinah so explosiv wie wir. Ich habe ihre Beziehung nie durchschaut. Für mich ergab sie keinen Sinn. Aber man konnte beinah sehen, wie die Chemie zwischen ihnen wirkte. Die Funken. Das ist es, woran ich mich bei meinen Eltern erinnere, all diese Funken, die im Haus umherflogen."

„Sie waren also glücklich?"

„Oh, ja. Erschöpft, vielleicht. Enttäuscht, sehr oft. Aber sie waren eindeutig glücklich."

Das Abendlicht leuchtete schwach durch das Fenster. Still und ehrfürchtig fuhr er mit der Hand die Rundungen ihres Körpers entlang, eine langsame und bedächtige Erkundung, die ein Prickeln auf ihrer Haut zurückließ. „Du bist schön", flüsterte er. „Ich hätte nie gedacht …"

„Was?"

„Dass ich mit einer Ärztin im Bett lande, die Anwälte hasst. So viel zu seltsamen Bettgenossen."

Sie lachte leise. „Und ich fühle mich wie eine Maus, die sich bei der Katze einschmeichelt."

„Heißt das, du hast immer noch Angst vor mir?“

„Ein bisschen. Sehr.“

„Warum?“

„Ich kann nicht wirklich über das Gefühl hinwegkommen, dass du ein Feind bist.“

„Wenn ich ein Feind bin“, sagte er und seine Lippen streiften ihr Ohr, „dann, denke ich, hat sich einer von uns gerade ergeben.“

„Ist das alles, worüber du jemals nachdenkst, Herr Anwalt?“

„Seit ich dich kennengelernt habe, ist es so.“

„Und bevor du mir begegnet bist?“

„War das Leben sehr, sehr langweilig.“

„Das kann ich kaum glauben.“

„Ich sage nicht, ich hätte enthaltsam gelebt. Aber ich bin ein vorsichtiger Mann. Vielleicht zu vorsichtig. Ich finde es schwer … Menschen nahezukommen.“

„Heute Abend scheinst du deine Sache recht gut zu machen.“

„Ich meine, emotional nahezukommen. Ich bin nun einmal so. Zu vieles kann schiefgehen, und ich bin nicht sehr gut darin, damit umzugehen.“

Sie betrachtete sein Gesicht im Abendschein. Es schwebte dicht über ihrem. „Was ist in deiner Ehe schiefgelaufen, David?“

„Oh. Meine Ehe.“ Er rollte sich auf den Rücken und seufzte. „Nichts. Nichts, was ich genau ausmachen kann. Ich schätze, das beweist dir nur, was für ein unsensibler Trottel ich bin. Linda hat sich immer beklagt, wie lausig ich darin wäre, meine Gefühle auszudrücken. Dass ich kalt wäre, genau wie mein Vater. Ich habe ihr gesagt, das wäre großer Blödsinn. Jetzt denke ich, sie hatte recht.“

„Und ich denke, du tust nur so. Trägst eine eisige Maske, hinter der du dich gerne versteckst.“ Sie rollte sich auf die Seite, um ihn anzusehen. „Die Menschen zeigen ihre Zuneigung auf verschiedene Weise.“

„Seit wann bist du Psychiaterin?“

„Seitdem ich es mit einem sehr komplexen Mann zu tun bekommen habe."

Behutsam steckte er eine Haarsträhne hinter ihr Ohr. Sein Blick blieb an ihrer Wange hängen. „Dein Bluterguss verblasst bereits. Jedes Mal, wenn ich ihn sehe, werde ich wütend."

„Du hast mir einmal gesagt, er würde dich anmachen."

„In Wirklichkeit gibt er mir das Gefühl, dass ich dich beschützen möchte. Muss irgendein uralter männlicher Instinkt sein. Aus den Zeiten, als wir die anderen Höhlenmänner davon abhalten mussten, unser persönliches Eigentum anzugehen."

„Oh, mein Gott. Sprechen wir etwa über etwas *so* Altes?"

„So alt wie …", seine Hand glitt besitzergreifend an der Rundung ihrer Hüfte hinab, „… das."

„Ich bin mir nicht so sicher, dass ‚beschützen wollen' das ist, was du jetzt gerade fühlst", murmelte sie.

„Du hast recht. Ist es nicht." Er lachte und gab ihr einen zärtlichen Klaps auf den Hintern. „Was ich gerade fühle, ist Hunger – nach etwas Essbarem. Warum wärmen wir nicht etwas von Mrs Feldmans Spaghettisauce auf. Öffnen eine Flasche Wein. Und dann …" Er zog sie zu sich hin, und seine Haut schien sich geradewegs in ihre zu brennen.

„Und dann?", flüsterte sie.

„Und dann …" Seine Lippen waren unerträglich nah. „Werde ich mit dir tun, was Anwälte seit Jahrzehnten mit Ärzten tun."

„David!", kreischte sie.

„Hey, das war nur ein Scherz!" Er riss die Arme zur Selbstverteidigung in die Höhe, als sie nach ihm schlug. „Aber ich glaube, du hast jetzt eine ungefähre Vorstellung." Er zog sie aus dem Bett heraus und in seine Arme. „Komm schon. Und hör auf, so sinnlich auszusehen, oder wir kommen niemals aus diesem Zimmer. Sie werden uns ausgestreckt auf dem Bett finden, zu Tode verhungert."

Sie warf ihm einen langen, anzüglichen Blick zu. „Oh", murmelte sie, „was für ein Abgang."

Die Wellen, die gegen die Ufermauer schlugen, rissen Kate schließlich aus dem Schlaf. Schläfrig streckte sie die Hand nach David aus, aber sie ertastete nur ein leeres Kissen, das noch warm war von der Morgensonne. Sie öffnete die Augen und fühlte sich schmerzlich verlassen, als sie entdeckte, dass sie allein in dem breiten, zerwühlten Bett lag.

„David?", rief sie. Es kam keine Antwort. Das Haus war unsäglich still.

Sie schwang die Beine herum und setzte sich auf der Bettkante auf. Nackt und benommen, wie sie war, schaute sie sich langsam in dem sonnigen Zimmer um. Sie spürte, wie ihre Wangen feuerrot wurden, als ihr die Ereignisse der letzten Nacht wieder einfielen. Die Flasche Wein. Das verführerische Geflüster. Die hoffnungslos verdrehten Laken. Sie bemerkte, dass die Kleider, die sie beide so unbekümmert beiseitegeworfen hatten, alle vom Boden aufgehoben worden waren. Seine Hosen hingen an der Schranktür; ihr BH und die Unterwäsche waren jetzt ordentlich über einen Stuhl drapiert. Bei dem Gedanken, dass er all ihre intimen Kleidungsstücke aufgesammelt hatte, glühte ihr Gesicht noch mehr. Kichernd umarmte sie die Laken und stellte fest, dass sie noch seinen Geruch trugen. Aber wo war er?

„David?"

Sie stand auf und ging ins Badezimmer; es war leer. Ein feuchtes Handtuch hing auf dem Handtuchhalter. Als Nächstes schlenderte sie ins Wohnzimmer und staunte über die strahlende Morgensonne, die schräg durch die Fenster fiel. Die leere Weinflasche stand noch auf dem Beistelltisch, ein stummer Beweis ihres nächtlichen Rauschs. Sie fühlte sich immer noch betrunken. Sie steckte den Kopf in die Küche; dort war David auch nicht. Sie kehrte ins Wohnzimmer zurück, blieb mitten im strahlenden Sonnenlicht stehen und rief seinen Namen. Die Einsamkeit schien im ganzen Haus widerzuhallen.

Ihre Trostlosigkeit wuchs, als sie den Flur wieder hinaufging, suchte, Türen öffnete, in Zimmern nachschaute. Sie hatte das seltsame Gefühl, dass sie ein verwaistes Haus erkundete, dass dies hier nicht das Heim eines lebenden, atmenden Menschen war, sondern eine Kapsel, eine Höhle. Ein unerklärlicher Impuls führte sie zu seinem Schrank, vor dem sie stehen blieb und jeden der abstoßenden Anzüge darin berührte. Es brachte ihn ihr nicht näher. Sie ging wieder in den Flur und öffnete die Tür zu einem mit Büchern vollgestopften Büro. Die Möbel waren aus Eichenholz, die Lampen aus Messing, und alles war so ordentlich, wie aus dem Ei gepellt. Ein Zimmer ohne Seele.

Kate ging weiter den Flur entlang, zu dem allerletzten Raum. Sie war neugierig, das wusste sie. Aber sie vermisste ihn, und sie sehnte sich nach einem greifbaren Hinweis auf seine Persönlichkeit. Als sie die Tür öffnete, blies ihr abgestandene Luft entgegen. Es roch nach einem Zimmer, das zu lange von dem Rest der Welt weggeschlossen gewesen war. Kate sah, dass sie sich in einem Schlafzimmer befand. Einem Kinderzimmer.

Ein Mobile aus Prismen zitterte neben dem Fenster und streute winzige Regenbogen ins Zimmer. Kate stand da wie gelähmt und beobachtete, wie die Lichter über die Tapete mit den blauen schwedischen Pferden tanzten, über die leeren, traurig klaffenden Spielzeugregale, über das winzige Bett mit der geblümten Bettdecke. Fast gegen ihren Willen spürte sie, wie sie vorwärtsging, als ob eine kleine, unsichtbare Hand sie ins Zimmer zog. Dann, genauso plötzlich, war die Hand verschwunden, und Kate war allein, so allein, in einem Zimmer, das vor Leere schmerzte.

Für lange Zeit stand sie dort, inmitten der tanzenden Regenbogen, und schämte sich, dass sie die Heiligkeit dieses Zimmers gestört hatte. Schließlich wanderte sie zu der Kommode hinüber, wo ein Stapel Bücher lag und auf die Rückkehr seines Besitzers wartete. Sie öffnete einen der Buchumschläge und starrte auf den Namen auf der Innenklappe. Noah Ransom.

„Es tut mir leid", flüsterte sie, und Tränen brannten in ihren Augen. „Es tut mir leid …"

Sie drehte sich um, flüchtete aus dem Zimmer und schloss die Tür hinter sich.

Als sie wieder in der Küche war, kauerte sie sich bei einer Tasse Kaffee an den Tisch und las und las wieder die knappe Notiz, die sie schließlich auf der weiß gefliesten Küchentheke entdeckt hatte, mitsamt einem Schlüsselbund.

Fahre bei Glickman mit. Das Auto gehört heute dir. Bis heute Abend.

Wohl kaum die Nachricht eines Liebhabers, dachte sie. Keine zärtlichen kleinen Worte, nicht einmal eine Unterschrift. Die Nachricht war kalt und sachlich, genau wie diese Küche, genau wie alles andere an diesem Haus. Das war also David. Mann aus Eis, Herr eines seelenlosen Hauses. Gerade hatten sie eine Nacht voller Leidenschaft geteilt. Sie war hingerissen, im Sturm erobert worden. Er hinterließ unpersönliche kleine Nachrichten auf der Küchentheke.

Sie konnte nur darüber staunen, wie er die unterschiedlichen Bereiche in seinem Leben getrennt hielt. Seine Gefühle hatte er in hübsche, ordentliche Räume verschlossen, so wie er das Zimmer seines Sohnes verschlossen hatte. Aber sie konnte das nicht. Sie vermisste ihn bereits jetzt. Vielleicht liebte sie ihn sogar. Es war verrückt und unlogisch; und sie war es nicht gewohnt, verrückte, unlogische Dinge zu tun.

Plötzlich ärgerte sie sich über sich selbst. Sie stand auf und spülte wütend ihre Kaffeetasse in der Spüle ab. Verdammt, es gab wichtigere Dinge, um die sie sich Gedanken machen musste. Ihre Ausschuss-Anhörung war heute Nachmittag; ihre Karriere stand auf Messers Schneide. Es war ein dummer Zeitpunkt, sich über einen Mann zu ärgern.

Kate drehte sich um und nahm Jenny Brooks Krankenhausakte zur Hand, die auf dem Frühstückstisch gelegen hatte. Dieses traurige, rätselhafte Dokument. Langsam blätterte sie es durch und fragte sich, was an ein paar Seiten mit ärztlichen Aufzeichnungen wohl so gefährlich sein könnte. Aber etwas Schreckliches war passiert in der Nacht, in der Jenny Brook entband – etwas, das sich über all die Zeit hinweg wie eine Klaue ausstreckte, um jeden Namen auszulöschen, der auf diesen Seiten stand. Mutter und Kind. Ärzte und Schwestern. Sie waren alle tot. Nur Charlie Decker wusste, warum. Und er war ein Puzzle für sich, ein Puzzle mit Teilen, die nicht zusammenpassten.

Ein Verrückter, hatte die Polizei ihn genannt. Ein Monster, das anderen Menschen die Kehle durchschnitt.

Ein harmloser Mann, hatte Kahanu gesagt. Eine verlorene Seele, der man das Herz aus dem Leib gerissen hatte.

Ein Mann mit zwei Gesichtern.

Sie schloss die Krankenakte und ertappte sich dabei, dass sie auf die Rückseite starrte. Eine Akte mit zwei Seiten.

Ein Mann mit zwei Gesichtern.

Sie setzte sich aufrecht hin, plötzlich verstand sie. Natürlich.

Jekyll und Hyde.

„Die multiple Persönlichkeit ist ein seltenes Phänomen. Aber es ist in der psychiatrischen Literatur gut beschrieben." Susan Santini schwenkte herum und streckte die Hand nach einem Buch im Regal hinter ihr aus. Während sie sich wieder zum Schreibtisch umdrehte, ging sie den Index nach den entscheidenden Seiten durch. Ihr sonst so widerspenstiges rotes Haar hatte sie zu einem ordentlichen kleinen Knoten zurückgebunden. An der Wand hinter ihr hing eine beeindruckende Sammlung ärztlicher und psychiatrischer Diplome, die bewiesen, dass Susan Santini mehr war als nur Guys Ehefrau; sie war eine Fachfrau aufgrund ihrer eigenen Begabungen und eine hoch angesehene dazu.

„Hier ist es", sagte Susan und beugte sich vor. „Von Eva bis Sybil. Eine Sammlung von Fallgeschichten. Es ist wirklich ein faszinierendes Thema."

„Hast du Fälle in deiner Praxis gehabt?", fragte Kate.

„Wünschte, ich hätte. Oh, ich dachte, ich hätte einen, damals als ich für das Gericht gearbeitet habe. Aber dieser Mistkerl entpuppte sich dann als großartiger Schauspieler, der einer Mordanklage zu entgehen versuchte. Ich sage dir, er konnte im Handumdrehen von Caspar Milquetoast zu Hulk Hogan werden. Vom Weichling zum Kraftprotz. Was für eine Leistung!"

„Es ist also immerhin möglich? Dass ein Mann zwei völlig verschiedene Persönlichkeiten hat?"

„Die menschliche Psyche setzt sich aus so vielen sich widerstreitenden Anteilen zusammen. Nenn es *Id versus Ego, Impuls versus Kontrolle*. Wenn du den Umgang mit Gewalt betrachtest, zum Beispiel. Die meisten von uns schaffen es, ihre brutalen Neigungen zu verbergen. Aber einige Menschen können das nicht. Wer weiß schon, warum? Missbrauch in der Kindheit? Eine Fehlbildung in der Hirnchemie? Was immer der Grund ist, diese Menschen sind wandelnde Zeitbomben. Treibst du sie zu weit, verlieren sie jede Beherrschung. Das Unheimliche daran ist, sie sind alle um uns herum. Aber wir erkennen sie nicht, bis etwas in ihrem Innern, ein innerer Damm, bricht. Und dann zeigt sich die gewalttätige Seite."

„Glaubst du, Charlie Decker könnte eine dieser wandelnden Zeitbomben sein?"

Susan lehnte sich in ihrem Ledersessel zurück und dachte über diese Möglichkeit nach. „Das ist eine schwierige Frage, Kate. Du sagst, er stammt aus einem zerrütteten Elternhaus. Und er wurde vor fünf Jahren wegen tätlichen Angriffs mit Körperverletzung verhaftet. Aber es gibt kein lebenslanges Gewaltmuster. Und das eine Mal, dass er eine Waffe benutzt hat, richtete er sie gegen sich selbst." Sie blickte skeptisch. „Ich nehme an, wenn es auslösende Stressfaktoren gab, wenn er irgendeine Krise hatte …"

„Hatte er."

„Du meinst dies?" Susan gestikulierte zu der Kopie von Jenny Brooks Krankenakte.

„Der Tod seiner Verlobten. Die Polizei glaubt, das hätte eine Art Mordrausch bei Decker ausgelöst. Dass er die Menschen getötet hat, die er für verantwortlich hielt."

„Es klingt sonderbar, aber der primäre Grund für Gewalt ist tatsächlich Liebe. Denk an all die Verbrechen aus Leidenschaft. All die eifersüchtigen Ehegatten. Verschmähten Liebhaber."

„Liebe und Gewalt", sagte Kate. „Zwei Seiten derselben Medaille."

„Genau." Susan reichte Kate die Krankenakte zurück. „Aber ich mutmaße nur. Ich müsste mit diesem Decker sprechen, bevor ich ein Urteil fällen kann. Ist die Polizei an ihm dran?"

„Ich weiß es nicht. Sie werden mir nichts sagen. Viele dieser Informationen habe ich selbst ans Licht bringen müssen."

„Du machst Scherze. Ist das nicht Aufgabe der Polizei?"

Kate seufzte. „Das ist das Problem. Für die Polizei ist es nichts als ein weiterer Fall, eine weitere Akte, die geschlossen wird."

Die Sprechanlage summte. „Dr. Santini?", sagte die Frau am Empfang. „Ihr Drei-Uhr-Termin wartet."

Kate blickte auf ihre Armbanduhr. „Oh, es tut mir leid. Ich habe dich von deinen Patienten abgehalten."

„Du weißt, ich freue mich immer, wenn ich helfen kann." Susan erhob sich und begleitete sie zur Tür. Auf einmal berührte sie Kate am Arm. „Deine Bleibe, wo du gerade wohnst – bis du dir absolut sicher, dass du dort gut aufgehoben bist?"

Kate drehte sich um und sah die Besorgnis in Susans Blick. „Ich denke schon. Warum?"

Susan zögerte. „Ich mache dir nur ungern Angst, aber ich denke, du solltest es wissen. Wenn du recht hast, wenn Decker eine multiple Persönlichkeit ist, dann hast du es mit einer sehr labilen Seele zu tun. Jemandem, der vollkommen unberechenbar ist. Er könnte sich im Handumdrehen von einem Mann in ein Monster verwandeln. Sei also bitte sehr, sehr vorsichtig."

Kates Kehle wurde trocken. „Du … du glaubst wirklich, er ist derart gefährlich?"

Susan nickte. „Extrem gefährlich."

11. KAPITEL

Es wirkte wie ein Erschießungskommando, und sie war es, der man die Augenbinde gereicht hatte.

Kate saß vor einem langen Konferenztisch. In einer finsteren Reihe vor ihr angeordnet, saßen sechs Männer und eine Frau, alles Ärzte. Keiner von ihnen lächelte. Obwohl er versprochen hatte, teilzunehmen, war Dr. Clarence Avery, der Chefanästhesist, nicht anwesend. Das einzige freundliche Gesicht im ganzen Raum war das von Guy Santini, aber er war nur als Zeuge vorgeladen. Er saß ein Stück entfernt an der Seite, und er sah mindestens genauso nervös aus, wie sie sich fühlte.

Die Ausschussmitglieder stellten ihre Fragen höflich, aber beharrlich. Auf Kates Antworten reagierten sie mit starren, gleichgültigen Blicken. Der Raum war klimatisiert, trotzdem brannten ihre Wangen.

„Und Sie haben das EKG persönlich überprüft, Dr. Chesne?"

„Ja, Dr. Newhouse."

„Und dann haben Sie es in der Krankenakte abgelegt."

„Das ist richtig."

„Haben Sie die Herzstromaufzeichnung einem anderen Arzt gezeigt?"

„Nein, Sir."

„Nicht einmal Dr. Santini?"

Sie blickte zu Guy, der tief gebeugt in seinem Stuhl saß und unglücklich vor sich hin starrte. „Für das Überprüfen des EKGs war ich zuständig, nicht Dr. Santini", sagte sie ruhig. „Er hat meinem Urteil vertraut."

Wie oft muss ich diese Geschichte noch wiederholen? fragte sie sich müde. *Wie oft muss ich dieselben blöden Fragen beantworten?*

„Dr. Santini? Irgendeine Anmerkung?"

Guy blickte widerwillig auf. „Was Dr. Chesne sagt, ist wahr. Ich habe ihrem Urteil vertraut." Er unterbrach sich, dann fügte er nachdrücklich hinzu: „Ich vertraue ihrem Urteil immer noch."

Danke, Guy, dachte sie. Ihre Blicke trafen sich, und er lächelte ihr schwach zu.

„Lassen Sie uns zu den Ereignissen während der Operation zurückkehren, Dr. Chesne", fuhr Dr. Newhouse fort. „Sie sagen, Sie führten eine Routine-Einleitung mit intravenösem Pentothal durch …"

Der Albtraum lebte wieder auf. Ellen O'Briens Tod wurde so gründlich seziert wie eine Leiche auf dem Obduktionstisch.

Als sie mit ihren Fragen fertig waren, gewährten ihr die Ausschussmitglieder eine abschließende Erklärung. Kate trug sie mit leiser Stimme vor. „Ich weiß, meine Geschichte klingt seltsam. Ich weiß auch, dass ich nichts davon beweisen kann – zumindest noch nicht. Aber so viel weiß ich: Ich habe Ellen O'Brien die beste Behandlung gegeben, die mir möglich war. Das Protokoll zeigt, dass ich einen Fehler gemacht habe, einen schrecklichen Fehler. Und meine Patientin ist gestorben. Aber habe ich sie getötet? Ich denke nicht. Ich denke das wirklich nicht …" Ihre Stimme verebbte. Es gab nichts weiter zu sagen. Also murmelte sie schlicht: „Danke." Und dann verließ sie den Konferenzraum.

Der Ausschuss brauchte zwanzig Minuten, um zu einer Entscheidung zu gelangen. Dann wurde Kate an ihren Platz zurückgerufen. Als sie den Blick über den Tisch schweifen ließ, bemerkte sie mit deutlichem Unbehagen, dass zwei neue Gesichter zu der Gruppe gestoßen waren. George Bettencourt und der Anwalt des Krankenhauses saßen an dem einen Tischende. Bettencourt schaute sie mit kalter Befriedigung an. Kate ahnte, noch bevor ein Wort gesprochen wurde, wie die Entscheidung lauten würde.

Dr. Newhouse, der Ausschussvorsitzende, überbrachte den Urteilsspruch. „Wie wir wissen, steht Ihre Erinnerung an den Fall im Widerspruch zum Protokoll, Dr. Chesne. Aber ich fürchte, das Protokoll ist es, worauf wir uns stützen müssen. Und das Protokoll zeigt zweifellos: Ihre Behandlung der Patientin Ellen O'Brien war unzulänglich." Kate zuckte zusammen bei dem letzten Wort, als ob man sie soeben mit der schlimmsten Beleidigung überschüttet hätte, die man sich vorstellen konnte. Dr. Newhouse seufzte und nahm seine Brille ab – eine müde Geste, die das ganze Gewicht der Welt in sich zu tragen schien. „Sie sind eine neue Mitarbeiterin, Dr. Chesne. Sie sind noch kein Jahr bei uns. Ein derartiges … Missgeschick, nach einer so kurzen Zeit als Mitarbeiterin, beunruhigt uns sehr. Wir bedauern das. Wirklich. Aber aufgrund dessen, was wir gehört haben, sind wir gezwungen, den Fall an den Disziplinar-Ausschuss weiterzuleiten. Er wird entscheiden, welche Schritte bezüglich Ihrer Stellung hier am Mid Pac einzuleiten sind. Bis dahin …", Newhouse blickte zu Bettencourt, „… haben wir keine Einwände gegen die Maßnahmen, die bereits von der Krankenhausverwaltung getroffen wurden, was Ihre Suspendierung betrifft."

Es ist vorbei, dachte sie. *Es war dumm, auf etwas anderes zu hoffen.*

Die Ausschussmitglieder gaben ihr die Gelegenheit, zu antworten, aber Kate hatte ihre Stimme verloren. Sie blieb ruhig und vermied es, vor diesen sieben Menschen, die gerade ihr Leben in Stücke gerissen hatten, in Tränen auszubrechen. Mehr brachte sie nicht zustande.

Als der Ausschuss den Raum verließ, blieb sie auf ihrem Stuhl sitzen, unfähig, sich zu bewegen oder gar den Kopf zu heben. „Es tut mir leid, Kate", sagte Guy leise. Er verweilte einen Moment lang an ihrer Seite, als ob er auf der Suche war nach etwas, was er noch sagen könnte. Dann ging auch er langsam aus dem Zimmer.

Zweimal wurde ihr Name gerufen, bevor sie endlich aufschaute und Bettencourt und den Anwalt vor sich stehen sah.

„Wir denken, es ist Zeit für ein Gespräch, Dr. Chesne", verkündete der Anwalt.

Sie runzelte die Stirn und sah die beiden Männer verwundert an. „Ein Gespräch? Worüber?"

„Einen Vergleich."

Ihr Rücken versteifte sich. „Ist das nicht ein wenig verfrüht?"

„Wenn überhaupt, ist es zu spät."

„Ich verstehe nicht."

„Ein Reporter war vor einigen Stunden in meinem Büro. Der ganze Fall scheint ans Licht gekommen zu sein. Offensichtlich haben die O'Briens ihre Geschichte den Zeitungen zugetragen. Ich fürchte, Ihr Fall wird in der Presse verhandelt werden – und man wird Sie verurteilen."

„Aber die Klage wurde erst letzte Woche eingereicht."

„Wir müssen das aus dem Blickpunkt der Öffentlichkeit verdrängen. Sofort. Und der beste Weg, das zu tun, ist ein sehr schneller, sehr stiller Vergleich. Wir brauchen nur Ihre Zustimmung. Ich will die Verhandlungen bei ungefähr einer halben Million beginnen. Wir erwarten aber, dass sie mehr fordern werden."

Eine halbe Million Dollar, dachte sie. Es erschien ihr obszön, ein menschliches Leben mit einem Geldwert zu belegen. „Nein", sagte sie.

Der Anwalt kniff die Augen halb zusammen. „Wie bitte?"

„Es treffen immer noch Beweise ein. Wenn dieser Fall vor Gericht geht, werde ich sicher belegen können ..."

„Er wird nicht vor Gericht gehen. Dieser Fall wird durch einen Vergleich enden, Doktor. Mit oder ohne Ihre Erlaubnis."

Kate presste den Mund zusammen. „Dann werde ich für meinen eigenen Anwalt bezahlen. Einen, der mich und nicht das Krankenhaus vertritt."

Die zwei Männer sahen sich an. Als der Anwalt wieder das Wort ergriff, war sein Ton ausgesprochen unfreundlich. „Ich glaube nicht, dass Sie vollauf verstanden haben, was es heißt, vor Gericht zu gehen. Dr. Santini werden wir aller Wahrscheinlichkeit nach aus dem Fall heraushalten. Was bedeutet, *Sie* werden die Hauptangeklagte sein. *Sie* werden es sein, die im Zeugenstand schwitzen wird. Und es wird *Ihr* Name in den Zeitungen stehen. Ich kenne den Anwalt der Gegenseite, David Ransom. Ich habe gesehen, wie er einen Angeklagten im Gerichtssaal in Stücke gerissen hat. Glauben Sie mir, das wollen Sie nicht erleben."

„Mr Ransom ist nicht länger an dem Fall“, sagte sie.

„Was?“

„Er hat sich zurückgezogen.“

Er schnaubte. „Wo, um alles in der Welt, haben Sie dieses Gerücht gehört?“

„Er hat es mir erzählt.“

„Soll das etwa heißen, Sie haben mit ihm gesprochen?“

Um nicht zu sagen, ich bin sogar mit ihm ins Bett gegangen, dachte sie bei sich und wurde rot. „Es geschah letzte Woche. Ich bin in seine Kanzlei gegangen. Ich habe ihm von dem EKG erzählt …“

„Lieber Gott.“ Der Anwalt drehte sich um und warf seinen Stift in seine Aktentasche. „Gut, das war's, Leute. Wir haben ein großes Problem.“

„Warum?“

„Er wird Ihre verrückte Geschichte gegen uns verwenden, um auf einen höheren Vergleich drängen zu können.“

„Aber er hat mir geglaubt! Darum hat er sich zurückgezogen …“

„Er kann Ihnen unmöglich geglaubt haben. Ich kenne den Mann.“

Ich kenne ihn auch! wollte sie schreien.

Aber das hatte keinen Sinn; sie würde die beiden niemals überzeugen können. Also schüttelte sie schlicht den Kopf. „Ich werde einem Vergleich nicht zustimmen.“

Der Anwalt klappte seine Aktentasche zu und wandte sich missmutig an Bettencourt. „George?“

Kate richtete ihre Aufmerksamkeit auf den Geschäftsführer. Bettencourt beobachtete sie. Seine Miene war vollkommen ruhig. Glatt. Keine Feindseligkeit. Keine Wut. Nur der Blick eines vollkommenen Pokerspielers.

„Ich mache mir Sorgen um Ihre Zukunft, Dr. Chesne“, sagte er.

Ich auch, hätte sie am liebsten zurückgeschnauzt.

„Die Chancen stehen leider so, dass der Disziplinar-Ausschuss Ihren Fall sehr streng prüfen wird. Wenn dem so ist, wird er vermutlich empfehlen, Ihnen zu kündigen. Und das in Ihrer Akte stehen zu haben wäre eine Schande. Damit wäre es für Sie beinah unmöglich, einen anderen Job zu finden. Irgendwo." Bettencourt hielt inne, um seine Worte wirken zu lassen. „Deshalb biete ich Ihnen diese Alternative, Doktor. Ich denke, sie ist weit besser als ein ausgemachter Rausschmiss."

Sie starrte hinunter auf das Blatt Papier, das er ihr hinhielt. Es war eine mit der Maschine getippte Kündigung, bereits datiert, mit einer Lücke, die auf ihre Unterschrift wartete.

„Das ist alles, was in Ihrer Akte erscheinen würde. Eine Kündigung. Es gäbe keine vernichtenden Schlussfolgerungen vom Disziplinar-Ausschuss. Kein Eintrag über eine Vertragsaufhebung. Selbst mit diesem Gerichtsverfahren könnten Sie dann vermutlich einen neuen Job finden, wenngleich nicht in dieser Stadt." Er nahm einen Stift heraus und hielt ihn ihr hin. „Warum unterschreiben Sie nicht? Es ist wirklich das Beste."

Sie starrte weiter auf das Papier. Der ganze Vorgang war so geschickt, so effizient. Hier war dieses fertige Dokument. Alles, was es brauchte, war ihre Unterschrift. Ihre Kapitulation.

„Wir warten, Dr. Chesne", forderte Bettencourt sie auf. „Unterschreiben Sie."

Kate stand auf. Sie nahm das Blatt mit der Kündigung. Schaute dem Geschäftsführer geradewegs in die Augen und riss das Papier entzwei. „Da ist meine Kündigung", erklärte sie. Dann drehte sie sich um und ging zur Tür hinaus.

Erst als sie am Verwaltungstrakt vorbei Richtung Ausgang marschierte, kam ihr in den Sinn, was sie gerade getan hatte. Sie hatte alle Brücken hinter sich abgebrochen. Jetzt gab es kein Zurück mehr; ihr blieb nur noch, die Affäre bis zum Ende durchzustehen.

Auf halbem Weg den Flur hinunter verlangsamte sie den Schritt und blieb schließlich stehen. Sie wollte weinen, aber sie konnte nicht. Sie stand da, starrte den Korridor hinab und sah zu, wie die letzte Sekretärin zu den Aufzügen trottete. Es war Viertel nach fünf, und nur ein Hausmeister war noch am anderen Ende des Flurs, der lustlos einen Staubsauger über den Teppich schob. Er umrundete die Ecke, und das Geräusch der Maschine verhallte und hinterließ nichts als eine bedrückende Stille. Weiter den Flur hinunter schien Licht durch die offene Tür von Clarence Averys Büro. Es überraschte sie nicht, dass er noch bei der Arbeit war; er blieb oft lange. Aber sie fragte sich, warum er nicht an der Anhörung teilgenommen hatte, wie er versprochen hatte. Jetzt brauchte sie seine Unterstützung mehr denn je.

Sie ging auf das Büro zu. Als sie zur Tür hineinschaute, war sie enttäuscht, nur seine Sekretärin vorzufinden. Sie räumte Papiere auf dem Schreibtisch auf.

Die Frau blickte hoch. „Oh, Dr. Chesne."

„Ist Dr. Avery noch im Krankenhaus?", fragte Kate.

„Haben Sie es nicht gehört?"

„Was gehört?"

Die Sekretärin schaute traurig auf die Fotografie auf dem Schreibtisch. „Seine Frau ist letzte Nacht im Pflegeheim gestorben. Er ist den ganzen Tag nicht im Krankenhaus gewesen."

Kate spürte, wie sie gegen die Tür sank. „Seine ... Frau?"

„Ja. Es kam alles ziemlich unerwartet. Ein Herzinfarkt, glauben sie, aber ... Geht es Ihnen gut?"

„Was?"

„Geht es Ihnen gut? Sie scheinen sich nicht wohlzufühlen."

„Nein, ich ... ich bin in Ordnung." Kate bewegte sich zurück in den Flur. „Mir geht es gut", wiederholte sie und lief benommen auf die Aufzüge zu. Als sie in die Eingangshalle hinunterfuhr, kam ihr eine Erinnerung, ein Bild von zerbrochenem Glas, das zu Clarence Averys Füßen funkelte.

Sie muss eingeschläfert werden ... Es ist so viel besser, wenn ich es tue, wenn ich da bin, um ihr Lebewohl zu sagen. Finden Sie nicht?

Die Türen des Aufzugs öffneten sich zischend. Sobald sie hinaus ins grelle Licht der Eingangshalle trat, erfasste Kate ein plötzlicher

Impuls, das Bedürfnis, zu fliehen, nach Geborgenheit zu suchen. David zu suchen. Sie ging hinaus auf den Parkplatz, und der Drang wurde übermächtig. Sie konnte nicht warten; sie musste ihn jetzt treffen. Wenn sie sich beeilte, könnte sie ihn in seiner Kanzlei erwischen.

Nur der Gedanke daran, sein Gesicht zu sehen, erfüllte sie mit einer solch irrationalen Sehnsucht, dass sie anfing zu laufen. Sie rannte den ganzen Weg zu ihrem Auto.

Ihr Weg führte sie mitten ins Stadtzentrum. Spätnachmittägliches Sonnenlicht fiel schräg durch den Schattenzaun der Hochhäuser aus Stahl und Glas. Stoßverkehr verstopfte die Straßen; Kate fühlte sich wie ein Fisch, der sich flussaufwärts kämpfte. Mit jeder Minute, die verstrich, wuchs ihr Verlangen danach, David zu sehen. Und damit wuchs die Panik, dass sie zu spät sein könnte, dass sie seine Kanzlei leer vorfände, seine Tür verschlossen. In diesem Augenblick, da sie sich durch den Verkehr kämpfte, schien es ihr, als ob nichts in ihrem Leben jemals so wichtig gewesen wäre, wie in die Geborgenheit seiner Arme zu gelangen.

Bitte, sei da, betete sie. *Bitte, sei da …*

„Eine Erklärung, Mr Ransom. Das ist alles, worum ich Sie bitte. Vor einer Woche haben Sie gesagt, unsere Aussichten, zu gewinnen, wären hervorragend. Jetzt haben Sie sich von dem Fall zurückgezogen. Ich möchte wissen, warum."

David blickte unbehaglich in Mary O'Briens silbergraue Augen und fragte sich, wie er ihr antworten sollte. Er war nicht bereit, ihr die Wahrheit zu sagen – dass er eine Affäre mit der Gegenseite hatte. Aber er war ihr wirklich eine Art Erklärung schuldig, und wenn er den Ausdruck in ihren Augen richtig las, dann, so ahnte er, sollte es besser eine gute sein.

Er hörte Holz und Leder aufgeregt knarren und schaute irritiert zu Phil Glickman, der sich nervös auf seinem Stuhl wand. David schoss ihm einen warnenden Blick zu, damit sich der Mann beruhigte. Wenn das möglich war. Glickman kannte bereits die Wahrheit. Und sah verdammt noch mal danach aus, als ob er auf dem besten Wege wäre, alles auszuplaudern.

Mary O'Brien wartete immer noch.

Davids Antwort war ausweichend, aber nicht gänzlich unehrlich. „Wie ich zuvor sagte, Mrs O'Brien, ich habe einen Interessenkonflikt festgestellt."

„Ich verstehe nicht, was das bedeutet", sagte Mary O'Brien ungeduldig. „Dieser Interessenkonflikt. Wollen Sie mir sagen, Sie arbeiten für das Krankenhaus?"

„Nicht genau."

„Was heißt es dann?"

„Es ist ... vertraulich. Ich kann wirklich nicht darüber sprechen." Elegant wechselte David das Thema und fuhr fort: „Ich übergebe den Fall an Sullivan und March. Das ist eine hervorragende Kanzlei. Sie werden sich freuen, mit Ihnen weiterzuarbeiten, vorausgesetzt, Sie haben keine Einwände."

„Sie haben meine Frage nicht beantwortet." Die Frau beugte sich vor. Ihre Augen funkelten, die knochigen Hände hatte sie fest auf seinem Schreibtisch verschränkt. Klauen der Rache, dachte er.

„Es tut mir leid, Mrs O'Brien. Ich kann Ihren Bedürfnissen objektiv nicht gerecht werden. Ich habe keine andere Wahl, als mich zurückzuziehen."

Der Abschied war ein ganz anderer als beim letzten Besuch. Ein kalter und geschäftsmäßiger Handschlag, ein Kopfnicken. Dann begleiteten er und Glickman sie aus seinem Büro.

„Ich rechne damit, dass es wegen dieser Angelegenheit keine Verzögerungen geben wird", sagte sie.

„Es sollte keine geben. Die ganze Vorarbeit ist getan." David runzelte die Stirn, als er die hektische Miene seiner Sekretärin am anderen Ende des Flurs sah.

„Denken Sie immer noch, dass die Gegenseite versuchen wird, einen Vergleich zu schließen?"

„Es ist unmöglich, etwas vorherzusagen ..." Verwirrt unterbrach er sich. Seine Sekretärin sah jetzt absolut panisch aus.

„Sie haben uns zuvor gesagt, das Krankenhaus würde einen Vergleich anstreben wollen."

„Hmm? Oh." Plötzlich war er darauf bedacht, die Frau loszuwerden, und führte sie zielstrebig zum Empfangsraum. „Sehen Sie, machen Sie sich darüber keine Gedanken, Mrs O'Brien." Er brüllte fast. „Ich kann Ihnen beinahe garantieren, dass die andere Seite gerade einen Vergleich diskutiert ..." Er blieb wie angewurzelt stehen. Er hatte das Gefühl, als ob er in Beton feststeckte und sich niemals wieder würde bewegen können.

Kate stand vor ihm. Ihr ungläubiger Blick verlagerte sich langsam auf Mary O'Brien.

„Oh, mein Gott", stöhnte Glickman.

Das Tableau hätte geradewegs einer Seifenoper entnommen sein können: die entsetzten Parteien, die sich gegenseitig anstarrten.

„Ich kann alles erklären", entfuhr es David.

„Das bezweifle ich", erwiderte Mary O'Brien scharf.

Wortlos wirbelte Kate herum und verschwand aus den Büroräumen. Die Tür, die zuschlug, riss David aus seiner Lähmung. Kurz bevor er in den Flur eilte, hörte er Mary O'Briens entrüstete Stimme sagen: „Interessenkonflikt? Jetzt weiß ich, was er mit *Interessen* meinte!"

Kate betrat gerade den Aufzug.

Er stürzte hinter ihr her, aber bevor er sie herauszerren konnte, schnappte die Aufzugtür zwischen ihnen zu. „Verdammt!", schrie er und schlug mit der Faust gegen die Wand.

Der nächste Aufzug brauchte ewig, bis er ankam. Den ganzen Weg nach unten, zwanzig Stockwerke, lief David auf und ab wie ein Tier im Käfig und murmelte Flüche, die er seit Jahren nicht verwendet hatte. Als er im Erdgeschoss aus dem Fahrstuhl trat, war Kate nirgendwo zu sehen.

Er rannte aus dem Gebäude und die Stufen hinunter auf den Bürgersteig. Als er die Straße absuchte, entdeckte er einen halben Block entfernt einen Bus, der im Leerlauf am Straßenrand stand. Kate ging auf ihn zu.

Fieberhaft schob sich David durch eine Gruppe Passanten. Kate schickte sich an, in den Bus zu steigen, da schaffte er es, sie am Arm zu packen und sie zurückzuziehen.

„Lass mich gehen!“, sagte sie heftig.

„Wohin, zur Hölle, willst du?“

„Oh, entschuldige. Das hätte ich beinah vergessen!“ Sie schob eine Hand in ihre Rocktasche und zog seine Autoschlüssel heraus und warf sie nach ihm. „Ich möchte nicht beschuldigt werden, deinen kostbaren BMW gestohlen zu haben!“

Verdrossen schaute sie sich um, als der Bus ohne sie dröhnend davonfuhr.

Sie riss ihren Arm los und stürmte davon. Er war direkt hinter ihr.

„Gib mir nur die Chance, es zu erklären.“

„Was hast du deiner Klientin gesagt, David? Dass sie ihren Vergleich bekommt, jetzt, wo du die dumme Ärztin so weit hast, dass sie dir aus der Hand frisst?“

„Was zwischen dir und mir passiert ist, hat nichts mit dem Fall zu tun.“

„Alles hat etwas mit dem Fall zu tun! Du hast die ganze Zeit gehofft, ich würde einem Vergleich zustimmen.“

„Ich habe dich nur gebeten, darüber nachzudenken.“

„Ha!“ Sie wirbelte zu ihm herum. „Bringen sie euch das im Jurastudium bei? Wenn alle Stränge reißen, geh mit der Gegenseite ins Bett?“

Das brachte das Fass endgültig zum Überlaufen. Er packte ihren Arm und zerrte sie vom Bürgersteig herunter und in einen nahe gelegenen Pub. Dann stürzte er sich geradewegs in die ausgelassene Menge, die sich um die Bar herum versammelt hatte, und zog sie nach hinten zu einer leeren Nische. Kurzerhand schubste er sie auf die Holzbank. Dann glitt er auf den Platz ihr gegenüber und schoss ihr einen Blick zu, der sagte, dass sie ihn jetzt sehr wohl ausreden lassen würde.

„Erstens …“, fing er an.

„Guten Abend“, sagte eine fröhliche Stimme.

„Was jetzt?“, herrschte er die erschrockene Kellnerin an, die gekommen war, um ihre Bestellung aufzunehmen.

Die Frau schien in ihrem waldgrünen Kostüm zusammenzuschrumpfen. „Haben Sie … äh, möchten Sie …“

„Bringen Sie uns einfach zwei Bier“, erwiderte er giftig.

„Natürlich, Sir.“ Mit einem mitleidigen Blick zu Kate drehte sich die Kellnerin um, raffte die Röcke und flüchtete.

Eine volle Minute lang starrten David und Kate einander mit unverhohlener Feindseligkeit an. Dann seufzte David und fuhr sich mit den Fingern durch das ohnehin schon wilde Haar. „Gut“, sagte er. „Versuchen wir es noch einmal.“

„Wo fangen wir an? Bevor oder nachdem deine Klientin aus deinem Büro geplatzt ist?“

„Hat dir jemand schon einmal gesagt, dass du ein lausiges Gespür für den richtigen Zeitpunkt hast?“

„Oh, da irrst du dich, Mister. Mein Gespür für den richtigen Zeitpunkt ist zufällig ganz großartig. Was habe ich dich zu ihr sagen hören? Keine Sorge, ein Vergleich ist in Arbeit?“

„Ich habe versucht, sie aus meinem Büro zu bekommen!“

„Wie hat sie auf dein Jonglieren zwischen beiden Seiten des Verfahrens reagiert?“

„Ich habe nicht …“, er schaute gequält, „… jongliert.“

„Für sie arbeiten und mit mir ins Bett gehen? Ich würde das Jonglieren nennen.“

„Für eine intelligente Frau scheinst du etwas Schwierigkeiten zu haben, eine kleine Tatsache zu begreifen: Ich habe mich aus dem Fall zurückgezogen. Dauerhaft. Und freiwillig. Mary O’Brien ist in mein Büro gekommen und wollte unbedingt wissen, warum ich das getan habe.“

„Hast du … hast du ihr von uns erzählt?“

„Glaubst du, ich bin verrückt? Glaubst du, ich würde daherkommen und verkünden, dass ich mit der Gegenseite ins Heu gehe?“

Seine Worte trafen sie wie ein Schlag ins Gesicht. War das alles? Hatte es ihm so wenig bedeutet? Sie hatte geglaubt, ihr Liebesspiel hätte weit mehr bedeutet als nur ein bloßer hormoneller Zusammenstoß. Eine Vereinigung zweier Seelen, vielleicht. Aber für David hatte die Affäre nur Komplikationen bedeutet. Eine wütende Klientin, ein erzwungener Rückzug aus einem Fall. Und jetzt die Blamage, eine verbotene Liebesaffäre gestehen zu müssen. Dass er sich so viel Mühe gegeben hatte, ihre Affäre zu verheimlichen, verlieh dem Ganzen einen hässlichen Schimmer. Die Menschen verbargen nur das, wofür sie sich schämten.

„Eine Wochenend-Affäre", sagte sie. „Ist es das, was ich war?"

„Ich habe es nicht so gemeint."

„Nun, mach dir darüber keine Sorgen, David", versicherte sie ihm mit vornehmer Gelassenheit, während sie sich erhob. „Ich werde dich nicht mehr blamieren. Diese Leiche kehrt mit Freude wieder in den Keller zurück."

„*Setz dich hin.*" Es war nicht mehr als ein leises Knurren, aber es klang bedrohlich genug, dass sie innehielt. „Bitte", fügte er hinzu. Dann sagte er es noch einmal. Flüsternd. „Bitte."

Langsam ließ sie sich wieder nieder.

Sie verstummten, als die Kellnerin zurückkehrte und ihr Bier auf den Tisch setzte. Erst als sie wieder allein waren, sagte David leise: „Du bist nicht nur eine Affäre, Kate. Und was die O'Briens betrifft, es geht sie gar nichts an, was ich an meinen Wochenenden mache. Oder an Wochentagen." Er schüttelte ungläubig den Kopf. „Weißt du, ich habe mich auch von anderen Fällen zurückgezogen, aber es war immer aus vollkommen logischen Gründen. Gründe, die ich verteidigen konnte, ohne rot im Gesicht zu werden. Dieses Mal jedoch ..." Er lachte spröde. „In meinem Alter sollte man eigentlich nicht mehr rot im Gesicht werden."

Kate starrte hinunter auf ihr Glas. Sie hasste Bier. Sie hasste es, sich zu streiten. Am meisten hasste sie diese Kluft zwischen ihnen. „Wenn ich voreilig Schlüsse gezogen habe", gab sie widerwillig zu, „tut es mir leid. Ich schätze, ich habe Anwälten nie wirklich getraut."

Er stöhnte dumpf. „Dann sind wir quitt. Ich habe Ärzten nie wirklich getraut."

„Wir sind ein seltsames Paar. Was weiß ich sonst noch nicht?"

Wieder ließen sie eine schrecklich aufgeladene Stille über sich ergehen.

„Wir kennen uns nicht besonders gut, oder?", sagte sie schließlich.

„Außer im Bett. Was nicht der beste Ort ist, um sich kennenzulernen." Er hielt inne. „Obwohl wir es zweifellos versucht haben."

Sie schaute auf und sah einen seltsamen Zug um seinen Mund, den Beginn eines Lächelns. Eine Haarlocke war über seine Stirn gerutscht. Sein Hemdkragen klaffte auf, und seine gelöste Krawatte hing wie ein schlaffer Galgenstrick um seinen Hals. Sie hatte ihn noch nie so gesehen, so herzzerreißend attraktiv.

„Wirst du Schwierigkeiten bekommen, David? Was, wenn sich die O'Briens bei der Anwaltskammer beschweren?", fragte sie leise.

Er zuckte mit den Schultern. „Ich mache mir keine Sorgen. Zur Hölle. Das Schlimmste, was sie tun können, ist, mir die Anwaltszulassung zu entziehen. Mich ins Gefängnis werfen. Vielleicht schicken sie mich auf den elektrischen Stuhl."

„David."

„Oh, du hast recht, das habe ich vergessen. Hawaii hat keinen elektrischen Stuhl." Er merkte, dass sie nicht lachte. „Okay, es ist ein lausiger Scherz." Er hob seinen Becher und schickte sich an, einen Schluck von dem Bier zu trinken, da richtete sich seine Aufmerksamkeit auf ihre verdrossene Miene. „Oh, das habe ich völlig vergessen. Was ist bei deiner Anhörung geschehen?"

„Da gab es keine Überraschungen."

„Es ist zu deinen Ungunsten ausgegangen?"

„Gelinde gesagt." Unglücklich starrte sie hinunter auf den Tisch. „Sie haben gesagt, meine Arbeit sei unzulänglich gewesen. Ich schätze, das ist eine höfliche Art, mich als lausige Ärztin zu bezeichnen."

Sein Schweigen erklärte ihr mehr als alles, was er hätte sagen können, wie sehr ihn die Nachricht beunruhigte. Verwundert sah sie zu, wie sich seine Hand behutsam um ihre schloss.

„Es ist komisch", bemerkte sie und lachte ironisch. „Ich wollte niemals etwas anderes sein als Ärztin. Jetzt, wo ich meine Arbeit verliere, sehe ich, wie wenig ich für etwas anderes geeignet bin. Ich kann nicht tippen. Ich kann kein Diktat aufnehmen. Um Gottes willen, ich kann nicht einmal *kochen*."

„Oh-oh. Nun, das ist ein schwerwiegender Mangel. Vielleicht musst du an Straßenecken betteln."

Es war ein weiterer lausiger Scherz, aber dieses Mal brachte sie ein Lächeln zustande. Ein mageres. „Versprichst du mir, ein paar Vierteldollar in meinen Hut zu werfen?"

„Ich werde etwas Besseres tun. Ich werde dir ein Abendessen besorgen."

Sie schüttelte den Kopf. „Danke. Aber ich bin nicht hungrig."

„Nimm mein Angebot lieber an", mahnte er und drückte ihre Hand. „Du weißt nie, woher deine nächste Mahlzeit kommt."

Sie hob den Kopf, und ihre Blicke trafen sich über dem Tisch. Die Augen, die sie einmal für so eisig gehalten hatte, bargen jetzt die ganze Wärme eines Sommertages. „Alles, was ich möchte, ist, mit dir nach Hause fahren, David. Ich möchte, dass du mich in den Arm nimmst. Und nicht unbedingt in dieser Reihenfolge."

Langsam bewegte er sich um den Tisch herum und glitt neben sie auf die Holzbank. Dann zog er sie in seine Arme und hielt sie lange und eng an sich gedrückt. Das war es, was sie brauchte, diese schweigende Umarmung, nicht die eines Liebhabers, sondern die eines Freundes.

Als sich die Kellnerin neben ihnen räusperte, erstarrten sie beide. „Ich glaube es nicht, diese Frau hat wirklich ein Gespür für den richtigen Zeitpunkt", murmelte David, als er sich zurückzog.

„Wünschen Sie noch etwas?", fragte die Kellnerin.

„Ja“, erwiderte David und lächelte höflich durch zusammengebissene Zähne. „*Wenn* es Ihnen nichts ausmacht.“

„Was meinen Sie, Sir?“

„Ein wenig Privatsphäre.“

Kate ließ sich von ihm zu einem Abendessen überreden. Jetzt, mit vollem Magen und einige Gläser Wein später, war sie erhitzt und ausgelassen. Sie und David gingen die dunklen Straßen entlang zur Parkgarage. Die Laternen breiteten ein nebliges Licht über ihre Gesichter. Sie schmiegte sich an seinen Arm, und ihr war nach Singen zumute, nach Lachen.

Sie fuhr nach Hause, mit David.

Sie glitt auf den Ledersitz des BMWs, und das vertraute Gefühl der Geborgenheit umhüllte sie wie eine Decke. Sie war in einer Kapsel, wo niemand und nichts ihr etwas tun konnte. Das Gefühl währte den ganzen Weg den Pali Highway hinunter, haftete an ihr, als sie in den Tunnel glitten, der durch die Ko'olau Mountains hindurchführte, hielt sie warm auf der steilen und kurvenreichen Straße, die auf der anderen Seite des Gebirgskamms hinabführte.

Es zerbrach, als David in den Rückspiegel blickte und leise fluchte.

Sie blickte zur Seite. Schwach spiegelte sich das Licht zweier Autoscheinwerfer auf seinem Gesicht. „David?“

Er antwortete nicht. Sie spürte das anschwellende Brummen des Motors, als sie beschleunigten.

„David, stimmt etwas nicht?“

„Das Auto. Hinter uns.“

„Was?“

Er schaute wieder in den Rückspiegel und runzelte die Stirn. „Ich glaube, wir werden verfolgt.“

12. KAPITEL

Kate riss den Kopf herum und starrte auf die zwei Scheinwerfer, die in der Ferne funkelten. „Bist du dir sicher?“

„Ich habe es nur bemerkt, weil der Wagen eine erloschene linke Parkleuchte hat. Ich weiß, dass er hinter uns herausgefahren ist, als wir die Parkgarage verließen. Seitdem ist er uns auf den Fersen. Den ganzen Weg den Berg hinunter.“

„Das heißt nicht, dass er uns verfolgt!“

„Lass uns ein kleines Experiment versuchen.“ David nahm den Fuß vom Gaspedal.

Sie wurde starr vor Angst. „Warum wirst du langsamer?“

„Um zu sehen, was er macht.“

Während ihr Herz immer wilder und immer schneller schlug, spürte Kate, wie der BMW herunterging auf fünfundvierzig, dann vierzig. Unterhalb der Geschwindigkeitsbegrenzung. Sie wartete darauf, dass die Scheinwerfer sie überholen würden, aber sie schienen in der Ferne zu schweben, als ob eine unsichtbare Macht die Autos auseinanderhielt.

„Kluger Kerl“, sagte David. „Er bleibt gerade weit genug hinter uns, dass ich sein Nummernschild nicht lesen kann.“

„Da ist eine Abzweigung! Oh, bitte, lass uns die nehmen!“

David schwenkte vom Highway ab und schoss auf eine zweispurige Straße, die durch dichten Urwald schnitt. Mit Schlingpflanzen bedeckte Bäume peitschten vorbei, ihre überhängenden Äste bespritzten die Windschutzscheibe mit Wasser. Kate drehte sich um und sah im Hintergrund die zwei Scheinwerfer durch die Dunkelheit des Urwalds funkeln. Gespensterlichter, die sich weigerten, zu verschwinden.

„Er ist es“, flüsterte sie. Sie konnte sich nicht überwinden, den Namen zu sagen, als ob sie eine furchterregende Macht entfesselte, wenn sie ihn nur aussprach.

„Ich hätte es wissen sollen“, murmelte er. „Verdammt, ich hätte es wissen sollen!“

„Was?“

„Er hat das Krankenhaus beobachtet. Das ist der einzige Weg, wie er dir hat folgen können …“

Er muss genau hinter mir gewesen sein, dachte sie, und als ihr klar wurde, was hätte passieren können, war ihr plötzlich übel. *Und ich habe nicht einmal gewusst, dass er da war.*

„Ich werde ihn abhängen. Halt dich fest.“

Der Wagen machte einen heftigen Ruck nach vorne. Sie wurde zur Seite geworfen. Alles, was sie tun konnte, war, sich festzuklammern. Sie hatte die Situation nicht mehr in der Hand; dies war ganz und gar Davids Sache.

Häuser sprangen vorbei, eine Abfolge hell erleuchteter Fenster, nur unterbrochen von den Umrissen der Bäume und Sträucher. Der BMW schlängelte sich wie ein Slalom-Skifahrer durch die Dunkelheit, umrundete Ecken in einer Geschwindigkeit, bei der sie sich vor Entsetzen an das Armaturenbrett krallte.

Ohne Warnung schwenkte David auf eine Auffahrt. Der Sitzgurt schnitt in Kates Brust, als sie plötzlich in einer stockdunklen Garage mit einem Ruck zum Stehen kamen. Sofort schaltete David den Motor aus. Bevor sie sichs versah, zog er sie hinunter in seine Arme. Dort lag sie, eingezwängt zwischen dem Schaltknüppel und Davids Brust, und lauschte, wartete. Sie konnte spüren, wie sein Herz gegen ihre Rippen klopfte, konnte seinen rauen, unregelmäßigen Atem hören. Zumindest konnte er noch atmen; sie wagte es kaum.

Mit wachsender Angst beobachtete sie ein Lichtflackern, das im Rückspiegel langsam immer heller wurde. Davids Arme schlossen sich fester um sie. Schon hatte er sein Gewicht verlagert und lag jetzt auf ihr, schützte ihren Körper mit seinem. Für eine Ewigkeit lag sie wie erdrückt in seiner Umarmung, lauschte, wartete, während das Geräusch des Motors verklang. Erst als völlige Stille herrschte, krochen sie endlich nach oben und spähten durch die Heckscheibe.

Die Straße war dunkel. Das Auto war verschwunden.

„Was jetzt?“, flüsterte sie.

„Wir verschwinden, sofort. Solange wir noch können." Er drehte den Schlüssel im Zündschloss; das Summen des Motors schien ohrenbetäubend. Mit ausgeschalteten Scheinwerfern fuhr er den Wagen ganz langsam aus der Garage.

Während sie auf vielen Umwegen das Viertel verließen, blickte Kate ständig zurück und suchte nach den zwei Lichtern, die über den Bäumen tanzten. Erst als sie den Highway erreichten, erlaubte sie sich, erleichtert aufzuatmen. Doch dann stellte sie besorgt fest, dass David das Auto in Richtung Honolulu wendete.

„Wohin fahren wir?"

„Wir können nicht nach Hause. Nicht jetzt."

„Aber wir haben ihn abgehängt!"

„Wenn er dir vom Krankenhaus aus gefolgt ist, dann war er dir geradewegs bis zu meiner Kanzlei auf der Spur. Zu mir. Leider stehe ich im Telefonbuch. Adresse und alles."

Sie sank erschrocken im Sitz zurück und bemühte sich, diesen neuesten Schlag zu verkraften. Sie fuhren in den Pali-Tunnel hinein. Die Lichterfolge, die über ihren Köpfen vorbeizog, verwirrte Kate völlig; Lichtblitz nach Lichtblitz zuckte in ihren Augen und blendete sie.

Wohin fahre ich jetzt? fragte sie sich. *Wie lange noch, bis er mich findet? Werde ich Zeit haben, davonzulaufen? Zeit, um zu schreien?* Sie schauderte, als sie aus dem Tunnel hervorkamen und in plötzliche Dunkelheit getaucht wurden.

„Es ist mein letzter Ausweg", sagte David. „Aber es ist der einzige Ort, der mir einfällt. Du wirst nicht allein sein. Und du wirst vollkommen sicher sein." Er unterbrach sich und fügte mit einem eigenartig humorvollen Unterton hinzu: „Aber trink bloß nicht den Kaffee."

Sie drehte sich um und starrte ihn verwundert an. „Wohin fahren wir?"

Seine Antwort klang deutlich zerknirscht. „Zu meiner Mutter."

Die winzige, grauhaarige Frau, die die Tür öffnete, trug einen schäbigen Bademantel und rosa Häschen-Pantoffeln. Einen Moment lang stand sie da und blinzelte die unerwarteten Gäste an wie eine überraschte Maus. Dann klatschte sie in die Hände und rief mit heller Stimme aus: „Meine Güte, David! Wie schön, dass du zu Besuch gekommen bist! Oh, aber das ist unartig von dir, nicht anzurufen. Du hast uns im Schlafanzug erwischt, wie zwei al…"

„Du siehst großartig aus, Gracie", unterbrach David sie, während er Kate ins Haus zog. Rasch schloss und verriegelte er die Tür. Dann schaute er zwischen den Vorhängen aus dem Fenster und fragte: „Ist Mutter wach?"

„Warum, ja, sie ist … äh …" Gracie machte eine vage Handbewegung in Richtung Diele.

Aus einem anderen Zimmer rief eine gereizte Stimme: „Um Himmels willen, wer immer es ist, wimmle ihn ab und komm her! Du bist an der Reihe! Und du solltest dir besser etwas Gutes ausdenken. Ich habe gerade einen dreifachen Wortwert erzielt!"

„Sie schlägt mich wieder." Gracie seufzte traurig.

„Dann ist sie guter Stimmung?"

„Ich weiß es nicht. Ich habe sie nie in einer erlebt."

„Mach dich bereit", murmelte David zu Kate, während er sie durch die Diele führte. „Mutter?", rief er freundlich. *Zu* freundlich.

Im Wohnzimmer, das ganz in Mauve und Mahagoni gehalten war, saß eine majestätische Frau. Sie kehrte ihnen den Rücken zu. Ihr bandagierter Fuß war auf eine Ottomane aus Pannesamt gestützt, und auf dem Teetisch neben ihr lag ein Scrabble-Bord, auf dem sich kreuz und quer Spielsteine verteilten. „Ich glaube es nicht", verkündete sie zur Wand hin. „Das muss eine akustische Halluzination sein." Sie drehte sich um und warf ihm einen kurzen Blick zu. „Aber nein, mein Sohn ist tatsächlich zu Besuch gekommen! Geht die Welt gerade unter?"

„Ebenfalls schön, dich zu sehen, Mutter", erwiderte er trocken. Er holte tief Luft, wie ein Mann, der seinen Mut zusammennahm, um sich die Zähne herauszuziehen. „Wir brauchen deine Hilfe."

Die Augen der Frau, so scharf und funkelnd wie zwei Kristalle, richteten sich plötzlich auf Kate. Dann bemerkte sie Davids Arm, der schützend um Kates Schultern geschlungen war. Schließlich lächelte sie vielsagend, warf einen dankbaren Blick zum Himmel und murmelte inbrünstig: „Halleluja, Gott sei Dank!“

„Du erzählst mir nie etwas, David“, beschwerte sich Jinx Ransom, als sie eine Stunde später mit ihrem Sohn in der mit Farnen überwucherten Küche saß.

Sie saßen bei einer Tasse Kakao beisammen, ein Ritual, das sie nicht mehr miteinander geteilt hatten, seit er ein Junge gewesen war. Wie wenig nötig ist, um in die Kindheit zurückversetzt zu werden, dachte er bei sich. Ein Schluck Schokolade, ein missbilligender Blick seiner Mutter und ihn überkam eine Anwandlung kindlicher Schuldgefühle, wie früher. Gute, alte Jinx; sie wusste wirklich, wie sie einen Mann dazu brachte, sich wieder jung zu fühlen. Genau genommen brachte sie ihn dazu, dass er sich wie ein fast Sechsjähriger fühlte.

„Du hast also eine Frau in deinem Leben“, sagte Jinx, „und du versteckst sie vor mir. Als ob du dich für sie schämst. Oder dich für mich schämst. Oder vielleicht schämst du dich für uns beide.“

„Es gibt nichts zu erzählen. Ich kenne sie noch nicht sehr lange.“

„Du schämst dich einfach, zuzugeben, dass du ein Mensch bist, oder?“

„Bitte analysiere mich nicht, Mutter.“

„Ich bin es, die dich gewickelt hat. Ich bin es, die zugesehen hat, wie du dir die Knie aufgeschürft hast. Ich habe sogar gesehen, wie du dir auf diesem verdammten Skateboard den Arm gebrochen hast. Du hast fast nie geweint, David. Du weinst immer noch nicht. Ich glaube, du kannst es nicht. Es ist ein Gen, das du von deinem Vater geerbt hast. Der Fluch von Plymouth Rock. Puritanisch bis ins Mark. Oh, die Gefühle sind irgendwo da, aber du hast nicht die Absicht, sie dir anmerken zu lassen. Selbst als Noah starb …“

„Ich möchte nicht über Noah sprechen.“

„Siehst du? Der Junge ist jetzt seit acht Jahren unter der Erde, und du kannst immer noch nicht seinen Namen hören, ohne ein verkniffenes Gesicht zu bekommen."

„Komm auf den Punkt, Mutter."

„Kate."

„Was ist mit ihr?"

„Du hast ihre Hand gehalten."

Er zuckte mit den Schultern. „Sie hat eine sehr hübsche Hand."

„Bist du schon mit ihr im Bett gewesen?"

David hustete und spritzte dabei heiße Schokolade über den ganzen Tisch. „Mutter!"

„Nun, das ist nichts, wofür man sich schämen müsste. Die Menschen tun es ständig. Das ist das, was die Natur gewollt hat, obwohl ich manchmal glaube, du bildest dir ein, immun gegen das Ganze zu sein. Aber heute Abend habe ich diesen Blick in deinen Augen gesehen."

Er schlug einen verirrten Farn fort und ging zur Spüle, um ein Papierhandtuch zu holen. Dann fing er an, den Kakao von seinem Hemd zu tupfen.

„Habe ich recht?", fragte Jinx.

„Sieht so aus, als ob ich ein sauberes Hemd für morgen brauchen werde", murmelte er. „Dieses hier ist hinüber."

„Nimm eines von den Hemden deines Vaters. Also, habe ich recht?"

Er schaute auf. „Womit, Mutter?", fragte er verständnislos.

Sie hob den Arm und machte eine Bewegung zum Himmel, als ob sie jemanden erwürgen wollte. „Ich weiß, es war ein Fehler, nur ein Kind zu bekommen!"

Ein dumpfer Aufschlag drang aus dem oberen Stockwerk. David blickte zur Decke hoch. „Was, zur Hölle, macht Gracie überhaupt da oben?"

„Gräbt ein paar Kleider für Kate aus."

David erschauderte. Wie er Gracies unnachahmlichen Geschmack in Kleiderfragen kannte, würde Kate von Kopf bis zu den Zehenspitzen in widerliches Pink gehüllt sein, wenn sie herunterkam. Mit dazu passenden Häschen-Pantoffeln. Doch in Wahrheit war es ihm vollkommen egal, was sie trug, wenn sie nur schnell wieder erschien. Sie waren erst seit fünfzehn Minuten getrennt, und er vermisste sie bereits. Es ärgerte ihn. All diese lästigen Emotionen, die ihn umtrieben. Durch sie fühlte er sich schwach und hilflos – und viel zu … menschlich.

Als er ein Knarren auf der Treppe hörte, drehte er sich erwartungsvoll um. Dann sah er, dass es nur Gracie war.

„Ist das heiße Schokolade, Jinx?“, wollte Gracie wissen. „Du weißt, die Milch schlägt dir auf den Magen. Du solltest stattdessen Tee trinken, wirklich.“

„Ich möchte keinen Tee.“

„Doch, das möchtest du.“

„Nein, tue ich nicht.“

„Wo ist Kate?“, rief David rau.

„Oh, sie kommt“, sagte Gracie. „Sie ist oben in deinem Zimmer und sieht sich deine alten Modellflugzeuge an.“ Kichernd gestand sie Jinx: „Ich habe ihr gesagt, sie seien ein Beweis dafür, dass David einmal ein Kind gewesen ist.“

„Er war nie ein Kind“, antwortete Jinx verdrossen. „Er ist als voll entwickelter Erwachsener aus dem Bauch gesprungen. Wenngleich kleiner, natürlich. Vielleicht lebt er ja rückwärts. Vielleicht wird er mit zunehmenden Jahren jünger werden. Wir werden noch erleben, wie er auftaut und ein richtiges Kind wird.“

„So wie du, Mutter?“

Gracie setzte Wasser für den Tee auf und seufzte glücklich. „Es ist so schön, Gesellschaft zu haben, nicht wahr?“ Sie blickte sich erschrocken um, als das Telefon klingelte. „Meine Güte, es ist nach zehn. Wer, um alles in der Welt …“

David sprang auf die Füße. „Ich werde rangehen.“ Er packte den Hörer und sagte barsch: „Hallo?“

Pokies Stimme dröhnte triumphierend durch die Leitung. „Ich habe gute Nachrichten für dich.“

„Du hast das Auto ausfindig gemacht?“

„Vergiss das Auto. Wir haben den Mann.“

„Decker?“

„Ich werde Dr. Chesne hier unten brauchen, damit sie ihn identifizieren kann. Halbe Stunde, okay?“

David blickte auf und sah Kate in der Küchentür stehen. Ihre Augen waren voller Fragen. Lächelnd schnippte er mit den Fingern und reckte triumphierend den Daumen hoch. „Wir sind gleich bei dir“, sagte er dann zu Pokie. „Wo hältst du ihn fest? Auf dem Revier in der Innenstadt?“

Es folgte eine Pause. „Nein, nicht im Polizeirevier.“

„Wo dann?“

„Im Leichenschauhaus.“

„Ich hoffe, ihr habt einen starken Magen.“ Die Gerichtsmedizinerin, eine absurd lebhafte Frau namens M.J., zog die Edelstahlschublade auf. Lautlos glitt sie heraus. Kate zuckte zusammen und hielt sich an David fest, als M.J. lässig in die Schublade griff und den Reißverschluss der Plastikhülle aufzog.

Unter der grellen Beleuchtung des Leichenschauhauses sah das Gesicht des Toten künstlich aus. Das war kein Mann, das war eine Art Wachsbild, eine Verhöhnung des Lebens.

„Ein Jachtbesitzer hat ihn heute Abend gefunden, er trieb mit dem Gesicht nach unten im Hafen“, erklärte Pokie.

Kate spürte, wie sich Davids Arm fester um ihre Taille schlang. Sie zwang sich, die aufgedunsenen Gesichtszüge des toten Mannes näher zu betrachten. So entstellt er auch war, die offenen Augen waren wiederzuerkennen. Selbst im Tod wirkten sie gequält.

Kate nickte und flüsterte: „Das ist er.“

Pokie grinste, eine Reaktion, die ihr surreal in diesem albtraumartigen Raum erschien. „Bingo“, stieß er dumpf hervor.

M.J. fuhr mit der behandschuhten Hand über den Schädel des toten Mannes. „Fühlt sich an, als ob wir hier eine Schädelfraktur mit Impression hätten …“ Sie riss die Plastikhülle zur Seite und enthüllte den nackten Torso. „Sieht so aus, als ob er eine ganze Weile im Wasser gewesen wäre."

Kate ekelte sich plötzlich. Sie drehte sich um und vergrub ihr Gesicht an Davids Schulter. Der Geruch seines Rasierwassers dämpfte den Formalingestank.

„Um Gottes willen, M.J.", murmelte David. „Deck ihn doch zu."

M.J. schloss den Reißverschluss des Leichensacks und schob die Schublade zu. „Du hast deinen alten, eisernen Magen verloren, was, Davy, Junge? Wenn ich mich recht erinnere, hast du früher sehr viel Schlimmeres mit einem Achselzucken abgetan."

„Ich treibe mich nicht mehr mit Leichen herum." David führte Kate von den Leichenfächern fort. „Komm schon. Lass uns von hier verschwinden."

Das Büro der Gerichtsmedizinerin war ein zweckmäßig fröhliches Zimmer, samt Hängepflanzen und alten Filmplakaten, eine bizarre Umgebung für die grauenhafte Angelegenheit, die bevorstand. Pokie schenkte Kaffee aus der Kaffeemaschine ein und reichte David und Kate zwei Tassen. Dann seufzte er zufrieden und ließ sich auf einem Stuhl ihnen gegenüber nieder. „So kommt die Sache zu einem glücklichen Ende", sagte er. „Kein Prozess. Keine Scherereien. Nur eine passende Leiche. Schade, dass Gerechtigkeit nicht immer so einfach ist."

Kate starrte hinunter auf ihren Kaffee. „Wie ist er gestorben, Lieutenant?", flüsterte sie.

Pokie zuckte mit den Schultern. „Passiert gelegentlich. Nehmen Sie einen Typen, der ein bisschen zu viel getrunken hat. Er fällt vom Pier, schlägt sich den Kopf an den Felsen auf. Zur Hölle, wir finden ständig Wasserleichen. Meistens Obdachlose, die auf Booten Schutz suchen und dann über Bord gehen." Er blickte zu M.J. „Was denkst du?"

„Kann noch nichts ausschließen", murmelte M.J. mit vollem Mund. Sie saß über ihren Schreibtisch gebeugt da und verschlang ein spätes Abendessen. Ein Hackbraten-Sandwich, das vor Ketchup troff, bemerkte Kate, und ihr drohte sich der Magen umzudrehen. „Wenn eine Leiche so lange im Wasser gewesen ist, verzerrt sich die Anatomie. Ich werde es dir nach der Obduktion sagen."

„Wie lange war er im Wasser?", fragte David.

„Einen Tag. Plus minus ein paar Stunden."

„Einen Tag?" Er schaute zu Pokie. „Wer, zur Hölle, hat uns dann heute Abend verfolgt?"

Pokie grinste. „Du hast dir eine wirklich lebhafte Fantasie zugelegt."

„Ich sage dir, da war ein Auto!"

„Draußen auf der Straße sind viele Autos. Viele Scheinwerfer sehen gleich aus."

„Nun, es war bestimmt nicht der Kerl hier in der Schublade", sagte M.J. und knüllte das Sandwichpapier zusammen. Sie biss herzhaft in einen leuchtend roten Apfel. „Soweit ich weiß, fahren tote Männer kein Auto."

„Wann wirst du die Todesursache wissen?", fragte David giftig.

„Brauche noch Röntgenaufnahmen vom Schädel. Ich werde ihn heute Abend öffnen, die Lungen auf Wasser untersuchen. Das wird uns sagen, ob er ertrunken ist." M.J. nahm einen weiteren Bissen von dem Apfel. „Aber das mache ich, nachdem ich mein Abendessen beendet habe. In der Zwischenzeit …", sie schwenkte herum, packte einen Karton vom Regal und warf ihn auf den Schreibtisch, „… seine persönliche Habe."

Methodisch nahm sie die Gegenstände heraus, jeder steckte fest verschlossen in einer eigenen Plastiktüte. „Plastikkamm, schwarz, Taschenformat … Zigaretten, Winston, halb leer … Streichholzbriefchen, ohne Etikett … Männer-Brieftasche, braunes Vinyl, enthält vierzehn Dollar … verschiedene Ausweise …" Sie griff in den Karton, um den letzten Gegenstand herauszuholen. „Und dies." Der Schlüsselbund klapperte auf den Schreibtisch. Ein Plastikanhänger mit einem grellen roten Schriftzug war daran befestigt: *The Victory Hotel.*

Kate nahm den Schlüsselring zur Hand. „The Victory Hotel", murmelte sie. „Hat er dort gewohnt?"

Pokie nickte. „Wir haben das überprüft. Was für eine Spelunke. Überall krabbeln Ratten herum. Wir wissen, dass er Samstagnacht dort war. Aber es war das letzte Mal, dass er gesehen wurde. Lebend jedenfalls."

Langsam legte Kate die Schlüssel nieder und starrte auf den höhnisch leuchtenden Schriftzug. Sie dachte an das Gesicht im Spiegel, an den gequälten Ausdruck in jenen Augen. Und als sie auf den traurigen und kärglichen Haufen mit Habseligkeiten blickte, wallte unerwartete Trauer in ihr auf, Trauer über die zerbrochenen Träume eines Mannes. Wer warst du, Charlie Decker? fragte sie sich. *Ein Verrückter? Ein Mörder?* Hier lagen die kleinen Dinge seines Lebens, und sie waren alle so alltäglich.

Pokie grinste sie an. „Nun, es ist vorbei, Doc. Unser Mann ist tot. Sieht so aus, als ob Sie nach Hause gehen könnten."

Kate blickte zu David, aber er starrte in eine andere Richtung. „Ja", sagte sie mit müder Stimme. „Jetzt kann ich nach Hause gehen."

Wer warst du, Charlie Decker?

Wieder und wieder wiederholte sich die Frage in ihrem Kopf, während sie in der Dunkelheit von Davids Auto saß und zusah, wie die Straßenlampen vorbeirasten. *Wer warst du?* Sie dachte an all das, was er erlitten hatte, an all den Schmerz, den er empfunden hatte, dieser Mann ohne Stimme. Wie alle anderen war er ein Opfer gewesen.

Und jetzt war er eine gefällige Leiche.

„Es ist zu einfach, David", sagte sie leise.

Er blickte sie durch die Finsternis des Autos an. „Was?"

„Die Art und Weise, wie sich das alles entwickelt hat. Zu einfach, zu ordentlich …" Sie starrte wieder hinaus in die Dunkelheit und erinnerte sich an Charlie Deckers Gesicht im Spiegel. „Mein Gott. Ich habe es in seinen Augen gesehen", flüsterte sie. „Sie war genau da, starrte mich an, nur dass ich zu panisch war, um sie zu erkennen."

„Was?"

„Die Angst. Charlie Decker hatte Angst. Er muss etwas gewusst haben, etwas Furchtbares. Und es hat ihn getötet. Genauso wie es die anderen getötet hat …"

„Willst du damit sagen, er war ein Opfer? Warum hat er dich dann bedroht? Warum hat er im Cottage angerufen?"

„Vielleicht war das keine Drohung …" Sie schaute auf. Plötzlich begriff sie. „Vielleicht hat er mich gewarnt. Vor etwas anderem."

„Aber die Beweise …"

„Welche Beweise? Ein paar Fingerabdrücke auf einem Türknauf? Eine Leiche mit einer Vergangenheit in der Psychiatrie?"

„Und eine Zeugin. Du hast ihn in Anns Apartment gesehen."

„Was, wenn er der wirkliche Zeuge war? Ein Mann am falschen Ort zur falschen Zeit." Sie beobachtete, wie die Scheinwerfer des Autos durch die Dunkelheit schnitten. „Vier Menschen, David. Und das Einzige, was sie miteinander verband, war eine tote Frau. Wenn ich nur wüsste, warum Jenny Brook so wichtig war."

„Leider sprechen tote Menschen nicht."

Vielleicht tun sie es doch. „Das Victory Hotel", sagte sie auf einmal. „Wo ist das?"

„Kate, der Mann ist tot. Die Antworten sind mit ihm gestorben. Lass es uns einfach vergessen."

„Aber es besteht immer noch eine Möglichkeit …"

„Du hast Pokie gehört. Der Fall ist abgeschlossen."

„Nicht für mich, nein."

„Oh, um Gottes willen, Kate! Mach das nicht zu einer Obsession!" Er umklammerte das Steuerrad und stieß einen Seufzer aus. Seine Aufregung war spürbar. Als er wieder sprach, klang seine Stimme leise. „Sieh mal, ich weiß, wie viel es dir bedeutet, deinen Namen reinzuwaschen. Aber letzten Endes ist es den Kampf womöglich nicht wert. Wenn du auf Rehabilitierung aus bist, wirst du sie, fürchte ich, nicht bekommen. Jedenfalls nicht im Gerichtssaal."

„Du kannst nicht wissen, was die Geschworenen denken werden."

„Vorherzusagen, was die Geschworenen tun werden, gehört zu meiner Arbeit. Ich verdiene gutes Geld damit, aus den Fehlern der Ärzte Kapital zu schlagen. Und das in einer Stadt, wo sehr viele Rechtsanwälte kaum ihre Miete bezahlen können. Ich bin nicht klüger als die anderen, ich suche mir meine Fälle nur gut aus. Und ich habe keine Angst, die Arbeit anzupacken und mich schmutzig zu machen. Wenn ich fertig bin, ist der Angeklagte fürs Leben gezeichnet."

„Reizender Beruf, den du da hast."

„Ich erzähle dir das, weil ich nicht will, dass es dir widerfährt. Darum denke ich, dass du dich außergerichtlich einigen solltest. Lass die Sache leise sterben. Diskret. Bevor dein Name in den Dreck gezogen wird."

„Arbeiten sie etwa so bei der Staatsanwaltschaft? ‚Bekenn dich schuldig und wir machen mit dir einen *Deal*'?"

„An einem Vergleich gibt es nichts auszusetzen."

„Würdest du dich vergleichen? Wenn du an meiner Stelle wärst?"

Es folgte eine lange Pause. „Ja, würde ich."

„Dann sind wir wohl sehr verschieden." Störrisch blickte sie auf den Highway vor ihnen. „Denn ich kann das nicht sterben lassen. Nicht ohne Kampf."

„Dann wirst du verlieren", meinte er, aber es hörte sich mehr an wie eine Verkündung, so endgültig wie der Schlag des Richterhammers im Gerichtssaal.

„Und ich vermute, Anwälte übernehmen keine aussichtslosen Kämpfe, oder?"

„Nicht dieser Anwalt."

„Komisch. Ärzte übernehmen sie ständig. Versuche, dich mit einem Schlaganfall zu streiten. Oder Krebs. Wir machen keine Geschäfte mit dem Gegner."

„Und genau damit bestreite ich meinen Lebensunterhalt", konterte er. „Mit der Arroganz der Ärzte!"

Es war ein boshafter Hieb; er bedauerte ihn in dem Augenblick, da er ihn aussprach. Aber sie brachte sich in Schwierigkeiten, und er musste sie aufhalten, bevor ihr wehgetan wurde. Trotzdem hatte er nicht erwartet, dass solch brutale Worte aus seinem Mund kommen würden. Das war noch ein Hinweis mehr darauf, wie groß die Barriere zwischen ihnen war.

Den Rest des Wegs legten sie schweigend zurück. Eine Wolke der Hoffnungslosigkeit füllte den Wagen. Sie beide schienen zu spüren, dass die Dinge zu einem Ende kamen; er vermutete, es war von Beginn an unausweichlich gewesen. Er konnte bereits fühlen, wie sie sich zurückzog.

Als sie wieder in seinem Haus waren, schlenderten sie in Richtung Schlafzimmer wie zwei Fremde. Als sie ihren Koffer hervorzog und anfing zu packen, sagte er nur: „Verschieb das doch auf morgen früh", und schob den Koffer zurück in den Schrank. Das war alles. Er konnte sich nicht überwinden, es zu sagen. Dass sie hierbleiben sollte, dass sie hierbleiben musste. Er schloss schlicht die Schranktür.

Dann drehte er sich zu ihr um. Langsam zog er sein Jackett aus und warf es auf den Stuhl. Er ging zu ihr, nahm ihr Gesicht zwischen seine Hände und küsste sie. Ihre Lippen fühlten sich kühl an. Er nahm sie in die Arme und hielt sie fest, wärmte sie.

Sie liebten sich, natürlich. Ein letztes Mal. Es gab nur ihn und sie und das Bett. Liebe inmitten von Trümmern. Nein, keine Liebe. Sehnsucht. Verlangen. Etwas vollkommen anderes, alles verzehrend, aber gänzlich unbefriedigend.

Und hinterher lag er neben ihr in der Dunkelheit und lauschte ihren Atemzügen. Sie schlief, der tiefe Schlaf der Erschöpfung. Er sollte auch schlafen. Aber er konnte nicht. Er war zu beschäftigt, über all die Gründe nachzudenken, warum er sich nicht verlieben sollte.

Er war nicht gerne verliebt. Er war dann viel zu verletzlich. Seit Noahs Tod vermied er es, für irgendetwas viel zu empfinden. Bisweilen war er sich vorgekommen wie ein Roboter. Er hatte wie auf Autopilot funktioniert, hatte aus Notwendigkeit geatmet und gegessen, gelächelt nur, wenn es erwartet wurde. Als Linda ihn schließlich verließ, hatte er es kaum bemerkt; ihre Scheidung war nichts als ein weiterer Tropfen in einem Ozean der Schmerzen. Er nahm an, dass er sie geliebt hatte, aber es war nicht dieselbe totale, bedingungslose Liebe, die er für seinen Sohn empfunden hatte. Für David bemaß sich die Liebe daran, wie sehr er unter ihrem Verlust litt.

Und jetzt lag diese Frau hier neben ihm. Er betrachtete ihr dunkles Haar auf dem Kissen, den Schimmer ihres Gesichts. Er versuchte, sich daran zu erinnern, wann zuletzt eine Frau in seinem Bett gelegen hatte. Das war lange her, sie war blond gewesen. Aber er konnte sich nicht einmal an ihren Namen erinnern. So wenig hatte sie ihm bedeutet.

Aber Kate? Er würde sich an ihren Namen erinnern, auf jeden Fall. Er würde sich an diesen Augenblick erinnern, an die Art, wie sie schlief, zusammengerollt wie ein müdes Kätzchen, wie ihre bloße Gegenwart die Dunkelheit wärmer zu machen schien. Er würde sich daran erinnern.

Er stand aus dem Bett auf und schritt in den Flur. Eine seltsame Sehnsucht zog ihn zu Noahs Zimmer. Er ging hinein und stand einen Moment lang da, ins Mondlicht des Fensters getaucht. So lange hatte er dieses Zimmer gemieden. Er hatte den Anblick dieses leeren Bettes gehasst. Es hatte ihn immer daran erinnert, wie es früher gewesen war, als er auf Zehenspitzen hineinschlich, um den Schlaf seines Sohnes zu bewachen. Aus einem seltsamen Instinkt heraus schien Noah immer diesen Moment zum Aufwachen zu wählen. Und dann sagten sie sich leise in der Dunkelheit, was sie jeden Abend zueinander sagten, wie ein Ritual.

„Bist du das, Daddy?“

„Ja, Noah, ich bin es. Schlaf weiter.“

„Erst umarmen. Bitte."

„Gute Nacht. Träum süß."

David setzte sich auf das Bett nieder, lauschte dem Echo der Vergangenheit und erinnerte sich, wie sehr es geschmerzt hatte, zu lieben.

Schließlich ging er zurück zu Kates Bett, kroch neben sie und fiel in einen tiefen Schlaf.

Er erwachte vor Morgengrauen. Unter der Dusche wusch er entschlossen alle Spuren ihres Liebesspiels ab. Er fühlte sich neu belebt. Er kleidete sich für die Arbeit an, nahm jedes Kleidungsstück, als ob es Teil einer Rüstung wäre, die ihn vor der Welt schützte. Dann trank er eine Tasse Kaffee in der Küche, allein.

Jetzt, wo Decker tot war, gab es keinen Grund mehr, dass Kate blieb. David hatte seine moralische Pflicht getan; er hatte den edlen Ritter gespielt und sie vor Gefahr bewahrt. Es war von Anbeginn an klar gewesen, dass nichts von dem für immer war. Er hatte sie nie belogen. Sein Gewissen war rein. Jetzt war es Zeit, dass sie nach Hause zurückkehrte; und sie beide wussten das. Vielleicht war es einfach besser, wenn sie ging. Ein paar Tage, ein paar Wochen getrennt voneinander – und er hätte womöglich eine vernünftigere Perspektive. Vielleicht würde er beschließen, dass ihre Beziehung nur ein vorübergehender, hormoneller Wahnsinn war.

Oder vielleicht machte er sich auch nur selber etwas vor.

Er sorgte sich darüber, was ihr alles zustoßen könnte, wenn sie weiterhin in Charlie Deckers Vergangenheit grub. Er wusste auch, dass sie weitergraben würde. Letzte Nacht hatte er ihr nicht die Wahrheit gesagt. Er glaubte, dass sie recht hatte, dass mehr hinter dem Fall steckte als die Rache eines Verrückten. Vier Menschen waren tot; er wollte nicht, dass sie Nummer fünf wurde.

David stand auf und spülte seine Tasse aus. Dann ging er zurück ins Schlafzimmer, setzte sich ans Fußende des Bettes – eine sichere Entfernung – und beobachtete sie im Schlaf. So eine schöne, dickköpfige, unerträglich unabhängige Frau. Früher dachte er immer, er würde unabhängige Frauen mögen. Jetzt war er sich nicht mehr so sicher. Er wünschte beinah, dass Decker noch am Leben wäre, nur damit Kate ihn weiter brauchen würde. Wie unglaublich selbstsüchtig.

Aber dann beschloss er, dass sie ihn tatsächlich noch brauchte. Sie hatten zwei Nächte voller Leidenschaft miteinander geteilt. Dafür war er ihr einen letzten Gefallen schuldig.

Er stieß sie sanft an. „Kate?“

Langsam öffnete sie die Augen und sah ihn an. Diese schläfrigen grünen Augen. Er wollte sie so dringend küssen, beschloss aber, es wäre besser, wenn er es nicht tat.

„Das Victory Hotel“, sagte er. „Willst du immer noch dahin?“

13. KAPITEL

Mrs Tubbs, die Verwalterin des Victory Hotel, war eine krötenartige Frau mit zwei blassen Schlitzen anstelle von Augen. Trotz der Hitze trug sie einen schäbigen grauen Pullover über ihrem geblümten Kleid. Durch ein Loch in ihrer Socke stach ein enorm geschwollener großer Zeh hervor. „Charlie?", fragte sie und starrte David und Kate durch die halb geöffnete Tür vorsichtig an. „Ja, er hat hier gewohnt."

In dem Zimmer hinter ihr plärrte eine Quizsendung im Fernsehen, und ein Mann schrie: „Du Idiot! Darauf hätte ich kommen können!"

Die Frau drehte sich um und schrie: „Ebbie! Stell das Ding leise! Kannst du nicht sehen, dass ich mit jemandem spreche?" Sie schaute wieder zu David und Kate. „Charlie wohnt hier nicht mehr. Hat sich umgebracht. Die Polizei ist schon vorbeigekommen."

„Wenn das in Ordnung ist, würden wir gerne sein Zimmer ansehen", sagte Kate.

„Wozu?"

„Wir suchen nach Informationen."

„Sind Sie von der Polizei?"

„Nein, aber …"

„Kann Sie nicht nach oben lassen ohne Berechtigung. Die Polizei hat mir schon zu viele Scherereien gemacht. Alle im Haus sind total nervös deswegen. Außerdem habe ich Anweisungen. Niemand geht nach oben." Ihr Tonfall ließ durchblicken, dass jemand sehr weit oben, vielleicht sogar Gott selbst, diesen Befehl erteilt hatte. Um diesem Punkt Nachdruck zu verleihen, machte sie sich daran, die Tür zu schließen. Sie schaute entrüstet, als David die Tür geschickt mit einer Hand aufhielt.

„Scheint mir, als ob Sie einen neuen Pullover gebrauchen könnten, Mrs Tubbs", bemerkte David leise.

Die Tür schwang ein ganz kleines Stückchen auf. Mrs Tubbs' blasse Augen starrten ihn durch den Spalt an. „Ich könnte eine

Menge neuer Sachen gebrauchen“, erwiderte sie ächzend. Aus dem Apartment tönte das laute und heftige Rülpsen eines Mannes. „Hauptsächlich einen neuen Ehemann.“

„Ich fürchte, da kann ich Ihnen nicht helfen.“

„Niemand kann das, außer vielleicht der liebe Gott.“

„Der seine Wunder auf unerwartete Weise vollbringt.“ David schenkte ihr ein strahlendes Lächeln; Mrs Tubbs starrte ihn an und wartete darauf, dass das angebotene Wunder geschah.

David bewirkte es in Form zweier Zwanzigdollarnoten, die er diskret in ihre dicken Hände gleiten ließ.

Sie schaute hinunter auf das Geld. „Der Hotelbesitzer wird mich umbringen, wenn er das herausfindet.“

„Das wird er nicht.“

„Er bezahlt mir kaum genug, um diesen Müllhaufen hier zu verwalten. Und ich soll noch den Gesundheitsinspektor bestechen.“ David schob ihr einen weiteren Zwanziger zu. „Aber Sie sind kein Inspektor, oder?“ Sie knüllte die Geldscheine zusammen und stopfte sie in die dunklen Tiefen ihres Busens. „Kein Inspektor, den ich jemals gesehen habe, kommt so angezogen wie Sie daher.“ Sie schlurfte hinaus in den Flur und schloss die Tür zu Ebbie und dem Fernseher. Auf Socken führte sie David und Kate zum Treppenaufgang. Es ging nur eine Treppe nach oben, aber für Mrs Tubbs schien jeder Schritt eine Qual zu sein. Als sie den oberen Treppenabsatz erreichte, schnaufte sie wie ein Akkordeon. Ein brauner Teppich – oder war er einmal senfgelb gewesen? – erstreckte sich in den dämmrigen Flur. Sie blieb vor Zimmer 203 stehen und tastete nach den Schlüsseln.

„Charlie war ungefähr einen Monat hier“, stieß sie keuchend, immer nur wenige Worte auf einmal, hervor. „Wirklich ruhig. Hat keinen … keinen Ärger gemacht, nicht wie einige … einige der anderen …“

Am anderen Ende des Flurs öffnete sich plötzlich eine Tür, und zwei kleine Gesichter spähten heraus.

„Kommt Charlie zurück?“, rief das kleine Mädchen.

„Ich habe es dir schon erzählt“, sagte Mrs Tubbs. „Charlie ist gegangen, für immer.“

„Aber wann kommt er zurück?“

„Seid ihr Kinder taub oder so? Wie kommt es, dass ihr nicht in der Schule seid?“

„Gabe ist krank“, erklärte das kleine Mädchen. Als ob er das bestätigen wollte, fuhr sich der kleine Gabe über seine Rotznase.

„Wo ist eure Ma?“

Das kleine Mädchen zuckte mit den Schultern. „Weg, arbeiten.“

„Ja. Lässt euch zwei kleine Bälger hier, damit ihr das Haus abbrennt.“

Die Kinder schüttelten feierlich den Kopf. „Sie hat uns die Streichhölzer weggenommen“, entgegnete Gabe.

Endlich schaffte es Mrs Tubbs, die Tür aufzuschließen. „Hier, bitte“, sagte sie und stieß die Tür auf.

Das Zimmer wurde mit einem Mal sichtbar; sofort raschelte etwas Kleines, Braunes über den Fußboden und ins Dunkel hinein. Der Geruch nach Zigarettenrauch und Fett hing im Raum. Winzige Lichtpunkte glitzerten durch den abgerissenen Vorhang. Mrs Tubbs ging hinüber und schob die Gardine beiseite. Sonnenschein ergoss sich durch das schmutzige Fenster.

„Machen Sie schon, sehen Sie sich um“, sagte Mrs Tubbs und stellte sich in eine Ecke. „Aber nehmen Sie nichts mit.“

Es war leicht zu erkennen, warum ein Besuch des Gesundheitsinspektors sie beunruhigte. Eine Rattenfalle mit einem Köder darin lag in der Nähe des Papierkorbs. Die Falle war vorübergehend leer. Eine nackte Glühbirne hing von der Decke, an blanken Drähten. Auf der kleinen Kochplatte stand eine Bratpfanne, die mit einer dicken Schicht aus erstarrtem Fett überzogen war. Abgesehen von dem einen Fenster gab es keine Belüftung, und jegliches Kochen hatte dazu geführt, dass das Fett durch die Luft waberte.

Mit einem Blick erfasste Kate die traurige Umgebung: das zerwühlte Bett, den Aschenbecher, der vor Zigarettenstummeln überquoll, den Kartentisch, übersät mit losen Zetteln. Stirnrunzelnd blickte sie auf eine der vollgekritzelten Seiten.

Acht war großartig.
Neun war schön,
und jetzt bist du zehn Jahre alt.
Alles Gute zum Geburtstag, Jocelyn,
das Beste wird sich noch ergeben!

„Wer ist Jocelyn?“, fragte sie.

„Dieses Balg in 210. Die Mutter ist nie da, um auf sie aufzupassen. Ist immer unterwegs, arbeiten. Oder so nennt sie es. Die Kinder hätten das Haus im letzten Monat beinah abgebrannt. Hätte sie alle rausgeschmissen, nur, sie bezahlen mich immer in bar.“

„Wie hoch ist die Miete?“, fragte David.

„Vierhundert Mäuse.“

„Sie machen wohl Scherze.“

„Hey, wir haben hier einen guten Standort. Nahe bei den Buslinien. Wasser und Strom umsonst.“ In diesem Augenblick entschied sich eine Kakerlake, über den Fußboden zu krabbeln. „Und wir nehmen Haustiere.“

Kate schaute von dem Haufen Papier auf. „Wie war er, Mrs Tubbs?“

„Charlie?“ Die Frau zuckte mit den Schultern. „Was soll ich sagen? Blieb für sich. Machte nie irgendwelchen Lärm. Drehte nie das Radio auf volle Lautstärke wie manche dieser Nichtsnutze. Hat sich nie über irgendwas beschwert, soweit ich mich erinnere. Zur Hölle, wir haben kaum gemerkt, dass er hier war. Ja, ein wirklich guter Mieter.“

Nach diesen Maßstäben wäre der ideale Mieter eine Leiche gewesen.

Mrs Tubbs ließ sich auf einem Stuhl nieder und sah zu, wie Kate und David das Zimmer durchsuchten. Ihre Besichtigung förderte ein paar zerknitterte Hemden zutage, die im Schrank hingen, ein

Dutzend Campbell-Suppendosen, die fein säuberlich im Schrank unter dem Waschbecken aufgestapelt waren, einige gewaschene Socken und Männerunterwäsche in der Kommode mit den Schubladen. Es war eine dürftige Ansammlung von Habseligkeiten; sie enthielten wenig Hinweise auf die Persönlichkeit ihres Besitzers.

Schließlich schritt Kate zum Fenster und schaute hinunter auf eine mit Glasscherben übersäte Straße. Hinter einem Drahtzaun stand ein abbruchreifes Gebäude, dessen Mauern sich nach außen bogen, als ob ein Riese daraufgetreten war. Ein trostloser Ausblick auf die Welt, dieses Panorama aus zerbrochenen Flaschen, herrenlosen Autos und Betrunkenen, die auf dem Bürgersteig herumhingen. Es war eine Sackgasse, ausweglos, ein Ort, wo man landete, wenn man nicht tiefer fallen konnte.

Nein, das war nicht ganz richtig. Es gab einen Ort, wohin man tiefer fallen konnte: das Grab.

„Kate?", sagte David. Er hatte den Nachttisch durchstöbert. „Verschreibungspflichtige Tabletten", sagte er und hielt eine Flasche in die Höhe. „Haldol, verschrieben von Dr. Nemechek. *Hawaii State Hospital.*"

„Das ist sein Psychiater."

„Und sieh mal. Das habe ich auch gefunden." Er hielt ihr eine kleine, gerahmte Fotografie hin.

In dem Augenblick, als Kate das Gesicht sah, wusste sie, wer die Frau war. Sie nahm das Bild und betrachtete es im Licht des Fensters. Es war nur eine Momentaufnahme, ein einziges Bild, auf ein Blatt Fotopapier gebannt, aber die junge Frau, die in die Kameralinse lächelte, hatte den Schimmer der Ewigkeit in ihren Augen. Es waren große, ausdrucksvolle braune Augen, voller Freude. Die junge Frau kniff sie leicht zusammen im Sonnenlicht. Hinter ihr stieß der messingfarbene Himmel auf das Türkisblau des Meeres. Eine dunkle Haarsträhne war ihr über das Gesicht geweht und schmiegte sich fast sehnsüchtig an die Rundung ihrer Wange. Sie trug einen schlichten weißen Badeanzug; und obwohl sie, wie sie da im Sand kniete, absichtlich eine aufreizende Pose eingenommen hatte, umgab sie eine süße Unbeholfenheit. Sie wirkte wie ein Kind, das in den Kleidern seiner Mutter erwachsen spielte.

Kate zog das Foto aus dem Rahmen. Die Ränder waren abgegriffen, liebevoll verschlissen durch jahrelange Berührung. Auf der anderen Seite stand eine handgeschriebene Botschaft: „Bis du zu mir zurückkommst. Jenny."

„Jenny", sagte Kate leise.

Eine lange Zeit stand sie da und starrte auf diese Worte. Die Frau, die sie geschrieben hatte, war seit Langem tot. Kate dachte über die Leere in diesem Zimmer nach, über die Suppendosen, die so sorgfältig aufgestapelt waren, über den Stapel Socken und die Unterwäsche in der Schublade. Charlie Decker hatte so wenig besessen. Der einzige Besitz, den er all die Jahre behütet hatte, das Einzige, was er gehegt und wie einen Schatz bewahrt hatte, war diese verblichene Fotografie einer Frau mit der Ewigkeit in ihren Augen gewesen. Es war kaum zu glauben, dass solch ein Glanz jemals erlöschen könnte, selbst nicht in den Tiefen eines Grabes.

Kate wandte sich an Mrs Tubbs. „Was wird mit diesen Sachen geschehen? Jetzt, wo er tot ist?"

„Schätze, ich werde es alles verscherbeln müssen", erwiderte die Verwalterin. „Charlie war mir Miete für eine Woche schuldig. Muss sie irgendwie bekommen. Obwohl da nicht viel Wertvolles ist. Außer vielleicht dem, was Sie gerade in der Hand halten."

Kate blickte hinunter auf das lächelnde Gesicht von Jenny Brook. „Ja. Sie ist schön, nicht wahr?"

„Nee, ich meine nicht das Bild."

Kate runzelte die Stirn. „Was?"

„Der Rahmen." Mrs Tubbs ging zum Fenster und zog den Vorhang zu. „Er ist aus Silber."

Jocelyn und ihr Bruder hingen wie Affen an dem Maschendrahtzaun. Als David und Kate aus dem Victory Hotel kamen, ließen sich die Kinder auf den Boden fallen und sahen erwartungsvoll zu ihnen hinüber, als ob jeden Moment etwas Außergewöhnliches geschehen würde. Das Mädchen – wenn es wirklich zehn war – war klein für sein Alter. Zahnstocherdünne Beine ragten unter dem sackartigen Kleid der Kleinen hervor. Ihre bloßen Füße waren dreckig. Der kleine Junge, ungefähr sechs und genauso dreckig, hielt einen Zipfel Stoff vom Rock seiner Schwester in der Faust.

„Er ist tot, oder?", stieß Jocelyn aus. Als sie Kates trauriges Nicken sah, schlenderte die Kleine wieder zum Zaun, lehnte sich dagegen und sprach zu einem der Flecken auf ihrem Oberteil. „Siehst du, ich wusste es. Blöde Erwachsene. Sagen uns nie die Wahrheit, keiner von denen."

„Was haben sie dir über Charlie erzählt?", fragte Kate.

„Sie haben nur gesagt, dass er weggegangen ist. Aber er hat mir nicht mal mein Geschenk gegeben."

„Zu deinem Geburtstag?"

Jocelyn starrte hinab auf ihre nicht vorhandenen Brüste. „Ich bin zehn."

„Und ich bin sieben", sagte ihr Bruder mechanisch, als ob sie sich abgesprochen hätten.

„Du und Charlie müsst gute Freunde gewesen sein", bemerkte David.

Das Mädchen schaute auf, und als es sein Lächeln sah – ein Lächeln, das das Herz jeder Frau erweichen konnte, vom Herzen einer Zehnjährigen ganz zu schweigen –, wurde es sofort rot im Gesicht. Die Kleine senkte den Blick wieder und fuhr kokett mit einem braunen Zeh an einem Spalt im Bürgersteig entlang. „Charlie hatte keine Freunde. Ich auch nicht. Außer Gabe hier, aber er ist nur mein Bruder."

Klein-Gabe lächelte und rieb seine schleimige Nase am Kleid seiner Schwester.

„Hat sonst jemand Charlie sehr gut gekannt?", fragte David. „Ich meine, außer euch."

Jocelyn kaute nachdenklich auf ihrer Lippe. „Na ja … Sie könnten es drüben bei Maloney's probieren. Die Straße rauf."

„Wer ist Maloney's?"

„Oh, er ist niemand."

„Wenn er niemand ist, wie kann er dann Charlie kennen?"

„Er ist kein Er. Er ist ein Ort. Ich meine, *es* ist ein Ort."

„Oh, natürlich", sagte David und schaute hinunter in Jocelyns geblendete Augen. „Wie dumm von mir."

„Was macht ihr Kinder schon wieder hier drinnen? Lauft. Raus mit euch, bevor ich meine Konzession verliere!"

Jocelyn und Gabe hüpften durch das klimatisierte Dunkel, an den Cocktailtischen vorbei und weiter bis zur Bar. Sie kletterten auf zwei Tresenhocker. „Hier sind ein paar Leute, die dich sehen wollen, Sam", kündigte Jocelyn an.

„Da hängt ein Schild draußen, das sagt, dass man einundzwanzig sein muss, um hereinzukommen. Seid ihr Kinder schon einundzwanzig?"

„Ich bin sieben", antwortete Gabe. „Kann ich eine Olive haben?"

Murrend tauchte der Barkeeper seine seifige Hand kurz in ein Glasgefäß und warf ein halbes Dutzend Oliven auf die Theke. „Okay, jetzt geht, bevor euch jemand hier noch ..." Sein Kopf zuckte in die Höhe, als er David und Kate bemerkte, die durch das Dunkel der Bar näher kamen. Seinem misstrauischen Blick nach wurde das Maloney's offensichtlich selten von gut betuchter Kundschaft aufgesucht. „Das ist nicht meine Schuld!", stieß er aus. „Diese Bälger kommen von der Straße hereingerannt. Ich wollte sie gerade hinauswerfen."

„Die sind nicht vom Amt", sagte Jocelyn, während sie sich schnell eine Olive in den Mund steckte. Es klang geringschätzig.

Allem Anschein nach lebten alle Einwohner in diesem Teil der Stadt in Angst vor irgendeinem gefürchteten Kontrolleur.

„Wir brauchen Informationen", sagte David. „Über einen Ihrer Kunden. Charlie Decker."

Sam warf einen langen, bedächtigen Blick auf Davids Kleider, und was er dachte, spiegelte sich deutlich in seinen Augen. *Schö-*

ner Anzug. Seidenkrawatte. Jawohl, alles sehr teuer. „Er ist tot", antwortete der Barkeeper dumpf.

„Das wissen wir."

„Ich rede nicht schlecht über die Toten." Es folgte eine lange, bedeutsame Pause. „Wollen Sie was bestellen?"

David seufzte und ließ sich schließlich auf einem Barhocker nieder. „Gut. Zwei Bier."

„Das ist alles?"

„Und zwei Ananassäfte", fügte Jocelyn hinzu.

„Das macht zwölf Mäuse."

„Günstige Drinks", sagte David sarkastisch und schob eine Zwanzigdollarnote über den Tresen.

„Zuzüglich Steuern."

Die Kinder ließen die restlichen Oliven in ihre Getränke fallen und fingen an, den Saft zu schlürfen.

„Erzählen Sie uns von Charlie", bat Kate drängend.

„Na ja, er saß immer genau da drüben." Sam nickte zu einem dunklen Ecktisch hinüber.

David und Kate beugten sich vor und warteten auf den nächsten Fetzen an Information. Schweigen. „Und?", soufflierte David.

„Da hat er eben gesessen."

„Und was getan?"

„Getrunken. Meistens Whiskey. Er mochte ihn gerne pur. Dann, manchmal, habe ich ihm einen Sour Sam zurechtgemacht. Wenn ihn die Stimmung nach etwas anderem überkam. Das ist meine Erfindung, der Sour Sam. Ja, Charlie hat ungefähr einmal in der Woche einen davon getrunken. Aber meistens wollte er Whiskey. Pur."

Dann folgte ein Schweigen. Der Redefluss war versiegt und brauchte anscheinend mehr Geld, um erneut zu sprudeln.

„Ich werde einen Sour Sam probieren", sagte Kate.

„Wollen Sie Ihr Bier nicht?"

„Sie können es haben."

„Danke. Aber ich rühre das Zeug nie an." Sam konzentrierte sich darauf, ein bizarres Gebräu aus Gin, Sodawasser und dem Saft einer halben Zitrone zu mixen, die zweifellos für den Namen des Drinks verantwortlich war.

„Fünf Mäuse“, verkündete er, während er Kate das Glas herüberreichte. „Wie schmeckt er Ihnen?“

Sie nahm einen Schluck und schnappte nach Luft. „Interessant.“

„Ja, das sagen alle.“

„Wir waren dabei, über Charlie zu sprechen“, erinnerte David ihn.

„Oh, ja, Charlie.“ Die Quelle sprudelte wieder. „Mal sehen, er kam ungefähr jeden Abend vorbei. Ich denke, er mochte die Gäste, obwohl er nicht viel reden konnte, wegen seinem schlimmen Hals. Er hat dagesessen und getrunken, einen oder zwei.“

„Whiskey. Pur“, setzte David hinzu.

„Ja, das stimmt. Echt maßvoll, wissen Sie. Hat sich nie völlig betrunken. Er war Stammgast, für ungefähr einen Monat. Dann, vor ein paar Tagen, ist er nicht mehr gekommen. Zu schade, wissen Sie? Ich hasse es, einen Stammkunden wie ihn zu verlieren.“

„Haben Sie irgendeine Ahnung, warum seine Besuche aufhörten?“

„Sie sagen, die Polizei hätte nach ihm gesucht. Es hieß, er hätte ein paar Leute umgebracht.“

„Was glauben Sie?“

„Charlie?“ Sam lachte. „Auf keinen Fall.“

Jocelyn reichte Sam ihr leeres Glas. „Kann ich noch einen Ananassaft haben?“

Sam schenkte noch zwei Gläser Ananassaft ein und schob sie zu den Kindern hinüber. „Acht Mäuse.“ Er blickte zu David, der schicksalsergeben nach seiner Brieftasche griff.

„Du hast die Oliven vergessen“, sagte Gabe.

„Die sind umsonst.“ Der Mann war nicht vollkommen herzlos.

„Hat Charlie jemals den Namen Jenny Brook erwähnt?“, fragte Kate.

„Wie ich gesagt habe, er hat nie viel geredet. Ja, der alte Charlie, er hat nur da drüben gesessen, an dem Tisch, und diese ollen Gedichte geschrieben. Er hat stundenlang gekritzelt und gekritzelt, nur um eins gut hinzukriegen. Dann wurde er sauer und hat es weggeworfen. Immer wenn er ging, waren überall auf dem Fußboden diese zusammengeknüllten Zettel."

Kate schüttelte erstaunt den Kopf. „Ich hätte nie geglaubt, dass er ein Dichter war."

„Jeder ist heutzutage ein Dichter. Dieser Charlie aber, dem war das wirklich ernst damit. Am letzten Tag, als er hier war, hatte er kein Geld, um seinen Drink zu bezahlen. Also reißt er eines seiner Gedichte heraus und gibt es mir. Sagt, es würde eines Tages was wert sein. Ha! Ich bin so ein Trottel." Sam nahm einen schmutzigen Lappen zur Hand und fing an, den Tresen beinah genießerisch abzureiben.

„Haben Sie das Gedicht noch?", fragte Kate.

„Das ist es, da drüben an die Wand geheftet."

Das billige linierte Papier hing an ein paar Streifen Klebeband. Im schummrigen Licht der Bar waren die Worte kaum zu lesen.

Ich habe ihnen gesagt:
dass Heilung nicht im Vergessen liegt.
Sondern in der Erinnerung.
An dich.
An den Geruch des Meeres auf deiner Haut.
An die kleinen und vollkommenen Fußspuren, die du im Sand hinterlässt.
Die Erinnerung kennt kein Ende.
Und so liegst du dort, am Meer, jetzt und immerdar.
Du öffnest die Augen. Du berührst mich.
Die Sonne ist in deinen Fingerspitzen.
Und ich bin geheilt.
Ich bin geheilt.

„So", sagte Sam. „Glauben Sie, das taugt was?"

„Es muss", sagte Jocelyn. „Wenn Charlie es geschrieben hat."

Sam zuckte mit den Schultern. „Das heißt gar nichts."

„Scheint, als ob wir in eine Sackgasse geraten wären“, bemerkte David, während er und Kate in den grellen Sonnenschein hinausgingen.

Er hätte das auch über ihre Beziehung sagen können. Er stand da, die Hände tief in die Taschen geschoben, und blickte die Straße hinunter auf einen Betrunkenen, der in einer Tür herumsaß. Glasscherben glitzerten im Rinnstein. Auf der anderen Straßenseite ergaben die grellroten Buchstaben der Laufschrift über einem Kino den Titel *Victorian Secrets*. Der Film war nicht jugendfrei.

Wenn er ihr nur ein Lächeln schenken würde, einen Blick, irgendetwas, das darauf hinweisen würde, dass sich die Dinge zwischen ihnen nicht dem Ende zuneigten. Aber das tat er nicht. Er behielt einfach die Hände in den Taschen. Und sie wusste auch ohne ein Wort von ihm, dass mehr als Charlie Decker gestorben war.

Sie kamen an einer schmalen Straße vorbei und trieben im Gehen die Scherben der zerbrochenen Bierflaschen auseinander.

„So viele offene Fragen“, bemerkte sie. „Ich verstehe nicht, wie die Polizei den Fall abschließen kann.“

„In der Polizeiarbeit gibt es immer offene Fragen und nagende Zweifel.“

„Es ist traurig, oder?“ Sie blickte zurück zum Victory Hotel. „Wenn ein Mann stirbt und er nichts hinterlässt. Keine Spur davon, wer oder was er war.“

„Dasselbe könntest du über uns alle sagen. Wenn wir keine bedeutenden Bücher schreiben oder Häuser errichten, was bleibt dann übrig von uns, nachdem wir gestorben sind? Nichts.“

„Nur Kinder.“

Einen Moment lang war er still. Dann sagte er: „Wenn wir Glück haben.“

„Wir wissen eins über ihn“, folgerte Kate leise. „Er hat sie geliebt. Jenny.“ Sie starrte hinunter auf den rissigen Bürgersteig und dachte an das Gesicht auf der Fotografie. Eine unvergessliche Frau. Selbst fünf Jahre nach ihrem Tod hatte Jenny Brooks Zauber das Leben von vier Menschen berührt: von dem, der sie geliebt hatte, und von den dreien, die sie hatten sterben sehen. Sie war der tragische Faden, der sich durch das vielschichtige Gewebe dieser Todesfälle flocht.

Wie es wohl wäre, fragte sie sich, wenn man so innig geliebt werden würde wie Jenny? Was für einen Reiz hatte sie besessen? *Was immer es war, ich habe es gewiss nicht.*

Ohne davon überzeugt zu sein, sagte sie: „Es ist gut, wieder nach Hause zu kommen."

„Ja?"

„Ich bin es gewohnt, auf mich allein gestellt zu sein."

David zuckte mit den Schultern. „Ich auch."

Sie hatten sich beide jeder emotional in ihre eigene Ecke zurückgezogen. So wenig Zeit noch, dachte Kate, und ihr war trostlos zumute. Hier gingen sie und heuchelten Worte wie zwei Fremde. Heute Morgen war sie aufgewacht und hatte ihn geduscht, rasiert und angezogen vorgefunden, in seinem förmlichsten Anzug. Beim Frühstück hatten sie alles besprochen, nur nicht das Thema, das sie am meisten beschäftigte. Er hätte den ersten Schritt machen können. Die ganze Zeit, während sie packte, hatte er die Gelegenheit gehabt, sie zu fragen, ob sie blieb. Und sie wäre geblieben.

Aber er hatte nicht ein Wort gesagt.

Gott sei Dank war sie immer gut darin gewesen, ihre Würde zu bewahren. Nie irgendwelche Tränen, irgendwelche hysterischen Anfälle. Selbst Eric hatte das gesagt. Du bist bei allem immer so vernünftig, hatte er gemeint, als er zur Tür hinausgegangen war.

Nun, sie würde auch dieses Mal vernünftig sein.

Die Fahrt war viel zu kurz. Als sie Davids Gesicht von der Seite anblickte, erinnerte sie sich an den Tag, an dem sie sich zum ersten Mal begegnet waren. Vor einer Ewigkeit. Er sah jetzt genauso abweisend aus, genauso unberührbar wie damals.

Sie fuhren vor ihrem Haus vor. Entschlossen trug er ihren Koffer den Fußweg hinauf; er ging wie ein Mann, der in Eile war.

„Möchtest du auf eine Tasse Kaffee hereinkommen?", fragte sie und wusste bereits, wie seine Antwort lauten würde.

„Ich kann nicht. Nicht jetzt. Aber ich kann dich anrufen."

Berühmte letzte Worte. Sie verstand vollkommen, natürlich. Es war alles Teil des Rituals.

Er warf einen verstohlenen Blick auf seine Armbanduhr. Zeit, sich wieder auf den Weg zu machen, dachte sie bei sich. *Für uns beide.*

Ohne Weiteres schob sie den Schlüssel ins Schloss und gab der Tür einen Stoß. Sie schwang auf. Als der Raum dahinter sichtbar wurde, hielt Kate auf der Türschwelle inne, unfähig, zu glauben, was sie da gerade sah.

Lieber Gott, dachte sie. *Warum passiert das? Warum jetzt?*

Sie spürte, wie sich Davids Hand um ihren Arm schloss und sie festhielt, als sie voller Entsetzen rückwärtsschwankte. Nur für einen Augenblick verschwamm der Raum um sie herum, dann richteten sich ihre Augen wieder klar auf die gegenüberliegende Wand.

Auf der geblümten Tapete waren mit blutroter Farbe die Buchstaben „MYOB" gesprüht worden. Und darunter das hohläugige Bild eines Totenkopfs mit gekreuzten Knochen.

14. KAPITEL

„Keine Chance, Davy. Der Fall ist abgeschlossen."

Pokie Ah Ching verschüttete Kaffee aus seinem Styroporbecher, als er sich einen Weg durch das überfüllte Polizeirevier bahnte, vorbei an dem diensthabenden Sergeant, der wild am Telefon diskutierte, vorbei an den Sekretärinnen, die mit Akten im Arm hin und her eilten, vorbei an einem übel riechenden Betrunkenen, der zwei erschöpft aussehenden Polizisten Beschimpfungen entgegenschleuderte. Durch all das bewegte sich Pokie so gelassen wie ein Schlachtschiff, das durch stürmische Gewässer glitt.

„Verstehst du nicht, das war eine Warnung!"

„Die vermutlich Charlie Decker hinterlassen hat."

„Kates Nachbarin hat am Dienstagmorgen beim Haus nachgesehen. Diese Botschaft wurde irgendwann später hinterlassen, als Decker bereits tot war."

„Dann ist es also ein Kinderstreich."

„Ja? Warum sollte ein Kind MYOB schreiben? Mind your own business – kümmere dich um deine eigenen Angelegenheiten?"

„Verstehst du Kinder? Ich nicht. Zur Hölle, ich werde noch nicht einmal aus meinen eigenen Kindern schlau." Pokie steuerte sein Büro an und schob sich um den Schreibtisch herum zu seinem Stuhl. „Wie ich sagte, Davy, ich bin beschäftigt."

David lehnte sich quer über den Schreibtisch. „Letzte Nacht habe ich dir erzählt, dass wir verfolgt wurden. Du hast gesagt, es wäre nur ein Hirngespinst."

„Ich sage das immer noch."

„Dann taucht Decker im Leichenschauhaus auf. Ein hübscher, praktischer, kleiner Unfall."

„Ich beginne da gerade eine Verschwörungstheorie zu riechen."

„Dein Geruchssinn ist erstaunlich."

Pokie setzte seine Tasse nieder und verschüttete Kaffee auf seinen Papieren. „Gut." Er seufzte. „Du hast eine Minute, um mir deine Theorie zu erzählen. Dann werfe ich dich hinaus."

David griff nach einem Stuhl und setzte sich hin. „Vier Todesfälle. Tanaka. Richter. Decker. Und Ellen O'Brien …"

„Tod auf dem Operationstisch; nicht mein Zuständigkeitsbereich."

„Aber Mord. Es gibt einen verborgenen Spieler in diesem Spiel, Pokie. Jemand, der es zustande gebracht hat, vier Menschen in nur zwei Wochen loszuwerden. Jemand, der klug und verschwiegen ist und medizinisches Wissen hat. Und sehr große Angst."

„Vor was?"

„Kate Chesne. Vielleicht hat Kate zu viele Fragen gestellt. Vielleicht weiß sie etwas und merkt es nur nicht. Sie hat unseren Mörder nervös gemacht. Nervös genug, um Warnungen über die ganze Wand zu kritzeln."

„Ein unsichtbarer Spieler, was? Ich nehme an, du hast mir bereits eine Liste mit Verdächtigen mitgebracht."

„Sie fängt mit dem Chefanästhesisten an. Hast du schon diese Geschichte von seiner Frau überprüft?"

„Sie ist Dienstagnacht im Pflegeheim gestorben. Eines natürlichen Todes."

„Oh, sicher. In der Nacht, nachdem er sich heimlich mit einem Haufen tödlicher Medikamente davongestohlen hat, gibt sie den Löffel ab."

„Zufall."

„Der Mann lebt allein. Es gibt niemanden, der sein Kommen und Gehen verfolgt …"

„Ich sehe den alten Knacker genau vor mir." Pokie lachte. „Der greise Jack the Ripper."

„Es kostet nicht viel Kraft, jemandem die Kehle durchzuschneiden."

„Aber was ist das Motiv des Alten, hä? Warum sollte er es auf seine Mitarbeiter abgesehen haben?"

David seufzte missmutig. „Ich weiß es nicht", gab er zu. „Aber es hat etwas mit Jenny Brook zu tun."

Seitdem er ihr Foto gesehen hatte, konnte er die Frau nicht mehr aus seinen Gedanken verbannen. Etwas an ihrem Tod, an den kühlen Details, die in ihrer Krankenakte verzeichnet waren, kehrte immer wieder zu ihm zurück, wie ein Musikstück, das sich wieder und wieder in seinem Kopf wiederholte.

Unkontrollierbare Krampfanfälle.

Ein kleines Mädchen, lebend geboren.

Mutter und Kind, zwei zarte Flämmchen, ausgelöscht im grellen Licht des Operationssaals.

Warum bedrohte ihr Tod Kate Chesne, nach fünf Jahren?

Ein Klopfen ertönte an der Tür. Sergeant Brophy, schniefend und mit roten Augen, ließ einige Papiere auf Pokies Schreibtisch fallen. „Hier ist dieser Bericht, auf den Sie gewartet haben. Oh, und wir haben eine neue Sichtung. Die kleine Sasaki wurde wieder erkannt."

Pokie schnaubte. „Schon wieder? Wie viele Sichtungen macht das? Dreiundvierzig?"

„Vierundvierzig. Diese ist bei Burger King."

„Oje. Warum entdecken sie sie immer bei Fast-Food-Ketten?"

„Vielleicht sitzt sie da gerade mit Jimmy Hoffa und … und …" Brophy nieste. „Elvis." Er schnäuzte sich mehrfach die Nase. Es klang jedes Mal wie ein lauter Gänseschrei. In freier Wildbahn hätte er die Tiere damit sicher angelockt. „Allergien", sagte Brophy, als ob das eine sehr viel akzeptablere Entschuldigung wäre als eine gewöhnliche Erkältung. Er warf einen trotzigen Blick zum Fenster hinaus auf seine Nemesis: ein Mangobaum, der in voller Blüte stand. „Zu viele verdammte Bäume hier in der Gegend", murmelte er und zog sich aus dem Büro zurück.

Pokie lachte. „Brophys Vorstellung vom Paradies ist ein klimatisierter Betonkasten." Er streckte die Hand nach dem Bericht aus und seufzte. „Das war's, Davy. Ich muss arbeiten."

„Wirst du den Fall wieder aufrollen?"

„Ich werde darüber nachdenken."

„Was ist mit Avery? Wenn ich du wäre, würde ich …"

„Ich sagte, ich werde darüber nachdenken." Pokie schlug den Bericht auf, eine grobe Geste, die besagte, dass die Redezeit endgültig vorbei war.

David begriff, dass er ebenso gut gegen eine Wand anrennen könnte. Er erhob sich, um zu gehen. Er war schon fast an der Tür, als Pokie plötzlich brüllte: „Moment mal, Davy."

David hielt inne, erstaunt von der Schärfe, die in Pokies Stimme lag. „Was?"

„Wo ist Kate im Moment?"

„Ich habe sie zu meiner Mutter gebracht. Ich wollte sie nicht allein lassen."

„Dann ist sie an einem sicheren Ort."

„Wenn man die Nähe meiner Mutter sicher nennen kann. Warum?"

Pokie schwenkte den Bericht, den er in der Hand hielt. „Das kam gerade von M. J. herein. Es ist die Obduktion von Decker. Er ist nicht ertrunken."

„Was?" David ging zum Schreibtisch hinüber und schnappte sich den Bericht. Sein Blick schoss geradewegs zu den Schlussfolgerungen am Ende.

Röntgenaufnahmen des Schädels zeigen Kompressionsfraktur, vermutlich hervorgerufen durch einen tödlichen Schlag auf den Kopf. Todesursache: epidurales Hämatom, eine Hirnblutung.

Pokie sank müde in seinem Stuhl zurück und stieß ein Schimpfwort hervor. „Der Mann war tot; Stunden, bevor er ins Wasser fiel."

„Rache?", sagte Jinx Ransom und biss geschickt in einen frisch gebackenen Ingwerkeks. „Das ist ein vollkommen schlüssiges Motiv für einen Mord. Das heißt, wenn man akzeptiert, dass es so etwas wie ein schlüssiges Motiv für einen Mord gibt."

Sie und Kate saßen auf der hinteren Veranda mit Blick über den Friedhof. Es war ein windstiller Nachmittag. Nichts regte sich – nicht die Blätter an den Bäumen, nicht die tief hängenden Wolken, nicht einmal die Luft, die unbewegt über dem Tal lag. Das einzige Geschöpf, das sich rührte, war Gracie, die mit einem Tablett voller klappernder Kaffeetassen und Teelöffeln aus der Küche schlurfte. Draußen auf der Veranda blieb sie kurz stehen, legte den Kopf in den Nacken und blickte zum Himmel hinauf.

„Es wird regnen", verkündete sie mit absoluter Zuversicht.

„Charlie Decker war ein Dichter", sagte Kate. „Er liebte Kinder. Sogar noch wichtiger: Die Kinder liebten ihn. Sie würden es doch spüren, wenn er gefährlich wäre?"

„Unsinn. Kinder sind genauso dumm wie alle anderen. Und dass er ein sanftmütiger Poet gewesen ist, das bedeutet gar nichts. Er hatte fünf Jahre, in denen er über seinen Verlust nachgrübeln konnte. Das ist gewiss genug Zeit, um eine Obsession in Gewalttätigkeit zu wandeln."

„Aber die Menschen, die ihn kannten, sind sich alle einig, dass er kein gewalttätiger Mann war."

„Wir sind alle gewalttätig. Besonders wenn es um die Menschen geht, die wir lieben. Liebe und Hass sind aufs Engste miteinander verbunden."

„Das ist eine ziemlich düstere Sicht auf die menschliche Natur."

„Aber eine realistische. Mein Mann war Richter am Circuit Court. Mein Sohn war früher einmal Staatsanwalt. Oh, ich habe all ihre Geschichten gehört, und glauben Sie mir, die Wirklichkeit ist viel düsterer, als wir es uns jemals vorstellen können."

Kate starrte hinaus auf den sanft abfallenden Rasen, auf die flachen Gedenktafeln aus Bronze, die wie Fußstapfen auf dem Gras aussahen. „Warum hat David bei der Staatsanwaltschaft aufgehört?"

„Hat er Ihnen das nicht erzählt?"

„Er sagte etwas von Sklavenlöhnen. Aber ich habe allmählich das Gefühl, dass ihm Geld nicht wirklich viel bedeutet."

„Geld bedeutet David so gut wie gar nichts“, warf Gracie ein. Sie blickte hinunter auf einen zerbrochenen Ingwerkeks, als wäre sie sich nicht ganz sicher, ob sie ihn essen oder ihn den Vögeln hinwerfen sollte.

„Warum ist er dann gegangen?“

Jinx warf ihr einen dieser Blicke aus kristallblauen Augen zu. „Sie waren eine Überraschung für mich, Kate. Es ist selten genug, dass David eine Frau mitbringt, damit sie mich kennenlernt. Und dann, als ich hörte, dass Sie Ärztin sind … Nun.“ Sie schüttelte verwundert den Kopf.

„David mag Ärzte nicht besonders“, erklärte Gracie hilfsbereit.

„Es ist etwas mehr als nur mangelnde Sympathie, Liebes.“

„Du hast recht“, stimmte Gracie zu, nachdem sie einige Sekunden nachgedacht hatte. „Ich vermute, *nicht ausstehen können* ist eine bessere Umschreibung.“

Jinx streckte die Hand nach ihrem Stock aus und stand auf. „Kommen Sie, Kate“, sagte sie und gab ihr ein Zeichen. „Ich glaube, es gibt da etwas, das Sie sehen sollten.“

Es war ein langsamer und feierlicher Spaziergang durch die Lücke in der fedrigen Jasminhecke zu einem schattigen Flecken unter dem Regenbaum. Insekten schwebten wie Motten in der windstillen Luft. Zu ihren Füßen lag, welkend auf einem Grab, ein kleiner Strauß Blumen.

Noah Ransom
Sieben Jahre alt

„Mein Enkel“, sagte Jinx.

Ein Blatt flatterte vom Baum herunter und lag zitternd auf dem Gras.

„Es muss schrecklich für David gewesen sein“, murmelte Kate. „Sein einziges Kind zu verlieren.“

„Schrecklich für jeden. Aber besonders für David.“ Jinx schubste das Blatt mit ihrem Stock beiseite. „Lassen Sie mich Ihnen von meinem Sohn erzählen. Er ist seinem Vater in einer Hinsicht sehr ähnlich: Er liebt nicht einfach so, leichten Herzens. Er ist wie ein Geizhals, der sich an einem unschätzbaren Goldschatz festhält. Aber wenn er ihn freigibt, dann gibt er ihn ganz, und das war's. Es gibt dann kein Zurück mehr. Darum war es so schwer für ihn, Noah zu verlieren. Dieser Junge war das Kostbarste in seinem Leben, und David kann die Tatsache, dass er gestorben ist, immer noch nicht akzeptieren. Vielleicht hat er deshalb so viele Schwierigkeiten mit Ihnen." Sie wandte sich zu Kate. „Wissen Sie, wie der Junge starb?"

„David sagte, es war eine Meningitis."

„Bakterielle Meningitis. Eine heilbare Krankheit, oder?"

„Wenn sie früh genug erkannt wird."

„*Wenn.* Das ist das Wort, das David quält." Jinx schaute traurig auf die welken Blumen herab. „Er war nicht in der Stadt – irgendeine Tagung in Chicago –, als Noah krank wurde. Zuerst hat Linda nicht viel darauf gegeben. Sie wissen, wie Kinder sind, sie bekommen ständig Erkältungen. Aber das Fieber des Jungen wollte nicht verschwinden. Und dann sagte Noah, er habe Kopfschmerzen. Sein Kinderarzt war im Urlaub, also brachte Linda den Jungen zu einem anderen Arzt, im selben Haus. Sie saßen zwei Stunden lang im Wartezimmer. Nach alldem verbrachte der Arzt nur fünf Minuten bei Noah. Und dann schickte er ihn nach Hause."

Kate starrte hinunter auf das Grab und wusste, fürchtete, was als Nächstes kommen würde.

„Linda rief den Arzt in dieser Nacht drei Mal an. Sie muss geahnt haben, dass etwas nicht stimmte. Aber alles, was sie von dem Arzt zu hören bekam, war eine Schelte. Er sagte ihr, sie sei nichts weiter als eine ängstliche Mutter. Dass sie sich hüten solle, eine Erkältung in eine Krise zu verwandeln. Als sie Noah schließlich in die Notaufnahme brachte, hat der Junge deliriert. Er hat die ganze Zeit nur vor sich hin gemurmelt und nach seinem Daddy gefragt. Die Krankenhausärzte taten, was sie konnten, aber …" Jinx zuckte leicht mit den Schultern. „Es war nicht einfach, für keinen von beiden. Linda gab sich die Schuld daran. Und David … er zog sich zurück. Er verschwand in seinem kleinen, engen Schneckenhaus und weigerte sich, herauszukommen, nicht einmal für seine Frau. Es überrascht mich nicht, dass sie ihn verlassen hat." Jinx schaute zum Haus hinüber. „Später kam heraus, was es mit dem Arzt auf sich hatte. Dass er Alkoholiker war. Dass er seine Approbation in Kalifornien verloren hatte. Da hat David es zu seinem persönlichen Kreuzzug gemacht. Oh, er hat den Mann ruiniert, zweifellos. Er hat sehr gründliche Arbeit geleistet. Aber die Geschichte hat sein Leben in Beschlag genommen, seine Ehe zerstört. Da hat er die Staatsanwaltschaft verlassen. Er hat seitdem viele Ärztekarrieren zerstört und damit sehr viel Geld verdient. Aber er macht das nicht wegen des Geldes. Irgendwo, ganz hinten in seinem Kopf, wird er immer nur diesen einen Arzt ans Kreuz schlagen. Der Noah getötet hat."

Darum hatten wir nie eine Chance, dachte Kate. *Ich war immer der Feind. Der, den er zerstören wollte.*

Jinx wanderte langsam zum Haus zurück. Eine lange Zeit stand Kate allein im Schatten des alten Baumes und dachte über Noah Ransom, sieben Jahre alt, nach. Und darüber, was für eine mächtige Kraft diese Liebe zu einem Kind war; so grausam obsessiv wie zwischen einem Mann und einer Frau. Ob sie sich jemals mit der Erinnerung an einen Sohn würde messen können? Oder jemals der Schuld an seinem Tod entkam?

All diese Jahre hatte David an diesem Schmerz festgehalten. Er hatte ihn als eine Art mystische Kraftquelle gebraucht, um denselben Kampf immer wieder zu kämpfen. So wie Charlie Decker seinen Schmerz gebraucht hatte, damit er ihn durch fünf lange Jahre in einer Nervenklinik am Leben erhielt.

Fünf Jahre in einer Klinik.

Kate runzelte die Stirn und erinnerte sich plötzlich an die Tablettenflasche in Deckers Nachttisch. Haldol. Tabletten für Psychotiker. War er tatsächlich verrückt?

Als sie sich umdrehte, schaute Kate zurück zur Veranda. Sie lag verlassen da. Jinx und Gracie waren ins Haus gegangen. Die Luft war so schwül, dass Kate förmlich spürte, wie sie drückend auf ihren Schultern lastete. Ein Sturm zieht herauf, dachte sie.

Wenn sie jetzt aufbrach, schaffte sie es vielleicht zur psychiatrischen Anstalt, bevor der Regen einsetzte.

Dr. Nemechek war ein dünner, krummer Mann mit müden Augen und einem geschürzten Mund. Sein Hemd war zerknittert, und sein weißer Kittel hing in Falten von seinen schmächtigen Schultern.

Sie gingen zusammen über das Gelände des *Hawaii State Hospital.* Überall um sie herum irrten weiß gekleidete Patienten ziellos umher wie Löwenzahnflaum, der über den Rasen wehte. Gelegentlich hielt Dr. Nemechek an, um eine Schulter zu tätscheln oder um ein paar Worte zur Begrüßung zu murmeln. *Wie geht es Ihnen, Mrs Solti? – Gut, Herr Doktor. – Warum sind Sie nicht zur Gruppentherapie gekommen? – Oh, das ist mein altes Leiden, wissen Sie. All diese Mehlwürmer in meinen Füßen. – Ich verstehe. Ich verstehe. Nun, einen guten Tag, Mrs Solti. – Guten Tag, Doktor.*

Dr. Nemechek blieb auf dem Rasen stehen und blickte sich traurig in seinem Königreich der zerstörten Seelen um. „Charlie Decker hat nie hierhergehört“, bemerkte er. „Ich habe denen von Anbeginn an gesagt, dass er in strafrechtlicher Hinsicht nicht unzurechnungsfähig wäre. Aber das Gericht hatte seinen sogenannten Experten vom Festland. Also wurde Charlie eingewiesen.“ Dr. Nemechek schüttelte den Kopf. „Das ist das Problem mit den Gerichten. Sie prüfen nur ihre Beweise, was immer das bedeutet. Ich schaue mir den Menschen an.“

„Und was haben Sie gesehen, als Sie Charlie Decker angeschaut haben?“

„Er war verschlossen. Sehr schwermütig. Bisweilen vielleicht wahnhaft.“

„Dann war er geistesgestört.“

„Aber nicht in strafrechtlich relevanter Hinsicht." Nemechek wandte sich zu ihr um, als ob er absolut sicher sein wollte, dass sie seinen Standpunkt verstand. „Eine Geisteskrankheit kann gefährlich sein. Manchmal ist sie jedoch nicht mehr als ein leiser Kummer. Ein barmherziger Schutz gegen den Schmerz. Das war sie für Charlie: ein Schutz. Seine Wahnvorstellung hielt ihn am Leben. Darum habe ich nie versucht, einzugreifen. Ich hatte das Gefühl, wenn ich ihm jemals diesen Schutz wegnahm, würde es ihn umbringen."

„Die Polizei sagt, er war ein Mörder."

„Lächerlich."

„Warum?"

„Charlie war ein vollkommen harmloses Geschöpf. Er hätte einen Umweg gemacht, um nicht auf eine Grille zu treten."

„Vielleicht war es leichter, Menschen zu töten."

Nemechek machte eine wegwerfende Handbewegung. „Er hatte keinen Grund, jemanden zu töten."

„Was ist mit Jenny Brook? War sie nicht sein Grund?"

„Charlies Wahnvorstellung hatte nichts mit Jenny zu tun. Er hatte ihren Tod als Schicksal hingenommen."

Kate runzelte die Stirn. „Worum ging es dann in seiner Wahnvorstellung?"

„Es ging um ihr Kind. Einer der Ärzte hat ihm erzählt, das Baby hätte bei der Geburt gelebt. Nur hat Charlie das falsch verstanden, und in seinem Kopf hat er es verdreht. Seine verschwundene Tochter, das war seine Obsession. Jedes Jahr im August hat er eine kleine Geburtstagsfeier abgehalten. Zu uns hat er gesagt: ‚Mein Mädchen ist heute fünf Jahre alt.' Er wollte sie finden. Wollte sie großziehen wie eine kleine Prinzessin, ihr Kleider schenken und Puppen und all die Dinge, die Mädchen angeblich mögen. Aber ich wusste, dass er nie wirklich versucht hat, sie zu finden. Er hatte Angst, die Wahrheit zu erfahren: dass das Baby in Wirklichkeit tot war."

Ein leichter Sprühregen setzte ein, und sie blickten beide zum Himmel hinauf. Der Wind blies die Wolken vor sich her über den

Rasen. Die Schwestern eilten herum und drängten die Patienten vorsichtig aus dem heraufziehenden Sturm.

„Könnte er möglicherweise recht haben?“, fragte sie. „Und das Mädchen ist noch am Leben?“

„Auf keinen Fall.“ Ein dichter Nieselregen war plötzlich zwischen sie geweht und verdeckte sein graues Gesicht. „Das Baby ist tot, Dr. Chesne. Während der letzten fünf Jahre existierte das Kind einzig und allein in Charlie Deckers Fantasie.“

Das Baby ist tot.

Während Kate den nebelverhangenen Highway zu Jinx’ Haus zurückfuhr, wiederholten sich Dr. Nemecheks Worte wieder und wieder in ihrem Kopf.

Das Baby ist tot. Das Kind existierte einzig und allein in Charlie Deckers Fantasie.

Wenn die Kleine gelebt hätte, wie sähe sie dann jetzt aus? fragte sich Kate. Hätte sie die dunklen Haare ihres Vaters? Hätte sie den Schimmer der Ewigkeit in ihren Augen, wie ihre Mutter?

Jenny Brooks Gesicht nahm in ihrer Fantasie Gestalt an, ein schelmisches Lächeln an einem Sommertag, umrahmt vom blauen Himmel. In diesem Augenblick blies Nebel über die Straße, und Kate blickte angestrengt durch den Dunstschleier. Währenddessen flackerte Jenny Brooks Bild und löste sich auf; an seine Stelle trat ein anderes Gesicht, ein kleines, umrahmt von Eisenholzbäumen. Die Wolken rissen auf, plötzlich verschwand der Nebel von der Straße. Und als das Sonnenlicht hindurchbrach, kam ihr eine Offenbarung. Sie machte beinah eine Vollbremsung.

Warum, zur Hölle, habe ich es zuvor nicht gesehen?

Jenny Brooks Kind war noch am Leben.

Und er war fünf Jahre alt.

„Wo, zur Hölle, ist sie?“, murmelte David und knallte den Hörer auf die Gabel. „Nemechek sagt, sie hätte das *State Hospital* um fünf verlassen. Sie sollte mittlerweile zu Hause sein.“ Er blickte gereizt über seinen Schreibtisch zu Phil Glickman, der ein Paar Essstäbchen in einen Karton mit Chow Mein steckte.

„Weißt du", murmelte Glickman, während er geschickt die Nudeln in seinen Mund beförderte, „jedes Mal, wenn ich davon höre, wird dieser Fall verwirrender. Du beginnst mit einem schlichten Kunstfehler und endest mit Mord. Falsch, *Morden*. Wo wird das noch hinführen?"

„Ich wünschte, ich wüsste es", seufzte David. Während er sich zum Fenster herumdrehte, versuchte er, die verlockenden Gerüche von Glickmans Abendessen zu ignorieren. Draußen verfinsterten sich die Wolken zu einem Metallgrau. Es erinnerte ihn daran, wie spät es schon war. Normalerweise würde er seine Aktentasche zusammenpacken und nach Hause fahren. Aber er brauchte eine Gelegenheit zum Nachdenken, und genau hier schien sein Verstand am besten zu arbeiten – hier an diesem Fenster.

„Was für eine Art, einen Mord zu begehen; jemandem die Kehle durchschneiden", sagte Glickman. „Ich meine, denk nur an all das Blut! Dazu braucht man eine Menge Nerven."

„Oder Verzweiflung."

„Und so einfach kann es nicht sein. Du musst ziemlich nahe an dein Opfer herankommen, um die Halsschlagader durchzuschneiden." Glickman hieb mit einem Essstäbchen durch die Luft. „Es gibt so viele einfachere Wege, die Sache zu erledigen."

„Klingt, als ob du dir darüber Gedanken gemacht hättest."

„Tun wir das nicht alle mal? Jeder hat irgendeine dunkle Fantasie. Den Liebhaber deiner Frau in der Gasse in die Enge treiben. Es dem Dreckskerl heimzahlen, der dich ausgeraubt hat. Wir können uns alle jemanden vorstellen, den wir wirklich gerne aus dem Weg räumen würden. Und es kann nicht so schwer sein, weißt du? Ein Mord. Wenn man klug ist, macht man es mit Raffinesse." Glickman schlürfte Nudeln in seinen Mund. „Gift zum Beispiel. Es tötet schnell und kann nachher nicht aufgespürt werden. Also, das ergibt den perfekten Mord."

„Abgesehen von einer Sache."

„Was?“

„Wo ist die Befriedigung, wenn dein Opfer nicht leidet?“

„Ein Problem“, räumte Glickman ein. „Du sorgst dafür, dass es Todesangst aussteht. Warnungen. Drohungen.“

David trat unruhig von einem Fuß auf den anderen und erinnerte sich an den blutroten Schädel auf Kates Wand. Mit zusammengekniffenen Augen beobachtete er die Wolken, die tief am Horizont hingen. Jede Minute die verging, wurde sein Gefühl, dass eine Katastrophe kurz bevorstand, stärker.

Er sprang auf die Füße und fing an, seine Papiere in die Aktentasche zu werfen. Es war sinnlos, hier zu warten; er konnte sich im Haus seiner Mutter genauso effektiv Sorgen machen.

„Weißt du, es gibt etwas an diesem Fall, was mir immer noch keine Ruhe lässt“, bemerkte Glickman und schluckte den letzten Rest seines Abendessens herunter.

„Was meinst du?“

„Das EKG. Tanaka und Richter wurden auf die ungefähr blutigste Art und Weise getötet, die möglich ist. Warum sollte der Mörder den Aufwand auf sich nehmen, um Ellen O'Briens Tod aussehen zu lassen wie einen Herzinfarkt?“

„Eines habe ich bei der Staatsanwaltschaft gelernt“, sagte David und klappte seine Aktentasche zu, „Mord muss keinen Sinn ergeben.“

„Nun, mir scheint, unser Mörder hat sich große Mühe gegeben, um Kate Chesne die Schuld zuzuschieben.“

David war bereits an der Tür, als er plötzlich verharrte. „Was hast du gesagt?“

„Dass er sich große Mühe gegeben hat, Kate Chesne etwas anzuhängen …“

„Nein, das Wort, das du benutzt hast, war *zuschieben*. Er hat ihr die Schuld *zugeschoben*!“

„Vielleicht. Na und?“

„Und wer wird verklagt, wenn ein Patient unerwartet auf dem Operationstisch stirbt?“

„Die Schuld wird normalerweise geteilt …“ Glickman unterbrach sich. „Oh mein Gott. Warum, zur Hölle, habe ich nicht früher daran gedacht?“

David griff bereits nach dem Telefon. Als er die Nummer der Polizei wählte, verfluchte er sich dafür, so blind gewesen zu sein. Der Mörder war die ganze Zeit da gewesen. Hatte sie beobachtet. Gewartet. Er musste gewusst haben, dass Kate nach Antworten suchte. Und dass sie ihnen allmählich nahe kam. Jetzt hatte er Angst. Genug Angst, um eine Warnung an Kates Wand zu kritzeln. Genug Angst, um ein Auto heimlich einen dunklen Highway hinab zu verfolgen.

Vielleicht sogar genug Angst, um noch einmal zu töten.

Es war halb sechs, und die meisten Sekretärinnen im Archiv des Krankenhauses hatten Feierabend gemacht. Die einsame Sekretärin, die zurückgeblieben war, nahm widerwillig den Zettel mit Kates Suchantrag und ging zu dem Computerterminal, um den Standort der Akte aufzurufen. Als die Daten erschienen, runzelte sie die Stirn.

„Die Patientin ist verstorben“, stellte sie fest und deutete auf den Bildschirm.

„Ich weiß“, sagte Kate und erinnerte sich erschöpft an das letzte Mal, als sie versucht hatte, eine Krankenakte aus dem Zimmer mit den Akten der Verstorbenen zu holen.

„Sie ist also bei den ruhenden Akten.“

„Ich verstehe. Könnten Sie mir das Krankenblatt bitte holen?“

„Es könnte eine Weile dauern, bis ich die Akte gefunden habe. Warum kommen Sie nicht morgen wieder?“

Kate widerstand dem Drang, hinüberzugreifen und die Sekretärin bei ihrem Rüschenkleid zu packen. „Ich brauche das Krankenblatt *jetzt*.“ Ihr war danach, hinzuzufügen: *Es geht um Leben und Tod.*

Die Sekretärin blickte auf ihre Armbanduhr und klopfte mit dem Bleistift auf den Schreibtisch. Quälend langsam erhob sie sich schließlich und verschwand im Aktenraum.

Fünfzehn Minuten verstrichen, bevor sie mit der Akte zurückkehrte. Kate zog sich an einen Ecktisch zurück und starrte auf den Namen auf dem Deckel: Brook, Baby.

Die Kleine hatte noch nicht einmal einen Vornamen gehabt.

Das Krankenblatt umfasste erschreckend wenige Seiten, nur das Deckblatt mit den wichtigsten Informationen des Krankenhauses, den Totenschein und eine hingekritzelte Zusammenfassung des kurzen Lebens dieses Kindes. Das kleine Mädchen war „am 17. August um 2:00 morgens für tot erklärt" worden, eine Stunde nach der Geburt. Die Todesursache war eine zerebrale Anoxie: Das winzige Gehirn hatte unter Sauerstoffmangel gelitten. Der Totenschein war von Dr. Henry Tanaka unterschrieben worden.

Als Nächstes wandte sich Kate der Kopie von Jenny Brooks Krankenblatt zu, die sie mitgebracht hatte. Sie hatte diese Seiten schon so viele Male gelesen; jetzt studierte sie sie wieder, Zeile für Zeile, und dachte über die Bedeutung jedes Satzes nach.

„... 28-jährige Frau, G1P0: erste Schwangerschaft, Anzahl lebend geborener Kinder null; 36. Schwangerschaftswoche, eingeliefert über Notaufnahme, im frühen Wehenstadium ..."

Ein Routinebericht, dachte Kate. Da waren keine Überraschungen, keine Warnungen vor der nahenden Katastrophe. Aber am Ende der ersten Seite hielt sie inne, und ihr Blick fiel auf einen einzigen Satz: „Wegen Spina bifida in familiärer Vorgeschichte mütterlicherseits wurde in der 18. Schwangerschaftswoche eine Amniozentese durchgeführt, die keine Auffälligkeiten ergab."

Amniozentese. Früh in ihrer Schwangerschaft war Flüssigkeit zur Analyse aus Jenny Brooks Bauch entnommen worden. Die Untersuchung hätte jegliche fötale Fehlbildungen ans Licht gebracht. Auch das Geschlecht des Kindes.

Der Amniozentesebericht lag nicht in der Krankenhausakte. Das überraschte Kate nicht. Vermutlich war der Bericht in Jenny Brooks ambulanter Krankenakte abgelegt worden.

Die passenderweise aus Dr. Tanakas Praxis verschwunden war, wie ihr mit einem Schlag klar wurde.

Kate schloss das Krankenblatt. Plötzlich wurde sie nervös. Sie stand auf und kehrte zu der Sekretärin zurück, die sich um das Archiv kümmerte. „Ich brauche eine weitere Akte“, sagte sie.

„Nicht noch eine verstorbene Patientin, hoffe ich.“

„Nein, dieser Patient lebt noch.“

„Name?“

„William Santini.“

Die Sekretärin brauchte nur eine Minute, um die Akte zu finden. Als Kate sie schließlich in den Händen hielt, hatte sie beinahe Angst, sie zu öffnen. Sie fürchtete sich davor, was sie in der Akte finden würde. Von dem sie bereits ahnte, dass sie es darin finden würde. Kate stand neben dem Schreibtisch der Sekretärin und fragte sich, ob sie es wirklich wissen wollte.

Sie öffnete den Aktendeckel.

Eine Kopie der Geburtsurkunde starrte sie an.

Name: William Santini
Geburtsdatum: 17. August
Zeit: 03:00.

Der 17. August, derselbe Tag. Aber nicht ganz dieselbe Zeit. Genau eine Stunde, nachdem Baby Brook die Welt verlassen hatte, hatte William Santini sie betreten.

Zwei Kinder: eins lebendig, eins tot. Hatte es jemals ein besseres Motiv für einen Mord gegeben?

„Erzähl mir nicht, dass du immer noch Krankenblätter bearbeiten musst“, bemerkte eine entsetzlich vertraute Stimme hinter ihr.

Kate riss den Kopf herum. Guy Santini war gerade zur Tür hereingekommen. Sie schlug das Krankenblatt zu, bemerkte aber sofort, dass der Name in dicker schwarzer Tinte quer über das Deckblatt gekritzelt war. Panisch drückte sie die Akte an ihre Brust. Ihr Gesicht gerann zu einem mechanischen Lächeln.

„Ich … ich räume nur den letzten Papierkram auf." Sie schluckte und zwang sich zu einem Plauderton. „Du bist spät hier", fügte sie hinzu.

„Erneut gestrandet. Das Auto ist wieder in der Werkstatt, also holt Susan mich ab." Guy blickte über den Empfangstisch und suchte nach der Sekretärin, die vorübergehend verschwunden war. „Wo ist die Hilfskraft überhaupt?"

„Sie war, äh, hier, vor nur einer Minute", sagte Kate und bewegte sich langsam zum Ausgang.

„Ich schätze, du hast die Neuigkeiten gehört. Über Averys Frau. Ein Segen, wirklich, angesichts ihres …" Er schaute sie an, und sie erstarrte, nur einen halben Meter von der Tür entfernt.

Guy runzelte die Stirn. „Stimmt etwas nicht?"

„Nein. Ich habe nur … Sieh mal, ich muss wirklich gehen." Kate drehte sich um und machte Anstalten, zur Tür hinauszufliehen, da schrie die Sekretärin: „Dr. Chesne!"

„Was?" Kate wirbelte herum und sah, dass die Frau sie hinter einem Regal hervor vorwurfsvoll anstarrte.

„Das Krankenblatt. Sie können es nicht aus dem Archiv mitnehmen."

Kate blickte hinunter auf die Mappe, die sie immer noch an ihre Brust gedrückt hielt, und überlegte fieberhaft ihren nächsten Schritt. Sie wagte nicht, das Krankenblatt zurückzugeben, während Guy genau neben dem Empfangstisch stand; er würde den Namen erkennen. Aber sie konnte hier auch nicht wie ein Trottel stehen bleiben.

Die beiden sahen sie stirnrunzelnd an und warteten darauf, dass sie etwas sagte.

„Sehen Sie, wenn Sie damit nicht fertig sind, kann ich die Akte hier für Sie bereithalten", sagte die Sekretärin schließlich und ging zum Empfangstisch.

„Nein. Ich meine …"

Guy lachte. „Was ist überhaupt in dem Ding? Staatsgeheimnisse?"

Kate merkte, dass sie das Krankenblatt umklammert hielt, als ob sie Angst hätte, man würde es ihr aus den Händen reißen. Sie zwang sich, vorwärtszugehen. Als sie das Krankenblatt mit dem Deckel nach unten auf den Empfangstisch legte, zitterte ihre Hand kaum merklich. „Ich bin damit noch nicht fertig." Ihr Herz klopfte rasend schnell.

„Dann werde ich es für Sie bereithalten." Die Sekretärin streckte die Hand nach der Akte aus, und eine Schreckenssekunde lang schien sie den Patientennamen aufdecken zu wollen. Stattdessen hob sie jedoch nur die Liste mit den Suchanträgen hoch, die Guy gerade auf den Empfangstisch gelegt hatte. „Warum setzen Sie sich nicht, Dr. Santini?", meinte sie. „Ich bringe die Akten zu Ihnen hinüber." Dann drehte sie sich um und verschwand im Aktenraum.

Ich sollte jetzt schleunigst verschwinden, dachte Kate.

Es kostete sie ihre ganze Selbstbeherrschung, nicht aus der Tür zu stürzen. Sie spürte Guys Blick in ihrem Rücken, als sie sich langsam und geflissentlich zum Ausgang bewegte. Erst als sie es tatsächlich in den Flur geschafft hatte, erst als sie hörte, wie die Tür hinter ihr dumpf ins Schloss fiel, traf es sie mit voller Macht. Was hatte sie da entdeckt? Guy Santini war ihr Kollege. Ihr Freund.

Er war außerdem ein Mörder. Und sie war die Einzige, die das wusste.

Guy starrte auf die Tür, durch die sich Kate eben zurückgezogen hatte. Er kannte Kate Chesne jetzt seit beinah einem Jahr, und er hatte sie nie so nervös gesehen. Verblüfft wandte er sich um und steuerte auf den Ecktisch zu, um dort zu warten. Diese kleine Nische war sein Lieblingsplatz; sie verlieh ihm ein Gefühl von Privatsphäre in diesem riesigen, unpersönlichen Raum. Jemand anderer bevorzugte die Nische offenbar auch. Zwei Krankenblätter lagen noch da und warteten darauf, wieder eingeordnet zu werden. Er griff sich einen Stuhl und wollte die Mappen schon zur Seite schubsen, als sein Blick plötzlich auf das obere Deckblatt fiel und erstarrte. Guy fühlte, wie seine Beine nachgaben. Langsam sank er auf den Stuhl und starrte auf den Namen.

Brook, Baby. Verstorben.

Lieber Gott, dachte er. *Das kann doch nicht dieselbe Brook sein.*

Er schlug die Mappe auf und suchte nach dem Namen der Mutter auf dem Totenschein. Als er ihn fand, schnitt Panik durch ihn hindurch wie eine scharfe Klinge.

Mutter: Brook, Jennifer.

Dieselbe Frau. Dasselbe Baby. Er musste nachdenken; er musste ruhig bleiben. Ja, er würde ruhig bleiben. Es gab keinen Grund zur Sorge. Niemand konnte ihn mit Jenny Brook oder dem Kind in Verbindung bringen. Die vier Menschen, die an der Tragödie vor fünf Jahren beteiligt waren, waren jetzt tot. Niemand hatte einen Grund, neugierig zu sein.

Oder doch?

Er sprang auf die Füße und eilte zum Empfangstisch zurück. Das Krankenblatt, das Kate so widerwillig hergegeben hatte, lag immer noch da, mit dem Deckel nach unten. Er drehte es um. Der Name seines Sohnes starrte ihn an.

Kate Chesne wusste es. Sie *musste* es wissen. Und sie musste aufgehalten werden.

„Hier, bitte", sagte die Sekretärin, die mit einem Armvoll Krankenblätter hinter den Regalen hervorkam. „Ich glaube, ich habe sie alle …" Sie blieb erstaunt stehen. „Wohin gehen Sie? Dr. Santini!"

Guy antwortete nicht; er war zu beschäftigt damit, zur Tür hinauszurennen.

Die Eingangshalle des Krankenhauses war beruhigend hell, als Kate aus dem Aufzug trat. Ein paar Besucher standen noch an den Eingangstüren und starrten hinaus in den Sturm. Ein Wachmann lungerte am Informationsschalter herum und plauderte mit einer hübschen Ehrenamtlichen. Kate eilte hinüber zu den öffentlichen Telefonen. Am ersten Telefon klebte ein „Außer Betrieb"-Schild; das andere fütterte ein Mann gerade mit einem Vierteldollar. Kate stellte sich genau hinter ihn und wartete. Der Wind rüttelte an den Fenstern der Eingangshalle; draußen verdunkelte eine dichte Regenwand den Parkplatz. Sie betete, dass Lieutenant Ah Ching an seinem Schreibtisch war.

Aber in diesem Augenblick war es nicht Ah Chings Stimme, nach der sie sich am meisten sehnte, es war Davids.

Der Mann vor ihr sprach immer noch am Telefon. Als sie sich umblickte, stellte sie erschrocken fest, dass der Wachmann verschwunden war. Die ehrenamtliche Helferin schloss bereits den Informationsschalter. Die Halle leerte sich viel zu schnell. Kate wollte nicht allein zurückbleiben – nicht hier, nicht mit dem, was sie wusste.

Sie floh aus dem Krankenhaus und lief hinaus in den Wolkenbruch.

Sie hatte Jinx' Auto am anderen Ende des Parkplatzes abgestellt. Der Sturm war mittlerweile zu einem wilden, tropischen Kampf zwischen Wind und Regen geworden. Sie stürzte los. Als sie das Auto erreicht hatte, waren ihre Kleider durchnässt. Es dauerte einige Sekunden, sich durch den fremden Schlüsselbund zu tasten, weitere Sekunden, die Tür aufzuschließen. Sie war so fest entschlossen, dem Sturm zu entkommen, dass sie von dem Schatten kaum Notiz nahm, der sich durch die Dunkelheit auf sie zubewegte.

In dem Augenblick, als sie auf den Fahrersitz glitt, kam der Schatten immer näher. Eine Hand packte ihren Arm.

Sie starrte hoch und sah Guy Santini über sich aufragen.

15. KAPITEL

„Rück beiseite“, sagte er.

„Guy, mein Arm …“

„Ich sagte, rück beiseite.“

Verzweifelt blickte sie sich nach irgendwelchen Passanten um, die ihre Schreie vielleicht hörten. Aber der Parkplatz lag wie ausgestorben da, und nur der dumpf auf das Autodach prasselnde Regen war zu hören.

Ein Entkommen war unmöglich. Guy blockierte den Ausstieg auf der Fahrerseite, und sie würde niemals rechtzeitig aus der Beifahrertür klettern können.

Bevor sie ihren nächsten Schritt auch nur planen konnte, schob Guy sie beiseite und glitt auf den Fahrersitz. Die Tür schlug zu. Durch das Fenster warf das graue Abendlicht einen fahlen Glanz auf sein Gesicht.

„Deinen Schlüssel, Kate“, forderte er.

Der Schlüssel war neben ihr auf den Sitz gefallen; sie machte keine Anstalten, ihn an sich zu nehmen.

„Gib mir den verdammten Schlüssel!“ Plötzlich entdeckte Guy den Autoschlüssel im dämmrigen Licht. Er schnappte ihn sich und schob den Schlüssel ins Zündschloss. In derselben Sekunde ging Kate auf ihn los. Wie ein in die Enge getriebenes Tier kratzte sie nach seinem Gesicht, doch im letzten Moment zögerte sie. Eine innere Abscheu gegen die Bösartigkeit ihres Angriffs ließ sie innehalten. Es war nur der Bruchteil einer Sekunde, aber genug Zeit für Guy, um zu reagieren.

Er zuckte zur Seite, packte ihr Handgelenk und riss sie so hart seitwärts, dass sie zurück gegen den Sitz geworfen wurde.

„Wenn ich muss“, sagte er mit tödlich leiser Stimme, „werde ich dir den Arm brechen. Das schwöre ich dir.“ Er warf den Rückwärtsgang ein, und das Auto machte einen Satz nach hinten. Dann trat er aufs Gaspedal, und der Wagen schleuderte vom Parkplatz auf die Straße.

„Wohin bringst du mich?“, fragte sie.

„Irgendwohin. Überallhin. Ich werde reden, und du wirst mir zuhören.“

„Wo… worüber?“

„Du weißt, worüber, zur Hölle!“

Rasch und voller Erwartung hob sie das Kinn, als sie sich einer Kreuzung näherten. Wenn sie sich hinausstürzen könnte …

Aber er hatte ihren Schritt bereits vorausgesehen. Er packte ihren Arm, riss sie zu sich und raste über die Kreuzung, gerade in dem Augenblick, als das Signal auf Rot wechselte.

Das war die letzte Ampel vor dem Freeway. Der Wagen beschleunigte. Verzweifelt beobachtete Kate, wie der Tacho auf neunzig kletterte. Sie hatte ihre Gelegenheit verpasst. Wenn sie jetzt versuchte, hinauszuspringen, würde sie sich mit ziemlicher Sicherheit den Hals brechen.

Guy wusste genauso gut wie sie, dass sie niemals so leichtsinnig wäre. Er ließ ihren Arm los. „Es ging dich nichts an, Kate“, sagte er, und sein Blick richtete sich wieder auf die Straße. „Du hattest kein Recht, herumzuschnüffeln. Überhaupt kein Recht.“

„Ellen war meine Patientin … *unsere* Patientin …“

„Das bedeutet nicht, dass du mein Leben zerstören kannst!“

„Was ist mit ihrem Leben? Und Anns? Sie sind tot, Guy!“

„Und die Vergangenheit ist mit ihnen gestorben! Ich sage, lass sie ruhen.“

„Mein Gott, ich dachte, ich würde dich kennen. Ich dachte, wir wären Freunde …“

„Ich muss meinen Sohn beschützen. Und Susan. Glaubst du, ich würde tatenlos zusehen? Und zulassen, dass sie zerstört werden?“

„Sie würden euch den Jungen niemals wegnehmen! Nicht nach fünf Jahren! Die Gerichte sind verpflichtet, euch das Sorgerecht zu geben …“

„Glaubst du, alles, worum ich mir Gedanken mache, ist das Sorgerecht? Oh, wir würden William behalten, zweifellos. Es gibt keinen Richter auf Erden, der ihn mir wegnehmen könnte! Der ihn irgendeinem Geisteskranken wie Decker übergibt! Nein. Susan ist es, an die ich denke."

Der Highway war rutschig vom Regen, die Straße gefährlich. Guys Hände lagen fest auf dem Steuerrad. Wenn sie sich jetzt auf ihn stürzte, würde das Auto sicher ins Schleudern geraten und sie beide umbringen. Sie musste auf eine andere Gelegenheit warten, auf eine zweite Chance, zu fliehen.

„Ich verstehe es nicht", sagte sie hartnäckig und suchte die Straße vor ihnen nach einem stehen gebliebenen Auto ab, einem Verkehrsstau, irgendetwas, was sie bremsen würde. „Was meinst du damit, es wäre Susan, über die du dir Gedanken machst?"

„Sie weiß es nicht." Auf Kates ungläubigen Blick hin nickte er. „Sie glaubt, William wäre ihr eigenes Kind."

„Wie kann sie es nicht wissen?"

„Ich habe es ihr verheimlicht. Seit fünf Jahren ist es mein kleines Geheimnis. Sie war unter Narkose, als unser Baby geboren wurde. Es war ein Albtraum, all die Eile, die ganze Panik und dann ein Not-Kaiserschnitt. Es war unser drittes Baby, Kate. Unsere letzte Chance. Und sie wurde tot geboren …" Guy hielt inne und räusperte sich; als er wieder sprach, klang seine Stimme schmerzerfüllt. „Ich wusste nicht, was ich tun sollte. Was ich Susan sagen sollte. Da war sie und schlief. So friedlich, so glücklich. Und da war ich und hielt unser totes kleines Mädchen im Arm."

„Du hast Jenny Brooks Baby einfach an dich genommen, als ob es deines wäre."

Hastig rieb er sich mit dem Handrücken über sein Gesicht. „Es war … es war göttliche Fügung, Schicksal. Kannst du das nicht verstehen? *Eine göttliche Fügung*. So erschien es mir damals. Die Frau war eben gestorben. Und da war ihr kleiner Junge, dieser absolut *perfekte* kleine Junge, und weinte im Nebenzimmer. Niemand, der ihn im Arm hielt. Oder ihn liebte. Niemand wusste etwas über den Vater des Kindes. Es schien keine Verwandten zu geben, niemanden, der sich kümmerte. Und da war Susan, sie fing bereits an, aufzuwachen. Kannst du das nicht verstehen? Es hätte sie umgebracht, wenn sie es herausgefunden hätte. Gott hat uns den Jungen *geschenkt*! Es war, als ob … als ob er es so gewollt hätte. Wir alle haben es so empfunden. Ann. Ellen. Nur Tanaka …“

„Er war nicht einverstanden?“

„Anfangs nicht. Ich habe mich mit ihm gestritten. Ich habe ihn praktisch angefleht. Erst als Susan die Augen öffnete und nach ihrem Baby fragte, hat er endlich nachgegeben. Also hat Ellen den Jungen ins Zimmer gebracht. Sie hat ihn in Susans Arme gelegt. Und meine Susan … sie hat ihn nur angeschaut, und dann hat sie … sie hat angefangen zu weinen …“ Guy wischte sich mit dem Ärmel übers Gesicht. „Da wussten wir, dass wir das Richtige getan hatten.“

Ja, Kate konnte sich die Vollkommenheit dieses Augenblicks vorstellen. Eine Entscheidung, so weise wie Salomons. Konnte es einen besseren Beweis seiner Richtigkeit geben als den Anblick eines neugeborenen Babys, das in die Arme seiner Mutter gekuschelt dalag?

Aber diese Entscheidung hatte zu dem Mord an vier Menschen geführt.

Bald wären es fünf.

Das Auto wurde plötzlich langsamer; erneut loderte Hoffnung in ihr auf, und sie hob den Blick. Der Verkehr wurde stärker. Weit voraus lag der Pali-Tunnel, regenverhangen. Sie wusste, irgendwo in der Nähe der Tunneleinfahrt gab es ein Notruf-Telefon. Wenn er nur ein wenig mehr verlangsamen würde, wenn sie die Autotür aufstoßen könnte, vielleicht wäre sie imstande, sich hinauszustürzen, bevor er sie aufhalten konnte.

Die Gelegenheit kam nie. Statt in den Tunnel zu fahren, schwenkte Guy auf eine dicht bewaldete Seitenstraße und fuhr dröhnend an einem Schild vorbei, auf dem stand: *Pali Aussichtspunkt.* Der letzte Halt, dachte sie. Der Aussichtspunkt stand auf einem Kliff hoch über dem Tal, es war ein Felsüberhang, wo lebensmüde Liebespaare ihren Pakt besiegelten, wo Krieger einst in den Tod geworfen wurden. Es war der perfekte Ort für einen Mord.

Eine letzte Verzweiflung überschwemmte sie, ließ sie nach der Tür greifen. Bevor sie sie öffnen konnte, riss er sie zurück. Sie drehte sich um und ging auf ihn los, mit beiden Fäusten. Guy wehrte sie mühsam ab und verlor die Kontrolle über das Lenkrad. Das Auto schlingerte von der Straße. Im unstet wandernden Lichtstrahl der Scheinwerfer erhaschte Kate einen flüchtigen Blick auf die Bäume, die sich drohend vor ihnen abzeichneten. Äste schlugen dumpf gegen die Windschutzscheibe, aber es kümmerte sie längst nicht mehr, ob sie einen Unfall hatten; ihr einziges Ziel war die Flucht.

Es war Guys unbändige Kraft, die den Kampf entschied. Mit der Wucht seines ganzen Körpergewichts stieß er Kate zurück. Dann packte er fluchend das Steuer und schleuderte es wild nach links. Der rechte Kotflügel schrammte an den Bäumen entlang, als das Auto auf die Straße zurückschwenkte. Kate lag ausgestreckt auf dem Sitz und konnte nur niedergeschlagen zusehen, wie sie sich die letzten hundert Meter zum Aussichtspunkt hinaufwanden.

Guy hielt den Wagen an und schaltete den Motor aus. Eine lange Zeit saß er schweigend da, als ob er seinen ganzen Mut zusammennehmen müsste, um die Sache zu erledigen. Draußen hatte der Regen nachgelassen, jetzt nieselte es nur noch. Jenseits des Klippenrands stob Nebel vorbei und verhüllte den tödlichen Abgrund vor ihren Blicken.

„Das war vollkommen wahnsinnig, was du gemacht hast", sagte er leise. „Warum hast du das getan, zum Teufel?"

Langsam senkte sie den Kopf; sie spürte ein tiefes Gefühl der Müdigkeit. Der Unvermeidlichkeit. „Weil du mich töten wirst", flüsterte sie. „So wie du die anderen getötet hast."

„Ich werde *was* tun?"

Sie schaute auf und suchte in seinen Augen nach einem Anflug von Reue. Wenn sie nur in ihn hineingreifen und das letzte bisschen

Menschlichkeit aus ihm herausziehen könnte! „War es leicht?“, fragte sie leise. „Ann die Kehle durchzuschneiden? Zuzusehen, wie sie verblutet ist?“

„Du meinst … Du glaubst wirklich, ich … Lieber Gott!“ Guy ließ den Kopf in die Hände sinken. Plötzlich begann er zu lachen. Es war zuerst leise, dann wurde es lauter und wilder, bis sein ganzer Körper bebte. Es klang jetzt mehr nach einem Schluchzen als nach einem Lachen. Er bemerkte die zwei neuen Scheinwerfer nicht, die wie ein Leuchtfeuer durch den Nebel flackerten. Kate blickte sich um und sah, dass ein zweites Auto die Straße hochgefahren war. Das war ihre Gelegenheit. Sie würde die Tür aufstoßen und um Hilfe laufen. Aber sie tat es nicht. In diesem Augenblick wusste sie, dass Guy ihr niemals wirklich etwas hatte antun wollen. Er war zu einem Mord gar nicht fähig.

Ohne Vorwarnung stieß Guy seine Tür auf und stolperte hinaus in den Nebel. Am Rande des Aussichtspunkts blieb er stehen, Kopf und Schultern gesenkt, als ob er betete.

Kate stieg aus dem Auto und folgte ihm. Sie sagte kein Wort. Sie streckte einfach die Hand aus und berührte seinen Arm. Sie konnte den Schmerz, die Bestürzung beinah fühlen, die seinen Körper durchströmte.

„Dann hast du sie nicht getötet“, sagte sie.

Guy sah auf und holte langsam und tief Luft. „Ich würde beinah alles tun, um meinen Sohn zu behalten. Aber Mord?“ Er schüttelte den Kopf. „Nein. Gott, nein. Oh, ich habe darüber nachgedacht, Decker umzubringen. Wer hätte ihn vermisst? Er war nichts, nur ein … ein Stück menschlicher Abfall. Und es schien ein so einfacher Ausweg. Vielleicht der einzige Ausweg. Decker hätte nicht aufgegeben. Er hätte die Leute weiterhin mit seiner Suche nach Antworten verfolgt. Und hätte wissen wollen, wo das Baby war.“

„Woher wusste er, dass das Baby lebte?“

„In der Nacht war noch ein Arzt im Kreißsaal …“

„Du meinst Dr. Vaughn?“

„Decker hat mit ihm gesprochen. Erfuhr gerade genug von ihm."

„Und dann ist Vaughn bei einem Autounfall ums Leben gekommen."

Guy nickte. „Ich dachte dann, es wäre alles in Ordnung. Ich dachte, es wäre vorbei. Aber dann kam Decker aus der Nervenklinik raus. Früher oder später hätte jemand geredet. Tanaka war dazu bereit. Und Ann hatte vor Angst den Verstand verloren. Ich gab ihr etwas Geld, um die Inseln zu verlassen. Aber sie hat es nicht geschafft. Decker hat sie vorher erwischt."

„Das ergibt keinen Sinn, Guy. Warum sollte er die einzigen Menschen töten, die ihm Antworten geben könnten?"

„Er war psychotisch."

„Selbst Psychotiker haben eine Art Logik."

„Er muss es getan haben. Da war niemand anderer, der …"

Von irgendwoher im Nebel ertönte ein hartes, metallisches Klicken. Kate und Guy erstarrten, als Schritte langsam über den Asphalt schlugen. Aus der heraufziehenden Dunkelheit erschien eine Gestalt wie ein Phantom, das Substanz annimmt. Schließlich stand sie vor ihnen. Selbst in dem düsteren Licht der Abenddämmerung schien Susan Santinis rotes Haar Funken zu sprühen. Aber es war das stumpfe Grau der Waffe, das Kates Blick standhielt.

„Geh aus dem Weg, Guy", befahl Susan leise.

Guy war zu benommen, um sich zu bewegen oder zu sprechen; er starrte seine Frau nur stumm an.

„Du warst es", murmelte Kate verwundert. „Die ganze Zeit warst *du* es. Nicht Decker."

Langsam richtete Susan ihren verschwommenen Blick auf Kate. Durch den Nebelschleier, der zwischen ihnen wehte, war ihr Gesicht so undeutlich und formlos wie das eines Gespensts. „Du verstehst es nicht, oder? Aber du hattest nie ein Baby, Kate. Du hattest niemals Angst, jemand würde ihm wehtun oder es dir wegnehmen. Das ist alles, woran eine Mutter jemals denkt. Worüber sie sich Sorgen macht. Es ist alles, worüber *ich* mir jemals Sorgen gemacht habe."

Guy entfuhr ein leises Stöhnen. „Mein Gott, Susan. Begreifst du, was du getan hast?"

„Du würdest es nicht tun. Also musste ich es tun. All diese Jahre. Ich habe das mit William nie gewusst. Du hättest es mir sagen sollen, Guy. Du hättest es mir sagen sollen. Ich musste es von Tanaka erfahren."

„Du hast vier Menschen getötet, Susan!"

„Nicht vier. Nur drei. Ich habe Ellen nicht umgebracht." Susan blickte Kate an. „Sie hat es getan."

Kate starrte sie an. „Was meinst du damit?"

„Da war kein Succinylcholin in der Ampulle. Es war Kaliumchlorid. Du hast Ellen eine tödliche Dosis gegeben." Susans Blick richtete sich wieder auf ihren Ehemann. „Ich wollte nicht, dass sie dir die Schuld geben, Liebling. Ich konnte es nicht ertragen, dich wieder so leiden zu sehen, wie du unter dem letzten Prozess gelitten hast. Also habe ich das EKG ausgetauscht. Ich habe *ihr* Namenskürzel daraufgesetzt."

„Und ich bekam die Schuld", beendete Kate den Satz.

Susan nickte und hob die Waffe. „Ja, Kate. Du hast die Schuld bekommen. Es tut mir leid. Jetzt, Guy, bitte. Geh weg. Es muss getan werden, William zuliebe."

„Nein, Susan."

Sie sah ihn an und runzelte ungläubig die Stirn. „Sie werden ihn mir wegnehmen. Verstehst du nicht? Sie werden mir mein Baby wegnehmen."

„Ich werde das nicht zulassen. Ich verspreche es."

Susan schüttelte den Kopf. „Es ist zu spät, Guy. Ich habe die anderen getötet. Sie ist die Einzige, die es weiß."

„Aber *ich* weiß es!", stieß Guy hervor. „Willst du mich auch umbringen?"

„Du wirst nichts sagen. Du bist mein Mann."

„Susan, gib mir die Waffe." Guy bewegte sich langsam vorwärts und streckte die Hand nach ihr aus. Er senkte die Stimme. Sie wurde sanft, vertraulich. „Bitte, Liebling. Nichts wird passieren. Ich werde mich um alles kümmern. Gib mir einfach die Waffe."

Susan wich einen Schritt zurück und verlor beinahe das Gleichgewicht auf dem unebenen Gelände. Guy erstarrte, als der Lauf der Waffe für einen Augenblick in seine Richtung schwenkte.

„Du wirst mir nicht wehtun, Susan."

„Bitte, Guy ..."

Er machte einen Schritt vorwärts. „Oder?"

„Ich liebe dich", stöhnte sie.

„Dann gib mir die Waffe. Ja, Liebling. Gib sie mir ..."

Der Abstand zwischen ihnen schwand langsam. Guy streckte die Hand nach ihr aus. Sie lockte Susan mit dem Versprechen nach Wärme und Sicherheit. Sehnsüchtig starrte Susan darauf, als ob sie irgendwo in der Tiefe ihres Verstandes wusste, dass diese Hand für sie auf ewig unerreichbar war. Die Waffe war nur Zentimeter von Guys Fingern entfernt, und Susan regte sich immer noch nicht; sie war wie gelähmt, denn ihre Niederlage war unausweichlich.

Guy, der schließlich spürte, dass er gewonnen hatte, schloss rasch die Lücke zwischen ihnen. Er packte die Waffe am Lauf und versuchte, sie Susan aus den Händen zu reißen.

Aber Susan gab sie nicht auf. In diesem Augenblick schien etwas in ihr aufzuflammen, irgendein letzter Funken Widerstand, und sie versuchte, ihm die Waffe wieder zu entreißen.

„Lass los!", schrie sie.

„Gib sie mir", forderte Guy und rang darum, die Kontrolle über die Waffe zu gewinnen. „Susan, gib sie mir!"

Die Explosion der Waffe schien sie in einer Momentaufnahme einzufangen. Sie starrten einander verwundert an, keiner von ihnen wollte glauben, was gerade geschehen war. Dann stolperte Guy rückwärts und umklammerte sein Bein.

„Nein!" Susans Klagelaut drang empor und trieb gespenstisch durch den Nebel. Langsam drehte sie sich zu Kate um. Verzweiflung schimmerte in ihren Augen. Und sie hielt die Waffe noch immer umklammert.

Da rannte Kate. Blind, verzweifelt in den Nebel. Sie hörte einen Pistolenschuss. Eine Kugel pfiff vorbei und schlug unweit ihrer Füße dumpf in die Erde. Es war keine Zeit, sich zu orientieren, wieder zur Straße zurückzulaufen. Sie rannte einfach immer weiter und betete, der Nebel würde sie vor Susan verbergen.

Plötzlich erhob sich die Erde, und es ging bergauf. Durch die Nebelstreifen sah Kate die steile Wand des Gebirgskamms, der spärlich mit Gestrüpp bewachsen war. Sie wirbelte herum und merkte sofort, dass ihr der Rückweg zur Hauptstraße versperrt wurde; Susan kam näher auf sie zu. Ihr einziger Fluchtweg lag zur Linken, die brüchigen Überreste der Pali-Straße hinunter. Die Pali-Straße war der ursprüngliche Klippenpass. Man hatte sie schon vor langer Zeit den Elementen überlassen. Kate hatte keine Vorstellung, wie weit sie kommen würde; Teile der Straße, das wusste sie, waren den fast senkrechten Hang hinuntergestürzt.

Schritte ertönten. Sie kamen immer näher. Das ließ ihr keine Wahl. Kate kletterte über eine niedrige Betonmauer und fand sich auf einmal an einem schlammigen Abhang wieder, den sie hilflos hinunterrutschte. Sie krallte sich an Ästen und Schlingpflanzen fest und schaffte es, ihren Fall aufzuhalten, bis sie, zerschrammt und außer Atem, auf einer Asphaltplatte landete. Die alte Pali-Straße.

Irgendwo über ihr, verborgen zwischen den Wolken, raschelte Gebüsch. „Es gibt kein Entkommen, Kate!“ Susans geisterhafte Stimme schien von überall gleichzeitig zu kommen. „Die alte Straße führt nicht sehr weit. Ein falscher Schritt und du wirst über die Klippen fallen. Sei also besser vorsichtig …“

Vorsichtig … vorsichtig … Der warnende Zuruf hallte von dem Gebirgskamm wider und zersprang in furchterregende Klangfragmente. Das Rascheln des Gebüschs rückte näher. Susan kam immer weiter auf sie zu. Sie ließ sich Zeit, bewegte sich langsam vorwärts, stetig und unaufhaltsam. Ihr Opfer saß in der Falle. Und sie wusste es.

Aber in der Falle zu sitzen hieß nicht, dass man hilflos war.

Kate sprang auf die Füße und fing an zu rennen. Die alte Straße war voller Spalten und Schlaglöcher. Stellenweise war sie vollkommen verfallen, und junge Bäume stießen hindurch und schlugen mit ihren Wurzeln kleine Wellen in den Asphalt. Kate strengte sich an, um durch den Nebel etwas zu erkennen, aber sie konnte nicht weiter schauen als ein paar Zentimeter. Die Dunkelheit sank schnell herab; sie würde ihr die Sicht endgültig nehmen. Aber sie wäre auch ein Deckmantel, unter dem sie sich verbergen könnte.

Aber wo konnte sie sich verbergen? Zu ihrer Rechten zeichnete sich drohend der Gebirgskamm ab, steil ragte er nach oben; zu ihrer Linken brach der Asphaltbelag am Rand der Klippe abrupt ab. Kate hatte keine Wahl – sie musste weiterlaufen.

Sie stolperte über einen losen Felsbrocken und fiel der Länge nach auf den harschen Asphalt. Auf einmal war sie wieder auf den Füßen, taub für den Schmerz, der in ihren Knien brannte. Selbst als sie lief, zwang sie sich, vorauszudenken. Ob da eine Absperrung am Ende der Straße sein würde? Oder nur noch ein Sturz ins Vergessen? So oder so, es gäbe kein Entrinnen. Es gäbe nur eine Kugel, und dann würde sie über das Kliff fallen. Wie lange es wohl dauerte, bis sie ihre Leiche fanden?

Ein Windstoß fegte über die Straße. Für einen Augenblick klärte sich der Nebel. Kate sah die Wand des Gebirgskamms, die sich drohend zu ihrer Rechten abzeichnete, bedeckt von dichtem Gebüsch. Auf halber Höhe, von dem Wildwuchs beinah verborgen, lag der Eingang einer Höhle. Wenn sie sie erreichen könnte, wenn sie dieses Gebüsch hinaufklettern könnte, bevor Susan diese Stelle passierte, könnte sie sich verstecken, bis Hilfe kam. Wenn sie kam.

Kate schlängelte sich ins Gebüsch hinein und begann den Berghang hinaufzuklettern. Regen hatte den Erdboden am Hang in Schlamm verwandelt; sie musste nach Wurzeln und Ästen greifen, um sich hochzuziehen. Die ganze Zeit drohte Gefahr, dass sie einen Felsbrocken lostrat. Er würde donnernd auf die Straße stürzen.

Der Krach würde Susan bestimmt auf sie aufmerksam machen. Und da wäre sie dann und würde am Berghang balancieren wie eine Fliege an der Wand. Eine einzige gut platzierte Kugel würde alldem ein Ende setzen.

Wieder ertönten Schritte, und Kate erstarrte sofort. Susan kam näher. Verzweifelt klammerte sich Kate an den Berg und drückte sich so tief ins Gebüsch hinunter, dass sie darin verschwand.

Die Schritte wurden langsamer, hielten inne. In diesem Augenblick stieß der Wind die Wolken gegen den Gebirgskamm und hüllte Kate in silbrigen Nebel. Die Schritte bewegten sich weiter, klapperten langsam über den Asphalt. Erst als das Geräusch verklungen war, wagte Kate, ihren Aufstieg fortzusetzen.

Als sie den Eingang der Höhle erreichte, hatten sich ihre Hände zu Krallen verkrampft. Es kostete sie ihre letzte Kraft, um sich in die schlammige Höhle hinaufzuziehen. Kaum war sie oben, brach sie zusammen und rang nach Atem. Wasser tropfte von den Baumwurzeln über ihr und benetzte ihr Gesicht. Tief in den Schatten der Höhle hörte sie ein Rascheln, eine Bewegung, und etwas krabbelte über ihren Arm. Ein Käfer. Sie hatte keine Energie, ihn wegzujagen. Erschöpft und zitternd rollte sie sich im Schlamm zusammen wie ein müder Welpe. Der Wind nahm zu und fegte die Wolken vom Pass. Der Nebel schwand bereits. Wenn sie nur ausharren könnte bis zum Einbruch der Nacht. Das war es, worauf sie am meisten hoffte: Dunkelheit.

Sie schloss die Augen und konzentrierte sich auf ein Bild von David. In Gedanken sah sie sein Gesicht vor sich. Wenn er nur ihre stumme Bitte um Hilfe hören könnte. Aber er konnte ihr nicht helfen. Niemand konnte das. Sie fragte sich, wie er auf ihren Tod reagieren würde. Würde er Trauer empfinden? Oder würde er es einfach mit einem Schulterzucken abtun, wie das tragische Ende einer verblühenden Liebesaffäre? Das schmerzte sie am meisten – der Gedanke an seine Gleichgültigkeit.

Sie bettete ihr Gesicht in ihre Arme, und warme Tränen mischten sich in das eisige Wasser auf ihren Wangen. Sie hatte sich niemals so allein gefühlt, so verlassen. Plötzlich war es nicht wichtig, ob sie lebte oder starb, nur dass es jemandem etwas ausmachte, was mit ihr geschah.

Aber ich bin die Einzige, der es wirklich etwas ausmacht.

Eine verzweifelte neue Kraft regte sich in ihr. Langsam breitete sie ihre Glieder aus und schaute hinaus auf die dünnen Nebelfetzen, die an der Höhle vorbeitrieben. Und sie spürte eine nie gekannte Wut, dass man ihr das Leben womöglich stahl und dass der Mann, den sie liebte, nicht einmal hier war, um ihr zu helfen.

Wenn ich gerettet werden will, muss ich es selbst tun.

Die Schritte, die sich langsam die Straße entlang zurückbewegten, sagten ihr schließlich, dass die Dunkelheit zu spät kommen würde, um sie zu retten. Durch das Gewirr der Äste, die den Höhleneingang säumten, sah sie in der Dämmerung das samtige Grün eines fernen Gebirgskamms. Der Nebel war verschwunden – und damit auch ihre Unsichtbarkeit.

„Du bist da oben, nicht wahr?" Susans Stimme schwebte von der Straße herauf, ein Geräusch, so eisig, dass Kate zitterte. „Ich hätte sie beinah verpasst. Aber Höhlen haben etwas Unvorteilhaftes. Etwas, das du sicher mittlerweile erkannt hast. Sie sind Sackgassen."

Felsbrocken prasselten den Hang hinab und schlugen auf die Straße auf, ihr Aufprall hallte wider wie ein Gewehrschuss. Sie klettert den Bergrücken hinauf, dachte Kate verzweifelt. *Sie kommt, um mich zu holen …*

Ihr einziger Fluchtweg führte durch den Höhleneingang wieder hinaus. Direkt in Susans Schusslinie.

Ein Zweig brach, und mehr Felsbrocken schlitterten den Berg hinab. Susan kam näher. Kate hatte keine Wahl mehr; entweder sie flüchtete jetzt, oder sie säße wie eine Ratte in der Falle.

Schnell tastete sie im Schlamm umher und fand einen faustgroßen Stein. Es war nicht viel im Vergleich zu einer Pistole, aber es war alles, was sie hatte. Vorsichtig steckte sie den Kopf hinaus. Zu ihrem Entsetzen sah sie, dass Susan den Hang bereits zur Hälfte hinaufgestiegen war.

Ihre Blicke trafen sich. In diesem Augenblick erkannte jede die Verzweiflung der anderen. Eine kämpfte um ihr Leben, die andere um ihr Kind. Es konnte keinen Kompromiss geben, kein Aufgeben, nur den Tod.

Susan zielte; der Waffenlauf schwenkte hoch zum Kopf ihrer Beute.

Kate warf den Stein mit kräftigem Schwung.

Er flog über das Gebüsch hinweg und schlug dumpf gegen Susans Schulter. Mit einem Aufschrei glitt Susan ein kleines Stück den Berghang hinunter, bis sie einen Ast zu fassen bekam. Einen Augenblick lang hielt sie sich benommen daran fest.

Kate kletterte aus der Höhle und begann, sich den Gebirgskamm weiter hinaufzuschleppen. Selbst als sie sich hochzog, Ast für Ast, schrie eine vernünftige Stimme in ihrem Kopf, dass der Aufstieg unmöglich, die Wand des Kliffs zu steil war, dass die Büsche zu wild wucherten, um ihr Gewicht zu tragen. Aber ihre Arme und Beine schienen sich von selbst zu bewegen, nicht von Logik gesteuert, sondern vom Überlebensinstinkt. Ihre Ärmel waren von Dornen zerfetzt, und ihre Hände und Arme waren bereits blutig gekratzt, aber sie war zu betäubt vor Angst, um Schmerzen zu fühlen.

Eine Kugel prallte von einem Gesteinsbrocken ab. Kate zuckte zusammen, als Felstrümmer und Erde herabregneten und auf ihrem Gesicht brannten. Susans Ziel war weiträumig; sie konnte sich nicht am Berg festklammern und gleichzeitig treffsicher schießen.

Kate schaute auf. Auf einmal fiel ihr Blick auf einen überhängenden Felsen, der mit Schlingpflanzen bewachsen war. Ob sie stark genug wäre, sich über die Felsspitze zu ziehen? Würden die Schlingpflanzen ihr Gewicht halten? Die Fläche war unglaublich steil, und sie war so müde, so müde …

Ein zweiter Schuss ertönte; die Kugel kam so nahe, dass Kate fühlen konnte, wie sie an ihrer Wange vorbeipfiff. Verzweifelt packte Kate eine Schlingpflanze und begann, sich die Felswand hinaufzuziehen. Ihre Schuhe glitten nutzlos nach unten, dann fanden sie Halt an der Wand. Kate schob sich einige wenige kostbare Zentimeter nach oben, dann noch ein paar, und ihre Knie schrammten über das raue vulkanische Geröll. Hoch über ihr jagten die Wolken über den Himmel und verhöhnten sie mit dem Versprechen auf Freiheit. Wie viele Kugeln waren noch übrig?

Es braucht nur eine …

Jeder Zentimeter wurde zur Qual. Ihre Muskeln schrien nach Ruhe. Selbst wenn eine Kugel ihr Ziel fand, bezweifelte Kate, dass sie den Schmerz fühlen würde.

Als sie den Überhang endlich überwunden hatte, war sie zu erschöpft, um irgendein Triumphgefühl zu spüren. Sie zog sich über die Spitze und rollte auf einen schmalen Felsvorsprung. Es war nicht mehr als ein flacher Gesteinsbrocken, der vom Regen und den Flechten rutschig geworden war, aber kein Bett hatte sich jemals so wunderbar angefühlt. Wenn sie hier nur für immer liegen könnte. Wenn sie die Augen schließen und schlafen könnte! Aber es war keine Zeit, sich zu erholen, keine Zeit, die Schmerzen aus ihrem Körper zu vertreiben; Susan war direkt hinter ihr.

Kate rappelte sich auf. Ihre Beine zitterten vor Erschöpfung, und der pfeifende Wind toste um ihren Körper. Einer ihrer Schuhe war während des Aufstiegs abgefallen, und bei jedem Schritt bissen Dornen in ihren nackten Fuß. Aber der Aufstieg war hier einfacher, und Kate hatte nur noch wenige Meter zu gehen, bis sie den Gipfel des Gebirgskamms erreichte.

Sie schaffte es nie.

Ein letzter Schuss ertönte. Aber sie spürte keinen Schmerz, da war nur ein Erstaunen. Dann kam der dumpfe Schlag der Kugel, die ihre Schulter traf. Der Himmel drehte sich über ihr. Einen Moment lang schwankte sie, so unstet wie ein Schilfrohr im Wind. Dann spürte sie, wie sie rückwärtsfiel. Sie drehte sich, wieder und wieder, und stürzte auf das Vergessen zu.

Es war ein Mimosenbusch – eines dieser störrischen Unkräuter, die ihre Wurzeln tief in die hawaiianische Erde spannten –, der ihr das Leben rettete. Er verhakte sich an ihren Beinen, verlangsamte ihren Fall gerade genug, um sie vor dem Sturz über die Felskante zu bewahren. Als sie dort lag und nur mühsam begriff, wo sie war, vernahm sie ein seltsames Geschrei in der Ferne; für ihr verwirrtes Gehirn klang es wie das Wimmern eines Kindes, und es wurde zusehends lauter.

Die Halluzination brachte sie wieder zu Bewusstsein. Halb betäubt, öffnete sie die Augen und blickte in das triste Grau des bewölkten Himmels. Der Schrei des Kindes verwandelte sich plötzlich in das rhythmische Heulen von Polizeisirenen. Es klang nach Hilfe. Nach Rettung.

Dann bewegte sich ein Schatten durch ihr Blickfeld. Nur mühsam erkannte Kate die Gestalt, die über ihr stand. Im Licht der Dämmerung war Susan Santinis Gesicht nicht mehr als ein schwarzer Ausschnitt mit windgepeitschtem Haar.

Susan sagte nichts, während sie langsam ihre Waffe auf Kates Kopf richtete. Einen Augenblick lang stand sie da, ihr Rock flatterte im Wind. Die Pistole hielt sie mit beiden Händen fest umklammert. Ein Windstoß fegte über den schmalen Felsvorsprung und ließ sie auf dem rutschigen Felsen unruhig schwanken.

Der Schrei der Sirenen brach plötzlich ab; laute Rufe von Männern drangen vom Tal herauf.

Kate setzte sich mit Mühe auf. Der Waffenlauf starrte ihr ins Gesicht. „Es gibt keinen Grund, mich jetzt zu töten, Susan. Oder?", brachte sie leise heraus.

„Du weißt, es geht um William."

„Das werden sie auch wissen." Kate nickte kraftlos zu den fernen Stimmen, die bereits näher rückten.

„Werden sie nicht. Nicht, solange du es ihnen nicht erzählst."

„Woher weißt du, dass ich es nicht schon getan habe?"

Die Waffe bebte. „Nein!", schrie Susan, und in ihrer Stimme schwang zum ersten Mal ein Anflug von Panik. „Du kannst es ihnen nicht erzählt haben! Du warst dir nicht sicher …"

„Du brauchst Hilfe, Susan. Ich werde zusehen, dass du sie bekommst. Alle Hilfe, die du brauchst."

Der Waffenlauf schwebte immer noch an ihrem Kopf. Es wäre nur ein Zucken des Fingers nötig, eine Bewegung am Abzug, um Kates ganze Welt einstürzen zu lassen. Sie blickte hinauf in das schwarze Rund und fragte sich, ob sie die Kugel spüren würde. Wie seltsam, dass sie ihrem eigenen Tod mit solcher Ruhe ins Auge sehen konnte. Sie hatte darum gekämpft, am Leben zu bleiben, und sie hatte verloren. Alles, was sie jetzt tun konnte, war, auf das Ende zu warten.

Dann, durch den Schrei des Windes hindurch, hörte sie eine Stimme, die ihren Namen rief. Noch eine Halluzination, dachte sie. *Das muss es sein …*

Aber da war sie wieder: Davids Stimme, die ihren Namen rief, wieder und wieder.

Plötzlich wollte sie leben. Sie wollte ihm all die Dinge sagen, die zu sagen sie zu stolz gewesen war. Dass das Leben zu kostbar wäre, um es mit Verletzungen der Vergangenheit zu verschwenden. Dass sie ihm helfen könnte, all die Schmerzen, die er jemals erlitten hatte, zu vergessen. Wenn er ihr nur die Chance dazu gäbe.

„Bitte, Susan", flüsterte sie. „Nimm die Waffe herunter."

Susan bewegte sich leicht, aber ihre Hände hielten die Pistole immer noch umklammert. Sie schien den Stimmen zu lauschen, die die alte Pali-Straße entlang näher rückten.

„Kannst du nicht verstehen?", schrie Kate. „Wenn du mich umbringst, wirst du deine einzige Chance zunichtemachen, deinen Sohn zu behalten!"

Ihre Worte schienen Susan alle Kraft aus den Armen zu rauben. Langsam, fast unmerklich, ließ sie die Waffe sinken. Für einen Augenblick stand sie reglos da und senkte den Kopf in einer stillen Geste der Trauer. Dann drehte sie sich um und blickte über den Felsvorsprung auf die Straße tief unter ihnen. „Es ist jetzt zu spät", sagte sie so leise, dass ihre Stimme vom Wind beinah übertönt wurde. „Ich habe ihn schon verloren."

Weiter unten wurde ein Chor von Rufen laut. Sie waren entdeckt worden.

Susans Haare peitschten wie Flammen im Wind. Sie starrte hinunter auf die versammelten Männer. „Es ist besser so“, sagte sie nachdrücklich. „Er wird nur gute Erinnerungen an mich haben. So sollte eine Kindheit sein, weißt du. Nur gute Erinnerungen …“

Vielleicht war es ein plötzlicher Windstoß, der Susan aus dem Gleichgewicht brachte; Kate war sich nicht sicher. Alles, was sie wusste, war, dass Susan in einem Augenblick kurz an der Felskante verharrte – und dann, im nächsten Augenblick, war sie verschwunden.

Sie fiel lautlos, ohne einen Schrei von sich zu geben.

Es war Kate, die schluchzte. Sie brach auf dem kalten und unerbittlichen Bett aus Stein zusammen. Während sich die Welt um sie herum drehte, weinte sie still um die Frau, die gerade gestorben war, und um die vier anderen, die ihr Leben verloren hatten. So viel Tod, so viel Leiden. Und alles im Namen der Liebe.

16. KAPITEL

David war der Erste, der sie erreichte.

Er fand sie gute zwanzig Meter den Berghang hinauf, bewusstlos und zitternd, auf einem blutbefleckten Felsbrocken. Was er als Nächstes tat, hatte nichts mit Logik zu tun; es war reine Panik. Er riss sich die Jacke vom Leib und warf sie über ihren Körper. Er hatte nur einen Gedanken. *Du darfst nicht sterben. Ich werde es nicht zulassen. Hörst du mich, Kate? Du darfst nicht sterben!*

Er bettete sie in seine Arme, und während ihr warmes Blut durch sein Hemd sickerte, sagte er ihren Namen, wieder und wieder, als ob er ihre Seele irgendwie davor bewahren könnte, für immer von ihm fortzutreiben. Die Rufe der Rettungshelfer hörte er kaum, auch nicht die Sirenen der Krankenwagen; seine ganze Aufmerksamkeit galt dem Auf und Ab ihres Atems und ihrem Herzen, das an seiner Brust schlug.

Sie war so kalt, so still. Wenn er ihr nur seine Wärme schenken könnte. Das hatte er sich schon einmal gewünscht, damals, als sein einziges Kind sterbend in seinen Armen lag. Nicht dieses Mal, betete er und zog sie enger an sich. *Nimm sie mir nicht auch noch …*

Wieder und wieder ertönte die Bitte in seinem Kopf, während die Männer sie den Berg hinuntertrugen. Der Abstieg endete in einem großen Durcheinander, als Rettungskräfte herbeiströmten, um zu helfen. David wurde beiseitegeschoben, war nur noch hilfloser Beobachter eines Kampfes, für den er nicht ausgebildet war.

Er sah zu, wie die Ambulanz mit heulenden Sirenen in die Dunkelheit davonfuhr. Er stellte sich die Notaufnahme vor, die Lichter, die Menschen in Weiß. Er konnte es nicht ertragen, an Kate zu denken, wie sie dalag, hilflos in alldem Chaos. Aber bald würde sie dort sein. Es war ihre einzige Chance.

Eine Hand klopfte ihm behutsam auf die Schulter. „Bist du in Ordnung, Davy?", fragte Pokie.

„Ja.“ David seufzte tief. „Ja.“

„Sie wird wieder gesund werden. Ich habe eine Kristallkugel für diese Dinge.“ Auf ein Niesen hin drehte er sich um.

Sergeant Brophy näherte sich, das Gesicht halb in einem Taschentuch vergraben. „Sie bringen die Leiche herauf“, sagte Brophy. „Sie hat sich verheddert in diesem … diesem …“, er schnäuzte sich die Nase, „… ganzen Gebüsch. Genickbruch. Wollen Sie einen Blick darauf werfen, bevor sie ins Leichenschauhaus wandert?“

„Lassen Sie’s gut sein“, sagte Pokie stöhnend. „Ich glaube Ihnen aufs Wort.“ Als sie zum Auto gingen, fragte er: „Wie ist Dr. Santini mit der Nachricht zurechtgekommen?“

„Das ist das Merkwürdige“, erwiderte Brophy. „Als ich ihm von seiner Frau erzählt habe, benahm er sich irgendwie, als ob … nun, als ob er es erwartet hätte.“

Pokie blickte stirnrunzelnd auf den abgedeckten Leichnam von Susan Santini, der jetzt in den Krankenwagen geladen wurde. Er seufzte. „Vielleicht hat er das. Vielleicht wusste er die ganze Zeit, was los war. Aber er wollte es nicht zugeben. Sogar sich selbst gegenüber nicht.“

Brophy öffnete die Autotür. „Wohin, Lieutenant?“

„Ins Krankenhaus. Und beeilen Sie sich.“ Pokie nickte zu David. „Dieser Mann muss noch lange genug warten.“

Es dauerte vier Stunden, bis David zu ihr vorgelassen wurde. Vier Stunden, in denen er im Wartezimmer im vierten Stock hin und her gelaufen war. Vier Stunden, in denen er immer wieder an derselben Schlagzeile des *National Enquirer* auf dem Beistelltisch vorbeigelaufen war: Frauenkopf an den Körper eines Pavians genäht.

Es gab nur eine weitere Person im Zimmer, ein Mann mit einem Gesicht wie ein Maultier, der unter einem „Rauchen verboten“-Schild herumsaß und verzweifelt an einer Zigarette zog. Er drückte die Kippe aus und griff nach einer weiteren. „Wird spät“, bemerkte der Mann. Das war auch schon das gesamte Ausmaß ihrer Unterhaltung. Zwei monotone Worte. Der Mann sagte nicht, auf wen er wartete. Er sprach auch nicht von seiner Angst. Doch sie war da, klar erkennbar in seinen Augen.

Um elf Uhr wurde der Mann mit dem Maultiergesicht in den Aufwachraum gerufen, und David blieb allein zurück. Er stand am Fenster, lauschte dem Sirenengeheul einer herannahenden Ambulanz. Zum hundertsten Mal schaute er auf seine Armbanduhr. Sie war drei Stunden operiert worden. Wie lange dauerte es, um eine Kugel zu entfernen? War etwas schiefgegangen?

Um Mitternacht steckte endlich eine Krankenschwester den Kopf ins Zimmer. „Sind Sie Mr Ransom?"

Er wirbelte herum, und sein Herz klopfte ihm augenblicklich bis zum Hals. „Ja!"

„Ich dachte, Sie wollen es vielleicht wissen. Dr. Chesne ist aus dem OP."

„Dann ... Geht es ihr gut?"

„Alles ist gut gelaufen."

Er stöhnte so heftig auf, dass er beim Ausatmen das Gefühl hatte, er würde schweben. Danke, dachte er. *Danke.*

„Wenn Sie nach Hause gehen möchten, wir rufen Sie an, wenn sie ..."

„Ich muss sie sehen."

„Sie ist noch nicht bei Bewusstsein."

„Ich muss sie sehen."

„Es tut mir leid, aber wir lassen nur die nächsten Angehörigen ins ..." Die Schwester verstummte, als sie den drohenden Blick in seinen Augen sah. Sie räusperte sich. „Fünf Minuten, Mr Ransom. Das ist alles. Haben Sie verstanden?"

Oh, er verstand, zweifellos. Und es war ihm vollkommen egal. Er drängte sich an ihr vorbei und durch die Türen zum Aufwachraum.

Er fand sie auf der letzten Liege, ihre kleine, blasse Gestalt ertrank in dem grellen Licht und den Plastikschläuchen. Nur ein schlaffer weißer Vorhang trennte sie vom nächsten Patienten. Unschlüssig stand David am Fuß der Trage. Er scheute sich, ihr nahe zu kommen, scheute sich, sie zu berühren, aus Angst, er könnte eines dieser zarten Glieder zerbrechen. Sie erinnerte ihn an eine Prinzessin, die im tiefen Wald unter einer Glocke aus Glas lag: unberührbar, unerreichbar. Ein Herzmonitor piepte über ihm und zeigte den Takt ihres Herzens an. Eine wunderschöne Musik. Gut und stark und stetig. Kates Herz. David stand regungslos da, während die Schwestern an den Schläuchen herumhantierten, Infusionsflüssigkeiten und Sauerstoff richtig einstellten. Ein Arzt kam, um Kates Lunge zu untersuchen. David fühlte sich nutzlos. Er war jedem im Weg, wie ein riesiger, großer Felsbrocken. Er wusste, er sollte gehen und sie ihre Arbeit machen lassen, aber etwas hielt ihn fest, und so stand er weiter wie angewurzelt im Aufwachraum. Eine der Schwestern deutete auf ihre Armbanduhr und sagte streng: „Wir können wirklich nicht arbeiten, wenn Sie da sind. Sie müssen jetzt gehen."

Aber er tat es nicht. Und er würde auch nicht. Nicht, bis er wusste, dass alles in Ordnung war.

„Sie wacht auf."

Das Licht von einem Dutzend Sonnen schien durch ihre geschlossenen Augenlider zu brennen. Sie hörte Stimmen, vage vertraut, die in der Leere über ihr murmelten. Langsam, schmerzhaft, öffnete sie die Augen.

Was sie zuerst sah, war das Licht, das auf sie herunterschien, strahlend und unausweichlich. Nach und nach erkannte sie das lächelnde Gesicht einer Frau, jemand, den sie aus einer dunklen und fernen Vergangenheit kannte, obwohl sie sich nicht recht erinnern konnte, warum. Sie konzentrierte sich auf das Namensschild: Julie Sanders, Krankenschwester. *Julie.* Jetzt erinnerte sie sich.

„Können Sie mich hören, Dr. Chesne?", fragte Julie.

Kate versuchte, schwach zu nicken.

„Sie sind im Aufwachraum. Haben Sie Schmerzen?"

Kate wusste es nicht. Ihre Sinne kehrten nacheinander zurück, und der Schmerz musste erst noch wieder geweckt werden. Sie brauchte einen Moment, um all die Signale zu erfassen, die ihr Gehirn erhielt. Sie spürte das Strömen des Sauerstoffs durch ihre Nase und hörte das leise Piepen eines Herzmonitors irgendwo über dem Bett. Aber Schmerzen? Nein. Sie spürte nur ein schreckliches Gefühl der Leere. Und Erschöpfung. Sie wollte schlafen …

Weitere Gesichter hatten sich um das Bett versammelt. Eine zweite Krankenschwester, die sich ein Stethoskop um den Hals gehängt hatte. Dr. Tam, mürrisch wie immer. Und dann hörte Kate eine Stimme. Sie rief ihr leise etwas zu.

„Kate?"

Sie drehte sich um. Umrahmt von dem grellen Licht, sah Davids Gesicht düster und erschöpft aus. Erstaunt streckte sie die Hand in die Höhe, um ihn zu berühren, stellte aber fest, dass sich ihr Handgelenk scheinbar hoffnungslos in eine Unzahl von Plastikschläuchen verheddert hatte. Zu schwach, um sich zu wehren, ließ sie die Hand wieder auf das Bett sinken.

Da nahm David ihre Hand. Behutsam, als ob er Angst hätte, er könnte sie zerbrechen.

„Du bist in Ordnung", flüsterte er und drückte seine Lippen auf ihre Handfläche. „Gott sei Dank bist du in Ordnung …"

„Ich kann mich nicht erinnern …"

„Du bist operiert worden." Sein Lächeln wirkte schwach und angespannt. „Drei Stunden. Es schien ewig zu dauern. Aber die Kugel ist draußen."

Dann endlich erinnerte sie sich. Der Wind. Der Gebirgskamm. Und Susan, die leise davonglitt wie ein Gespenst. „Ist sie tot?"

Er nickte. „Niemand konnte mehr etwas für sie tun."

„Und Guy?"

„Er wird für eine Weile nicht gehen können. Ich weiß nicht, wie er es zu diesem Telefon geschafft hat. Aber er hat es getan."

Für einen Augenblick lag sie da, ohne etwas zu sagen, und dachte an Guy, dessen Leben jetzt genauso zerbrochen war wie sein Bein. „Er hat mir das Leben gerettet. Und jetzt hat er alles verloren …"

„Nicht alles. Er hat immer noch seinen Sohn."

Ja, dachte sie. *William wird immer Guys Sohn sein.* Es waren keine Blutsbande, die die beiden verbanden, aber etwas, was viel stärker war: Liebe. Von dieser ganzen Tragödie würde zumindest etwas Gutes übrig bleiben, was unversehrt war.

„Mr Ransom, Sie müssen wirklich gehen", sagte Dr. Tam bestimmt.

David nickte. Er beugte sich über das Bett und gab Kate pflichtbewusst einen harten und unbeholfenen Kuss. Wenn er ihr gesagt hätte, dass er sie liebte, wenn er überhaupt irgendetwas gesagt hätte, sie hätte womöglich ein wenig Freude an dieser trockenen Berührung seiner Lippen gehabt. Aber viel zu schnell sank seine Hand von ihren Fingern.

Was dann geschah, schien wie in einem Nebel an ihr vorbeizuziehen. Dr. Tam fing an, Fragen zu stellen, aber sie war zu betäubt, um sie zu beantworten. Die Schwestern liefen geschäftig um ihr Bett herum und wechselten Infusionsflaschen, trennten Leitungen und stopften die Laken fest. Ihr wurde ein Schmerzmittel injiziert. Binnen Minuten spürte sie, wie sie in den Schlaf glitt.

Als die Schwestern sie aus dem Aufwachraum schoben, kämpfte sie darum, wach zu bleiben. Es gab etwas Wichtiges, was sie David sagen musste, etwas, das nicht warten konnte. Aber da waren so viele Menschen um sie herum, und sie konnte seiner Stimme in dem verwirrenden Stimmengewirr nicht mehr folgen. Kate spürte einen Anflug von Panik. Vielleicht war dies ihre letzte Gelegenheit, ihm zu sagen, dass sie ihn liebte. Aber selbst jetzt, an der Schwelle des Bewusstseins, hielt sie ein letztes jämmerliches bisschen Stolz davon ab, etwas zu sagen. Und so ließ sie sich einmal mehr ohne ein Wort in die Dunkelheit ziehen.

David blieb in ihrem Krankenzimmer, bis sich die Morgendämmerung ankündigte. Er saß an ihrem Bett, hielt ihre Hand und strich das Haar aus ihrem Gesicht. Gelegentlich sagte er ihren Namen und hoffte halb, sie würde aufwachen. Aber was immer sie ihr als Schmerzmittel gegeben hatten, war wohl stärker als gewöhnlich;

die ganze Nacht hindurch regte sie sich kaum. Wenn sie nur einmal im Schlaf nach ihm gerufen hätte, wenn sie auch nur die erste Silbe seines Namens gesagt hätte, es wäre ihm schon genug gewesen. Er hätte gewusst, dass sie ihn brauchte, und dann hätte er ihr gesagt, dass er sie brauchte. Das war nichts, womit ein Mann so einfach herausrücken konnte und es jemandem sagte. Zumindest *er* konnte es nicht. In Wahrheit war er schlimmer dran als der arme, stumme Charlie Decker. Decker konnte sich zumindest in ein paar Zeilen jämmerlicher Lyrik ausdrücken.

Es war eine lange Fahrt nach Hause.

Sobald er zur Tür hereinkam, rief er das Krankenhaus an, um sich nach ihrem Zustand zu erkundigen. „Stabil." Das war alles, was sie sagten, aber es reichte aus. Er rief einen Blumenhändler an und bestellte Blumen, die in Kates Zimmer geliefert werden sollten. Rosen. Da ihm keine Nachricht einfiel, bat er die Angestellte, einfach „David" auf die Karte zu schreiben. Er bereitete sich Kaffee und Toast und aß wie ein ausgehungerter Mann, was er auch war, denn er hatte am Abend zuvor das Abendessen versäumt. Dann ging er, unrasiert und erschöpft, ins Wohnzimmer und warf sich auf die Couch.

Er dachte an all die Gründe, warum er sich nicht verlieben konnte. Er hatte sich ein schönes, behagliches Leben eingerichtet. Er schaute sich um, sah auf den glänzenden Fußboden, die Vorhänge, die Bücher, die aufgereiht im Glasschrank standen. Dann fiel ihm auf, wie steril das alles war. Dies war nicht das Heim eines lebenden, atmenden Mannes. Es war ein Schneckenhaus, abweisend und verschlossen, so wie er selbst.

Was soll's, dachte er. Sie würde ihn vermutlich ohnehin nicht haben wollen. Ihre Affäre war einem Bedürfnis entsprungen. Sie hatte Angst gehabt, und er war da gewesen. Bald würde sie wieder auf den Beinen sein, ihre Karriere wieder im rechten Lot. Eine Frau wie Kate ließ sich nicht lange unterkriegen.

Er bewunderte sie, und er wollte sie. Aber liebte er sie? Er hoffte nicht.

Denn er wusste, besser als irgendjemand sonst, dass Liebe nicht mehr war als die Vorstufe zu Kummer und Leid.

Dr. Clarence Avery stand verlegen in der Tür zu Kates Krankenzimmer und fragte, ob er hereinkommen könne. Er trug ein halbes Dutzend scheußlich grün gefärbter Nelken, mit denen er ihr zuwinkte, als ob er keine Vorstellung davon hätte, was man mit Blumen tat. Mit grün gefärbten, jedenfalls. Die Stängel waren immer noch in Zellophan aus dem Supermarkt eingewickelt, mit Preisschild und allem.

„Die sind für Sie", sagte er, nur für den Fall, dass sie sich bei diesem Punkt nicht ganz sicher war. „Ich hoffe … Ich hoffe, Sie sind nicht allergisch gegen Nelken. Oder so was."

„Bin ich nicht. Danke, Dr. Avery."

„Es ist nichts, wirklich. Ich hatte nur …" Sein Blick wanderte zu dem Dutzend langstieliger roter Rosen, die in einer Porzellanvase auf dem Nachttisch standen. „Oh. Aber ich sehe, Sie haben bereits Blumen bekommen. Rosen." Traurig schaute er hinab auf seine grünen Nelken. Mit einem Blick, mit dem man ein totes Tier betrachten würde.

„Nelken mag ich lieber", entgegnete sie. „Könnten Sie sie für mich ins Wasser stellen? Ich glaube, ich habe eine Vase unter dem Waschbecken gesehen."

„Natürlich." Avery nahm die Blumen mit zum Waschbecken hinüber, und als er sich nach unten beugte, sah sie, dass seine Hosen wie immer zerknittert waren und seine Socken nicht zusammenpassten. Die Nelken sahen irgendwie rührend aus, wie sie so in der riesigen, blassen Vase hin und her schwangen. Das Wichtigste war, dass sie persönlich überbracht wurden, was mehr war, als man von den Rosen sagen konnte.

Sie waren eingetroffen, während sie noch schlief. Auf der Karte stand schlicht: „David." Er hatte weder angerufen, noch hatte er sie besucht. Kate dachte, er hätte vielleicht beschlossen, dass dies der Zeitpunkt wäre, die Beziehung abzubrechen. Den ganzen Morgen war sie hin- und hergerissen gewesen. Erst wollte sie die Blumen in Stücke reißen, dann wieder wollte sie sie aufsammeln und umarmen. Nun, das war eine angemessene Analogie – sich Dornen an die Brust drücken.

„Hier“, sagte sie. „Stellen Sie die Nelken gleich neben mich. Wo ich sie riechen kann.“ Brüsk schob sie die Rosen beiseite. Bei der Bewegung zuckte sie zusammen. Der chirurgische Schnitt hatte Dutzende von Fäden hinterlassen, und es hatte eine starke Dosis Schmerzmittel gebraucht, allein um den Schmerz zu lindern. Vorsichtig lehnte sie sich zurück gegen die Kissen.

Froh darüber, dass seine Gabe einen solchen Ehrenplatz erhielt, nahm sich Dr. Avery einen Augenblick, um die welken Blüten still zu bewundern. Dann räusperte er sich. „Dr. Chesne“, fing er an, „ich sollte Ihnen sagen, dass dies nicht nur ein … ein privater Besuch ist.“

„Nicht?“

„Nein. Es geht um Ihre Stellung hier am Mid Pac.“

„Dann hat es eine Entscheidung gegeben“, sagte sie leise.

„Mit all den neuen Beweisen, die zum Vorschein gekommen sind, nun …“ Er zuckte leicht mit den Schultern. „Ich nehme an, ich war … Es tut mir einfach leid.“ Unruhig trat er von einem Fuß auf den anderen und blickte hinunter auf seinen tintenbefleckten Laborkittel. „Ich weiß nicht, warum ich an dem verdammten Vorsitz festgehalten habe. Er hat mir nichts als Geschwüre beschert. Jedenfalls, ich bin hier, um Ihnen zu sagen, dass wir Ihnen Ihre alte Stelle wieder anbieten. Es wird nichts in Ihrer Akte stehen. Nur eine Anmerkung, dass eine Klage gegen Sie angestrengt und später fallen gelassen wurde. Das wird alles sein. Zumindest ist es das, was man mir gesagt hat.“

„Meine alte Stelle“, murmelte sie. „Ich weiß nicht.“ Seufzend drehte sie sich um und blickte zum Fenster hinaus. „Ich bin mir nicht einmal sicher, dass ich sie zurückhaben will. Wissen Sie, Dr. Avery, ich habe nachgedacht. Über eine andere Stelle.“

„Sie meinen ein anderes Krankenhaus?“

„Eine andere Stadt." Sie lächelte ihn an. „Das ist nicht so überraschend, oder? Ich hatte sehr viel Zeit, um nachzudenken, in den letzten paar Tagen. Ich habe mich gefragt, ob ich nicht woandershin gehöre. Weit weg von diesem … diesem Meer." *Weit weg von David.*

„Ach, du liebe Zeit."

„Sie werden einen Ersatz finden. Es muss doch Hunderte von Ärzten geben, die Sie darum bitten, ins Paradies kommen zu dürfen."

„Nein, das ist es nicht. Ich bin nur überrascht. Nach all der Arbeit, die Mr Ransom in die Sache gesteckt hat, dachte ich natürlich, Sie würden …"

„Mr Ransom? Was meinen Sie?"

„All diese Anrufe, die er getätigt hat. Mit jedem Mitglied des Krankenhaus-Vorstands."

Eine Abschiedsgeste, dachte sie. *Zumindest sollte ich ihm dafür dankbar sein.*

„Es war eine ziemliche Kehrtwendung, muss ich sagen. Ein Anwalt der Kläger, der bittet – fordert –, dass wir eine Ärztin wieder einstellen! Aber heute Morgen, als er die Beweise der Polizei vorlegte und wir Dr. Santinis Erklärung hörten … Nun, der Vorstand brauchte gerade mal fünf Minuten, um eine Entscheidung zu treffen." Avery runzelte die Stirn. „Mr Ransom hat uns auf die Idee gebracht, dass Sie Ihre Stelle zurückhaben wollen."

„Vielleicht habe ich das einmal", erwiderte sie und starrte auf die Rosen. Sie fragte sich, warum sie kein Triumphgefühl spürte. „Aber die Dinge ändern sich. Nicht wahr?"

„So ist es, nehme ich an." Avery räusperte sich und trat etwas energischer von einem Fuß auf den anderen. „Ihre Stelle ist da, wenn Sie sie wollen. Und wir werden Sie natürlich als Mitarbeiterin brauchen. Besonders, weil meine Pensionierung bevorsteht."

Sie schaute überrascht auf. „Sie setzen sich zur Ruhe?"

„Ich bin vierundsechzig, wissen Sie. Ich komme damit zurecht.

Ich habe nie viel von dem Land gesehen. Hatte nie Zeit. Meine Frau und ich, wir haben früher immer davon gesprochen, nach meiner Pensionierung zu reisen. Barb hätte gewollt, dass ich es mir gut gehen lasse. Glauben Sie nicht?"

Kate lächelte. „Ich bin sicher, das hätte sie."

„Wie auch immer …" Er warf noch einen Blick auf die herunterhängenden Nelken. „Sie sind recht hübsch, oder?" Er ging aus dem Zimmer und lachte in sich hinein. „Ja. Ja, viel besser als Rosen, finde ich. Viel besser."

Kate drehte sich noch einmal zu den Blumen um. Rote Rosen. Grüne Nelken. Was für eine absurde Kombination. Genau wie sie und David.

Es regnete heftig, als David sie spät am Nachmittag besuchen kam. Sie saß allein im Wintergarten und starrte durch das regenüberströmte Fenster auf den Hof unter ihr. Die Schwester hatte gerade ihr Haar gewaschen und gebürstet, und beim Trocknen verwandelte es sich wie gewöhnlich in diese krausen Kleinmädchen-Wellen, die sie immer gehasst hatte. Sie hörte ihn nicht, als er in das Zimmer kam. Erst als er ihren Namen sagte, wandte sie sich um und sah ihn dort stehen, sein Haar war feucht und vom Wind zerzaust, sein Anzug mit Regenperlen bedeckt. Er sah müde aus. Fast so müde, wie sie sich fühlte. Sie wollte, dass er sie dicht an sich zog, sie in seine Arme nahm, aber er tat es nicht. Er beugte sich nur herüber und gab ihr einen mechanischen Kuss auf die Stirn, und dann richtete er sich wieder auf.

„Du bist aus dem Bett, sehe ich. Du fühlst dich wohl besser", bemerkte er.

Sie brachte ein mattes Lächeln zustande. „Ich schätze, ich habe noch nie gerne den ganzen Tag herumgelegen."

„Oh. Ich habe dir diese hier mitgebracht." Fast so, als käme ihm nachträglich noch ein Einfall, reichte er ihr eine kleine, in Folie gehüllte Schachtel mit Pralinen. „Ich war mir nicht sicher, ob sie dich schon irgendetwas essen lassen. Vielleicht später."

Sie schaute hinunter auf die Schachtel, die in ihrem Schoß ruhte. „Danke", murmelte sie. „Und danke für die Rosen." Dann wandte sie sich um und starrte hinaus in den Regen.

Es folgte ein langes Schweigen, als ob ihnen beiden die Worte ausgegangen wären. Der Regen glitt an den Fenstern des Wintergartens hinab und brach das hereinfallende Licht in einen blassen Regenbogen auf ihre gefalteten Hände.

„Ich habe gerade mit Avery gesprochen", sagte er schließlich. „Wie ich höre, bekommst du deine alte Stelle zurück."

„Ja. Er hat es mir gesagt. Ich schätze, das ist noch etwas, wofür ich dir danken muss."

„Was meinst du?"

„Meine Stelle. Avery hat gesagt, du hättest sehr viele Telefongespräche geführt."

„Nur ein paar. Keine große Sache, wirklich." David holte tief Luft und fuhr mit gezwungener Fröhlichkeit fort: „Also. Du solltest im Nu wieder im OP an der Arbeit sein. Mit einer großen Gehaltserhöhung, hoffe ich. Es fühlt sich bestimmt gut an."

„Ich bin mir nicht sicher, ob ich sie annehme … die Stelle."

„Was? Warum, um Himmels willen, solltest du nicht?"

Sie zuckte mit den Schultern. „Weißt du, ich habe über andere Möglichkeiten nachgedacht. Andere Stellen."

„Du meinst außer dem Mid Pac?"

„Ich meine … außer Hawaii." Er sagte kein Wort, also fügte sie hinzu: „Es gibt nichts, was mich hier wirklich hält."

Es folgte wieder ein langes Schweigen. Leise sagte er: „Gibt es nicht?"

Sie antwortete nicht. Er beobachtete sie, wie sie dasaß, in ihrem Stuhl, so ruhig, so still. Und er wusste, er konnte warten bis zum Jüngsten Tag, und sie würde immer noch so dort sitzen. Ein feines Paar sind wir, dachte er widerwillig. Sie waren zwei sogenannte intelligente Menschen und konnten untereinander einfach keine Worte finden.

„Dr. Chesne?“ Eine Schwester erschien in der Tür. „Sind Sie bereit, in Ihr Zimmer zurückzugehen?“

„Ja“, antwortete Kate. „Ich glaube, ich möchte etwas schlafen.“

„Sie sehen wirklich müde aus.“ Die Schwester blickte David an. „Vielleicht ist es Zeit, dass Sie gehen, Sir.“

„Nein“, sagte David und richtete sich plötzlich zu voller Größe auf.

„Wie bitte?“

„Ich werde nicht gehen. Noch nicht.“ Er blickte Kate lange und hart an. „Nicht, bevor ich nicht damit fertig bin, mich zum Narren zu machen. Also, könnten Sie uns allein lassen?“

„Aber, Sir …“

„Bitte.“

Die Schwester zögerte. Dann, als sie spürte, dass etwas Bedeutsames in der Luft lag, zog sie sich aus dem Wintergarten zurück.

Kate beobachtete ihn, ihre grünen Augen waren voller Unsicherheit. Und vielleicht Angst. Er streckte die Hand aus und berührte sanft ihr Gesicht.

„Sag mir noch einmal, was du gerade gesagt hast“, murmelte er. „Dass du nichts hast, was dich hier hält.“

„Nein. Was ich meine, ist …“

„Jetzt erzähl mir den wahren Grund, warum du gehen willst.“

Sie schwieg. Aber er sah die Antwort in ihren Augen, in diesen sanften Augen. Plötzlich schüttelte er erstaunt den Kopf. „Mein Gott“, murmelte er. „Du bist ein größerer Feigling als ich.“

„Ein Feigling?“

„Ganz recht. Ich auch.“ Er drehte sich fort, schob die Hände in die Taschen und begann, unruhig im Wintergarten herumzulaufen. „Ich habe nicht vorgehabt, das zu sagen. Noch nicht, jedenfalls. Aber du sprichst davon, wegzugehen. Und anscheinend habe ich keine große Wahl.“ Er blieb stehen und schaute zum Fenster hinaus. Draußen war die Welt silbrig geworden. „Gut.“ Er seufzte. „Da du es nicht sagen wirst, schätze ich, ich werde es tun. Es ist nicht leicht für mich. Es ist niemals leicht gewesen. Nachdem Noah gestorben war, dachte ich, ich hätte mir beigebracht, nichts mehr zu fühlen. Ich habe das geschafft, bis jetzt. Dann habe ich dich kennengelernt und …" Er schüttelte den Kopf und lachte. „Gott, ich wünschte, ich hätte eines von Charlie Deckers Gedichten zur Hand. Vielleicht könnte ich ein paar Zeilen zitieren. Alles, um nur halbwegs verständlich zu klingen. So viel hatte mir der arme, alte Charlie voraus: seine Beredsamkeit. Dafür beneide ich ihn." David schaute sie an, und ein halbes Lächeln lag auf seinen Lippen. „Ich habe es immer noch nicht gesagt, oder? Aber du hast einen allgemeinen Eindruck."

„Feigling", flüsterte sie.

Lachend ging er zu ihr und hob ihr Gesicht zu sich an. „Also gut. Ich liebe dich. Ich liebe deine Dickköpfigkeit und deinen Stolz. Und deine Unabhängigkeit. Ich wollte es nicht. Ich dachte, ich würde sehr gut allein zurechtkommen. Aber jetzt, wo es passiert ist, kann ich mir nicht vorstellen, dich nicht zu lieben." Er wich von ihr zurück und bot ihr die Möglichkeit, sich zurückzuziehen.

Sie tat es nicht. Sie blieb vollkommen still. Ihre Kehle war anscheinend zugeschwollen. Sie hielt noch immer die kleine Pralinenschachtel umklammert und versuchte, sich zu überzeugen, dass das die Wirklichkeit war. Dass er Wirklichkeit war.

„Es wird nicht leicht sein, weißt du", sagte er.

„Was?"

„Mit mir zu leben. Es wird Tage geben, an denen du mir den Hals umdrehen oder mich anschreien wollen wirst, alles, um mich dazu zu bringen, ‚Ich liebe dich' zu sagen. Aber nur weil ich es nicht sage, heißt das nicht, dass ich es nicht fühle. Denn das tue ich." Er tat einen langen Seufzer. „Also, ich schätze, das wäre dann erst mal alles. Ich hoffe, du hast zugehört. Denn ich bin mir nicht sicher, dass ich mit einer Wiederholungs-Vorstellung aufwarten könnte. Und dieses Mal habe ich ganz bestimmt nicht vergessen, mein Tonbandgerät mitzubringen."

„Ich habe zugehört", erwiderte sie leise.

„Und?“, fragte er und wagte es nicht, seinen Blick von ihrem Gesicht zu wenden. „Höre ich den Urteilsspruch? Oder beraten die Geschworenen noch?“

„Die Geschworenen“, flüsterte sie, „sind im Schockzustand. Und brauchen dringend eine Mund-zu-Mund…“

Wenn er eine Wiederbelebung beabsichtigt hatte, erreichte sein Kuss ziemlich das Gegenteil. Er senkte sein Gesicht auf ihres, und sie spürte, wie sich der Raum um sie drehte. Jeder Muskel in ihrem Nacken schien auf einmal schlaff zu werden, und ihr Kopf sank zurück gegen den Stuhl.

„Also, Mit-Feigling“, murmelte er, und seine Lippen schwebten dicht über ihrem Mund. „Du bist an der Reihe.“

„Ich liebe dich“, sagte sie schwach.

„Das ist der Urteilsspruch, auf den ich gehofft habe.“

Sie dachte, er würde sie noch einmal küssen, aber er wich plötzlich zurück und runzelte die Stirn. „Du siehst furchtbar blass aus. Ich denke, ich sollte die Krankenschwester rufen. Vielleicht etwas Sauerstoff …“

Sie streckte die Hand nach ihm aus und schlang den Arm um seinen Nacken. „Wer braucht Sauerstoff?“, flüsterte sie, kurz bevor sich sein Mund warm auf ihren legte.

EPILOG

Ein neugeborenes Baby war zu Besuch im Haus, ein Umstand, der durch die ungehaltenen Schreie, die aus dem Schlafzimmer im oberen Stock kamen, offensichtlich wurde.

Jinx steckte den Kopf durch die Tür. „Was, um Himmels willen, ist jetzt mit Emma los?“

Gracie, die eine rosa Sicherheitsnadel im Mund stecken hatte, schaute hilflos von dem schreienden Kind auf. „Es ist alles so neu für mich, Jinx. Ich habe Angst, dass ich mein Gespür verloren habe.“

„Gespür? Wann warst du jemals in der Nähe von Babys?“

„Oh, du hast recht.“ Gracie seufzte und zog die Nadel aus dem Mund. „Ich nehme an, ich hatte niemals ein Gespür für sie, oder? Das erklärt, warum ich meine Sache so schlecht mache.“

„Nun, Liebes. Babys brauchen viel Übung, das ist alles. Es ist wie beim Klavierspielen. Alle Tonleitern, hoch und runter, jeden Tag.“

Gracie schüttelte den Kopf. „Klavierspielen ist viel einfacher.“ Resigniert stopfte sie die Sicherheitsnadel wieder zwischen ihre Lippen. „Und sieh dir all diese unmöglichen Windeln an! Ich verstehe einfach nicht, wie jemand eine Nadel durch das ganze Papier und Plastik stecken soll.“

Jinx brach in schallendes Gelächter aus, so laut, dass Gracie vor Entrüstung knallrot wurde. „Und was genau ist so lustig an dem, was ich gesagt habe?“, wollte Gracie wissen.

„Liebes, hast du das nicht verstanden?“ Jinx streckte die Hand aus und löste die selbstklebende Lasche. „Du verwendest keine *Nadel*. Das ist doch gerade das, was *spitze* an Wegwerfwindeln ist.“ Sie schaute erstaunt nach unten, als Baby Emma plötzlich kräftig losheulte.

„Siehst du?“, schniefte Gracie. „Sie mochte dein Wortspiel auch nicht.“

Ein Blatt schwebte von dem Regenbaum herab und legte sich neben den frisch gepflückten Strauß Margeriten. Sonnenlicht sprenkelte das Gras und tanzte auf Davids hellem Haar. Wie oft hatte er allein im Schatten dieses Baumes getrauert? Wie oft hatte er hier gestanden, in stummer Zwiesprache mit seinem Sohn? All diese Besuche schienen in einer grauen, trostlosen Erinnerung an seine Trauer miteinander zu verschmelzen.

Heute aber lächelte er. Und er konnte in seinen Gedanken auch das Lächeln in Noahs Stimme hören.

„Bist du das, Daddy?“

„Ja, Noah. Ich bin es. Du hast eine Schwester.“

„Ich habe mir immer eine Schwester gewünscht.“

„Sie lutscht an denselben zwei Fingern wie du …“

„Echt?“

„Und sie lächelt immer, wenn ich sie in ihr Zimmer bringe.“

„Das habe ich auch getan. Erinnerst du dich?“

„Ja, ich erinnere mich.“

„Und du wirst mich nie vergessen, oder, Daddy? Versprich mir, dass du mich nie vergessen wirst.“

„Nein, ich werde dich nie vergessen, das schwöre ich dir, Noah, ich werde dich nie und nimmer vergessen …“

David drehte sich um, und durch seine Tränen hindurch sah er Kate, die ein paar Meter entfernt stand. Es brauchte keine Worte zwischen ihnen. Nur einen Blick. Und eine ausgestreckte Hand.

Zusammen gingen sie fort von dem traurigen, kleinen Flecken Gras. Als sie aus dem Schatten des Baumes hervortraten, blieb David plötzlich stehen und zog sie in seine Arme.

Sie berührte sein Gesicht. Er spürte die Wärme der Sonne in ihren Fingerspitzen. Und er war geheilt.

Er war geheilt.

– ENDE –

Lesen Sie auch:

Elizabeth Heiter

Kalte Gräber

Im Buchhandel erhältlich

Band-Nr. 25738
9,99 € (D)
ISBN: 978-3-95649-000-2

„Baine. In mein Büro. Sofort!“

FBI Special Agent Evelyn Baine wirbelte an ihrem kleinen Arbeitsplatz des Großraumbüros mit dem Stuhl herum, doch ihr Boss hatte bereits die Tür zu seinem Büro hinter sich zugeworfen.

Sie zog ihr Jackett an, knöpfte es zu, um die Waffe an ihrer Hüfte zu verbergen, und straffte die Schultern. Dan Moores Ton störte sie nicht. Der ASAC – Assistant Special Agent in Charge – war ihr gegenüber immer so kurz angebunden. Eigentlich war es sogar ein gutes Zeichen, so früh in sein Büro gerufen zu werden. Es bedeutete, sie bekäme einen neuen Fall, für den sie ein Profil erstellen sollte.

Ihre Anspannung wuchs, als sie sich ihren Weg vorbei an den anderen Arbeitsplätzen in diesem unscheinbaren Gebäude in Aquia, Virginia, bahnte, in dem die Behavioral Analysis Unit (BAU), die Einheit für Verhaltensanalysen des FBI, untergebracht war. Es war ihre liebste Zeit des Tages – morgens, bevor die meisten anderen Agents eintrudelten, bevor der Geruch nach angebranntem Kaffee und schaler Klimaanlagenluft über allem lag, wenn es nur sie und ihre Fälle gab.

Sie betrat Dans Büro. Er saß hinter seinem übergroßen Schreibtisch. Den Leiter der BAU umgab, wie üblich, eine Aura aus Stress, die seiner Haut einen gräulichen Ton verlieh und ihn seine Augenbrauen konstant über der Nasenwurzel zusammenziehen ließ. Heute wirkte er noch dazu erschöpft.

„Setz dich.“ Dan warf drei Magentabletten ein und spülte sie mit einem Schluck Kaffee hinunter. „Bist du je in Bakersville gewesen?“

„Nein, aber das liegt nördlich von hier, oder? Klein und ländlich?“ Sie beugte sich vor, bereit für eine weitere Chance, eine der schlimmsten Bedrohungen der Gesellschaft zur Strecke zu bringen. Bereit für eine weitere Chance, jemand anderem den Frieden zu schenken, der ihr selber nicht vergönnt war. „Was ist los?“

Dan runzelte die Stirn, vielleicht weil er in dem zurückliegenden Jahr, trotz ihrer hohen Erfolgsquote, mit ihr immer noch nicht richtig warm geworden war. Vielleicht war ihm aber auch nur eine der Tabletten im Hals stecken geblieben.

Auch ohne eine Antwort auf ihre Frage erhalten zu haben, wusste Evelyn, dass in naher Zukunft schlaflose Nächte und ungezählte Überstunden auf sie warten würden. Wenn die Polizei es mit einem so schlimmen Problem zu tun hatte, dass sie es nicht selber lösen konnte, wandte sie sich an die BAU. Jeden Tag gingen im Büro per Fax unzählige Anfragen für die Erstellung eines Profils ein. Wenn ein Profiler tatsächlich dafür abgestellt wurde, bedeutete das, dass es sich um ein ungewöhnliches und tödliches Problem handeln musste.

„Ganz früh heute Morgen wurden in einem Wald zwei Frauenleichen entdeckt", sagte Dan. „In der Datei, die ich dir gemailt habe, findest du ein paar Vorabinformationen, aber nicht viele. Ich habe das meiste am Telefon erfahren, doch ich denke, es ist besser, wenn du direkt an den Tatort fährst und dir die Einzelheiten aus erster Hand berichten lässt. Bakersville will dich sofort vor Ort."

„Sofort? Für nur zwei Morde?" Vor einem Jahr wäre ihr diese Frage noch unsensibel erschienen, doch inzwischen war sie lange genug hier, um zu verstehen, dass Zeit ein Luxus war, über den die Agents der BAU nicht verfügten. Normalerweise musste etwas wirklich Großes passieren, bevor die BAU eingriff.

„Es ist ein seltsamer Fall. Die Polizei von Bakersville leitet die Ermittlungen. Sie haben uns als Berater angefordert. Police Chief Caulfield möchte auf der Stelle ein vorläufiges Persönlichkeitsprofil des Täters erstellt haben."

Dan wandte sich seinem Computer zu – ein deutliches Zeichen dafür, dass Evelyn nun gehen sollte. „Wenn du Hilfe brauchst, bitte Greg, dich zu begleiten."

Evelyn verbarg ihre Verärgerung. Greg Ibsen hatte sie vor einem Jahr in die Welt der Verhaltensanalysen eingeführt. Aber inzwischen war sie keine Anfängerin mehr. Sie brauchte niemanden, der ihre Arbeit überprüfte, nur weil sie die Jüngste, diejenige mit der wenigsten praktischen Erfahrung der Abteilung war. Sie hatte sich ihren Platz in der BAU verdient. Und sie riss sich jeden Tag den Hintern auf, um das zu beweisen.

„Sonst noch was?"

„Mach dich einfach an die Arbeit. Bakersville hat noch nie mit so etwas zu tun gehabt. Sie sind nicht dafür bereit, es mit diesem Killer aufzunehmen."

Sie nickte und stand auf. „Ich mach mich gleich daran." Während sie sein Büro verließ, glitt ihr Blick wie automatisch zu der Pinnwand neben der Kaffeemaschine, an die alles geklebt wurde, was die Agents interessant fanden. Neben einem Artikel über eine neue Brain-Mapping-Technik und einer Liste mit den meistgesuchten Mördern des Landes hatte jemand ein Blatt Papier mit der Überschrift „Intensivtäter immer noch auf freiem Fuß" gepinnt. Darunter hing ein mit dem Phantomzeichnungsprogramm erstelltes Bild von Dan.

Die Zeichnung war perfekt – der kuppelförmige Kopf mit der kahlen Stelle ganz oben, die zusammengekniffenen Lippen. Doch Dan hatte bis heute nicht erkannt, wer da zu sehen war. Und Evelyn hatte ganz gewiss nicht vor, diejenige zu sein, die ihn aufklärte.

Sobald sie wieder an ihrem Arbeitsplatz saß, überflog sie schnell die wenigen Informationen in der Datei, die Dan ihr gemailt hatte. Dann stand sie auf und schnappte sich ihre Aktentasche. Als sie sich herumdrehte, wäre sie beinahe mit Greg zusammengestoßen.

Er riss seinen Arm mit dem Becher ruckartig zurück, wobei der Kaffee überschwappte und sich auf seine Schuhe ergoss.

Sie verzog das Gesicht. „Tut mir leid, Greg."

Er zuckte mit den Schultern, stellte den Becher beiseite und zog sein Jackett aus. Zu seinem klassischen Hemd trug er eine Krawatte mit einer Zeichentrickfigur darauf. „Kein Problem. Ich hätte ihn mir früher oder später sowieso irgendwo drübergeschüttet."

Greg Ibsen war sieben Jahre länger in der BAU als sie, hatte Tausende Stunden mehr damit verbracht, komplizierte Profile zu erstellen. Und war immer noch der entspannteste Kollege in der Einheit – selbst nachdem man ihm die Betreuung der Neuen aufs

Auge gedrückt hatte, die Dan von Anfang an nicht in seinem Team hatte haben wollen.

Er ließ sich auf seinen Stuhl fallen und sagte: „Vielleicht könntest du an einem der nächsten Tage einfach mal ausschlafen. Damit wir anderen neben dir nicht immer so faul wirken.“ Der amüsierte Ton verriet ihr, dass er es nicht ganz ernst meinte.

Evelyn drehte den schmalen, mit einem Diamanten besetzten Goldring an ihrem Finger. Er hatte einst ihrer Großmutter gehört, und Evelyn nahm ihn niemals ab. Wenn ihre Grandma gewusst hätte, wie viel sie arbeitete, hätte sie ihr das Gleiche geraten, was Greg ihr oft nahelegt: Such dir ein Hobby.

Doch ihre Grandma hätte verstanden, warum sie das nicht tat. Sie war diejenige, die Evelyns Welt wieder aufgebaut hatte, nachdem ihre beste Freundin Cassie Byers entführt worden war. Sie war die Einzige, die Evelyns Drang verstand, sie selbst jetzt noch, siebzehn Jahre später, finden zu wollen.

Sie schob die Erinnerungen an die Frau, die sie aufgezogen hatte und nun intensiver Pflege bedurfte, beiseite und linste um die halbhohe Wand, die ihren Arbeitsplatz von Gregs abtrennte. Anders als ihre leeren Wände waren seine mit Bildern seiner Frau Marnie und ihren Adoptivkindern Lucy und Josh gepflastert. „Dan hat mir gerade einen neuen Fall gegeben. Ich bin quasi schon weg.“

„Echt? Worum geht's?“

„Ein Serienmörder.“

Gregs Augenbrauen zogen sich zusammen. „Wirklich? Und du fährst jetzt an den Tatort?“

Die Einheit war bekannt für ihre präzisen Profile über Serienmörder, doch inmitten der Analyse von terroristischen Bedrohungen und der Interpretation des Verhaltens von Feuerteufeln, Bombenlegern und Kinderschändern erhielten sie oft nicht die höchste Priorität.

„Dan meinte, es wäre ein seltsamer Fall.“ Und angesichts der Fälle, mit denen sie es üblicherweise zu tun hatten, sagte das eine ganze Menge aus.

„Seltsam, hm? Wenn du wieder zurück bist, will ich alles darüber hören."

„Klar. Dan meinte sowieso, dass ich dich um Unterstützung bitten sollte."

„Was? Die kleine Lady kann es nicht alleine mit dem großen bösen Serienmörder aufnehmen?", scherzte Greg. „Wusstest du nicht, dass Frauen in der BAU nicht zugelassen sind?"

Evelyn wünschte, Dans Einstellung würde sie nicht stören. Doch das tat sie. „Du weißt doch, wie gerne ich die Regeln breche."

Greg lachte auf, weil das genauso ein Witz war wie die Behauptung, Evelyn sei für die Arbeit als Profilerin nicht geeignet. „Viel Glück mit dem Fall."

„Danke", sagte sie. Aber Glück hatte damit nichts zu tun.

Sie hatte den Großteil ihres Lebens auf diesen Job hingearbeitet, und sie war eine verdammt gute Profilerin. Wie auch immer der Fall aussehen, wie hinterlistig der Kriminelle auch sein mochte, sie würde ein Profil erstellen, das ihn seiner gerechten Strafe zuführen würde.

Das Polizeirevier von Bakersville, Virginia, thronte auf einem kargen Stück Land. Das ausgeblichene Backsteingebäude mit den verwitterten Fenstern wirkte inmitten der hundert Jahre alten Kiefern, die es von drei Seiten umgaben, irgendwie fehl am Platz. Es lag an der Hauptstraße, die durch den Ort führte, direkt neben einem altmodischen kleinen Café und einer Ansiedlung von Wohnhäusern.

Evelyn hängte sich die Aktentasche über die Schulter und stapfte die Stufen zum Eingang des Reviers hinauf. Drinnen wimmelte es vor uniformierten Beamten. Zwei von ihnen flankierten einen aufgebrachten Gefangenen in Handschellen, der offensichtlich wegen Trunkenheit verhaftet worden war. Andere wirkten nervös und angespannt, was vermutlich auf die am Morgen entdeckten Leichen zurückzuführen war.

Evelyn ging zum Empfangstresen, an dem ein junger Officer saß. „Evelyn Baine. Operative Fall-Analystin. Chief Caulfield erwartet mich."

Der Officer schaute sie fragend an, und Evelyn merkte, wie sich ihr Nackenhaar sträubte. Doch sie riss sich zusammen. Bakersville war ländliches Gebiet, und trotz der umliegenden größeren Städte hauptsächlich von Weißen bewohnt. Mit ihrer dunkelbraunen Haut, die sie von ihrem aus Zimbabwe stammenden Vater geerbt hatte, und den meergrünen Augen vonseiten ihrer irisch-englischen Mutter fiel sie definitiv auf.

Als sie hinzufügte: „Ich bin vom FBI", ließ der Officer seinen Blick skeptisch von ihren in einem ordentlichen Knoten zusammengefassten Haaren über ihren gut sitzenden Anzug zu ihren robusten Pumps gleiten. Dann schaute er sich mit zusammengekniffenen Augen ihren Dienstausweis an.

Schließlich nickte er, und sie steckte den Ausweis wieder in die Innentasche ihres Blazers, den sie dann kurz an der Seite, an der sie die Waffe trug, ein wenig nach unten zog. Ihre teure Kleidung sorgte ab und zu für argwöhnische Blicke, doch sie stärkte ihr Selbstbewusstsein, wenn Evelyn zu einem Tatort gerufen wurde und dort sofortige Glaubwürdigkeit vermitteln musste.

„Hier entlang", sagte der Officer und führte sie durch einen großen Raum, in dem weitere Polizisten an Schreibtischen saßen oder geschäftig hin und her liefen.

Zwischendrin verlangten ein paar hysterische Zivilisten, zu wissen, was es mit den Gerüchten um die Morde auf sich hatte. Erstaunt hörte Evelyn, dass einer von ihnen, ein korpulenter Mann mit Bart, ViCAP erwähnte, das Violent Criminal Apprehension Program, die Datenbank des FBI, dank derer Übereinstimmungen in ungelösten Kriminalfällen gefunden werden konnten. Sie schaute sich um.

Der blauäugige Mann sprach mit einem Officer, dessen unsichere Haltung und die roten Wangen ihn eindeutig als Neuling auswiesen. „Ich glaube nicht, dass wir damit arbeiten", sagte er und zuckte mit den Schultern.

Evelyn ermahnte sich beim Zusammentragen der Informationen für das Profil, daran zu denken, dass noch niemand die Morde mit anderen Verbrechen abgeglichen hatte. Die meisten Kleinstädte waren nicht ans ViCAP angeschlossen. Sobald sie den Fundort der Leichen sah, würde sie sagen können, ob es sich um Ersttaten des Mörders handelte. Wenn dies nicht der Fall war, würde sie sich in die Datenbank einloggen und gucken, ob sie irgendwelche Spuren von ihm vor seiner Ankunft in Bakersville finden konnte.

Der Officer, der sie begleitete, klopfte an eine Tür mit der Aufschrift „Police Chief Tanner Caulfield", dann ließ er sie allein.

„Herein", sagte jemand mit unverkennbarem Südstaatenakzent.

Für einen Polizeichef war der Mann, der hinter der Tür an seinem Schreibtisch saß, sehr jung. Er erhob sich, und Evelyn sah, dass er einen guten Kopf größer war als sie – wobei sie mit knapp eins sechzig nicht gerade zu den großen Frauen zählte. Er wirkte, als wäre er auf der Highschool Linebacker im Footballteam gewesen, dem es jedoch an Masse gefehlt hatte, um es in die Collegeauswahl zu schaffen.

Evelyn streckte ihm die Hand hin. „Ich bin Evelyn Baine von der Einheit für Verhaltensanalysen des FBI. Ich bin hier, um Sie in Ihren Mordermittlungen zu unterstützen."

Er zog seine dichten Augenbrauen zusammen und starrte einen Moment auf ihre zierliche Hand mit den kurzen, unlackierten Fingernägeln, bevor er sie vorsichtig nahm, als hätte er Angst, er könne sie zerbrechen. „Tut mir leid. Sie sehen nicht aus wie ein Agent."

„Tatsächlich?", gab Evelyn zurück. Diese Reaktion kannte sie inzwischen zur Genüge, und doch frustrierte es sie jedes Mal. „Wie sehen Agents denn aus?"

„Größer. Sie haben einen Schreibtischjob, oder?"

Diese Annahme nervte sie noch mehr, doch das vergangene Jahr, in dem sie diversen Strafverfolgungsbehörden mit ihren Fähigkeiten behilflich gewesen war, hatte sie gelehrt, damit umzugehen. Er würde sie nur dann respektieren, wenn er glaubte, dass sie auch außerhalb eines Büros ihre Frau stehen konnte. „Bevor ich zur BAU gewechselt bin, habe ich fünf Jahre in der Einheit für Gewaltverbrechen des FBI gearbeitet."

Tanners Augenbrauen schossen nach oben. Er musterte sie ein wenig genauer, während er sich wieder auf seinen Stuhl sinken ließ. „Sie werden ein Profil des Mörders erstellen, richtig? Etwas, das uns sagt, wie wir den Dreckskerl finden können?“

„Das stimmt. Es ist meine Aufgabe, die verhaltensbezogenen Beweise zu finden, die der Täter unbewusst am Tatort hinterlassen hat.“ Das hatte sie an ihrem Job schon immer fasziniert – anhand von Hinweisen, von denen der Täter selbst nicht einmal wusste, dass er sie hinterlassen hatte, aus einem Unbekannten einen identifizierbaren Mörder zu machen. „Anhand dessen kann ich Ihnen sagen, wo Sie ihn finden können und wie Sie beim Verhör vorgehen sollten, sobald Sie ihn verhaftet haben.“

„Okay“, sagte Tanner langsam. „Was genau meinen Sie mit *verhaltensbezogenen Beweisen*?“

„Der Tatort hilft mir, zu erkennen, wie er denkt, nach was er in seinen Opfern sucht, warum er tötet.“

„Aha.“ Tanner klang, als wenn er nicht ganz verstand, wie Profiling funktionierte, aber das machte nichts.

Denn sie verstand Tanner. In ihrer Arbeit ging es nicht nur darum, ein Profil der Täter zu erstellen. Es ging auch darum, die Menschen zu analysieren, die sie beraten sollte. Die meisten wandten sich erst ans FBI, wenn sie vollkommen verzweifelt waren – und vielen von ihnen behagte es gar nicht, um Hilfe bitten zu müssen. Sie hatte schnell gelernt, dass die richtige Einschätzung des örtlichen Ermittlungsleiters ihren Job erheblich vereinfachte.

Fünf Minuten in Tanners Büro, mehr brauchte sie nicht, um herauszufinden, dass er sehr stolz auf seine Position war und sich schon *vor* dem Auftauchen eines möglichen Serienmörders für unterqualifiziert gehalten hatte. Solange sie sein Ego intakt ließ, würde er ihr nur zu bereitwillig zuhören.

„Fangen wir also an.“ Energie pulsierte durch Evelyns Adern. Zeit, einen weiteren Täter an die Wand zu nageln. Er würde überhaupt nicht wissen, wie ihm geschah.

„Können Sie mir das Profil schon geben?“

Ohne mehr zu wissen, als dass es zwei Morde gegeben hatte? Hielt Tanner sie für eine Hellseherin? „Ich fürchte, so funktioniert das nicht.“

„Wie funktioniert es dann?“

„Haben Sie Männer am Fundort? Dann lassen Sie uns dort anfangen. Ich möchte mich gerne mit ihnen unterhalten.“

Tanner runzelte die Stirn. „Das ist kein schöner Anblick, Agent Baine.“

Evelyn nickte. Als Frau war sie diese Reaktion gewohnt. „Vertrauen Sie mir. Ich habe vermutlich schon Schlimmeres gesehen.“

„Okay. Ich bringe Sie hin.“

Evelyn folgte ihm nach draußen zum Streifenwagen, und zehn Minuten später erklärten sie Jack Harris, dass sie sich zu den anderen Polizisten auf seinem Grundstück gesellen würden.

„Er sollte wissen, dass ich zurück bin“, sagte Tanner, als er den Wagen wendete. „Wir wollen nicht, dass er uns für Eindringlinge hält und auf uns schießt.“

Evelyn warf einen Blick zurück auf den alten Mann, der ihnen von seiner Haustür aus nachschaute. Er sah aus, als könne er ohne Hilfe nicht mal gehen, geschweige denn eine Waffe abfeuern.

„Warum fahren wir mit dem Auto? Wie groß ist sein Grundstück denn?“

„Ziemlich groß.“ Tanner trat aufs Gaspedal.

Er bog auf die Straße ab und fuhr den Weg zurück, den sie gekommen waren. Dann schwenkte er überraschend links auf eine schmale Schotterstraße ein. Er bremste ab, und der Streifenwagen rumpelte langsam über den unebenen Weg, der so schmal war, dass die Äste links und rechts über den Lack kratzten.

Schließlich blieb er hinter mehreren anderen Streifenwagen und dem Van des Rechtsmediziners stehen. Der Wald schien sie verschluckt zu haben. Große Eichen, Hickorybäume und Kiefern machten es der Sonne beinahe unmöglich, bis auf den Boden durchzudringen. Evelyn folgte Tanner tiefer in den finsteren Wald.

„Kommen in diese Gegend hier viele Leute?“

„In den Wald?“, gab Tanner zurück. „Nein. Harris hat hier vierzig Hektar, die er mit seiner Schrotflinte bewacht. Er ist derjenige, der die Leichen gefunden hat, und das auch nur, weil er glaubte, einen Eindringling gesehen zu haben.“

„Näher als bis dahin, wo wir geparkt haben, kommt man mit einem Fahrzeug also nicht an den Fundort heran?“

„Genau.“

„Dann kennt der Mörder die Gegend. Und er ist nicht auf der Suche nach Aufmerksamkeit.“

„Nicht?“

Evelyn hatte keine Ahnung, wie tief sie noch in den Wald hineingehen würden, doch noch konnte sie die Polizisten am Tatort nicht hören. „Er hatte nicht erwartet, dass die Leichen gefunden würden. Das heißt, er ist nicht darauf aus, in den Medien zu erscheinen.“

„Sie könnten Ihre Meinung ändern, wenn Sie die Leichen gesehen haben“, murmelte Tanner.

Evelyn verkniff sich eine Antwort. Es war egal, in welchem Zustand sich die Leichen befanden. Der Fundort erzählte seine eigene Geschichte. Und dieser hier verriet ihr bereits, dass sie es mit einem Mörder zu tun hatten, der seine Privatsphäre schätzte, der vorsichtig und ausgeglichen war. Ihn aufzuspüren wäre keine leichte Aufgabe.

„Da sind wir“, sagte Tanner schließlich und zeigte nach vorne.

Ein Stück vor ihnen war ein Absperrband um Bäume gespannt. Dahinter waren Polizisten bei der Arbeit. Zwei Männer in schwarzen Jacken, auf deren Taschen *Rechtsmedizin* stand, trugen eine Bahre.

Evelyn beschleunigte ihre Schritte. Ihre Absätze sanken in den Boden ein, der vom Regen der letzte Woche noch feucht und trotz des nahenden Frühlings von einer dicken Schicht verrottenden Laubs bedeckt war. Sie wollte den Fundort so originalgetreu wie möglich sehen.

Aber je näher sie kam, desto mehr erkannte sie, dass das nicht mehr möglich war. Die Polizisten bewegten sich achtlos in dem abgesperrten Areal umher. Sich in Erinnerung zu rufen, dass diese Männer es nicht oft mit einem Mord zu tun hatten, half auch nicht.

Frust überkam sie. „Ihre Officer zertrampeln mögliche Beweise."

„Wir sind nicht inkompetent." Tanner schloss zu ihr auf. „Wir haben Fotos gemacht, bevor ich meine Männer hingeschickt habe, um sie auszugraben."

In der Fallakte war erwähnt worden, dass die Opfer nur teilweise begraben gewesen waren. Außerdem waren Schnittwunden erwähnt worden, die so speziell waren, dass sie durchaus die Signatur des Mörders sein konnten. „Sind beide Leichen schon ausgegraben worden?"

Tanner deutete auf den Fundort. „Sehen Sie selber."

Als zwei Polizisten zur Seite traten, tat sie es. „Scheiße", flüsterte sie.

Ein Schädel ragte aus dem Boden. Nur ein Schädel, an dem sich teilweise noch lange braune Haare befanden. Der Mörder hatte ein senkrechtes Loch gebuddelt und sein Opfer hineingesteckt und es dann mit so viel Erde zugeschüttet, dass das Kinn der Frau auf dem Boden ruhte. Tiere und das Wetter hatten sie so zugerichtet, nachdem der Mörder von ihr abgelassen hatte.

Sie hatten gerade das andere Opfer herausgezogen, weshalb Evelyn wusste, dass sich unter dem Kopf noch ein Körper befand. Die Leiche lag auf dem offenen Leichensack, in dem sie später in die Rechtsmedizin transportiert werden würde.

Bis zum Kopf eingegraben zu werden war nicht die einzige Demütigung, die diese Frauen hatten erleiden müssen. Die Ausgegrabene war eng in Plastikfolie gewickelt worden, die der Rechtsmediziner ein Stück zurückgeschoben hatte. Die Frau war nackt, und ihre farblose Haut rutschte von den Knochen. Sie war mit kreisförmigen Blutergüssen übersät, die nie verheilt waren, da sie vorher umgebracht worden war. Mitten auf der Brust – quer über ihre Brüste – hatte der Mörder einen Kreis in ihr nun faulendes Fleisch geschnitten.

Die Tatsache, dass Evelyns Reaktion nicht daraus bestand, ihr Frühstück von sich geben zu wollen, sondern näher zu treten und die Einzelheiten genauer zu mustern, die ihr einiges über den Mörder verrieten, war ein Zeichen dafür, dass sie im letzten Jahr viel zu viele Tatorte besichtigt hatte. Trotzdem verspürte sie im Herzen den vertrauten Stich, der sie daran erinnerte, wie es sich angefühlt hatte, jemanden Geliebtes zu verlieren.

Wenigstens waren diese beiden Leichen gefunden worden. Wenigstens gab es für deren Familien Gewissheit. Das war etwas, das ihr und Cassies Familie bisher versagt geblieben war.

Tanner stellte sich neben sie. Er schluckte und versuchte, nicht zu würgen. „Was bedeutet das?“

Sie wusste es nicht. Aber Dan hatte recht. Dieser Fall war seltsam. Warum stellte er die Opfer aus, wenn er nicht auf Aufmerksamkeit aus war? Die nicht eingegrabenen Köpfe waren schockierend, etwas, das sie von einem Mörder erwartete, der sich an die Presse wenden und mit seinen Taten angeben würde.

Doch dieser Killer hatte es für sich allein getan. Was bedeutete, dass er in der Nähe war. Und dass er hierher zurückkam, um die Opfer zu besuchen.

„Wer ist der Rechtsmediziner?“, fragte sie Tanner statt einer Antwort.

Er zeigte auf einen untersetzten Mann in Gummistiefeln, der düster dreinschaute.

„Wie lange sind die beiden schon tot?“, rief sie ihm zu, woraufhin sich mehrere Polizisten zu ihr herumdrehten, die alle leicht grün um die Nase waren. Ihre neugierigen Blicke blieben an ihr hängen, wanderten von ihren Haaren zu ihren matschverkrusteten Schuhen.

„Die hier vielleicht einen Monat. Die andere, die noch im Boden steckt, vermutlich eine Woche oder zwei. Eine genauere Aussage ist derzeit schwer zu treffen. Die letzten Wochen herrschte hier ungewöhnlich warmes Wetter, was den Verwesungsprozess beschleunigt hat. Näheres kann ich erst sagen, wenn ich sie auf dem Tisch hatte."

„Waren sie so lange eingraben, oder sind sie erst kürzlich hierherverfrachtet worden?"

Er nickte zu dem immer noch im Boden steckenden Opfer. „Ich schätze, dass sie seit ihrem Tod hier sind."

Sie wandte sich wieder an Tanner. „Gibt es irgendwelche Hinweise darauf, dass sie hier umgebracht worden sind?"

„Bislang nicht."

„Also handelt es sich wirklich nur um den Fund-, aber nicht den Tatort." Sie trat ein Stück näher an das in dem Leichensack liegende Opfer heran. Der Oberkörper war mit dem Blut verschmiert, das aus der kreisförmigen Wunde auf ihrer Brust ausgetreten war. Ein leichter Schmutzrand zog sich um ihren Hals, wo die Plastikfolie ihn nicht bedeckt hatte. „Er hat sie gereinigt, bevor er sie hergebracht hat", sagte sie.

„Wissen Sie auch, warum?"

„Warum er tötet? Um ein akkurates Profil zu erstellen, brauche ich auch Informationen über die Opfer. Aber eines kann ich Ihnen sagen. Das...", sie zeigte auf den aus dem Boden ragenden Schädel, „... ist wirklich ungewöhnlich."

Sie betrachtete den Kopf mit zusammengekniffenen Augen und dachte darüber nach, was der Mörder mit dieser Symbolik ausdrücken wollte. Seitdem sie beruflich in die Gehirne von Serienmördern einzudringen versuchte, hatte sie eine Verdorbenheit kennengelernt, von deren Existenz sie nicht einmal in ihren tiefsten Albträumen etwas geahnt hatte. Doch dieser Fall hatte etwas besonders Gruseliges an sich.

Ein unheilvolles Gefühl packte sie und jagte ihr einen eiskalten Schauer über den Rücken. Sie versuchte, es abzuschütteln, und legte Zuversicht in ihre Stimme. „Normalweise sieht man so etwas bei Leichen, die an halbwegs öffentlichen Orten abgelegt werden.

Dass er das hier in der Einsamkeit gemacht hat, zeigt uns, dass es ihm nicht um den Showeffekt geht. Er versucht nicht, die Welt zu schockieren oder in Schrecken zu versetzen. Das Ausstellen ist etwas Persönliches. Es hat eine besondere Bedeutung für ihn."

„Welche?", wollte Tanner wissen.

„Das weiß ich nicht." So etwas hatte sie noch nie zuvor gesehen. „Aber sobald ich es herausgefunden habe, verrät sie mir, wie er denkt."

Sie trat näher an die immer noch eingegrabene Leiche heran, kniete sich direkt neben sie und spürte den Stich, als der Gestank der Verwesung ihr in die Nase stieg. Wut über die Gefühllosigkeit des Mörders brandete in ihr auf. Sie wusste bereits, dass der Mörder sich daran ergötzt hatte, das Leben dieser Frau in seinen Händen zu halten; er hatte es genossen, sie betteln zu hören, auch wenn nichts, was sie gesagt hatte, etwas an ihrem bevorstehenden Tod ändern konnte.

Sie hörte, dass Tanner hinter ihr leise fluchte. „Wie er *denkt*? Er ist ein beschissener Irrer, der sich gerne im Wald versteckt und Frauen aufschlitzt."

Den Blick immer noch auf den brünetten Frauenkopf gerichtet, erwiderte Evelyn: „Wenn Sie glauben, er sei verrückt, irren Sie sich. Dieser Fundort ist ordentlich und nicht chaotisch, wie es der Fall wäre, wenn wir es mit einem im medizinischen Sinne verrückten Täter zu tun hätten. Er hat allerdings eine dissoziale Persönlichkeitsstörung."

Tanner schnaubte. „Ja, ich nehme an, dass einer, der zu so etwas imstande ist, keine Unmengen an Freunden hat."

„Oh, er könnte durchaus Freunde haben", korrigierte sie ihn. „Er empfindet keinerlei Empathie für andere, aber er kann sie vortäuschen. Ich brauche nicht erst auf die Autopsieergebnisse zu warten, um Ihnen sagen zu können, dass es sich hierbei um einen sexuell orientierten Serienmörder handelt. Er ist intelligent, anpassungsfähig und extrem methodisch. Er genießt es, der Polizei und seinen Opfern ein Schnippchen zu schlagen."

Gänsehaut breitete sich an ihrem gesamten Körper aus, als sie auf das starrte, was zu ihren Füßen von dem Opfer übrig geblieben war. Sie wusste, wenn sie nicht schnell genug handelte, würde es eine weitere Tote geben. „Er wird nicht leicht zu fassen sein."

„Ist das nicht Ihre Aufgabe? Uns seine Verhaftung zu erleichtern?"

Evelyn blieb neben dem Opfer hocken, schaute jedoch zu ihm auf. „Stimmt. Und um die zu erledigen, muss ich in seinen Kopf eindringen, die Welt durch seine Augen sehen. Also, erzählen Sie mir von den Opfern. Haben Sie sie schon identifiziert?"

Tanners Miene verhärtete sich. Ein kalter, entschlossener Schleier senkte sich über seine Augen. „Ja. Die Frau hier in der Erde ist vermutlich Barbara Jensen. Bei dem blonden Opfer im Leichensack handelt es sich definitiv um Mary Ann Pollak – wir haben sie anhand der Tätowierung auf ihrem Knöchel identifiziert. Beide verschwanden im letzten Monat. Sie haben seit Jahren in Bakersville gelebt. Mary Ann hat erst vor wenigen Monaten geheiratet."

„Welche Gemeinsamkeiten haben sie?"

Tanners massive Schultern bewegten sich nach oben. „Soweit ich weiß, keine. Sie hatten vollkommen unterschiedliche Berufe und Interessen. Familien und Freunde sagten, dass sie einander nicht kannten – außer vielleicht vom Sehen. Die einzige Gemeinsamkeit, die ich erkenne, ist die, dass sie von einem Psychopathen umgebracht wurden."

Band-Nr. 95058
12,99 € (D)
ISBN: 978-3-95649-024-8
672 Seiten

Tess Gerritsen
Heisskalte Angst

Der Anruf kam nach Mitternacht:

Auf der Suche nach dem Mörder ihres Mannes hat Sarah nur einen Verbündeten: den verführerischen Nick O'Hara. Noch bevor sie verstehen, was passiert, sind sie jedoch Gejagte in einem riskanten Spiel, in dem Informationen alles und Menschenleben nichts bedeuten …

Angst in deinen Augen:

Zweimal rettet der Cop Sam der Krankenschwester Nina das Leben. Er sieht die Angst in ihren Augen und verliebt sich in Nina. Aber solange er nicht weiß, wo ihr grausamer Feind lauert, darf er sich nicht zu seinen Gefühlen bekennen!

Sag niemals stirb:

Wilone will in Vietnam die Wahrheit über das Schicksal ihres spurlos verschwundenen Vaters herausfinden. Begleitet von dem attraktiven Biologen Guy, begibt sie sich auf eine lebensgefährliche Suche – denn ein unberechenbarer Widersacher ist ihnen stets einen Schritt voraus …

Gefährliche Begierde:

Hat Miranda wirklich seinen Halbbruder Richard umgebracht? Anfangs ist Chase fest davon überzeugt, bald wachsen seine Zweifel. Wenn die Frau, deren Ausstrahlung ihn so fesselt, es aber nicht war … Wer hat Richard dann auf dem Gewissen?

Deutsche Erstveröffentlichung

Elizabeth Heiter
Kalte Gräber

Dieser Fall lässt FBI-Profilerin Evelyn Baine das Blut in den Adern gefrieren: Das Werk des „Totengräbers von Bakersville“.

Scheinbar willkürlich macht er Jagd auf junge Frauen und hortet ihre Leichen …

Band-Nr. 25738
9,99 € (D)
ISBN: 978-3-95649-000-2
eBook: 978-3-95649-305-8
320 Seiten

Erica Spindler
Opfernacht

In einer Weinkiste vergraben, wurde die mumifizierte Leiche eines Babys auf dem Gut der „Sommer Winery“ gefunden. Als jedoch einige Zeit später eine weitere Leiche in den Weinbergen gefunden wird, wirft das ein ganz neues Licht auf den alten Fall …

Band-Nr. 25827
10,99 € (D)
ISBN: 978-3-95649-168-9
384 Seiten

Klappenbroschur

Spannung made in Germany!

Cordula Hamann
Spurlos im Schnee

Ein Dorf, nach einem Lawinenunglück von der Außenwelt abgeschnitten. Ein entflohener Serienmörder, der sich im Schnee versteckt …

Band-Nr. 25820
10,99 € (D)
ISBN: 978-3-95649-117-7
eBook: 978-3-95649-414-7
320 Seiten

Tanja Noy
Teufelsmord

Über 20 Jahre sind vergangen seit drei grausame Morde in Julia Wagners niedersächsischer Heimat als „Teufelsmorde" Schlagzeilen machten. Doch jetzt taucht eine nach gleichem Muster zugerichtete Leiche auf …

Band-Nr. 25758
9,99 € (D)
ISBN: 978-3-95649-029-3
eBook: 978-3-95649-330-0
384 Seiten